Lathea

3. kötet

S. Bardet
2016
Publio kiadó

Ezt a regényt elhunyt nagypapám emlékének ajánlom, aki bizonyosan önmagára ismerne az általam megformált öreg piktor józan életbölcseletében, életszeretetében és odaadó ragaszkodásában azokhoz, akik a szívében lakoznak. Illetve Édesapámnak, akinek a személyében egy kritkus, de mindig odaadó olvasómat és támaszomat is elveszítettem.

1943. február - szeptember

27.

Laurie-t egy pillanatig se lepte meg, hogy amint betoppant a Parisian küszöbén, Rozsda vidám vakkantások közepette faképnél hagyta. Feltehetően Corey keresésére száguldott el, ahogy máskor is tette. Fellélegezve áldotta a száraz, meleg időt, máskülönben Lathea ismét szidta volna a kutya hagyta sárfoltokért. Legalább ennyire megszokott látványt jelentett Doreen jelenléte a házban. Az utóbbi időben egyre gyakrabban jött, hogy tereferéljen Latheával, főzőcskézzenek, vagy, legalábbis az ő gyanúja szerint, Corey-t dédelgesse. A kisfiú elmúlt kétéves és kifejezetten szórakoztató társaságot nyújtott. Folyton mosolygott, be nem állt a szája és, bár a szavait nem mindig lehetett felismerni, beszélt rendületlenül. Rozsdával elválaszthatatlanul összenőttek és bizony semmi meglepő nem volt abban, mert Doreen szívesen múlatta az idejét ebben a jókedvű káoszban. Nem egy alkalommal említette, hogy Corey Quentinre emlékezteti, aki továbbra is eltűntként szerepelt a hivatalos nyilvántartásban. Szingapúr ostroma óta semmi hír nem érkezett felőle, így teljesen természetes, hogy az anyai szív lassacskán csordultig telt aggodalommal.

Laurie különben szerette, ha Doreen náluk töltötte az idejét, mert akkor mindig felélénkült az élet. Fiatalos, energikus lénye frissességet csempészett a falak közé, miközben a háztartásban komoly terhet vett le Lathea válláról. Alkalmanként Grant ugyan elmaradt tőlük, ámbár a kellemes társaságot ő is felettébb sokra tartotta. Ezért aztán fel se kapta a fejét, amikor a séta utáni szokásos teáját az asszonytól kapta meg. – Milyen az idő odakint? – tudakolta máris azzal a különleges hanglejtéssel, mely nem hagyott kétséget afelől, hogy a válasz is érdekli.

- Pompás. Bár a szél éles, a fákon már látni a rügyeket. Ripsz-ropsz itt a tavasz.
- Az öleb is itt bóklászik valahol?
- Corey-val van az ebédlőben. És Lathea?
- Hátul a konyhakertben.

Laurie szokása szerint elővette a Times aznapi számát, amit általában ilyenkor szeretett átböngészni. Reggel csak átszaladt a főcímeken, türelme ugyanakkor nem terjedt odáig, hogy bele is merüljön a háborús tudósítások dzsungelébe. Még akkor sem, ha mostanság egyre-másra lelkesítő hírek érkeztek. Például az a beszámoló is egyszerre volt örömteli meg vérfagyasztó, ami a március 6-i kiadás címlapján kürtölte világgá az esseni Krupp Művek elleni légitámadás részleteit. A RAF egyik új repülőgépe kipróbálását, a célkijelölőket, éppen ez alkalommal tesztelte először éles, harci helyzetben. A bombázók előhírnökeként világító-rakétákkal szórták tele az éjszakai égboltot, hogy azután közel huszonöt percig zúduljanak a bombák a Krupp Művekre. A cikk írója megbízható forrásokra hivatkozva három-négy éjszakai támadást jósolt a hozzávetőlegesen kétszázötven négyzet-kilométernyi ipari terület ellen, ahol a német hadigépezet lüktető szíve vert.

Elborzadva a pusztítástól, ami feltehetően így sem lesz elegendő Németország térdre kényszerítéséhez, továbblapozott. Ám alig olvasott bele a parlamenti tudósításba, Doreen máris visszatért. – Ne haragudj, ha zavarlak…

Kíváncsian felnézett. Az asszonnyal együtt mindannyiszor mintha valóságos fényár zúdult volna a műterembe. Fiatalos alakja, gondozott külseje üdítő változatosságot jelentett, bármikor is láthatta. – Szó sincs róla. Mit szólsz ehhez az újabb Churchillpetárdához tegnap az Alsóházban? Az öregfiú egyszerűen tévedhetetlen.

Doreen a fejét ingatta. – Laurie, Keaton báró van itt, beszélni szeretne veled.

- Hogy ki?

- A báró.

Megrökönyödve ejtette az ölébe az újságot, hogy az orra hegyére száműzve a szemüvegét a hírnökre sandítson. – Mi az ördögöt keres itt?

- Eeej már, mi lenne, ha őt faggatnád? Én honnan tudnám – ezzel az asszony engedélyre sem várva kirobogott, hogy jóformán azonnal beterelje a látogatót.

Makulátlanul öltözött, kissé görnyedt hátú alak somfordált be. Öregesen támaszkodott a botjára, sokat veszítve ezzel egykori magabiztosságának még a látszatából is. Gyászhuszárként talpig feketében nemcsak nevetségesnek hatott a ragyogó tavaszban, de azt is bátran ki lehetett jelenteni, hogy fikarcnyi érzéke sincs az árnyalatokhoz. Az öltönye ilyen távolságból is téli tweednek tűnt, ami noha úri divat, tökéletesen felesleges luxus a cornwalli klímában. Delbert Keton hetven felett járt és ő elégtétellel szögezte le magában, hogy nem is hazudtolja meg a korát. Haja régen a múlt ködébe veszett, mindössze nyamvadt, gyér bajusz árválkodott az arcán, a sok ránc kisimításához pedig forró vasaló sem lett volna elég. Feltűnő sápadtsága törékeny, beteges emberre vallott, gyaníthatóan mindez maradványa annak a kórnak, amiről a télen a faluban pletykáltak. Amúgy a rozoga külső mögül sütött a dölyfösség, egy önmagával eltelt emberé, akit ő már gyerekfejjel is csak megvetni tudott. Festőként nagyon jól tudta, hogy a szem az, ami a korral sem változik, és bizony Keaton bazaltszürke szemei továbbra is ugyanazzal a lenézéssel mustrálgatták, akárcsak régen. Elvakult

önteltséggel a hatalom és vagyon magaslatáról. –
Gondolom, nem kell ismét bemutatkoznom.
E modortalanság hallatán rögvest feltámadt Laurie
harci kedve. Eszében sem volt tisztelni a rangot, vagy
a nevet egy ilyen arcátlannal szemben, akit különben
sem tartott sokra. – Miért ne kéne? Még nem ismerjük
egymást.
- Személyesen talán nem, a környéken viszont
mindenki tudja, ki vagyok – hangzott a pökhendi
válasz.
- Uram, ez viszont az én házam, és ha ön ismeretlenül
betör ide, a minimális udvariasság bemutatkozni, nem
gondolja?
Keaton gúnyos mosolya nem leplezte, mit gondol a
kioktatásról. – Meglep, mert egy állítólag túlzottan is
modern gondolkodású piktor így beszél. Ráadásul egy
szerencsétlen koccanás alkalmával már találkoztunk.
- Amikor szintén gondjai támadtak a bemutatkozással.
Amúgy az is legalább ilyen meglepő, hogy egy
báróból hiányzik az elemi jó modor. Ezt nem tanítják
arrafelé?
A nyilvánvaló ellenségeskedéstől megfagyott a
levegő. Keaton zavara és tanácstalansága határozottan
szórakoztatta őt. Jól tudta, hogy más aligha beszél
vele ilyen hangon. – Tehát mi járatban van
Marazionban? – tudakolta végül megtörve a feszült
csendet, jóllehet szánt-szándékkal nem kínálva hellyel
a betolakodót.
- Üzleti ügyben járok. Szeretném, ha a közelgő
születésnapom alkalmából lefestené a feleségemet.
Nagy alakú portréra gondoltam.
- Egy pillanat, én nem vállalok bérportrékat, úgyhogy,
kérem, ne is mondja tovább.
- Hiszen jó nevű festő, aki portrét is festett már. Az én
tulajdonomban van 'A Tündérlány'.
Laurie közönyösen legyintett. – Ugyan, évtizedekkel
ezelőtt festettem.

- És ez jelent valamit?
- Hogyne jelentene! Azóta sem vállalok bérfestést.
- Hajlandó vagyok bármit fizetni önnek, Mr. Doorn. Az idén leszek hetvenöt éves és....
- Csak gratulálni tudok, ehhez a kívánságához mégis mást kell keresnie. Nincs az a pénz, amiért azt a nőt megint lefesteném!

Bár az indulatos szavak akarata ellenére hagyták el a száját, végeredményben fikarcnyit sem érdekelte. A gondolattól is irtózott, hogy Neda Keatont viszontlássa. Egyszer s mindenkorra leszámolt vele, nem volt többé helye se az életében, se a műtermében. Keaton gyanakvó szemöldökráncolással méregette. – Talán ismeri a bárónét?

- A bárónét? – fintorgott Laurie. – Én Nedát ismertem valamikor.
- Megkérdezhetem, honnan?
- A dolog kevéssé rejtélyes. Mindketten idevalósiak vagyunk. Ez azonban nem másítja meg a döntésem.

Keaton engedély nélkül, a személyéhez illő fölényes magabiztossággal járta körbe a műtermet, mint aki otthon érzi magát. Végül megtorpant a Latheáról készülő kép előtt. A festmény bal felét már az asszony alakja uralta. A tenger felől gerjedő szélben csak úgy lobogott szőke haja, benne a varázslatos vörös tincsekkel. Mellére és combjaira ingerlően rátapadt a ruha hártyavékony anyaga, hogy testének finom vonalai megragadják a szemlélődő tekintetét. Laurie kifejezett büszkeséggel tekintett az alkotásra, amit bár nem tekintett késznek, nagyon is megelégedésére alakult. Eredeti szándéka szerint az érzéki nőt sikerült a vászonra álmodnia, ám a kihívó érzékiség mellett képes volt megőrizni a belőle áradó hamvas ártatlanságot és romlatlan tisztaságot. Mindezt a fantáziája szülte, hiszen a modell nem volt hajlandó megmutatni magát még a festő szemének sem.

- A barátnőjével kivételt tesz? – vakkantotta Keaton a fogai közt. – Eddig némileg kételkedtem a közszájon forgó mendemondában, ám kezdem azt hinni, nem zörög a haraszt....

- Báró ide vagy oda, ne higgye, hogy eltűröm a sértéseit a saját házamban – lépett Laurie a képhez és tüntetően a fal felé fordította. – Kéretlenül betör ide, kémkedik a műtermemben, beleszól az életembe... Vegye tudomásul, hogy eszem ágában sincs odáig alacsonyodni, hogy borsos összegek fejében öregasszonyokról fessem le a kilókat vagy a szarkalábakat.

- Ezt kikérem magamnak! Az én feleségem...

- Hagyja ezt, jó? Pontosan tudom, miféle a maga felesége és nem festem le soha többé. Most pedig távozzon, mielőtt megfeledkezem magamról!

A látogató mégsem moccant. Bozontos szemöldöke alól a villámló tekintet nyílt haragot lövellt. – Többé? Ezek szerint korábban már lefestette?

- Talán odaadóbb figyelmet szentelhetne a képtárának. Isten vele!

A báró mégsem indult azonnal. Megütközve bámult Laurie-ra, aki megingathatatlan nyugalommal mutatott az ajtóra és látható makacssággal állta a szikrázó tekintetet. Végül Keaton koppantott kettőt a botjával és kifelé vette az irányt. Amint átlépte a küszöböt, ő gyorsan betette mögötte az ajtót és egy pillanatig sem érdekelte, kikíséri-e valaki ezt a pöffeszkedő nagyurat vagy sem. Azt se bánta volna, ha Rozsda megkóstolja a bokáját. Egy darabig bosszúsan meredt a háttal fordított képre, majd kárörvendő hahota szakadt ki belőle. – Lesz, ám ne mulass ma este, drága Neda! – ettől a gondolattól kirobbanó jókedve támadt.

Grant Hyland-Flake letelepedett a felkínált helyre. Kezében egy csésze teával nem is ismert jobb délutáni foglalatosságot, mint lustán elnyújtózva Laurie-val diskurálni. Az asszonyok és Corey Penzance-ba mentek Cowanékhoz, ezért a Parisian eléggé kiürült ahhoz, hogy két öregember kénye-kedvére élvezhesse a csendet.

– Tulajdonképpen hálás vagyok nektek, elsősorban Latheának meg a kicsinek. Ha ők nem vonnák el Doreen figyelmét, folyton a könnyeit ontaná. Nemrég múlt két éve, hogy Szingapúr elveszett, Quentinről azóta semmit nem lehet tudni. Egy árva hírt sem!

– Hagyd el, Grant, nem erre valók a barátok?

– Belegondoltál már, hogy idén lesz négy éve.... négy átkozott éve, hogy a fél világ nem bír azzal a berlini őrülttel? Elképesztő! Legalábbis azok után, amit egyszer már végigcsináltunk a Nagy Háborúban. Ami engem illet, most az egész talán még elviselhetetlenebb.

– Mert akkor hősködő suhancként masíroztál a golyózáporban? Háááát!

Grant fásultan biccentett. – Ellenben ma tehetetlenül rostokolok itthon és az egyetlen fiamról azt se tudom, él-e.

Nyomasztó csend furakodott közéjük. A személyes veszteségekre semmiképpen, de amúgy vigasz lehetett volna a Vörös Hadsereg sztálingrádi győzelmének híre. Március 16-án a szovjetek Harkov visszafoglalásával tették egyértelművé, hogy számukra a 'Nagy Honvédő Háború'-ként elnevezett küzdelem igazán csak most kezdődik. Ezután a keleti front megmerevedett ugyan, ám addigra kétszáz-hatszáz kilométer mélységben előrenyomultak és számos olyan települést vettek vissza, melyek már 1941-ben a német vonalak mögé kerültek. Ezt mindenki jelentős fordulatként és a háború menetében előremutatónak értékelte.

      További nagy horderejű dolgok is történtek. Február végén norvég ejtőernyősök felrobbantották a németek egyik vízellátó berendezését, azután március legelején Japán súlyos katonai vereséget könyvelhetett el a Bismarck-szigeti csatában. Napokkal később, március 9-én, Rommel marsallt visszahívták az afrikai hadsereg éléről, miután februári ellentámadása és Francia Afrika elfoglalására tett kísérlete csúfos kudarcba fulladt, méghozzá egy új páncélos hadosztállyal az utánpótlásban. Stratégiai szempontból a német-olasz seregek számára létkérdéssé vált Tunisz megtartása, hiszen ellenkező esetben az angol-amerikai erők elérhető közelségbe kerültek volna Olaszországhoz.

Bárki, aki naponta követte a híradásokat, könnyen észrevehette, hogy a háború több fronton is erőteljesebben folyik és számos látszólagos elszigeteltségben zajló esemény azért mégiscsak egy egésszé kovácsolódik össze. Noha csak két és fél hónap telt el az 1943-as évből, napnál világosabbá vált, hogy a harci cselekmények eldurvulása előjele annak, miként fordul a hadiszerencse. Nemcsak az olasz és afrikai fronton, de Jugoszláviában és Franciaországban is hallatott magáról a szervezett ellenállás, az állandó bombázások időlegesen meg-megbénították a német hadiipart, megízleltetve a lakossággal a fenyegetettség légkörét. A világ minden sarkában folyt az öldöklés, így aki otthon maradt Angliában, nem tehetett egyebet, minthogy aggódik szem elől veszített szerettei miatt. A brit katonák messze utaztak és, akárcsak Quentin Hyland-Flake-et, sokukat az eltűntek közé sorolták a hivatalok.

- És hol jár Emerico? – rogyott le Grant egy pohár sherryvel az egyik karosszékbe. A témaváltás Laurie-nak is alkalmas kiutat kínált, nem volt kedve a megtévesztő vigasztaláshoz. Jóllehet mélységesen osztotta barátja félelmeit, attól tartott, csak bajosan tudná mindezt szavakba önteni.

- Á, tudod, hogy igazad volt?

- Tényleg, és miben?
- A jenkik dolgában. Porthkerrisben építenek kiképzőtábort vagy valami ilyesmit. Állítólag a nyár elejére készen kell lennie.
- Mit művelnek majd ott? Laurie megvonta a vállát. – Te vagy a katona, barátom. Talán Emerico megtud valamit. Ma Porthkerrisbe ment. Az ördög se tudja, hogyan, de megtalálták és felkérték, hogy segítsen. Tanult építész, ráadásul katona volt, ezért remélem, alkalmazni fogják.
Grant felhajtotta az italt. – Nem bánod, ha máris itt hagy?
- Nem is tudom. Azt hiszem, azért nem, mert nem megy messze. Annak viszont örülök, ha dolgozhat. A tétlenség nem fiatalembereknek való. Itthon rengeteget segít, az mégsem az igazi.
- Még nem mondtam, de nagyon büszke lehetsz rá. Anne káprázatosan nevelte.
- Néha átkozom a sorsot, amiért most nem lehet velünk. Láthatná, hogy békében tudunk élni. Annyi sírás meg keserűség után boldog lenne. És ami a fiamat illeti, tudod, csodálom őt. Szinte mindenhez ért, kertészet, bütykölés, főzés, és a hidegvére is lenyűgöz. Nem rémlik, hogy valaha is ennyire sokoldalú, vagy ennyire kitartó lettem volna. Néha szabályosan irigylem.
Grant derűsen mosolygott. – Na, és beszéltetek már a jövőről? Mi lesz vele a háború után? Visszamegy Itáliába, vagy letelepszik itt és családot alapít?
- Ő nem nyilatkozott, én meg nem faggattam. Annyit mesélt, hogy Kubában udvarolt egy lánynak, aki csúnyán felültette, és tudod, aki egyszer megégette magát.… Ettől függetlenül szeretne családot, de határidők nélkül.
A témától valamelyest kimerülve üldögéltek a csendben. Laurie szórakozottan pöfékelt a Havannán,

Grant pedig sűrű bajusza alatt réges-régi slágereket dudorászott. A résnyire nyitott teraszajtón a kertben élénken csiripelő madársereg vidámsága zúdult be, és ha valakinek igazán jó füle volt, a tenger morajlását is hallhatta.

– Lathea említette, hogy ismét Londonba készül – mondta aztán Laurie.

– Igen, igen. Van Stepney-ben egy tiszteletes.... hogy is hívják? – Grant kedvenc szokása szerint csettintett egyet hosszú ujjaival. – A mindenségit, pedig itt van a nyelvemen, Anders.... Ó, nem, Adams! A kislány ősidők óta ismeri és az öregúr állítólag rossz bőrben van. Doreen felajánlotta neki, hogy húzza meg magát a St. Annes-ben. Addig sem lesz gazdátlan a ház, Doreen pedig arra az időre átvállalja Corey-t.

– Néha úgy rémlik, a mi korunkban...

A mondat vége azért nem hangzott el, mert Rozsda ellenséges ugatása hasított bele a kellemes délutánba.

– Á, megjött a család Penzance-ból.

Laurie a szivart félretéve tápászkodott fel. – Nem valószínű, őket soha nem ugatja meg az eb.

A teraszajtón keresztül lépett ki a szabadba, majd, tavasz lévén, az egyre zöldebb árnyalatokkal kacérkodó ágak és bokrok közt a kerítés felé sétált. Rozsda hangos méltatlankodással rohant elébe, rögvest azután támadásra készen vissza a kapuhoz. Néhány hónap kellett csak, hogy kezdje kinőni kölyök formáját, fogai már most is riasztóan vicsorogtak, ha úgy akarta.

– Na, végre! – az ingerült hangot akkor is felismerte volna, ha megtestesülése nem toporog a kapu másik oldalán.

– Nocsak, Neda Lanning. Képzelődtem volna, amikor legutóbb azt prüszkölted, sose látlak többé?

Az asszony szeme mérgeszölddé változott és hozzá finoman manikűrözött kezével a kerítésre sújtott, hogy valószínűleg magának okozott fájdalmat. – Vidd innen azt a korcsot és engedj be végre!

- Miért tenném? Nincs miről beszélnünk.

- Már hogyne lenne! – ezzel önkényesen berontott a kertbe, egyenesen a házba tartva.

Rozsda őrjöngve vetette magát elé, szájából előbukkantak éles fogai, ahogy teljes erőbedobással üvöltött a betolakodóra. Talán rá is veti magát, ha Laurie nem lép közbe.

- Micsoda fenevad! – fújtatott Neda undorodva.

- Csak nem állhatja a felfuvalkodott hárpiákat. Ha nem akarsz eledelül ajánlkozni, tartsd meg a véleményedet és menj be a házba!

Rozsda igencsak zokon vette, amiért nem tehette a dolgát, Laurie alig tudta lecsillapítani. – Sajnálom, öregem – vakargatta a gyönyörű bundát. – Majd én kidobom a sárkányt, bízd csak ide! – a kutya továbbra is neheztelően morgott, szúrós pillantása egészen a házig elkísérte.

- Nos, Grant…

Grant szemtelenül az asszonyra kacsintott. – Nos, Neda? Nem mondom, nagyasszonyi belépő volt.

- Megkérhetlek, hogy hagyjál magunkra?

A jéghideg, fensőbbséges hanggal nem törődve Grant a barátjára sandított, aki érdektelen legyintéssel felelt a fel nem tett kérdésre. – A kíváncsiságtól mozdulni sem tudok, sajnálom.

- Kétlem, hogy bármilyen hét lakat alatt őrzött híred lehetne, Neda, ezért rukkolj elő vele.

A látogató ezúttal a házigazdához fordult. – Nagyon jól tudod, miért vagyok itt, úgyhogy ne színészkedj! A férjem berontott a galériára és vörös fejjel nekem támadt, hogy mondjak el mindent rólad, hogy honnan ismerlek és mikor festettél le.

- Ez azért érthető kérés, nem? Igaz, néhány évtizeddel korábbra vártam volna.

- Ne tettesd magad! Mit keresett nálad?

- Le akart téged festetni és kiakasztani a falra.
- Te meg erre elmesélted neki?
Laurie tiltakozóan emelte fel a kezét. – Közöltem
vele, hogy nincs az a pénz, amiért újra lefestenélek.
Az asszony arcából kiszaladt a vér. Támadásra kész
vadmacskaként állt ott, csípőre tett kezekkel és
remegő szájjal. Olyan dühös lett, hogy nem sok híja
volt, hogy felrobbanjon. – Újra! Neked elment az
eszed!
- Nem tűröm, hogy így beszélj velem! Kicsúszott a
számon.
- Kicsúszott a szádon? Van fogalmad róla, mennyibe
kerülhet ez nekem?
Laurie megvonta a vállát. – Szemernyit sem érdekel.
A te házasságod és a te férjed, aki előtt, ugyebár,
nincsenek titkaid. Egyáltalán minek jöttél ide?
- Hogy a szemedbe vágjam, miféle embernek tartalak,
Laurel Doorn.
Laurie feszülten hallgatott, majd gúnyosan Grant felé
kacsintott. – Ő van megsértve, mi?
- Hiába élcelődsz! Kisstílű húzás volt tőled! Annyi
éven át fütyültél mindenre, élted a magad életét és én
is boldog voltam. Mi az ördögért kell most újra
felszakítani mindent? Számodra valaméle torz
gyönyört jelent, ha a férjem tudomást szerez arról,
ami talán igaz se volt?
A heves kirohanástól az asszony arca kipirult. A harag
végre életre keltette a szemét is, jóllehet rideg
utálattól izzott. Laurie arra gondolt, még mindig
vonzó, bár számára már nem több egy idegennél.
Ellenszenves és kemény, megtestesítője mindannak,
ami őt taszítja. – Nagyon is igaz volt.
- De elmúlt. Legalább annak emlékére, ami valaha
összefűzött minket, lakatot tehettél volna a szádra.
- Annak emlékére? – most Laurie-n volt a sor, hogy
minden átmenet nélkül haragra gerjedjen. – Mégis mit
szólsz ehhez az arcátlansághoz, Grant?

- Szent igaz, hogy rövid az emlékezeted, Neda. Amikor felszálltál arra a vonatra, még halálosan szerelmes voltál Laurie-ba, amikor hazajöttél, pedig már Mrs. Keaton. Szerinted egy ilyen emléknek érdemes adózni? Az asszony teleszívta a tüdejét levegővel. – Nem akarlak megsérteni, de neked ehhez az egészhez fikarcnyi közöd sincs.

- Akkor mondok neked én valamit – lépett előre Laurie fenyegetően. – Soha senki nem alázott meg úgy, mint te. Hittem neked, ám abban a pillanatban, amint Keatonnak kimondtad az igent, minden jogodat elveszítetted arra, hogy valaha is emberszámba vegyelek. Számomra te nem létezel.

- Milyen szentimentális vénember vagy!

- Ó, nem! Te vagy született haszonleső. Rászedtél, ahogyan most a férjedet is. Úgyhogy cseppet sem izgat, mit olvas a fejedre. Akkor gondoltál volna bele.

- Te csak ne adj nekem tanácsokat!

- Eszemben sincs. Mondhatnám, hogy tönkretetted az életemet. El kellett mennem innen, az apám kitagadott, a bátyámmal szinte nem is találkoztam többé. Mégsem nézek vissza, nem fogom ezeket a szemedre hányni. Viszont akkor te se futkoss ide siránkozni, csak mert a sors elégtételt vesz rajtad.

Az asszony gyűlölködő pillantást vetett rá, ám az ajtó előtt megtorpant, ahol Rozsda vicsorogva várt rá. – Nyalogasd csak a sebeidet, de ha azt hiszed, ezt megúszhatod....

- Nekem te nem tudsz ártani. Se vagyonom, se családom, se hitelem a társaságban. Ezzel szemben én sokat ronthatok a te ázsiódon. Elegendő a férjed fülébe suttognom, hogy a 'Tündérlány'-t a szeretőm ihlette, sőt, Joseph Keaton is az én fiam volt. Ennyi majd leránt téged a magaslóról, és nem hiszed többé, hogy szent vagy, hm?

- Azt próbáld meg, Laurie!

Ő minden további helyett az ajtóra mutatott. – Két perced van. Ha még azután is a földemen állsz, máris tárcsázom Keaton számát. Emellett, ha jót akarsz magadnak, többé tényleg nem jössz vissza. Soha, megértetted?

Az asszony nem mozdult. Fenyegetően összevont szemöldökkel és résnyire húzott szemmel bámult a ház urára. Ajkát árulkodóan összepréselte, mint aki visszavágáson töri a fejét. Végül mégis az üvegajtó felé lódult, bár az utolsó pillanatban meggondolta magát. – Sejtelmem sincs, mit szerethettem benned.

– Aki olyan árulásra képes, mint te, az sose szeretett. Most pedig takarodj!

Miután Grant is távozott a Parisianből, Laurie felsétált az emeletre és magára zárta a szobája ajtaját, hátha így valamiképpen úrrá tud lenni elemi felháborodásán. Ez azonban egyáltalán nem volt könnyű, mivel ahányszor az asszony a gondolataiba lopódzott, szinte az egész teste remegett az elfojtott indulattól. Keatonék erőszakos benyomulása az életébe jobban felkavarta, mint hitte volna. Nem annyira érzelmileg, mint inkább a tisztességtudatát sértette, és hiábavalóvá tette minden próbálkozását, hogy a múltat valóban lezárja. Szégyenletesnek találta, ahogyan őt akarták bűnbakká tenni, holott neki volt a legkevesebb köze az elrontott, boldogtalan házasságukhoz. Keatonnak egész vagyon lapulhat a zsebében, ő akkor sem árulja el önmagát és lesz gazdagok bérfestője. Soha nem volt és nem is lesz. Hidegen hagyta a báró születésnapja, hasonlóképpen az is, vajon az a kettő mi mindent hazudott össze egymásnak az évtizedek során. Ha egyetlen elszólás akkora katasztrófába torkollhat, mint azt az asszony állítja, a házasságuk fabatkát sem ér. Jelenthetett volna elégtételt, ha az egykori viszonyról és az ő elhalt fiáról minden napvilágra kerül, ám ma már ez cseppet sem számított. Túl sok év telt el. Nem okozott volna morzsányi örömöt, legfeljebb felélesztené az egykori mélységes csalódást, amit semennyi idő nem tudott kimosni az emlékezetéből.

A nap késő délutánba fordult, mire odalentről felismerte az ismerős hangokat. Lathea jellegzetes, simogató kacagását és Emerico mélyebb tónusát. A nyitott ablakon át hallotta őket a ház felé lépdelni, majd amikor benyomultak a házba, szavaik ismét elhaltak. További fél óra telt el, amíg úrrá lett a keserűségén és úgy érezte, képes az estét a fiatalokkal tölteni. Tehát összeszedve magát csatlakozott hozzájuk. A tavaszi, komótosan ereszkedő estében a terek egyre terebélyesebb sötétségbe burkolóztak, egyedül az étkezőből mászott ki egy meleg, sárgás fénypászma a nappali felé. A levegőben máris finom illatok terjengtek.

- Elég legyen a fűszerből – nevetett valahol Lathea. – Távozzon a főztömtől!

- Higgyen nekem, ebbe kell még egy s más.

Laurie a vidám civakodást keresve toppant a konyhába. Emerico az asszony háta mögül előre nyúlkálva igyekezett a vacsorába kontárkodni, azután megragadva a derekát kibillentette az egyensúlyából és valamit a lábosba hintett.

- Csak nem erőszakot alkalmazol a gyomrunk érdekében? – cukkolódott Laurie a háttérből.

- Ugye, ugye? – Lathea élelmesen fürge mozdulattal le is fedte a vacsorát.

- Én csak a javunkat akarom.

- Na, persze!

A vidám jelenetről megfeledkezve Laurie körbelesett.

– És a mi Corey barátocskánk?

- Nicknél maradt.

Keatonék dühítő felbukkanása ki is verte a fejéből, hogy a gyerek néhány napra a nagybátyjához készült. Amióta Maggie Cowan hirtelenjében és a jelzett időpontnál sietősebben jött világra, Cowanék nemigen tartották maguknál a kisfiút. – Szeretném, de jelenleg Maggie is minden erőnket felemészti – vallotta be Nick. – Ám amint beleszokunk ebbe az új helyzetbe, rögvest szólok.

Az ígéretét be is váltotta. Eleinte látogatóba hívták Latheát meg Corey-t, akik reggel átruccantak Penzance-ba, este pedig élményekben gazdagon tértek haza. Gyakran Doreen is velük tartott, aki, legalábbis a kismamának, pótolhatatlan segítséget jelentett. Amíg az asszonyok pletykáltak vagy főztek, Corey a kisbaba körül sündörgött, hogy azonnal beleszeressen. Együtt látni a két apróságot egészen káprázatos volt, játszottak, nevettek és Corey a maga két évével olyan meglepő elővigyázatossággal közeledett az újszülötthöz, mintha a testőre lett volna. Egy alkalommal Laurie-t még le is szidta, mert túl hangosan mesélt el egy történetet. Megható jelenet volt, ahogy egyik kezével a kisbaba fejét simogatta, a másikat viszont fenyegetően lóbálta feléje. Nick feltehetően ezeket a megnyugtató jeleket alapul véve jutott el addig, hogy Corey-t meghívja arra a két napra, amit ő is otthon töltött.

- Történt valami, Laurie? – tudakolta Lathea kezét lágyan a vállára ejtve, mialatt ő ott gubbasztott az asztalfőn, éhesen, kimerülten és még a délután kellemetlen emlékeitől nyomva.

- Semmi, kedvesem, kicsit elmerengtem.

Derűs mosoly érkezett válaszul. – Szerintem Emerico ünnepelni szeretne ma este. Mit gondol, jól sikerült a napja Porthkerrisben?

- Ó, reméljük, nagyon reméljük!

Mivel a fia borért szaladt a pincébe, megengedett magának egy cinkos mosolyt. Szeretettel nézett fel a ház egyetlen asszonyára, akinek ismét megnőtt haja egyetlen fonatban omlott a mellére és bár megállapodtak, hogy ő ismét levág belőle, azért szívesebben húzta az időt. Hogy némileg túlzott önfeledtséggel figyelte a vacsorai előkészületeket, a fia kapta rajta. – Beállsz a sorba?

- Miféle sorba?

- Ne értetlenkedj! Természetesen Lathea imádói közé.

- Hogy micsoda? – csípte el az asszony az utolsó szavakat, ahogy a gőzölgő levessel betoppant az étkezőbe.

Emerico nem zavartatva magát folytatta. – A sor Herold Mofittal kezdődik, nem?

A falubeli postás nevének említése kacajt csalt ki az asszonyból. – Ne ugrasson engem!

Laurie a fiatalok huzakodását hallva önkéntelenül is Heroldra gondolt. A harmincas éveinek második felét taposó férfi nem volt ugyan kifejezetten jóképű vagy vagány, kellemes modoráért és megbízhatóságáért méltán ismerték el a faluban. A Parisianben is kétnaponta tiszteletét tette. Általában délután érkezett, hogy egy fertály órát elüldögéljen. Lathea akármint is vélekedett a ragaszkodásáról, nem mutatta. Mindig udvarias és barátságos volt vele, ő mégis úgy látta, ha valakit egyszer egy Mihail Kupolyev típusú férfi kényeztetett, akkor ott Herold Moffitnak nem sok babér terem.

- Mesélj, fiam, mit intéztél Porthkerrisben? – érdeklődött később.

- Óriási hírem van! – Emerico ragyogó arca önmagáért beszélt. – A jenkik kiképzőtábort vernek fel Porthkerris tőszomszédságában. Hosszú távra terveznek, legalább egy-másfél évre, ezért a táborukat biztos alapokra építik.

- Veled?

- Bizony, bizony. Megállapodtunk, hogy heti négy napot töltök a helyszínen. Mellettem szól a katonai múltam és, hát, errefelé az építész is ritka, mint a fehér holló.

Laurie frissen nyírt bajszával játszott. – Vajon mire készülnek?

– Nem árulták el, amin nem csodálkozom, bár gyanítom, hogy a második front megnyitására képeznek ki egységeket.

– Éppen Porthkerrisben? – hökkent meg Lathea. Ez Laurie-t is gondolkodóba ejtette. – A tengerpart elég sík terep.

– Alaki kiképzésre nagyon előnyös, apa. A magas sziklák kemény kihívást jelentenek. Az őrnagy, akivel tárgyaltam, azt pedzegette, hogy elsősorban ezt akarják kiaknázni.

– Igen, most, hogy mondod! Arrafelé vannak a Boscarven sziklák is. Én mindenesetre semmi pénzért nem másznám meg egyiket se.

Lathea elégedetten dőlt hátra üres tányérja mellett, miközben Emerico szolgálatkészen újratöltötte borospoharát. – Ezek szerint tele leszünk amerikaiakkal?

– Azt azért nem hiszem – felelte Emerico. – A tábort legfeljebb hatszáz főre tervezik és innen amúgy is háromórás út. Ha kimenőt kapnak, se Marazionba jönnek majd.

– Ez megnyugtató.

Laurie egészen addig nem hallott újból a témáról, mígnem két héttel később egy este Leonard Mercury le nem telepedett az asztalához a Kótyagosban. Howard Stump társaságában habos sörnek áldoztak és a legújabb hírekről pletykáltak. Elsősorban Afrikáról, ahol Montgomery a Mareth-hágónál új-zélandi és francia csapatokat irányítva háromnapi frontális támadás után sem tudta áttörni az ellenséges vonalakat. Március 26-án viszont jelentékeny légitámadás fedezetében mégis sikerrel járt és átvágta a német-olasz vonalat. A német Messe tábornok feladni kényszerült sokáig tartott állásait, ám hiába vonult vissza a sivatag irányába, Gabésnál sem vethette meg a lábát tartósan. Április 7-én a tovább rohamozó brit csapatok, egyesülve a nyugatról érkező amerikaiakkal, akiket hat nappal korábban még három ezer kilométer választott el tőlük, legyűrték.

- Végre jó hírek, ugye, Leo?

Leonard Howard felé biccentett. Már hétköznap olyan kimerültnek látszott, mint aki hetek óta egy órát se szusszant. – Nekem is van egy bejelentésem. Különösen számodra, Howard.

- Tényleg? Izgatottan várom.

- Kapunk segítséget a rendelőbe.

Howardnak minden átmenet nélkül elkerekedett a szája. – Na, ne ugrass!

- Hihetetlen, mi? – nevetett Leonard.

A faluban hónapok óta aggasztó orvoshiánnyal küszködtek, miután Howard a legtöbb idejét Penzance-ban töltötte, hogy némely terhet levegyen James Rodney válláról. Az ottani helyzetet így sem volt módja jelentősen enyhíteni, mivel a kitelepítettek ellepték a várost és a pacientúra a sokszorosára duzzadt. Állandó orvosra lett volna szükségük, nem kisegítőre. Ekkor Rodney azt a jól hangzó ajánlatot kapta, hogy kerítenek mellé valakit, akivel megfelezheti a betegeit. Csakhogy az idős orvos nem tartozott az együttműködő körorvosok közé, így Howardot leszámítva egyetlen hivatásbéli sem akadt, akit beengedett volna féltve őrzött birodalmába. Patthelyzet alakult ki, hiszen amíg Howard Penzance-ban rendelt, Maraziont magára kellett hagynia ellátatlanul. A következő műszakban pedig futkoshatott a szétszéledt betegek után, amit hosszú ideig már nem tudott vállalni.

- Ne izgasd tovább a fantáziámat, Leo, hogy áll a helyzet?

Leonard tökéletesen megértette az orvos türelmetlenségét, aki az embertelen hajsza okán gyakorlatilag alig látta csecsemő kisgyermekét. Régi, nyugodalmas vidéki életük mintha örökre szertefoszlott volna. – Az elején kezdem.

– Jó lesz, csak gyorsan, mielőtt az infarktus lesodor erről a székről.

Laurie vidáman kacsintott. – Ne dramatizáld túl, doktorom!

– Szóval – vágott bele Leonard. –, Porthkerrisben az amerikaiak felhúznak egy kiképzőtábort. A katonákkal egy tucat képzett orvos érkezik, de lehet, hogy még több is. Ma jártam ott és beszéltem a tábor parancsnokával, bizonyos Cradock ezredessel. Nem állítom, hogy látatlanban rábíznám az életemet, viszont tagadhatatlanul csupa szív fickó. Mivel olykor szívesen felhasználnák a falutól keletre eső területeket hadgyakorlatozásra...

– Te jó ég! – hűlt el Laurie. – Az én földjeim szomszédságában? Ez rossz vicc, Leo!

– Onnan húszmérföldnyi távolságban, Laurie, és szó sem lehet lövöldözésről. Amúgy meg én nem tehetek semmi többet, minthogy megkérem őket erre-arra. A kormányzati pecsét az engedélyükön többet ér az én szavamnál. Bár azt mondom, hadd rohangásszanak a dűnék közt, amíg minket nem zavarnak. Cserébe viszont kapunk tőlük egy orvost.

– Egy orvost? – hüledezett Howard. – Egy igazi, épkézláb orvost?

– Ahogy mondod. Egyelőre három hétköznapról beszéltünk, amikor átveszi tőled a rendelőt, de Cradock szerint alkalmasint négy is lehet, hiszen a táborban marad orvos bőséggel. Az illető lakhatna a fogadóban, azaz bármikor elérhető. A hét másik felét csak meg tudod oldani valahogy, nem?

– Meg hát!

Leonardot szórakoztatta a lelkes reakció. – Ezt szeretem!

– És miféle az emberünk?

- A csapatok a jövő héten egyenesen a tengerentúlról érkeznek. Cradock azt ígérte, azonnal keres egy jelentkezőt, hátha valaki önként vállalja – Leonard beletúrt kócos hajába. – Furcsa alakok ezek az amerikaiak. Mintha nem is a kötelességükről lenne szó, minden feladatra önkénteseket keresnek. Na, mindegy! Ha teremtett lélek nem akar önszántából idejönni, ő kijelöl valakit.

- Mikor kezd?

- Legkésőbb május elején.

- Zene füleimnek! Áldjon téged a Mindenható, Leo – emelte Howard a poharát Leonardra, a koccintáshoz mindannyian boldogan csatlakoztak.

A hűvös estében Lathea szívesen ült ki a bungaló lépcsőjére, hogy vastag kardigánjába burkolózva hallgassa a késői híradást. Az épületben nem égtek a fények, ezért az ajtót kitárva jól hallotta a rádió kissé morzsás, meg-megakadó hangját. A tenger felől élénk szél fújdogált megkócolva a kert fáinak lombozatát, a fű pedig mintha suttogott volna a sötétben. A csendet azonban hirtelen robaj zavarta szét. Beletelt néhány percbe, míg a csillagfényes égbolt előtt három repülőgép komótosan kelet felé húzott. Kivilágítatlanul repültek, erős ereszkedésükből ítélve az egyik közeli reptérre igyekezhettek. Emerico értesülései szerint már naponta érkeztek az amerikai katonák Porthkerrisbe. Hogy légi úton-e, azt senki nem tudhatta biztosan, ellenben a feje felett elhúzó konvoj nem az első volt, amit errefelé látni lehetett. Már puszta jelenlétük kellemetlenül közel hozta a háborút. Akárcsak az a légitámadás, ami néhány nappal korábban Londont érte. Az elszórt és kiszámíthatatlan német akciók számottevően megritkultak ugyan, alkalmanként így is tetemes károkat okoztak és polgári áldozatokat is szedtek.

A rádióban elhalkult a zene, hogy az elhíresült szignál után a híreket beolvassák. – A BBC londoni stúdiója jelentkezik 1943. április 28-án. Afrikában folytatódik az ellenség visszaszorítása Tunisz irányába. Montgomery tábornok továbbra is sikeresen tör előre észak-déli irányban, bár a német-olasz egyesített hadsereg főparancsnoka végzetes hibának nevezte esetleges alábecsülésüket. A britekkel együttműködve a 2. amerikai hadtest és egy francia hadtest közös támadása az ellenséget százharmincszor hatvan kilométer kiterjedésű területre szorítja vissza. A tengelyhatalmak utánpótlása ellen indított légi és tengeri rajtaütések nagy számban okoznak károkat, ami a végkimenetelt illetően döntő jelentőséggel bírhat. A légi fölényt az ellenség képtelen megtörni...

Lathea két tenyere közé szorítva a forró teától áthevült csészét Bettyre meg Kesterre gondolt. Bár decemberben érkezett egy levél Afrikából, a harcok újbóli fellángolása óta semmit sem hallottak felőlük. A híradások ritkán bocsátkoztak a brit veszteségek elemezgetésébe, ennek ellenére is nyilvánvaló volt, hogy mindkét oldalon kell, hogy legyenek áldozatok.

- Meg nem erősített jelentések szerint a varsói gettólázadás továbbra is elkeseredett utcai harcok közepette folyik. Mint ismeretes, az év elején Berlinből elrendelték a gettóban megmaradt mintegy hatvanezerre becsült zsidóság deportálását. 1942 nyara előtt közel százhatvan ezren nyomorogtak ugyanekkora területen, és akikkel nem végzett az éhínség vagy betegség, azokat tavaly nyáron több hullámban koncentrációs táborokba hurcolták. A február 15-i határidővel teljesítendő utolsó kitelepítés váratlanul heves ellenállásba ütközött. A gettólázadás 19-én tört ki, addigra a zsidóságot az SS irányította rajtaütés a gettó töredék részére szorította vissza. Nem hiteles források arról tudósítanak, hogy a német hadsereg páncélosokat, lángszórókat és robbantó alakulatokat is bevet. Házról-házra járva és mindent lángba borítva próbálják a dacoló embereket elpusztítani. Tudni vélik, hogy a végcél a gettó teljes elpusztítása.

A bokrok között ekkor sötét árny tűnt fel, amely Nick hangján szólalt meg.

– Nahát, te! Ilyenkor?

– Hazafelé tartok. Hoztam nektek egy kis lisztet meg efélét Bristolból. Emerico vette át a házban.

– Kedves tőled.

Nick elhallgatott egy percre, mielőtt kibökte volna. – Maradhatok egy kicsit? Rég nem beszélgettünk.

– Örülnék neki.

Nick a kezét nyújtotta, hogy felsegítse a lépcsőről. – Kapcsoljuk ki a rádiót, hallgatni se bírom. Mit iszol? Teát? – kérdezte a férfit belépve a bungalóba.

– Igen, a tea jó lesz.

Amíg kiszolgálták magukat, behúzta a fekete függönyöket.

– Carla nem aggódik?

– Eredetileg holnapra vár, de előbb szabadultam. Menjünk ki, csodálatos az este.

A halvány fény kihunyt és ők visszatelepedtek a két lépcsőfok egyikére. A közelben tücsök ciripelt, a fejük felett ágak karcolták a bungaló üvegét.

– Mondtak valami újat a hírekben?

– A varsói mészárlásról beszéltek. El se tudom képzelni, hogyan képesek hatvanezer emberre rágyújtani a házakat és elevenen megégetni őket. Micsoda elfajzott ideológia támaszthat alá ilyen rémtetteket?

Nick fásultan dörgölte a tarkóját. – És a gázkamra dolog, amiről egyre többet beszélnek? Nehezemre esik elgondolni, milyen lehet, de talán jobb is így.

– Bárcsak ne lenne igaz! De nem áltatom magam.

– Én sem.

Lathea a férfira nézett a sötétben. – Szüntelenül az jár a fejemben, vajon az apám zsidó volt-e. Sejtelmem sincs.

- Van ennek jelentősége?

- Hmm, itt benn – tapasztotta Lathea a tenyerét a szívére.

- Meséld el.

- Szégyenletes, mennyire nem ismertem.

- Az öklét annál inkább – Lathea nem felelt azonnal. – El kéne végre felejtened.

- Szeretném, és néha azt hiszem, sikerült, de aztán kiderül, hogy mégsem. Az álmok visszatérnek és.... úristen, majd a föld alá süllyedtem, amikor Carla Maggie-vel vajúdott. Emerico férfi létére azonnal tudta, mit tegyen, míg én....

Nick váratlanul megragadta a kezét. – Ne gyötörd már magadat! Van, akiben nyomós ok nélkül is félelmet kelt a vér látványa. A szülés különben sem szívderítő látvány. Fájdalom, vér, szenvedés, mi ebben a szép?

- Kedves tőled, hogy vigasztalsz, Carla szerencséje meg az, hogy Emerico ott volt.

Nick mosolygott a kellemes estében. – Az élethez szerencse kell, nem is kevés – aztán elkomorodott. – Egyébként Londonból hozok híreket. A héten Richard Adamsnél jártam Stepney-ben.

- Hogy van?

- Szerintem a végét járja – Lathea összerezzent. – Otthon van, Mrs. Storney ápolja, de akármit is mond az öreg, hálni jár belé a lélek. Az a tüdőgyulladás túlságosan megtörte.

- Istenem!

- Sajnálom, jobb újsággal szerettem volna jönni. Igazság szerint arról álmodoztam, hogy ide hívhatjuk Maggie keresztelőjére, ez azonban ki van zárva.

- Nem is tudom, mit mondjak – Nick megszorította a kezét. – Ha belegondolok, szinte senki nem marad meg a régi életünkből. Négy év és minden megváltozott – Lathea tekintete elveszett a távolban, miközben belefogott a leltárba. – A szüleim, Erwin, a családod, mind meghaltak és magukkal vitték az életünk egy nagy szeletét.

- Úgy látom, ma nem vagy túl jó hangulatban. Történt valami?

- Semmi különös. Az éjszaka borzalmas álmom volt, az lehet az oka.

- Miről álmodtál?

Csend. – Mischáról.

- Ó!

Lathea közönyösen legyintett. – Lényegtelen. Mesélj a keresztelőről. Mikor lesz?

Nick sajnos nem hagyta magát eltéríteni a témától, és ahogy ő a szemébe nézett, mintha visszalépett volna az időben. Olyan régen volt, hogy kibújva a megbízható barát szerepéből udvarolni akart neki és talán az is egy másik életben volt, amikor utoljára megcsókolta. Néhanapján rettenetesen hiányolta a gyengédséget, azt, ahogyan a férfi meleg ujjai végigtáncoltak az arcán és a szája egyre közelebb lopódzott.

- Ezt nem szabad, Nick.

- Csak egyetlen csók, Lat. Kérlek.

És odahajolva hozzá forrón megcsókolta. Ugyanazzal a szenvedéllyel, amit egyszer már felajánlott, ő mégsem kért belőle. Erős keze a tarkójára siklott, hogy közelebb vonja, és türelmes ravaszsággal csókolja tovább, ő azonban elhúzódott tőle.

- Ez nem becsületes Carlával – dadogta.

- Bizony nem.

- Akkor ne csináld!

- Próbálom, de olykor alulmaradok magammal szemben. Erwin pokoli szerencsés fickó volt, amiért szeretted.

Ostoba helyzet volt, olyan, amitől háborog az ember lelkiismerete. Emellett Lathea pocsék hősnőnek találta

magát ebben a szerepben, csélcsapnak, becstelennek.
– Téged is szeretlek.
Nick elhúzta a száját. – Csak nem úgy, ahogyan jó
lenne. A tetejébe külön bosszantó, hogy annyi nő
közül éppen az tetszik nekem a legjobban, aki örökre
elérhetetlen.
– Ne kínozz engem, miközben megnősültél és családot
alapítottál.
– Igen, te pedig be is bújsz e mögé – állt fel Nick. –
De ha ennyire tiszteletben tartod a házasság
szentségét...
Lathea elpirult a gondolatra, hogy máris a szemére
hányják hosszú idő után először fellobbant
szenvedélyét. – És te, Nick Cowan, tiszteletben tartod
a házasság szentségét?
A nehéz sóhaj önmagáért beszélt. – A pokolba is! Azt
kívánom, bárcsak nagyon gyorsan beleszeretnél
valakibe, mielőtt...jó éjszakát, aludj jól – ezzel Nick
sarkon fordult és minden további magyarázat nélkül
távozott. Alakját azonnal elnyelte az éjszaka.
Lathea kábultan rogyott vissza oda, ahonnan az imént
felugrott és könnyes szemmel a csillagos égboltra
meredt. Másnap reggel a konyhában a hatalmas
csomagot látva Laurie említette meg az esti látogatót.
– Mindenesetre messze nem szokványos időpont az
udvariassági látogatásra – tette hozzá Emerico.
– Ugyan, fiam, ne légy szőrösszívű. Nick sokszor nem
a maga ura, amikor munkáról van szó. Nyugodtan
maradhatott volna éjszakára, ha Carla egyszer úgysem
számított rá. Nem okos dolog éjszaka kóborolni.
Maga se tudta, miért, Lathea úgy érezte, némi
mentegetőzéssel tartozik. – Sietett haza. Rég nem látta
Carlát meg a kicsit.
– Ezt megértem – Emerico megjegyzése kellemetlenül
megrekedt a levegőben, Lathea pedig a szeme
sarkából fürkészve őt sem tudta eldönteni, a

megjegyzést szemrehányásnak szánta-e, vagy él nélküli megjegyzés volt.

Doreen nagyon hálás volt, amiért elfogadták a meghívását. Nem győzte ismételgetni, hogy ő túl gyakran él vissza a Parisian vendégszeretetével, ami talán túlzás is. Laurie és Lathea titkon összenéztek az asztal felett, bár egyikőjük sem felelt. Doreen pótolhatatlan segítséget nyújtott nekik, hiszen nemcsak az állandóan nyüzsgő Corey-t leste, hanem sokszor a főzést is felvállalta. Többet dolgozott ott, mint pihent, és különösen állt ez, amióta Emerico egyre többet volt távol. Az épülő amerikai bázis sok feladatot rótt rá, és mivel nem hajlott arra, hogy átmenetileg Porthkerrisben telepedjen le, a hosszú utazások végén rendszerint későn ért haza. Laurie a gyönyörű április keltette ihlettől úszott az ötletekben, ez kiűzte a szabadba és nem egyszer egész napra elveszett valahol a zöldben pingálva. Így fordulhatott elő, hogy hazatérve a boltból Lathea leginkább Doreent szokta otthon találni az üres házban.

A finom falatok felett izgalmas társalgás folyt, mely sűrűn visszakanyarodott az amerikaiak felbukkanásához. Emerico természetszerűleg tele volt mesélnivalóval, hiszen a tábor, amelyen rohamtempóban dolgozott, máris kezdett megtelni. – Arról beszélnek, hogy a hatszáz férőhely merész alultervezés, az is előfordulhat, hogy a közelben valahol máshol kezdenek egy újabb építkezésbe. Rövidesen kiderül.

Nem ő volt az egyetlen, aki testközelből ismerkedett az idegenekkel. Lathea a bolti vevőktől máris hallott olyan pletykákat, hogy a katonák túlzottan nagy benyomást tesznek a helyi fruskákra.

- Csinosak az uniformisban, világít a mosolyuk és gáláns emberek – adta tovább a híreket Mrs. Coultridge, aki ez alkalommal valószínűleg tényleg ragaszkodott a tényekhez, melyeket máskor bosszantó nagyvonalúsággal kezelt. Noha a hatszáz amerikainak még alig kétharmada érkezett meg, a helyiek máris új életre keltek. Emerico szerint ugyan komoly megkötések vonatkoztak az eltávozókra, nehogy felesleges összeütközésbe kerüljenek a lakossággal, ez egyetlen fiatal lányt sem tarthatott vissza attól, hogy lenyűgözőnek találja a kialakult helyzetet. A háború kezdete óta a környékről szinte minden hadra fogható fiatal férfi eltűnt, és ahogy Mrs. Coultridge egyszer velősen leszögezte: Így egyetlen szerelmi dráma se lehetséges, amin unalmas perceinkben csámcsoghatnánk.

Nem is igen akadt neki való csemege, amit keresztbe-kasba szétkürtölhetett volna, hacsak Howard Stump esküvője meg a kisfiú születése nem, aki gyanúsan korán érkezett e világra. Megítélése szerint Stump már kinőtt a csikó korosztályból, és az ilyesmi nem méltó hozzá. Az amerikaiak felbukkanásával sokan a vérszegény híripar felvirágzását várták, hiszen fiatalok között már-már kötelező a szerelem, legalábbis Mrs. Coultridge szerint. Ahogyan az is valószínűnek tűnt, hogy a katonák se fogják minden idejüket a táboron belül elvesztegetni, hanem ha már egyszer ilyen messzire kerültek otthonról, nem lesz ellenükre néhány ártatlan flört.

- Vajon Howard tényleg kap segítséget? – merengett Doreen a desszert felett. – Igazán ráférne. Állítólag kedden a kis Judy Arcand újabb epilepsziás rohamtól esett össze az iskolában és mire Howardot Penzance-ból előkerítették, majdnem odalett.

- Mindenesetre Leo komolynak hangzó ígéretet kapott – esett neki Laurie a ritkaságnak számító édességnek. Lathea feljebb tornászta Corey-t az ölében, aki az első harapással máris összekente az arcát.

- Adja ide, átveszem ezt a haspókot – nyúlt érte Emerico a kisfiút könnyedén a térdére véve. – Nem sajnálod ezt a finomságot? Több jut az arcodra, mint a hasadba.

Corey-t láthatóan nem hatotta meg a kedves dorgálás, inkább csibészes mosolyát villantotta Emericóra. Vörös fürtjeivel, élénk szemével szakasztott úgy festett, mint egy angyal. Szabályos vonásaival egész egyszerűen szépnek mondható. Mindannyian jót derültek a cseppet sem bűnbánó arcon.

- Én azért James Rodney magatartását is felháborítónak tartom – dörmögte Grant. – Vén csirkefogó, akinek olyan tevékeny felesége van, mint senki másnak, és ezért a gyógyításon felül semmi dolga. Se gyereke, se unokája, aki lekötné. Mellesleg háború van és egyikőnk se teheti kedvére azt, amit éjszaka megálmodik. Ő meg itt kényeskedik, akár valami szűzlány. Ki hallott már ekkora luxust, hogy szükség idején az ostoba hóbortjai miatt nem hajlandó másokkal dolgozni! Az eszem megáll!

Laurie szkeptikus volt. – Én nem csodálkozom. Emlékezz csak vissza, az iskolában micsoda tróger volt. Éltanuló, aki úgy viselkedett, mintha a tudás egyedüli letéteményese lenne.

- Egyszer jól helyben is hagyta valaki – Grant tekintete valósággal felizzott a káröröntől.

- Emellett Howard alkalmas balek azzal az átkozottul jó szívével.

- Ó, kedvesem, ez a régi recept – helyeselt Grant a felesége felé, csakhogy az asszony félreértette a hangsúlyt.

- Hogyan veheted ezt természetesnek? Rodney tisztességtelenül bánik vele. Kihasználja.

- Senki nem mondta, hogy egyetértek vele. Ugyanaz az önző fajankó, aki világéletében volt.

- Márpedig ezt mondtad.

A házigazda teleszívta a tüdejét. – Pusztán annyit állapítottam meg, hogy ez egy régi recept.

- Persze, de ahogy mondtad!

- Ó, te jó ég! Felcsaptál gondolatolvasónak?
A semmiség felett lángra lobbant vitán Laurie, rosszul leplezve vigyorát, jót derült. Latheára kacsintott, aki jobbnak látta a süteményével foglalatoskodni, ez a tapintat viszont távol állt Corey-tól. Jó hangosan, széles mosollyal szólalt meg. – Leharapják egymás fejét.

Laurie döbbenten meredt a kis szószátyárra, aki elkotyogta az ő szava járását. Hirtelen még a háziak is felfüggesztették a vitát. Mindannyian a kisfiúra lestek, amint a szája körüli maszattal vigyorgott rájuk, nem nagyon értve a beállt némaság okát. Akkor tört meg a jég, amikor Grantből kiszakadt egy mély hahota és kezet csókolt a feleségének. – Először harapj te, Doreen egyetlenem.

A háziasszony megenyhülten mosolygott és hosszú évek alatt gyűjtött bölcsességgel nem felelt semmit a lovagias, bár legalább annyira incselkedő ajánlatra. A felszültség oldódásával Emerico vette át a szót. – Egyébként én is megismerkedtem Cradock ezredessel. A héten elmondta, hogy napokon belül kiderül, kit küld Howard Stump kisegítésére.

- Ilyen gyorsan?
- Miért is ne? Ha jól rémlik, májustól ígérte az orvost és ma már 27-e van. Tizenhét orvost kapott az egészségügyi alakulatba és harminc nővért. Egyet igazán gond nélkül nélkülözhet.
- Nővért is kapunk?
Emerico jó érzékkel elkapta a falatot, amit Corey kevés híján kiterelt a tányérjából. – Erről nem tudok, de mintha nővér lenne, nem?
- Igen, Miss Sothersby. Kiváló ápoló és, hát, húsz éve a marazioni rendelőben van – magyarázta Grant. – Azért kíváncsi vagyok, kifélét szabadítanak ránk. Howard után akárki jön, átkozottul nehéz lesz megszoknunk.
- Egy biztos, Howardnál fiatalabb fickót kapunk.

Nyolc óra után a rádió a híreket sugározta, majd tánczenét közvetítettek. Addigra Corey elszundított Laurie ölében, tehát ideje volt indulni. A meleg estére való tekintettel gyalog érkeztek a Parisianből.

- Grant, áll még az ajánlata a londoni lakásra? – tudakolta Lathea, mialatt a házigazda felsegítette rá vékony kardigánját, melynek melege azért az éjszakában már jól esett.

- Hogy kérdezhet ilyesmit, drágám, természetesen.

- Hálás vagyok érte.

Grant odanyúlt a falra erősített kisszekrényhez és előkereste a szerény kulcscsomót.

- Még nem tudom pontosan, meddig maradok. Nick szerint a tiszteletes aggasztó állapotban van.

- Emiatt ne törje a fejét. Addig marad, amíg kedve tartja. Ismeri a járást, úgyhogy érezze otthon magát.

- Mikor indulsz? – karolt bele Doreen, kilépve az áprilisi estébe.

- Hétfőn. Nick ugyan felajánlotta, hogy vigyem át Corey-t, de Laurie hallani se akar róla. Segítesz neki, amíg távol vagyok?

- Ez magától értetődik. Tudod, mennyire imádom ezt a gézengúzt.

Corey mélyen aludt Emerico karjaiban, ezért az asszony szelíd cirógatására sem nyitotta ki a szemét. – Azért a keresztelőre itt leszel, ugye?

- Persze, hiszen nagy feladatok várnak rám.

Carla és Nick már hónapokkal korábban a szavát vették, hogy elvállalja Maggie keresztanyaságát, keresztapául pedig Emericót szemelték ki. Talán a szülésnél tanúsított helytállásáért cserébe kapta a felkérést, de akárhogy is volt, nagyszerű választásnak ígérkezett.

Carla meghatódva, a szavakkal küszködve környékezte meg a kéréssel. – Engem aszerint neveltek, hogy a keresztszülők biztosítékot jelentenek

arra az esetre, ha velünk történne valami. Tehát fiatal, életerős és megbízható garanciát kell választanunk.
- A bizalma megtisztelő – felelte Emerico. Ebben a magabiztos három szóban minden benne volt, ami egy fogadalommal is felért.

Hazafelé bandukolva a csillagok szolgáltatta fényben, alig beszélgettek. Helyette Laurie slágereket fütyörészett, amivel nem verte fel a kicsit, de ahogy botjával kopogtatva néhány lépéssel megelőzte őket, vidámsággal töltötte meg az éjszakát.

28.

A május friss, zöldellő parkjai régi emlékeket idéztek Latheában. Már szinte el is felejtette, milyen a Hyde Park tavasszal, milyen a zsenge fű illata és mennyire lenyűgöző látványt nyújt a Park Lane mentén sorakozó fasor, amikor a szellők szárnyán vitorlázó levelek között átkukucskál a nap. A parkon átvágva, majd a járdán téblábolva várakozott Anne-re. A lány továbbra is a Royal Courtban szolgált és ő örült a fennmaradt barátságnak. Ez volt az egyetlen kapocs, mely akármilyen lazán, de mégis egykori életéhez kötötte. Már így is olyan sokat elveszített belőle, nem akarta Anne-t is a veszteségek közt tudni.

A Park Lane szokásos forgalmát bonyolította. A piros festésükben megkopott emeletes buszok között élénk autóáradatot látott, amiből rögvest arra következtetett, hogy az üzemanyaghiány errefelé nem okoz vészes érvágást. Bár a város egyik előkelő és gazdag negyedének szívében nézelődött, így is feltűnően sok egyenruhával találkozott, és még többel, amíg Anne-nel lebuszoztak a Victoria pályaudvarra, hogy onnan a Victoria Streeten sétáljanak a Parlament felé.

- Mondtam Mike-nak, hogy ma a Vén Hattyúban ebédelünk – csiripelte Anne boldogan. – Már jó ideje megígértem neki, hogy elviszlek oda, és tudod, milyen haragtartó tud lenni egy báty.

- Sejtelmem sincs, nekem sose volt.

- Ó, jobb is!

A fintor önmagáért beszélt. A kora délutáni napsütésben cipősarkaik dallamként kopogtak a fényben úszó aszfalton, ahogy a járókelőket kerülgetve masíroztak előre. – Jézusom, mennyi katona!

Anne leplezetlenül mulatott a megjegyzésen és Lathea egészen addig nem is értette ennek jelentőségét, amíg be nem tértek a Vén Hattyúba. A pályaudvartól kőhajításnyira, a városháza mögött, a Spencer Streeten feküdt. Ősrégi étterem lehetett, régi fapadlóval meg berendezéssel. Bezúdulva a szűk ajtón Anne azonnal a testvérébe botlott. – Mike! Meg is jöttünk.

Köténnyel a derekán Mike Rydl feléjük sietett. – Szevasz, kicsim – ölelte meg a húgát, majd rögvest Lathea felé fordult. – Üdv, Mike vagyok – nyújtotta a kezét. – Rengeteget hallottam önről, ideje volt megismernem is.

- Köszönöm.

- Mike – nevetett a férfi hódító mosollyal. – Csak így egyszerűen. Lefoglaltam egy asztalt, megmutatom.

Körülpásztázva a félhomályba burkolózó helyiséget, Lathea szinte kizárólag egyenruhásokat látott maga körül. Amerikaiakat meg briteket vegyesen, bár a szomszédos asztalnál éppen ausztrálok tréfálkoztak két fiatal nővel. Ez a kozmopolita nyüzsgés egyszerre volt izgalmasan tarka-barka, no meg újszerűen idegen. Ahogyan azok a kíváncsi pillantások is, melyek alig foglaltak helyet, máris megtalálták őket.

- Nem csatlakozol egy kicsit? – invitálta Anne a fivérét.

- Húsz perc múlva jár le a szolgálatom. Hozom nektek az étlapot.

Magukra maradva Anne átmosolygott az asztal felett.

– Hogy tetszik?

- Mike vagy a Vén Hattyú?

Szórakozott kacaj. – Mindkettő.

- Mike vagány típusnak látszik.

- Az is. És még?

- Jóképű.

- Annak találod?

- Határozottan.

Mike duzzadt az erőtől, vaskos végtagjai igazolták ezt. Lathea Anne-től hallotta, hogy rajong a sportokért, elsősorban az evezésért meg a futballért. Szemtelen vigyor ragyogott az arcán, ahogy ide-oda sürgölődött az asztalok dzsungelében, szokatlanul szürkés haja csak úgy röpködött a feje körül.

- A férfiakról jut eszembe – komorult el Anne megvárva, míg a fivére az étlapokat eléjük ejtve távozik. – Van nálam két levél, a címzés szerint mindkettőt Kupolyev grófné adta fel Avignonban a férjének.

- Tessék?

Anne habozás nélkül odaszórta a bizonyítékokat az asztalra. – 1940. január a keltezés. Mindkettő a hotelba érkezett, hát, nem különös?

Lathea értetlenül bámulta a borítékokat, mielőtt a barátnőjére emelte a tekintetét. Jó ideje már, hogy elmondta neki, miként lett Mihail Kupolyev hitvese, máskülönben nem juthatott volna hiteles okiratokhoz a háború zűrzavarában. Anne, aki hajdanán plátói módon vonzódott a férfihoz, érthető módon elképedt, ugyanakkor a titkot azóta is híven megtartotta.

- Mr. Loggerman megunta a postázóban felgyülemlett rengeteg papírt és kidobatta a felesleget. Akkor kerültek ezek a kezembe – Lathea az egyiket megpörgette az ujjai között, hogy elolvashassa a címzést. – Valaki ocsmányul bitorolja a nevedet, Lat.

- Határozottan úgy fest. Mischát 1940 januárjában hívták be, tehát akárki is küldte, nagyon jól tudta, hogy nincs Angliában.

- Emellett sejtelme se volt róla, hogy van felesége. Mert akkor az juthatott volna hozzá ezekhez, noha aligha neki szánták őket.

- Igazad lehet.

Lathea már majdnem feltépte az elsőt, amikor Mike bukkant fel két megpúpozott tányérral. Anne észrevétlenül intett, hogy dugja el a borítékokat, amit meg is tett. – Mi ez a finomság?

Mike a húga mellé ereszkedett. – Hús, gomba meg rizs. Becsüld meg, mert nagy ritkaság manapság.

– Isteni illatokat érzek – udvarolt Lathea és a koccintást követően nekiláttak az ebédnek.

– Annie-től tudom, hogy Cornwallba ment. Milyen ott az élet? – kezdeményezett a férfi társalgást irigylésre méltó fesztelenséggel.

– Muszáj volt elfutnom, mert elegem lett a földalatti rettegésből.

– Megértem, higgye el. Négy napja Highburyben bombáztak, idáig lehetett hallani a robbanásokat. Cornwall nyugodtabb lehet.

– Álmos és vidékies. Ott sem könnyű, viszont nem hullik a fejünkre egyetlen bomba sem.

– És mit szól Londonhoz? Alaposan megváltozott, ugye?

Követve a fejmozdulatot, Lathea is elnézelődött az étteremben. – A katonákra gondol? – elnevette magát.

– Mintha idegen bolygóra cseppentem volna. Ezek az emberek eltévedtek?

A két testvér egyszerre nevetett fel. – Úgy is mondhatjuk. Többségük jenki, a legtöbben a várostól délre táboroznak és a 8. amerikai hadsereg kötelékéhez tartoznak. Tökös legények.

– Mike!

Anne felháborodásán a fivére jót derült, ennek ellenére bocsánatot kért. – Nappal berepülnek Franciaország fölé, hogy az ellenállásnak szükséges holmit ledobják, vagy elmennek Németországig és alaposan meghintik őket odafentről. Kár, hogy sokan nem jönnek vissza.

– Szomorú.

– Vannak itt néha aussie-k is. A múlt héten járt erre fél tucat, akik a 9. ausztrál hadosztállyal hónapokig kuksoltak Tobrukban, mialatt Rommel rágta a körmét a falakon túl.

- Hogyhogy ilyen sokan járnak ide?

- A környéken van a pályaudvar, no meg a kórházak zöme átmenetileg katonai intézmény lett, beleértve a St. James' túloldalán a Malborough-t is.

- Maga miért nem feszít egyenruhában, Mike?

A férfi elhárítóan intett. – Egészségügyi alkalmatlanság – arcán megfejthetetlen kifejezés suhant át. – Asztmás vagyok és éppen a sorozáskor olyan rohamom volt, amiről senki élő ember nem merte volna azt képzelni, hogy színlelés.

Anne a testvére karjára tette a kezét. – Pedig ez a hős harcolni akart és védeni a hazát.

- Vajon mi okod van gúnyolódni?

Mike velük töltötte a délutánt, amint el tudott szabadulni a Vén Hattyúból. Ténferegtek a városban, rengeteget nevettek és Lathea végre nagyon jól érezte magát. Egyedül csak a táskájába rejtett két levélről nem sikerült megfeledkeznie. Alig várta, hogy hazaérve feltépje őket és utánajárjon, Anne megállapítása, hogy valaki visszaél a nevével, helytálló-e. Hiába telt el három év, ugyanolyan dühöt, sőt, becsapottságot érzett, mintha az eset tegnap történt volna. Ezért lerúgta a cipőit és a legközelebbi fotelba vetve magát felszakította az első levelet. Női kéz írta, noha a parfüm illata már a felismerhetetlenségig meggyengült. Pillantása rögvest az aláírást kereste. Gömbölyű formákkal, lendületes tollvonással odakanyarított Ch monogram volt.

Párizs, 1940. január 5

Drága Angeline,

van valami összeesküvés ízű abban, ha angolul írok Neked, tehát íme!

Csodálatosnak éppen nem mondható karácsony áll mögöttem, de az biztos, hogy eseményekben dúskáltam. Papa végre valahára idecsalogatta Mischát, aki velünk töltötte az ünnepeket. Nem mondom, tébolyítóan megváltozott, szinte kifordult régi önmagából. Azóta nem láttam, hogy Oroszország felé eltűnt... az arcátlan most bevallotta, hogy egy nő miatt hagyott faképnél az esküvő előtt. Még mindig kíván engem, úgy látszik, némely dolgok soha nem változnak. De sajnos kiveszett belőle a régi pajkosság. Az önuralma pedig elképesztő, nem beszélve arról, miféle megalázó játékot űzött velem! Csak azért csábított el, hogy utána visszautasítson. Beteges bosszú, férfi gyalázatosabb nem is lehet! Ám legalább tudtán kívül megtette nekem azt a szívességet, hogy hamarosan anya lehetek. Jobbkor nem is történhetett volna! Ugyanis hozzámegyek Alain Chabert-hez és ezzel a gyerekkel örökre megtarthatom magamnak.

Egy dolgot mégis biztosan tudnom kell,
Angeline. Mischa azt állította, hogy
megnősült. Bosszantó, de Párizsban a
magánnyomozó, akit felfogadtam, nem jutott
az édes kis grófné nyomára. Tedd meg
nekem, hogy körbeszimatolsz arrafelé. Ha
nem itt, akkor valószínűleg Angliában kapta
el valami kis nőcske. Jean-Michel Chiarit
kényelmesen felhasználhatod. Az ostoba
mindig odavolt érted és felteszem, a kedves
Madame Chiari örömteli halála óta sem vált
szerzetessé. Még talán jó móka is
kikerekedhet belőle, nem? Ch.

A hitvány, színfalak mögötti mesterkedések gondolatától Latheát kirázta a hideg. Keveset hallott Mischa egykori választottjáról, de Avignon és a címzett személye azt sugallták, a feladó nem lehet más, csakis ő. Még jól emlékezett arra az estére, amikor a Dorchester játéktermében a kapatos Angeline erről a bizonyos kalandról fecserészett. Meg arra is, mennyire becsapva érezte magát. Megcsalatva. Hát, íme! Nem véletlenül kísértette az az elejtett néhány szó olyan állhatatosan. És bár tudta, hogy a házassága üres, kirakati eskütre épült, Mischa haláláig mégis elkötelezve érezte magát. Ezek szerint a férfi nem. Olyannyira nem, hogy képes volt hideg fejjel kihasználni egy asszonyban fellobbantott szenvedélyt? Őszintén szólva ezt nem feltételezte volna róla.

Indulatosan nyúlt a következő levélért,
amiben úgyszintén angolul, Chantal monogramjával
kígyóztak a sorok.

Párizs,1940. január 22

Kedves Angeline,

most már biztosan tudom, hogy állapotos

vagyok. Hála Mischának minden álmom

valóra válhat. Alainnek megmondtam, hogy

az esküvővel nem várhatunk, ha egyszer ilyen

helyzetbe hozott. Ő pedig azt felelte:

pontosabban tervezni se tervezhetett volna.

Kevés hiányzott hozzá, hogy a halálba

nevessem magamat.

A héten összefutottam Mischával

Párizsban. Még a napokban felhúzza az

egyenruhát és eltűnik az életemből. Egyesek

olyan gyászos képet festenek a kilátásainkról,

könnyen előfordulhat, hogy nem is látom

viszont. Fikarcnyit se bánom. Megszülöm és

felnevelem a gyerekét anélkül, hogy valaha

tudomást szerezhetne róla. Ha túl is éli ezt az

átkozott háborút, elég büntetés lesz ez neki

azért, mert olyan arcátlanul elhagyott.

Látva őt eltűnődtem, milyen dalia lesz a

fia, és ő hogy fog szenvedni, ha egyszer rájön

a hasonlóság okára. Méltó reváns, nem?

Különben Chiari is Párizsban van. Ma

megy vissza Londonba. Tegnap ott volt az

amerikai követség estélyén és meglehetősen

búskomornak láttam. Ideje lenne

megkörnyékezned, kedvesem. Most teljesen

magába van roskadva, könnyű préda Neked.

Ügyes légy,

Latheát ledöntötte a lábáról a felismerés, hogy Richard Adams haldoklik. A paplakban vele töltött három nap után képtelen volt többé elhessegetni magától ezt a rettenetes gondolatot. Az ágyat nyomó csont és bőr férfi, két óriási szemmel az arcán, már nem ugyanaz volt, mint akit az emlékeiben őrzött. Az erek jóformán áttetszettek a bőrén. Jéghideg kezét kellemetlen volt megszorítani. Ennek ellenére szelleme a régi lánggal lobogott és, bár olykor elbóbiskolt beszéd közben, ugyanazzal a szelíd szenvedéllyel szólt, mint régen. Tisztában volt nyomorúságos állapotával, a végtelen gyengeséggel, ám lélekben erős maradt. Az elvégzett és félbe maradt feladatokról beszélt, ő pedig csodálattal hallgatta. Az órák gyorsan repültek. Csak akkor döbbent rá, mennyire, amikor vacsoratájban Mrs. Storney megjelent egy könnyű levessel, amit a beteg, ha lassan is, de félig-meddig meg tudott enni.

A szócsatákból merített optimizmus nem tartott tovább, minthogy elindult a St. Annes Crescentre. A buszon már ellenállhatatlanul a régmúlt képei peregtek előtte, rémisztő ellentétben állva a jelennel. Az a tetterős ember, aki őt istápolta, rejtegette az összekuporgatott pénzét, lelket öntött belé a legreménytelenebb pillanatokban, valahol mélyen ott lakozott ebben a csontsovánnyá aszott testben, ám ha ránézett, sehol se látta. Mélységesen elszomorította az összehasonlítás. És a tiszteletes mellett töltött idő azzal a keserű felismeréssel ajándékozta meg, mintha ez a kevéske idő is nagyon hamar az elérhetetlen múltba készülne átsiklani. Jól látta ezt azokon is, akik beugrottak a paplakba tiszteletüket tenni. A gyász ott ült a szemükben, éppen ahogy az elmúlás meg a szenvedés. Adams pedig továbbra is éber tekintetével nyilván felfigyelt a néma közjáték sorozatos ismétlődésére, jóllehet egyszer sem tette szóvá. Borongós gondolatai elől Annie vacsora meghívása mentette meg. Először ugyan nem akarta elfogadni, a barátnőjét viszont nem olyan fából faragták, mint aki ismeri a visszautasítást. – Ugyan már, Lat! Be akarom mutatni neked az udvarlómat. Dodge egyenesen Texasból jött idáig, ne mulaszd el!

Az este tökéletes alkalomnak ígérkezett, hogy átmenetileg száműzze a gondjait. Amióta Londonba érkezett, különben sem tett egyebet, mint egész nap Adams tiszteletes mellett üldögélt, este pedig sírva aludt el. Ám a randevúra meglepetésre Mike érkezett a húga és az amerikai pilóta helyett. – Ez valami tréfa?

A férfi a fejét vakarta. – Ha igen, akkor sem az enyém. Annie húsz perce hívott, hogy rohanjak ide. Mi történt?

- Megbeszéltünk egy vacsorát vele meg a barátjával – Mike hirtelen félrenézett. – Mike?

- Hm?

- Mit titkol?

Lassú válasz érkezett. – Dodge-nak nyoma veszett a délelőtti bevetésen.

- Ó.
- Sajnos ez a helyzet. Már kezdem érteni a dolgot –
elővett egy zsebórát. – Ha megelégszik velem,
ehetnénk valamit. Farkaséhes vagyok.
- Mike, kedves öntől, de eredetileg nyilván más
programja volt. Én pedig ma nem vagyok a legjobb
társaság.
- Annie mesélt az idős tiszteletesről. Hogy van?
- Hald...haldoklik – rettenet volt kimondani.
- Sajnálom – Mike megjátszott vidámsággal nézett
vissza rá. – Ma este éppen egy szerelmi bánattal
hadakozó alakot írna fel magának az orvos. Szóval,
menjünk. Mit szeretne enni?
- Bármit.
- Helyes, akkor elmegyünk a Sohóba. A legjobb
steaket Jim süti.

Jim Christley a Romilly Streeten, éppen a Charing
Cross háta mögött vezette apró vendéglőjét. A föld
alatt, kissé eldugva a város lüktető forgalma elől, de
azért kedvelt helyen, amit a zsúfolásig telt terem
bizonyított. – Igyatok valamit, addig elhessegetek egy
társaságot – ajánlotta Mike barátja, így kezdetnek a
bárpulthoz telepedtek.
- Mit iszik?
- Bort. Vöröset.
- Nigel, a hölgynek vöröset, nekem pedig whiskyt,
légy szíves.
A pultos fürgén odavarázsolta eléjük az italokat.
- Gyakran jár ide? – próbálta Lathea túlkiabálni az
élőzenét. Éppen jazzt játszottak.
- Egyre ritkábban. Jim régi haver, valamikor a
nővérének udvaroltam.
- Ez a szerelmi bánat?
Mike elhárítóan legyintett. – Egy másik.
Lathea semminemű tapasztalatot nem gyűjtött arról, a
férfiak miként kezelik a csalódásaikat. Gyászolják-e

nyíltan, ami odalett, vagy magukba fojtják. Abban ellenben biztos lehetett, hogy Mike Rydl egészen kivételes nyitottsága nem mindennapi dolog. Jóformán idegenek voltak egymásnak, mégis leplezetlenül kimondta, milyen kutyául érzi magát, mert a kedvese elhagyta. – Szabályosan irritál ez a sok jenki. Elleptek minket, egyik napról a másikra tele lett velük minden. A lányokat megőrjítik a rengeteg ajándékkal, csokoládé, cigaretta, rágógumi, tele vannak dohánnyal. Ennek megfelelően bomlanak értük a csitrik. Azzal sem törődnek, ha a fickók holnap meghalnak.

- Annie sem?

Mike a sokadik cigarettát nyomta el, mire a főétel megérkezett. A fal mellett ültek, az élénk alapzajban mégsem elég távol a zenekartól. Néha szájról kellett olvasni ahhoz, hogy biztosan megértsék egymást. – Dodge más eset. Fülig beleesett Annie-be, szinte azonnal pap után szaladt volna. Texasi, ahol állítólag a dolgoknak jobban megadják a módját. De az én Megem? – dühösen elnyomta a már kihunyt és agyonpréselt csikket. – Amikor megtudtam, hogy összeszűrte a levet azzal a disznóval, odarohantam, hogy a lelket is kipüföljem belőle. Ám a szerencsétlent Meg alaposan átejtette. Azt állította, senkije nincs. A fickó teljesen ledermedt, hogy gyűrűs menyasszony. Mellesleg az enyém – legyintett. – Megette a fene! Én igazán nem vagyok vaskalapos, a nőknek is joguk van flörtölni, ezt viszont rendezzék le az eljegyzés előtt. És ne más gúnyos vigyorából kelljen rájönnöm, hogy felszarvaztak!

Lathea zavartan hallgatott egy darabig. – Nem tudom, mit mondhatnék.

Mintha Mike akkor ocsúdott volna, bánatosan elmosolyodott. – Ne mondjon semmit. A jelenlevők mindig kivételek a kritika alól.

Neki közben bevillant mindaz, amit Chantal gonoszságtól csöpögő levelében olvasott. A kritika alól talán kivétel, a megcsalatás alól azonban már aligha. Nem volt tisztában vele, ez a tény miért fáj neki annyira, mégis kegyetlenül égette a szívét. A lelke mélyén szerette volna azt hinni, ha nem is ismeri Mischát behatóan, de azért rendkívüli ember volt és komolyan vette az adott szavát.

- Min töri a fejét? – a férfi kérdése felébresztette.
- Emlékek.
- Annie-től tudom, hogy özvegy. Miként lehetséges, hogy egy ilyen szép teremtésnek nincs udvarlója? Vakok azok az alakok Cornwallban?
- Köszönöm a bókot, de nem az udvarlókon múlik.
- Á, tehát még szereti.
- Nem élek a múltban, ha erre gondol.
- Egyszer apám azt mondta, az ember többféle szeretetre képes és talán igaza volt. Az első mindig pokolian fáj és általában nem az igazi. Tud róla, hogy Annie-vel féltestvérek vagyunk?
Lathea meghökkent. – Tényleg? Sose mondta.
- Az öregem elhagyott minket, amikor tíz lehettem. Anyámmal amolyan intellektuális házasságban éltek. Anyám zongorista, igen tehetséges, ám minél sikeresebb lett, alighanem úgy illant el belőle a nő, ha érti, mire célzok. Apám viszont, bár hűséges alkat, nagyon is életszerető. Valósággal szerelmes a szerelembe, az izgalomba, ami ezzel jár. Annie anyja spanyol nő, vérforraló szépség, egészen más, mint anyám. Majd huszonöt éve együtt vannak és boldogok. Ennek ellenére apám sose tagadja, hogy még mindig szerelmes anyám kedvességébe, a szellemiségébe meg persze a tehetségébe. Carlota viszont hús-vér nő, aki testileg-lelkileg benne van ebben a kapcsolatban. Érdekes, ugye?
- Még soha nem hallottam hasonlóról.

Mike üres tányérja mellé ejtette a szalvétáját. –
Szerintem a legtöbbünk túl szemérmes bevallani,
hogy az egyik emberhez így, a másikhoz pedig úgy
vonzódik. Persze az lenne az ideális, ha egy
személyben találnánk meg az összes vágyálmunkat,
ám nem mindenki ilyen szerencsés. Maga az volt,
Lathea?

Gondolkodóba ejtette a kérdés. – Mielőtt biztosan
kideríthettem volna, véget ért – felelte úgy érezve, ez
a teljes igazság.

- Erre a franciák azt mondják: c'est la vie.

Ráérősen andalogva Mike hazakísérte. Ahogy a
Piccadillyn találták magukat, őt jócskán meglepte az
Eros szobor körüli nyüzsgő éjszakai élet. A letakart
szökőkút tövénél katonai egyenruhába bújt
fiatalemberek mulatták az időt, némelyikük csinos
lányt vonva az ölébe. Hangosan ugratták egymást,
valamelyik gitáron pengetett, mire a másik sörös
üveget emelt rá. Mike újabb cigarettával füstölögve
terelte át az úttest túloldalára, és csak a tértől
távolodva kérdezte meg: – Meddig marad?

- Legfeljebb néhány napig. Keresztelőre vagyok
hivatalos, amit semmi pénzért nem mulasztanék el.

- Remélem, nem kell temetéssel zárnia ezt a
látogatást.

Lathea nekidőlt a korlátnak, ami a St. Annes Crescent
házai előtt húzódott. – Én is.

A férfi gondterhelten mosolygott. – Sajnálom, pocsék
társaság voltam, általában szívderítőbb fickó vagyok.

- Én mégis köszönöm a vacsorát. Jim remekül főz.
Mondja meg neki a nevemben, kérem.

- Rendben, bár felesleges az önelégültségét hizlalni –
Lathea kacagva nézett el a férfi mellett, amint egy
kutyasétáltató öregember bandukolt el ott a sötétben.

– Esetleg bepótolhatnánk azt a randit Dodge-dzsal, ha
előkerül, és maga még a városban van. Mit szól?

- Már csak azért is, mert akkor életben van.

- Remek. Annie és én keresni fogjuk.

Egy gyors 'jó éjt'-tel búcsúzott. Lathea érezte rajta, mennyire elcsigázott és lehangolt, ezért nem is tartóztatta. Ő maga sem volt jó hangulatban, talán egy kiadós alvás segít.

Mrs. Storney szavaival Richard Adams földi szenvedések nélkül siklott át a túlvilágra. Éjszaka történt, valamikor hajnaltájt, amikor az asszonyon kívül Robert Bombard a szomszédos parókia középkorú tiszteletese is ott virrasztott.

- Az egész éjszakát itt töltötte, beszélgettek – foglalta össze Mrs. Storney a történteket másnap. – Azután a tiszteletes elaludt és többé nem ébredt fel.

Latheának az utóbbi napok elegendő lehetőséget kínáltak az emlékezésre, illetve arra, hogy lélekben felkészülve várja az elkerülhetetlent. Az elhunyt ágyánál elmondva egy imát rá kellett döbbennie, hogy messze nem elég erős ehhez az újabb tragédiához. Ami pedig ennél is rosszabb, öreg támasza az ő lényéből is magával vitt egy darabot. Szerette és tisztelte őt, éveken át önzetlen, segítőkész lénye pótolta az életében az apát. Mellette állt az öröm és a bánat perceiben egyaránt. Máskülönben a távolság szétszakította volna azt, ami összefűzte őket.

Ezekkel a nehéz érzelmekkel nem egyedül viaskodott. Stepney-ben rengeteg ember tartozott hálával az elhunyt lelkipásztornak, aki élete javát az itteni gyülekezet körében élte le és, bár sokan meghaltak a bombázások alatt, vagy menekültek el, így is százak maradtak, hogy meggyászolják. Eljöttek a templomba, hogy imádkozzanak érte, gyertyát gyújtottak az oltárnál, és aki tehette, a parókián is lerótta kegyeletét. Lathea rettenetesen érezte magát, magányosan, mint aki egy közeli rokont veszített el. Miután Robert Bombard intézkedett a temetés felől, felhívta Nicket a rossz hírrel, ám a férfi úton volt valahol.

- Én mindenképpen itt maradok – közölte Carlával a telefonban. – Beszéltem Laurie-val és megérti a helyzetet. 22-én már otthon leszek a keresztelőre, mert a temetést 18-án tartják. Talán Nick is szívesen eljönne.

- Haza szokott telefonálni, Lat, és akkor feltétlenül megkérdezem.

Ugyan csak pár nap maradt hátra, mégis bízott benne, hogy Nicknek sikerül legalább egy napra elszabadulnia. – Bárcsak eljönne – sóhajtotta letéve a kagylót.

A májusi eső szomorú szürkeségbe burkolta a várost. A heves vihar villámlással, ablaküveget rázó dörgésekkel vonult el. Amíg a sarki boltig megtette az utat, bőrig ázott. Így otthon az első dolga volt átcserélni vizes ruháit szárazra. A járdán lefolyó özönvíz a cipőjét sem kímélte, ezért a pincéből felcipelt néhány hasáb fát, majd a nedves lábbeliket a meleg kandalló elé sorakoztatta. Borongós délelőtt volt, és határozott teendők híján az idő csak nem akart múlni. Pár napja ilyenkor ott volt Stepney-ben a paplak békéjében. Ehelyett most a félhomályos szobában gubbasztott Thomas Hardy egyik regényével, bár a betűk helyett gyakran mélán a tűzbe bámult. Anélkül veszett el a lángok táncának varázsában, hogy egyetlen gondolat is a tudatába férkőzött volna. Üresség tátongott a lelkében, ezt a tompa csendet pedig majdhogynem már kínzónak találta.

Egy újabb dörgés elnyomta a csengő hangját, az elhaló villámlás nyomában megint visszatelepedett a félhomály. Délelőtt dacára akár este is lehetett volna. Ekkor ismételten felvisított az éles hang és ő annyira megriadt a barátságtalanságától, hogy a könyv a földre hullt az öléből.

Az ismétlődő csengetésre felocsúdott és az asztalra ejtve Hardyt kibandukolt ajtót nyitni. A küszöbön Jean-Michel Chiari rostokolt rémisztően vizesen. Bár esernyővel érkezett, az esőkabátja meg a haja is csöpögött. – Reménykedtem, hogy ilyen ítéletidőben itthon találom – lélegzett fel megkönnyebbülten, még egy meleg mosolyra is telt tőle.

- Jöjjön be.

A vizes kabát és cipők a megfelelő elbánásban részesültek, míg a vendég a házigazda hatalmas papucsában botorkálva végre szárazra törölgethette a haját. – Nem rossz a lelkiismerete? Itt kuksol Londonban, én meg nem is tudok róla. Ejnye, Lathea.

- Akartam hívni...

- Hogy van a tiszteletes? – kérdezte Jean-Michel együttérzéssel. – Ugyanis kerestem a Parisianben és Laurie említette, miért jött Londonba.

Nem akarta, ennek dacára már-már védekező mozdulattal fonta össze a karjait a melle előtt. – Meghalt.

- Nagyon sajnálom.

- Ezért nem kerestem. Akartam, de minden időmet vele töltöttem, sokat beszélgettünk. Most pedig nagyon megvisel ez az egész.

- Ne higgye, hogy nem értem meg.

- Ezek szerint nem haragszik?

Jean-Michel a karosszék karfájára terítette a törölközőt, rövid haját hátragereblyézte az ujjaival. – Természetesen nem. Hogyan is sérthetném meg a gyászát? Ugyanakkor nem hagyom, hogy magába roskadjon. Jöjjön el holnap Kensingtonba egy vasárnapi ebédre. Semmi társaság, amihez úgysem lenne kedve, csak egy békés ebéd. Szása amúgy is rágja a fülemet, hogy csalogassam oda, teljesen belehabarodott magába.

- Ugyan!

- Pedig ez a helyzet. Nos?

Lathea magára erőltetett valami mosolyfélét. – Ez az a meghívás, amit nem lehet visszautasítani?

- Hmm, amit nem szabad. Isteni falatok készülnek, elöljáróban elárulhatom. Ezzel talán nagyobb az esélyem. Tehát?

A beleegyezést megelőzte a telefon durva hangja. – Érezze otthon magát, Jean-Michel, máris jövök. Carla telefonált Penzance-ból. – Ott is esik? Itt is, már két álló napja. Tegnap este beszéltem Nickkel. Azt üzeni, hogy feltétlenül ott lesz a temetésen, bár valószínűleg az éjszakai vonattal megy. Kérte, hogy írjam le a legfontosabbakat.

A hír hallatán megkönnyebbült. – Mennyire örülök. Egyedül nehezen viselném a szertartást.

- Egy percig se aggódj, Nick sohasem hagyna cserben. Akkor mondd, mit kell tudnia, és leírom.

Váltottak néhány szót a gyerekekről is, mielőtt a kapcsolás megszakadt. Lathea nagyon örült a fordulatnak. A temetések különben is megviselték, egyedül elmenni ráadásul igazi tortúra lett volna. Még egy percig elmerengett az értesüléseken, mielőtt visszatért a szobába.

- Mi ez az agyrém? – ugrott fel a vendég, amint megpillantotta őt az ajtóban. Gondosan manikűrözött ujjai közt lobogtatva az Anne által kicsempészett egyik levelet, arca hamuszürkébe váltott a dühtől. – Lathea, kérdeztem valamit. Honnan szerezte ezeket?

- Beleolvas a postámba?

Gyenge riposzt volt, éppen csak megtette, amíg úrrá lett saját ostobasága feletti haragján, amiért elől felejtette a két siralmas irományt. Ezzel lehetőséget adott, hogy bárki rájuk lelhessen, aki belép a szobába.

- Ó, ne csinálja ezt. Valóban tudni akarom, mi folyik itt. Tudja, ki írta ezeket... az ön nevében?

- Ahogyan maga is nyilván tudja, nem? Alighanem Chantal.

- Igen, Chantal. Miért nem szólt nekem róluk?

- Kérem, ne beszéljen velem úgy, mint egy vásott kölyökkel, aki betörte az ablakot!

Jean-Michel feltartott kezekkel visszakozott. Eltelt egy percnyi csend a hangos kirohanások után, mire jóval visszafogottabban folytatta: – Ne haragudjon, de megértheti, mennyire felháborít, ha mindez igaz.

Mischa és jómagam miatt egyaránt.

- És igaz? – rogyott Lathea a másik fotelba a tűz közelébe. Hirtelen kimondhatatlan csüggedtség lett úrrá rajta.

A férfi követte a példáját és a kanapé közelebbi végére ereszkedett. Indulatait megfékezve hajolt előre, hogy két könyökével a térdeire támaszkodjon. Eközben le se vette róla a szemét. – Honnan kerültek magához?

- Egy barátnőmtől, aki a Royal Courtban dolgozik. Kidobálták a fölösleges iratokat, meg az át nem vett üzeneteket.

Jean-Michel még egyszer szemügyre vette a két levelet. – Egyértelműen Chantal írta őket Angeline-nek.

- Felismeri a kézírását?

Apró fejmozdulat. – Inkább a stílusát. Annak idején, amikor jegyben járt Mischával, titokban gyakran félrelépett. Avignonban biztos messzeségben volt tőle, érti, ugye? Mischa vakon imádta és elhitte azt a szende kislány előadást, amit neki tálalt. Ravasz volt, minden hájjal megkent. Ha csak egyszer is megengedi, hogy Mischa a lopott csókoknál többet kérjen, lehullott volna a hályog a szeméről. Így viszont…

- …a legjobb hiszemben szerette – Lathea a nyakában lógó lánccal játszott, amit a férfi küldött neki ajándékba 1939 őszén. – Ha igaz, amit a levél állít, Mischának van valahol egy gyermeke.

Hogy ugyanarra gondoltak, Jean-Michel tekintete szavak nélkül is elárulta. – Sajnálom, amit Angeline részeg fecsegése után mondtam, Lathea, de én tényleg üres dicsekvésnek tartottam. Tulajdonképpen még ezek után is – felemelte a papírost. – ...nehezemre esik elhinni, hogy összeadta magát azzal a nővel.

- Nem tudom, miért olyan nehéz ez. A jelek erre utalnak.

- Mondhatnám, hogy én azt is tudom, amit másnak nem mondott el.

- Mi lenne az?

- Szerette magát. Ilyen egyszerű.

Megszédítette ez a köntörfalazástól mentes kijelentés. Mivel egyre kínosabbnak találta a beszélgetést, inkább a levél más részletei felé próbált manőverezni.

– Vajon ki lehet nyomozni valamit erről az állítólagos terhességről? És azt sem értem, miért lehetett olyan fontos annak a nőnek, hogy Mischa megnősült-e?

- Mindkét válaszom: nem tudom. A gyereket illetően jelen pillanatban valószínűleg tehetetlenek vagyunk. A németek beültek egész Franciaországba, és ha sikerülne is bárkivel kapcsolatba lépni, több veszélyt zúdíthat ránk, mint eredményt. A másik kérdésére azt mondhatom, hogy Chantal elképesztően agyafúrt nőszemély, így bármit képes vagyok elhinni róla. Még azt is, hogy ha az érdekei úgy kívánják, a gyerekének követeli Mischa vagyonát. Márpedig ha nőtlenül halt meg, ez megkönnyíti a helyzetét.

Lathea átható pillantással méregette. – Mondja, Angeline kiszedett magából valamilyen értékes információt?

- Elismerem, sokszor emlegette Mischát, kissé furcsállottam is, mivel nem ismerte közelebbről, legfeljebb társasági érintkezés szintjén. De én nem kotyogtam el semmit, az biztos.

- A Dorchesterben bizalmas barátoknak tűntek.

Pillanatnyi csend lezárásaképp Jean-Michel derűsen megjegyezte: – Hadd áruljak el valamit, Lathea. Nem vagyok az a típus, aki meggondolatlanul fecseg. Igen,

Angeline az alkalmi szeretőm volt, ám ha pusztán Chantal kedvéért tette, pocsék üzletet csinált.

- Ez legalább megnyugtató.

A férfi felállt és gondosan összehajtogatta a leveleket.

– Megengedi, hogy magamnál tartsam őket?

- Mit szándékozik tenni velük?

- Nem tudom, ez idő tájt semmit. Vagy elrakja őket? Lathea hevesen ingatta a fejét. – Kiráz a hideg ettől az aljas és számító uszítástól. Nekem ugyan nem kellenek.

Jean-Michel nem habozott, rögvest a zakója belső zsebébe süllyesztette az írásokat. – Felejtse el az egész ügyet. Nem úgy a holnapi ebédet. Fél egyre küldök magáért egy követségi kocsit, nehogy megázzon.

Jóllehet az elutasításra a férfi lehetőséget sem adott, Lathea nem is igen próbálkozott vele. Csak homályosan rémlett neki, hol található az a kis utca Kensingtonban, ahol a francia lakik. Amikor utoljára ott járt, minden gondolatát fogva tartotta a Mischa haláláról szerzett bizonyosság. Azóta pedig, ha elvétve Londonba érkezett, a férfi egyszer sem invitálta a lakásába.

Másnap ugyanolyan borongós, bár valamelyest alábbhagyó zuhatag közepette jutottak el Kensingtonba. A követségi sofőr, aki Fernand névre hallgatott, kimérten elegáns és legalább ennyire előzékeny ember volt. Sajnálatos módon angolul csupán pár szót tudott, ezért a Kensingtonig vezető utat teljes némaságban gyűrték le. A Sohótól nem volt különösebb távolság, csakhogy a fiatalember kevéssé ismerve a terepet a legforgalmasabb utcákon hajtott. Kibámulva az ablakon, lehangoló, szánalmasan elázott város képe tárult a szemlélődő elé. A Hyde Park fái tündököltek a vad zöldben, nem különben a híres gyep, melyből a háború viszontagságai közepette is megmaradt valamennyi mutatóba. Máshol viszont az utcák lehangoló szürkébe bújtak, a nedvességtől színtelen arcukat mutatva. Fernand végül leparkolt egy fakósárga épület előtt, majd kisegítette őt a hátsó ülésről. Az emlékezetében halovány kép élt a ház külső megjelenéséről, ám kísérője magabiztosságát látva kezdte felismerni a helyszínt. A férfi saját kulccsal jutott be a kapun és hamarosan a házigazda is ott termett a fogadására.

- Már nagyon vártuk – köszöntötte Jean-Michel. A férfiak váltottak néhány szót franciául, végül a sofőr illedelmes meghajlással elbúcsúzott. – Jöjjön, lesegítem a kabátját.
- Milyen kellemes meleg van itt.
- Most mondja meg! Mindjárt június, az idő pedig megdidergeti az embert. Nagyon összefagyott? Egészen sápadt.

Engedve az egyértelmű mozdulatnak, Lathea beljebb merészkedett. A szobában simogató meleg fogadta, a felkapcsolt lámpák kalapja alól otthonosan sárga fénypászmák ölelték körbe a teret. Jean-Michel otthona jellegzetes legénytanya látszatát keltette, mégis ízléssel és persze vaskos pénztárcával berendezve, ez megmutatkozott minden szegletén.

- Szép itt magánál.
- Örülök, hogy ezt mondja, bár már járt itt előzőleg is. Nem emlékszik?
- Emlékszem, csakhogy be kell, hogy valljam, nem találtam volna ide. Akkor hívott meg, amikor Mischa meghalt.

A férfi zárkózott arccal helyeselt, kisvártatva már vidámabban folytatta. – Szásának el kellett mennie, de mire mindennek a végére járunk, visszajön üdvözölni magát. Ebéd előtt megkínálhatom egy itallal?
- Köszönöm, nem élek vele.... Ó!

Jean-Michel az asszony megrökönyödött arcát látva hátrapördült. Az ajtóban alacsony termetű, vékony,

ám dudorodó izomzatban nem szűkölködő alak
álldogált. A zuhany alól érkezve, mezítláb, még meg
sem szárítkozva. Egyetlen hanyagul megkötött
törölköző fedte az ágyékát, ám azt is csak a
vakszerencse tartotta a helyén. – Vendéged van? –
tudakolta.
- Az isten szerelmére, André, ne mászkálj itt pucéran!
Különben meg siess egy kicsit, éhesek vagyunk.
A súlyosan alulöltözött alak Lathea felé lépett, hogy
bemutatkozzon, akkor azonban egyetlen viselete
kínosan meglazult. Jean-Michel elfojtva egy széles
vigyort lépett közbe. – Ezt majd akkor, ha
szalonképes leszel, jó? – ezzel karon fogta a vendéget,
és amíg leültette a kanapéra, az André nevű látomás
eltűnt. Magukra maradva már nem tudta lenyelni
jókedvét. – Egek! Ez a pasas!
Ugyanakkor láthatta Latheán, hogy a villanásnyi
jelenet mennyire megdöbbentette, jóllehet a szemében
ülő huncut csillogás azt sugallta, ő is kellően
nevetségesnek találta az egészet. – Azt hiszem...
Jean-Michel nehezen, bár valahogy úrrá lett a
fojtogató nevetésen. – Várjon egy pillanatot, mielőtt
rossz következtetésre jutna. Ez az Adonis Galina
férje, tudja, Mischa unokatestvére.
- Aki balett-táncos?
Egyetlen biccentés megtette. – André is az.
Valószínűleg így botlottak egymásba.
- Vagyis Galina is csatlakozik hozzánk?
- Ó, nem. Nincsenek együtt. André tegnap délután
toppant be, egészen váratlanul. Én meg nem tehettem
egyebet, minthogy felajánlottam neki a vendégszobát.
Lathea értetlenül nézett. – Mégis honnan került ide a
háború közepén? Megsérült?
- Azt kétlem – Jean-Michel újfent pukkadozott a
derűtől. –, legalábbis az előbbi bemutató után. Még
nem mesélte el, honnan pottyant Londonba, a mese
előtt viszont arra kérem, engem mindenesetre ne

hasonlítson össze vele. Ugyanis André... nos, ő kissé más, mint a legtöbb férfi.

- Más? Úgy érti, művész?

A kedélyes grimaszt kísérő kuncogás nem volt hízelgő a látogatóra nézve. – Nem egészen, de ne vágjunk a dolgok elébe. Hamarosan megérti, mire gondolok.

Lathea szórakozottan mosolygott. – Olyan ez, akár egy fődíjas barkochba. Aki kitalálja, pukkadásig eheti magát.

- Eeej, hogy mondhat ilyet! – tiltakozott a ház ura kedélyesen. – Akkor is tele hassal engedem haza, ha nem jön rá a rejtvény megoldására... bár azért mégis azt hiszem, három perc bőséggel megteszi.

Igaza lett. Latheának azonnal szemet szúrt André Lautrec nőies lágysága. Egészen kivételes külsejében milliónyi részlet mondott ellent egymásnak. Arcának szabályos vonásait mintha valaki megtervezte volna, meggypiros ajkai és dús, hosszú szempillája serdülő lányok megindító bájára emlékeztetett, arcszőrzetnek nyomát sem lehetett felfedezni az álla körül, miközben mégis édeskés arcszesz illata lengte körül. Fejmozdulatai határozatlanok, jószerével színészi sikeréhségtől ordítóak voltak, nem éppen szimpatikusak, mitöbb, nevetségesen teátrálisak. Látszatra ezt a lányos benyomást ellensúlyozta volna az a test, amibe bezárta magát. Táncosokra jellemző alacsony termete tömzsinek mutatta, kigyúrt izomzat dagadozott a mellén, a vállán, a karjain meg a lábszárain. Olyan ember benyomását keltette, aki hiú aprólékossággal ápolja önnön szépségét. Szembeötlő gyakorisággal simított végig végtagjain, a nyakán, ami Lathea számára ismeretlen önimádat volt. Mindamellett hol túlzott lágysággal, hol indokolatlan keménységgel beszélt, hangja gyakran természetellenesen csengett, mint aki nem tudja eldönteni, pontosan melyik nemhez tartozik.

Nem mindennapi élményt jelentett az asztalnál helyet foglaló két férfit összehasonlítani. Amíg Jean-Michel kiugróan jóképű volt, határozottan férfias és körüllengte az a fajta szexuális vonzerő, ami egy fess, magabiztos férfit általában jellemez. Ezzel szemben Andrét a maga szabályos szépsége megfosztotta minden férfiasságtól. A helyzetet tovább rontotta feltűnő rajongása önmaga iránt. Pillantásai alapján gyorsan rá lehetett jönni, hogy a Jean-Michel által sejtetett másság miben leledzik. Lathea tinédzserkora óta jól tudta, hogy a férfiak ösztönösen minden nőt végigmustrálnak és megnéznek maguknak, ő pedig akárhogy is szerette volna az ellenkezőjét hinni, bőségesen kínált látnivalót hosszú lábaival, kerek csípőjével meg dús keblével. A tetejében még ott voltak szőke hajában azok a szembetűnő vörös csíkok is, amire mindenki felfigyel. Talán ez a francia volt az első, aki érdektelenül átnézett rajta, miközben Jean-Michelt egészen másfajta figyelemmel vette körül. Persze a diplomata ábrázata sok mindent eltakart, ő mégis ismerte már annyira, hogy lássa rajta, milyen kitűnően szórakozik a helyzeten.

- Galina! Az az ostoba liba Párizsban maradt a szeretőjével. Mindig gyanítottam, hogy Fettisov az ártatlan fizimiskája ellenére szorgosan serteperél körülötte.

Ez alkalommal hiteles harag villant a táncos jellegtelen szemében, ám Jean-Michel rezzenéstelen arccal viszonozta a pillantását. – Igazán nem értelek. Már azt sem nagyon láttam be, mi az ördögnek nősültél meg. És ismerd el, Galina egyetlen pillanatig se volt a feleséged. Külön laktatok, és ahogy te, ő is élte tovább a maga életét. Mégis mi a különbség Fettisov, vagy a többi szeretője közt?

- Az az apróság, hogy ez nevetségessé tett engem! Jean-Michel méltánylandó önuralommal állta meg, hogy a másikat kinevesse. – Már ne vedd zokon, pajtás, de ha egy olyan alak, akiről köztudott, mennyire nem szenvedheti a nőket, oltárhoz vonul, az önmagában véve is nevetséges. Inkább meséld el, hogyan kerültél ide?

Kellett néhány perc, amíg a vendég sértett hiúsága valamelyest helyrebillen. – Mielőtt Párizs lefeküdt volna a németeknek, elmentem Afrikába. Casablancában remekül mulattam. Paul is velem tartott, sokáig nem is volt gond. Minket ugyan nem zavart, hogy a madzagokat Berlinből rángatják, jól éltünk. Aki nem ártja magát a politikába, nem is ütheti meg a bokáját, nem igaz?

– De nagyon is.

- Azok az eszementek közben fel s alá futkostak a sivatagban és lőtték egymást, mint a megveszekedettek. Hol a németek kergették a briteket, hol fordítva. Az egész olyan volt, mint egy rosszul megírt vígjáték, folyton ugyanazok a fordulatok, a vége meg sehol. Na, aztán november elején jöttek az amerikaiak és elrontották a mulatságot. Állítólag a mi afrikai csapatainknak is a szövetségesek mellé kellett volna állniuk, ám ez nem volt mindenki ínyére.

- Áruló banda.

Jean-Michel dühödt kijelentésére André színpadias megoldással égnek emelte mindkét karját. – Én ezt nem tudhatom. Az az amerikai...ja, igen, Eisenhower, Algírba vitte Giraud-ot, hátha a makacskodókat megszelídíti, ám a csel nem vált be. Óriási malőr. Ugyanis Darlan is éppen Algírban ténfergett a fia mellett.

Jean-Michel Latheára lesett. – A tengernagy, Pétain, helyettese sokak szerint az utódja is lehet. Hírhedten gyűlöli az angolokat és legalább ilyen tántoríthatatlanul kitart a német-francia csatlósság ügye mellett.

- Az hagyján – locsogott tovább André szívesen tetszelegve a mindentudó szerepében. –, de a hadsereg rangidős feje, ezért rögvest kikiáltotta magát az afrikai csapatok tejhatalmú gazdájává. Ezután jó kis kötélhúzás lehetett, mígnem Pétain kinevezte Noguést Afrikába. Csakhogy addigra Berlinben kifőzték a méreglevest, mert a partraszállás után három nappal a németek meg az olaszok elfoglalták a Vichy országrészt is… várható volt.
- Semmi kétség. Ellenben, amit a tengerészek tettek, hősies dolog volt.
Lathea kényelmesen hátradőlt. – Mi történt?
Jean-Michel anekdotázást nélkülözően világosította fel. – Amikor Darlan tárgyalni kezdett Pétainnel, majd a németek elfoglalták a déli országrészt, kihagyták Toulont, ahol a flotta állomásozott. Darlan parancsára sem hajóztak át Afrikába és nem álltak a szövetségesek oldalára, viszont amikor a németek lerohanták volna a hajókat, a flotta javát gyorsan a tenger fenekére küldték.
- Így senkié sem lett?
- Valahogy úgy.
André közben újratöltötte a poharát. – És tudod, Jean-Michelem, hogy mi lett annak a csetepaténak a vége? Mert én időközben eljöttem Casablancából.
- Másodkézből szerzett információim vannak. Eisenhower kiegyezett a franciákkal, Darlannal meg Giraud-val, utóbbi hadseregparancsnok lett. Ez jókora sértődést eredményezett, mert De Gaulle jogosan vetette az amerikaiak szemére, hogy kollaboránsokkal paktáltak le, mindeközben őt, aki a kezdetektől ellenállt a Harmadik Birodalom csábításának, semmibe vették.
- Meg is értem. A háború előtt volt szerencsém De Gaulle-hoz. Egyszer bejött a társulathoz. Okos, intelligens fickónak látszott, de nagyon szereti, ha ezt

el is ismerik. Na, és Tunisz? Őrület, hogy alig két hete esett el. 10-én?

- 7-én.

André gyerekes mozdulattal összecsapta a két kezét. – Lenyűgöznek a meséid, Jean-Michel. Jöhet egy Tuniszról.

- Sajnos ilyen zavaros viszonyok közt meglehetősen nehéz értesülésekhez jutni.

- Csak ne szerénykedj, chérie.

Ezt a kedveskedő megszólítást, amit Lathea maga is számtalanszor hallott Mischától, Jean-Michel kifejezetten rossz néven vette, noha nem tett rá megjegyzést. – A dolog attól vált nehézzé, hogy az El-Alameintől hátráló Rommel Tuniszba menekült Montgomery elől. Tuniszban korábban is voltak németek... túlságosan jelentős pontja Afrikának, tehát balgaság lett volna hagyni elkallódni. Karácsonykor Darlant megölték, így Giraud került a helyére, és januárban a szövetségesek végül megindultak.

Addigra Rommel negyedmillióra felduzzasztotta a seregeit, és mivel Eisenhowernek Montgomeryvel ellentétben csekélyke tapasztalata volt a német észjárásról, Rommelnek itt akadt némi keresnivalója. Montgomery felé védekezni, Eisenhower ellen pedig a megszokott, villámgyors támadás. Egy darabig be is vált, ám olyan kiapaszthatatlan utánpótlás ellen, amit az amerikaiak magukkal visznek... – Jean-Michel megvonta a vállát.

- Gondolja, hogy ezzel nemcsak csatát, de háborút is lehet nyerni?

- Igen, Lathea, pontosan ezt gondolom. Persze nem máról holnapra, mégis döntő szempont. Hitlernek úgy kellett volna a szovjet olajmező, szén meg búza, mint éhezőnek a falat kenyér. A hadigépezetet mozgásban kell tartani, ami nyersanyag nélkül nem megy.

Ahogyan a katonák gyomrát is meg kell tömni – egy kortynyi szünetet követően a tuniszi történet folytatódott. – Amikor Rommelt visszahívták, a szövetségesek megunták a huzavonát. Frontális támadás Montgomery módra, légitámadás, majd egy nem várt lerohanás és az ellenség egyszer csak arra kapta fel a fejét, hogy brit és amerikai csapatok masíroznak Tunisz utcáin. Amennyire tudom, negyedmillió német és olasz hadifoglyot ejtettek. Jöhet a desszert?

Jean-Michel hirtelen Andréra kacsintott, aki ettől úgy megdermedt, hogy a házigazda nevetése még odakintről is jól hallatszott.

Magukra maradva kényelmetlen, feszengős csend borult a szobára. A társalgás kifulladása dacára Lathea hamarosan azon vette észre magát, hogy a francia a szeme sarkából mégiscsak őt méricskéli. – Ha jól értem, magát Latheának hívják?
- Miért kérdi?
- Nem túl gyakori név, vagy igen?
- Nem mondhatnám, hogy az.
André nagyot kortyolt a borból. Arca lassacskán kezdett kivörösödni az alkoholtól. – Talán tévedek, ha azt gondolom, Kupolyev özvegyével van dolgom?
- Egyáltalán nem – ez a két szó feltehetően túl büszkén, túlságosan is elégtétellel csenghetett, legalábbis a válasz ezt tanúsította.
- Á! Sejtettem.
A rosszallás benne volt a hangsúlyban, akárcsak a férfi tekintetében. – Ne vegye rossz néven, de rühelltem azt az alakot. Rátarti volt, zsugori, a tetejébe meg egy öntelt szemét.
André nem láthatta a betoppanó Jean-Michelt, aki minden szavát hallotta. – Ugyan, barátom! Halottakról jót vagy semmit. Különben meg hogy lehet így vigasztalni egy özvegyet?
- Hát, tőlem aztán senki ne várja, hogy jót mondjak arról az alakról. Ismeretségünk első pillanatától

lenézett és megvetett. Galinát pedig ellenem hangolta... amúgy – tűnődő pillantással ismét az asszonyra nézett. – már akkor is meglepett, hogy megnősült, amikor Galina először mesélte. Hogy úgy mondjam, nem rajongott különösképpen a nőkért.

– Értem mindenesetre rajongott – vetette oda Lathea foghegyről, egyre dühösebben.

– Ne mondja! Nem lehetséges, hogy inkább a vagyonára akarta rátenni a kezét és csak megálmodta ezt a magának kifejezetten előnyös frigyet? Mielőtt Lathea felcsattanhatott volna, Jean-Michel figyelmeztető mozdulattal beléje fojtotta szót. – Az bizony ki van zárva, én magam tanúskodtam a követségen.

– Nos, grófné, egyet azért mondhatok – kezdte André tudálékosan. – Jobban teszi, ha a drágalátos hitvesemet nagy ívben elkerüli. Nem repesett a gondolatért, hogy valami külhoni nőcske megkaparintotta magának az ő istenített kutinját.

– Vajon miért nem?

– Nagyon egyszerű, lett volna sokkal ütőképesebb jelöltje erre a feladatra.

Latheát nem annyira a szavak, inkább az azokat kísérő grimaszok hozták indulatba. – Nálam ütőképesebb? Ha annyira ütőképesek voltak, miért én viselem most a nevét? Nincs igazam, Jean-Michel?

– Dehogynem, fején találta a szöget.

Miután André jóllakott és az ebédhez jócskán fogyasztott a borból, egy újabb pimasz célzással arra, hogy ők ketten bizonyára kettesben akarnak maradni, tüntetően felállt.

– Ne is törődjön vele – előzte meg Jean-Michel a készülődő szemrehányásokat és visszakísérte Latheát a nappaliba. – Itt mégiscsak kényelmesebb.

– Rémes alak.

– Mennyire egyetértek. Szerencsémre már holnap odébbáll valami hasonszőrű ismerőséhez. Remélem,

egészséges távolba, mielőtt engem is hírbe hoz. Amit pedig Mischáról összehordott, ne vegye komolyan.
- Hazugságok.
- Hát, az igazság kedvéért el kell ismernem, hogy azokkal, akiket ki nem állhatott, bizony rátarti és zsugori volt. André pedig vezette a listát.
- Miért?
- A férfiszeretői meg Galina miatt. Mischa úgy tartotta, Galinának igazi társra lenne szüksége, nem egy ilyen cirkuszi majomra... de beszéljünk másról. Meddig marad?
Lathea összefonta a karjait. – A temetésig. Nick is Londonba jön. Bízom benne, hogy nem lesz túl fáradt és még aznap este hazamehetünk.
- Melyik nap?
- A szertartás 18-án kora délután lesz.
- Ó, két nap.
Lathea egyetlen biccentéssel erősítette meg. – 22-én Maggie keresztelőjére megyünk Penzance-ba. Szeretnék segíteni Carlának az előkészületeknél.
- Én is kaptam meghívást, de ahogy Nicknek mondtam a telefonban, a héten Portugáliába repülök, és sejtelmem sincs, mennyi idő alatt sikerül megfordulnom.
- Talán a nyáron leugorhatna hozzánk.
Jean-Michel elnevette magát. – Lassan teljesen megtelik Laurie agglegény fészke.
- Emericóra gondol? Akárcsak az apja, figyelemre méltó ember.
Hogy mennyire elszaladt a délután, Lathea akkor ébredt tudatára, amikor a követségi autó előállt. – Bárcsak tudnám, Szása hol kóborol – dünnyögte Jean-Michel, ám hiába vártak az asszonyra, nem került elő.
– Sajnálom, hogy máris elutazik, de amint visszajöttem, telefonálok a Parisianbe. Ezt pedig – szerény masnival átkötött csomagot adott át. –, ha megkérem, átadja a keresztlányának a nevemben?

- Természetesen.

Jean-Michel hosszan álldogált a járdán, mielőtt a fekete gépkocsi kisiklott az utcából. Lathea búcsúzóul vissza is intett, majd kényelmesen az ülésbe süppedve hallgatásba burkolózott.

29.

A vonat jókora késéssel hagyta el Londont és
miközben a szürkébe vont vidékeken döcögött előre,
Lathea fejében az járt, hogy mennyire temetésekhez
illő az időjárás. A temetőben kellemetlenül fújt a szél,
az esernyőt rendre ki is tépte Nick kezéből, ahogy
egymás mellett ácsorogtak. A szertartásra, ami az
Arbour Square-en kezdődött, zsúfolásig megtelt a
templom összes padsora. Robert Bombard egyszerű
szavakkal emlékezett meg pályatársáról és egyben
közeli barátjáról. Ennek a szoros köteléknek
köszönhetően elsősorban az emberről, annak céljairól
és önként vállalt küldetéséről szólt. Magánéletük
néhány villanásának felidézésével sokakat a
könnyekig meghatott. Részben a beszéd
következménye lehetett, hogy Richard Adamset
hosszú oszlopban tekergőző hívek kísérték el végső
nyughelyére. A sír körül a szűk hely meg a szitáló eső
dacára sokan kitartottak. Ember erőfeszítéseinek
méltóbb háláját nehezen lehet elképzelni.

Már erősen alkonyodott, mire a vonat Bath-ból
zakatolva, kissé hitehagyottan a késő májusban
továbbindult. Nick a Timesban lapozgatott, Lathea
pedig a főcímekkel múlatta az időt. Az egyik
terjedelmes cikk egy olyan szigetcsoportról tudósított,
közvetlenül az alaszkai partoknál, amiről korábban
senki nem is hallott. Az Aleutákon Japán
légitámadások indításához támaszpontot épített ki. A
főcím kellő drámaisággal kürtölte világgá, hogy ami
történik, az 'Véres harc az öngyilkos japánok ellen'.
A május 11-ei partraszállás óta a rémisztő hírek
valahogy nem akartak elapadni. De hasonlóképpen
nagy terjedelemben foglalkoztak Winston Churchill

állítólagos washingtoni tartózkodásával, amit viszont egyetlen hitelt érdemlő forrás sem erősített meg. A főcím felvetette, vajon ismét a második front-e a főfogás. Ez a találgatás önmagában meglepően csengett. Churchill és Roosevelt annyi más témáról is tanácskozhatott, ami talán még égetőbb is lehetett. A másik oldalon az afrikai győzelem végső számadását közölték, továbbá megismételték az örvendetes tényt, miszerint a Rommel marsall pozícióját átvevő Armin hadifogságba esett. Május 15-i dátummal, visszamenőleg, részletes írást adtak közre a francia ellenállási mozgalmak összeolvasztásáról, melyet ettől kezdve Egységes Ellenállási Mozgalomnak neveztek.

Nick felfigyelt rá, hogy már nem nézelődik ki az ablakon, ezért összehajtogatta az újságot. Fekete ruhájában Lathea még kimerültebbnek látta, szeme alatt feltűnő karikákat rajzolt a fáradtság. – Már attól tartottam, szóba se állsz velem többé... hogy annyira haragszol a múltkori miatt – vallotta be Nick fojtott hangon.

- Hm?

- Rengeteget törtem a fejem azon, amit mondtál. Tudod, soha nem gondoltam volna, hogy a testvérem egykori kedvesének amúgy is kijáró érzéseim valaha megváltozhatnak, egyszer csak mégis megtörtént. Készséggel elismerem, hogy te sose bátorítottál.

- Így is érzed?

Nick ellágyuló mosolya szinte simogatott. – Néhány csók nem elegendő bátorítás. Amennyiben a szívem mélyére nézek, nem kértem volna meg Carla kezét, ha nem vagyok biztos benne, hogy a te érzéseid nem fognak megváltozni.

- Carla az a nő, aki nemcsak melletted áll, hanem illik is hozzád.

- Igen, azt hiszem, igazad van. Benne megvan mindaz, amit fontosnak találok egy nőben, a feleségemben ráadásul elengedhetetlennek is. Nem mintha ugyanúgy éreznék iránta, de legalább olyan mélyen és ez a legfontosabb. Sajnálom, amit legutóbb mondtam neked.

- Mindkettőnknek jobb lesz, ha túllépünk rajta.

- Ez, ugye, nem sodorja veszélybe Maggie keresztelőjét?

- Egyetlen pillanatig se.

Nick habozott, mielőtt ismét megszólalt. – Kinevetsz érte, mégis akkor ébredtem rá, milyen aljasul viselkedtem Carlával, amikor utánad zavart Londonba. Az, hogy fel sem merült benne, milyen érzésekkel vagyok irántad. Ettől a bizalomtól szégyenkeznem kellett.

Lathea ösztönösen a keze után kapott, hogy megszorítsa. – Bocsáss meg, amiért csalódást okoztam neked.

- Szó sincs róla! Én csináltam bolondot magamból, de talán még idejében megtaláltam a józan eszemet... mielőtt tönkretenném a házasságomat meg a családomat. Tehát...

- Tehát?

- Szent a béke és a barátom maradsz?

- Megtisztel, Mr. Cowan.

Ahogy egymásra néztek, egyszerre kezdtek nevetni. Azután Lathea a férfi vállának dőlve lassan elszenderedett. Hosszú volt még az út hazáig.

Mr. Carrough azt sem tudta, hova legyen az örömtől, amikor Lathea reggel betoppant a boltba. – Ó, kedvesem! Hol kóborolt ez ideig? – sopánkodott, miközben Jim Morrison a háta mögött esetlen mozdulatokkal figurázta ki a megalapozatlan kétségbeesést.

Az üzletben minden a lehető legnagyobb rendben ment, a polcok az utolsó nagy áruszállítás óta ugyan kezdtek kiürülni, bár a jegyrendszer révén korlátozott termékek közül a nem romlandó készleteket, úgy, mint a lisztet, cukrot, már a hétvégére várták. Tejtermékeket kétnaponként kaptak, tojást is, cigarettával ellenben tele volt a raktár.

- Honnan ez a temérdek doboz? – kérdezte Lathea megütközve Jimtől.

- A jenkiktől. Az orvossal együtt érkezett.

- Itt az új orvos?

- Ühümm – ám mielőtt Jim elmesélhette volna a legfrissebb pletykákat, odakint megszólalt az ajtó fölé lógatott csengő, így a téma elsikkadt.

Mr. Carrough üzlete több volt puszta bevásárlási lehetőségnél. Központi fekvéséből adódóan és java részben a tulajdonosa miatt, aki hatalmas pocakjával álló nap a pénztárgép mögött trónolt, lassan már rosszul értelmezett kávéházként működött. Az emberek jöttek-mentek, vettek ezt-azt, pletykáltak egy keveset, majd a távozókat mások váltották fel. Unatkozni egyetlen percig sem lehetett, ettől az állandó mozgástól pedig a bolt a helyi hírek, mendemondák felbecsülhetetlen forrása lett. Nem csoda, mert az idő gyorsan repült és Lathea máris hallotta, hogy a templomtorony érces harangja elüti a delet.

Cornwallban néhány nap óta nem esett az eső, emiatt érezhetően kellemesebb lett a hőmérséklet. A nap kezdte visszahódítani a kék eget. További derűlátásra adott okot, hogy már csak egyetlen hét maradt június beköszöntéig. Az eddig elodázott nyár lassacskán megérkezni látszott.

- El ne feledjen minket holnapra – intett utána Mr. Carrough, amikor már távozni készült.

- Így ismer engem, uram?

- Maga nélkül kitépett nyelvű dalnok vagyok – replikázott az öreg kissé fatalista hasonlatainak egyik gyöngyszemével.

Ő pedig nem is annyira ezen, inkább Jim fintorán
kacagva fordult ki az utcára. A tenger felől érkező
szellő civódóan belekapott a válláig visszavágott
fürtökbe és az arcába kergette őket.
- Jó napot, Lathea.
A köszönés úgy hangzott, mintha a feladó jobb híján
választaná a semmitmondóan üres, már-már mereven
hangzó szavakat. Bal kezével kisöpörve a haját a
szeméből és a tér felé fordult. Amerikai katonával
találta szemben magát. A halványzöld zubbonyon
kitűzött jelvények árulták el a köteléket, ahogy a
vállpánt a rangot, ő azonban egyiket sem ismerte fel.
Az ilyesmiben, még a háború derekán is,
reménytelenül tájékozatlan maradt.
A férfi majd egy fejjel magasabbra nőtt nála.
Uniformisa szolgamódon követte testének erőteljes
vonalát, széles vállain szükségszerűen megfeszülve.
Viselője sportemberekhez méltó, daliás termet
benyomását keltette, erős és kicsattanóan egészséges
volt. Barna haját a hadsereg divatja szerint rövidre
vágták, még a tengeri szél sem kaphatott bele. A
mohazöld szempár pedig meglepő módon csordultig
telt melegséggel, miközben az illető barátságos
mosollyal méricskélte őt. – Nem venném zokon, ha
többé meg se ismerne.
- Uram isten! Tivy Rogers!
- Én volnék az, igen.
Lathea úgy érezte, mintha egyik pillanatban az ájulás
környékezné, a másikban viszont az arca lángra
lobbant a pírtól. Fényévekre sodródott attól az
önmagától, aki 1938 júniusában egy este
belehabarodott a fiatal orvosba. Már-már szégyellte,
milyen kevés elegendő volt ehhez, holott egészen
addig bizonyosan hitte, hogy a valódi érzések csak
fokról-fokra forrhatnak ki. Ehelyett egy ragyogó,
férfiasan szögletes mosoly, egy simogató pillantás és
Tivy Rogers, akinél vonzóbbat nem ismert, azonnal

rabul ejtette a szívét. A fellángolást még azok a keserű érzések sem ölték ki a tudatából, melyek végül felébresztették az álmodozásból.

Napokat leszámítva öt esztendő telt el azóta, hogy Tivy a Park Lane-en felszállt az egyik piros buszra és a Victoria pályaudvar felé kisiklott az életéből. Visszatekintve mintha csak álmodta volna azt az estét, amikor a Regent's Park gyepén összesimulva táncoltak, és a férfi varázslatos szeme talán nem is ígérte neki, hogy viszonozza az érzelmeit. Azóta elveszítette akkori naivitását, az álmokat, melyek az egyetlen menedéket jelentették a jelen kopársága és csalódásai elől, sőt, vér tapad a kezéhez. Megtanult együtt élni az emlékekkel, bűntudatot már vagy nem érez, vagy elnyomta annyira, hogy ne zavarja. Hihetetlennek találta, hogy most Tivy Rogers mégis itt áll vele szemben, ugyanolyan jóképű és szakasztott azzal a szeretetteli pillantással figyeli, mint az emlékeiben.

- Lathea, nem akartam megijeszteni. Elnézést kell, hogy kérjek, ha szándékom ellenére ezt tettem.

Mit mondhatna erre? Remegő kézzel ismét hátragereblyézte a haját, majd suta mosollyal próbált úrrá lenni eredendő megdöbbenésén. – Én... nem is tudom, mit mondjak, Tivy... Nem számítottam rá, hogy még viszontlátom az életben.

- Ezt készséggel elhiszem. Ha már így alakult lehetséges lenne, hogy valahol nyugodtan beszéljünk? Nem szeretném minden szavamat Mrs. Coultridge fülére bízni, hogy holnapra az egész falu erről locsogjon.

Lathea, mint aki nem teljesen önmaga, gépiesen utána ismételte. – Mrs. Coultridge?

- A helyi pletyka-hírmondó. Ott közeleg a Kótyagos felől, látja? – hajolt közelebb Tivy és csodálatos mosolya Lathea szívébe mart. – Üljön be a dzsipbe, elviszem.

Lovagiasan besegítette őt a magas oldalperemű katonai járműbe, majd feldübörgő motorral a hátuk mögött hagyták a főteret. Nem hajtottak gyorsan, a szűk utcákban amúgy sem lett volna okos dolog. Latheának feltűnt, hogy a falusiak közül néhányan vidáman integetnek az elsuhanó kocsi irányába és az eddigi bénultságon áthatolva most kezdett számára összeállni a kép. – Csak nem maga lett a háziorvosunk?

- De igen. Howard Stump rendelőjében dolgozom egyik héten három, a másikon négy napot. Ezalatt Marazionban is lakom, a fogadóban. A többi időt Porthkerris mellett, a táborban töltöm.

- Elképesztő.

- Kicsi a világ. A legnagyobb szerencsémre – kedves, őszinte tekintet siklott Latheára, de azután Tivy újra a közlekedésre figyelt.

Már a Parisian felé vezető úton robogtak, ami kihalt arcát mutatta. Fél mérfölddel odébb Tivy behajtott a tengerre vezető földútra és a fák között addig bűvészkedett a járművel, amíg egy tetszetős tisztásra értek. Leállította a motort. Az útról se látni, se hallani nem lehetett őket. Ruganyos ugrással szökkent ki az ülésből, hogy megkerülve a dzsipet odalépjen hozzá és, tekintettel a nem éppen bő szoknyára, egyszerűen kiemelte.

- Annyi mindent akartam mondani, Lathea, de most…
– Tivy először látszott tanácstalannak, amióta csak ismerték egymást. – …azt se tudom, hol kezdjem. Mrs. Coultridge már az első nap meglátogatott a rendelőben és elárasztott a helyi hírekkel.

- A legnagyobb újdonság ennek ellenére maga lehetett.

Tivy felnevetett. – Azt legalább megspórolta, hogy önmagamról fecsegjen nekem. Ellenben szólt Miss Trashburnről, aki a vegyesboltban dolgozik és a szóbeszéd szerint özvegy.

- Sokakkal előfordul.
- Tehát igaz?
- Igen, igaz.
- Fogadja részvétem – Tivy kezeit elnyelte a nadrágja két zsebe. – Mrs. Coultridge elmesélte, hogy Miss Trashburn londoni lány és felettébb csinos. Stepney-t is emlegette.
- Nem csinálok különösebb titkot a személyazonosságomból.
- Hála isten – derült fel Tivy arca. –, máskülönben sose jövök rá, hogy az élet a tenyerén hordoz, a vak véletlen pedig éppen oda szólított, ahol az a nő él, akit már Londonban is kerestem.
- Keresett?
- Igen. Egy napot töltöttünk ott, mielőtt Porthkerrisbe repültünk, de Stepney legnagyobb része nem több puszta törmeléknél.
- Sajnos, ez így van.
Tivy habozott egy percet, mielőtt közelebb merészkedett. – Be akartam vallani magának valamit, Lathea, amit feltétlenül tudnia kell.
- Mi lenne az?
Tivynek más szavaihoz kellett folyamodnia, hogy elmondja, amire vágyott.

> *Láttuk - s szerettük egymást már.*
>
> *Hihettem*
>
> *egy ilyen esemény pillérét szilárdnak?*
>
> *Nem múló érzés, mi, mint ingaszárak,*
>
> *Bú s bánat közt lebeg? Riadtan s*
>
> *hitetlen*
>
> *néztem a fény felé, s bárha kietlen*

utam – úgy tetszett – már arany

sugárnak

köréhez ért, felé – ujjal akárcsak –

nem mertem nyúlni én. Hiába lettem

derűsebb s bátorabb azóta, Isten

új rettegést küld rám. Ó, hűség, vágy...

kezét kezemből mégis elveszítem?

s a csók úgy hull szánkról, mint semmi

tárgy? –

Ám Szerelem csalj! S esküt szegjen,

mintsem

elmulassza, amit jó sorsa ád. [1]

Az idézet nyomába csend fészkelte be magát, melybe
bele-belerikoltott egy sirály pár. Egymás tekintetében
elveszve meredtek a másikra, Lathea attól félt, a szíve
kiugrik a mellkasából. – Elizabeth Barrett-Browning –
suttogta elszoruló torokkal, kissé fátyolos hangon.
- Portugál Szonettek.
- 37. szonett.
Tivy szerelmesen mosolygott. – 36.
- Tényleg? – Lathea majd belehalt a vágyba, hogy egy
ilyen testet-lelket megbolydító szerelmi vallomás után
a férfi végre megcsókolja. Meg akarta mondani neki,
hogy hiába az öt esztendő, ő sem felejtette el egyetlen
másodpercét sem annak az együtt töltött kevéske
időnek.
Mintha a gondolataiban olvasna, Tivy a két keze közé
fogta az arcát. Ujjai komótosan cirógatták, majd egy

---

[1] *Elizabeth Barrett-Browning: Portugál Szonettek (37.)*

futó századmásodpercre az ajkához értek. – Nem önszántamból hagytalak itt – ő is suttogott, méghozzá megfeledkezve a távolságtartó, rideg magázódásról. – És ha tudom, hogy Erwin Cowan már 1940-ben meghalt, régen itt lettem volna, hogy szeresselek. Úgy, ahogy senki más nem szerethet téged, csak én. Erwin? Mi köze neki ehhez?

– Ezek szerint nem gyászolod már? Betty Cowan a Regent's Park-i éjszakánk után meglátogatott a Bethnal Greenben, hogy elmondja, milyen régen szereted a fivérét és össze fogtok házasodni. Kérlek, ne mondd, hogy nem így volt.

– Futólag felvetődött ugyan, de csak miután elmentél Amerikába.

Tivyt láthatóan feldühítette a hír. – Ó, szűz anyám! És nem is voltál szerelmes Cowanbe?

– Igazán, azt hiszem, soha. Szerettem volna, ha igen, bár Betty is tudta, hogy nem úgy szerettem, ahogy lehetett volna. Tényleg ezt mondta neked?

– Pontosan ezt. Meg még azt is, hogy egy gyerekkortól érlelődő kapcsolatot tisztességtelen aláásni és felbomlasztani. Ezért mentem el, Latty, és ezért nem kerestelek többé, noha megígértem neked.

Az igazság úgy fájt Latheának, mintha nyílt sebbe szórt életidegen anyag marta volna belülről. Betty tudatosan elüldözte mellőle azt a férfit, akit szeretni tudott volna, és aki, most már teljes bizonyossággal tudta, viszontszerette volna. Beleavatkozott az életébe, kéretlenül, erőszakosan, önzéssel. Az elveszített illúziókra meg évekre gondolva megmagyarázhatatlan gyengeség fogta el, hogy kövér könnycseppek gördültek a szemébe.

Tivy felemelte az állát, hogy láthassa a szemét. Pillantása felért egy simogatással. – Ha akkor nem vagyok olyan ostoba Betty Cowanre hallgatni és téged kérdezlek, feleségül jöttél volna hozzám?

– Igen, boldogan.

- Ó, Latty, tudnod kell, hogy én még mindig szeretlek, akárcsak akkor este a parkban.
Az első csók pillangó szárnyaival éppen csak meglegyintette Lathea ajkait. Utána Tivy óvatosan a dzsip oldalához nyomta, hogy szorosan átölelve újabb csókokat kérjen tőle. Egymásba feledkezve ízlelgették azt a szerelmet, amit már azon az öt évvel korábbi estén megkísértettek, és aminek Tivy talán kissé formális udvarlás keretében akarta biztosítani a jövőjét. Ha minden a tervei szerint alakul, életük története egészen másként fordulhatott volna. Ehelyett öt esztendővel később itt álltak Cornwall egyik legeldugottabb szegletében és eleinte kamaszok kíváncsi tapasztalatlanságával, majd felizzó vággyal csókolóztak. Annyi hiábavaló ábrándozás, csalódás, az elmúlt évek félelmetes üressége után Lathea elolvadt Tivy közelségében. A karjaiba fészkelve magát érezte, hogy nem minden erőfeszítés nélkül tartja féken szenvedélyét, aminek ízelítője azért ott égett a csókjaiban. Szája éhesen tapadt az övére, és ahogy nyelvük össze-összeért, mintha áramütés érte volna őket. Beleborzongott az örömbe, hogy Tivy ugyanazzal a hatással van rá, mint régen.
- Belehalok, ha el kell, engedjelek – súgta Tivy elgyötört hangon, ajkai végigszaladtak Lathea fülkagylóján.
- Akkor ne engedj el. Ó, ha tudnád... évekig azt hittem, a képzeletem játszott velem a parkban.
- Meg tudnám fojtani Betty Cowant.
- Én is – Latheának hirtelen nevethetnékje támadt, mire a férfi kissé távolabb tartotta magától, hogy alaposan szemügyre vehesse.
- Gyönyörű vagy. Még annál is szebb, mint emlékeztem. Tudod, hogy már három hete lesem a naptárt, mikor jössz végre vissza Marazionba?
Lathea ostoba, semmit sem jelentő szavak helyett megsimogatta Tivy arcát. Tenyerében érezte a

kiserkenő borosta apró tüskéit, de újra egy forró csók hullott a bőrére.

- Mindent tudni szeretnék, Latty, ami azóta történt veled. Mindent, jót és rosszat, férfiakat... jut eszembe, ha nem Erwin Cowan, akkor ki halt meg 1940-ben?

- Erwin is meghalt, akárcsak a férjem.

- Irigylem őt.

- A hideg, temetői parcelláért, ahol eltemették? Ne irigyeld.

- Miattad irigylem, mert veled lehetett, miközben én Bostonban duzzogtam Erwin Cowan miatt. Hallani szeretném, hogy hiszel nekem és ugyanúgy szeretsz, ahogy én téged.

- Szeretlek és rettenetesen boldogtalan voltam, amikor elmentél.

- Ahogy én is – ölelte Tivy magához olyan szorosan, Lathea alig kapott levegőt.

- Mintha álmodnék, és ha elengedem a kezed, rögvest el is tűnnél.

- Tornádó se fújhat el mellőled – nevetett Tivy, mielőtt újabb észvesztő csókban forrtak össze.

Az utolsó fél órában megfordult a világ Latheával. A sokadik bensőséges csók után ébredt csak tudatára, hogy minden érzés és emlék dacára Tivy alig több idegennél. Pusztán nagy vonalakban emlékezett arra, miről beszélgettek annyit sok-sok évvel ezelőtt, azt viszont tudta, hogy személyes dolgokról szinte egyetlen szó sem esett. Ámulatba ejtette, miként lehetett ennek ellenére rendíthetetlenül bizonyos abban, hogy éppen ez a férfi lehetne élete párja. – Azt hiszem, le kell ülnöm, remeg a lábam.

- Ne a földre, mert felfázol.

Tivy kitárta a dzsip ajtaját és mindketten a széles küszöbre telepedtek. Azután Lathea keze után nyúlt és balját a két tenyere közé burkolta.

- Miért nézel így rám?

- Hmm, vagy azért, mert gyönyörűnek talállak, vagy azért, mert elárultad magad.
- Ezt hogy érted?
- Nem remeg a lábad?
- Már nem. Különben ha te is annyit szökdécseltél volna Mr. Carrough boltjában...
- Ó, már értem – fintorgott Tivy megjátszott kétségbeeséssel. – Azt akarod a tudomásomra hozni, hogy azért annyira nem hengereltelek le – Lathea a füle tövéig elpirult, és amikor félrenézett volna, a férfi keze az arcára siklott. – Ne haragudj rám, ez illetlen megjegyzés volt, de olyan rettenetesen boldog vagyok.
- Sajnálom, Tivy, valahogy én alkalmatlan vagyok... ez a pajkos incselkedés nem megy nekem, mellesleg alig ismerjük egymást.
A hosszú ujjak beleszaladtak a hajába, tekintetük összefonódott. – Latty, én sem tértem még magamhoz. Három hétig rettegtem, hátha nem te vagy az a bizonyos Miss Trashburn Stepney-ből. Reggel még be is lestem a boltba, de nem voltál ott. Pokoli lassúsággal cammogott az idő. Utána meg féltem, hogy azok után, ahogy búcsút vettem tőled, már el is felejtettél. És igazad van, halovány emlékeim vannak róla, mit szerettem benned, most viszont újra ki akarom deríteni. Gyönyörű vagy, kívánatos, ez azonban nem elég, kétszer senki nem fogja kiénekelni a sajtot a számból. Egyelőre annyi is boldoggá tesz, hogy ha tudom, más nem előzött meg. Itt a szívedben nem – a könnyek feltartóztathatatlanul tolakodtak Lathea szemébe és a megindultságtól mindössze egyetlen bólintásra tellett tőle. – Köszönöm – Tivy csókja ezúttal gyengédséget üzent. – Mit csinálsz ma este?
- Gondolom, a szokásosat. Megetetem a férfiakat, Corey-t hétkor ágyba zavarom, miért?

- A rendelés után nem akarok a szobámban kucorogni, miközben veled is lehetnék. Kitől kell engedélyt kérnem, hogy legyeskedhessek körülötted egy kicsit? Lathea hirtelen magára találva felkacagott, Tivy pedig gyorsan félreseperte korábbi könnyeit. – Három gardedám vigyáz rám.

- Ejha! De bennem emberükre leltek. Tehát láthatlak este?

- Gyere el a Parisianbe, Laurel Doorn házába. Itt van az út végén.

Tivy halkan füttyentett. – A festő?

- Igen, a fogadott nagyapám, vagy valami ilyesmi.

- Akkor viszont fontos ember. Hányra legyek ott?

- Amikor csak tudsz.

- Hét?

Lathea bólintott, cserébe pedig ragyogó mosolyt kapott. – Ott leszek.

Délután egymást érték a panaszosok, Tivynek minden akaraterejét össze kellett szednie, hogy ötig semmilyen baklövést ne kövessen el. Gondolatai ellenőrizetlenül csapongtak, néha maga elé mosolygott a boldogságtól. Olyasfajta érzés volt ez, amiben időtlen idők óta nem részesült. Szinte el is felejtette, milyen ez a bizsergető türelmetlenség, amikor űzné-hajtaná a perceket, melyek meglepetéseket, csókokat és szerelmet csempészhetnek az életébe. Az egész olyan volt, akár egy tündérmese. Mindössze két hónapja jött el Bostonból, először Izlandra repült egy népes egészségügyi alakulattal, mígnem eldőlt, mi lesz a pontos küldetésük. Bár nem volt nyilvános, azért a tisztek egy ideje már tudtak a második front megnyitásáról, és sejtették, hogy ennek a manővernek az előkészítésében kell szerepet vállalniuk. Ezért helyezték át őket az öreg kontinensre. A tervekről semmi közelebbit vagy biztosat nem szivárogtatott ki a mindig rejtélyeskedő politika, a hírharangok azonban 1944 tavaszáról suttogtak.

Az Izlandon töltött hideg hét után hatalmas csapatszállító gépeken, a Londontól keletre fekvő amerikai támaszpontok egyikére hozták őket. Ő az ajándékba kapott huszonnégy órás kimenő minden egyes percét igyekezett kihasználni, nem tudva, milyen parancsot hoz a másnap. Mivel 1938. óta nem látta a szüleit, első útja természetesen Islingtonba vezetett. A sűrűn váltott levelekből értesült arról, hogy bár a 40 őszén lezajlott német bombázások ott is okoztak károkat, azok nem voltak összehasonlíthatóak az East End veszteségeivel. A kapkodás dacára is tudott üzenni, így a családi ebéd sokért kárpótolta. A boldog viszontlátást pusztán annak emléke árnyékolta be, hogy Marion húga helyén az asztalnál már nem terítettek. Marion 41-ben Hongkongban halt meg, ahol kalandvágyó természetének engedve újságírói küldetést teljesített. A japán invázió alatt karácsonykor veszett nyoma, majd jó néhány hónappal később a Vöröskereszten keresztül nyert bizonyosságot, hogy nemcsak eltűnt, de életét vesztette. A minden szomorúságot háttérbe szorító öröm után azonnal Stepney-be tartott.

Stepney! Egy titokzatos belső hang vezette oda. Arra kényszerítve, hogy vállalja ezt a kirándulást a múltba, annak egy bizonyos szeletébe, és végre nézzen szembe azokkal az érzésekkel, melyek elől Bostonban ugyan elbújhatott, Angliába visszatérve azonban már soha többé. Amióta orvosnak jelentkezett a hadseregbe, egyre erősödött benne ez a hang, a suttogásból fokozatosan követelődzés lett, ő pedig idővel feladta az ellenállást. Ha örökre meg akart volna futamodni, valószínűleg nem áll oda Polly Turpin elé az utolsó randevújukon és vallja be az igazságot.

A lány földbe gyökerezett lábbal hallgatta végig az esetlen, dadogós magyarázkodást. – Nehéz ebből kihámozni, tulajdonképpen mit szeretnél a tudomásomra hozni, Tivy, bár ha jól értelek, egy nő miatt vágysz vissza Londonba, akiről gyakorlatilag azt se tudod, él-e egyáltalán, se azt, szeretett-e téged valaha.

- Én se mondhattam volna pontosabban.
- Hiszen már az esküvőt tervezgettük.
- Ha most elvennélek, ócska alaknak érezném magamat odaát. Viszont ha visszajövök és még mindig össze akarunk házasodni... akkor már nem lesznek kérdőjelek. Se a te, se az én részemről.

Polly nem értette meg és bár nem mondta ki, ő azért kiolvasta a tekintetéből. Nem látta be, hogyan üldözhet valaki öt év meg egy óceán távlatából egy fantomot, de neki legyen mondva, néhanapján ő maga sem értette. Inkább csak ösztönösen érezte, hogy mennie kell, és mielőtt végleg elkötelezné magát egy nő mellett, akit minden tisztelete és vonzalma ellenére se tudott lángolóan szeretni, meg kell keresnie azt a másikat. Ki akarta deríteni az igazságot. Egyszer már lemondott ugyan róla, a lelkiismerete mégsem hagyta nyugodni, amíg meg nem adja neki, ami jár.

Lépésről-lépésre közeledve a hazájához elöntötték az emlékek. Nem volt belőlük sok, inkább csak benyomások, melyek a lényébe ivódtak, rezdülések és hangok. Megmagyarázhatatlan dolog a szerelem. Lathea Trashburn azonnal a szívébe lopta magát, amikor a Victoria Parkban megismerkedtek. A fiúkkal hosszasan rúgták a bőrt, ám titokban kivétel nélkül mindannyian a lányok felé kacsintgattak. Betty Cowan kacéran hol elnyúlt a fűben, hol felült, valósággal közszemlére kínálva formás lábszárait. Ellenben Lathea begubózva, gyakorlatilag leplezve saját szépségét üldögélt mellette. Benne ennek ellenére a puszta látványa megindított valamit. Azon a napon kileste őt. Vidámsága mögött kétségbeejtően sebezhetőnek, mitöbb, sebzettnek látta, olyasvalakinek, aki egyszerre kislány még és érett nő, aki rejtőzik a világ elől. Őt félszegsége dacára lenyűgözte, szőkeségével, őzike szemeivel, simogatóan lágy hangjával. Élénken emlékezett arra, hogy verseket idézgettek, ami megfoghatatlan módon azonnal hidat vert közéjük. És amikor a Regent's Parkban jártak, ugyanezt a megkérdőjelezhetetlen vonzalmat érezte. Nem kellett erőltetni, ott volt magától, ahogyan arra sem tett erőfeszítéseket, hogy tetsszen neki. Egészen biztos volt abban, hogy amit átélnek, szerelem első látásra. A legtisztább forrásból fakadó szerelem. Semmi köze társadalmi ranghoz vagy biológiához, lelki azonosságot fedeztek fel, ez volt az alapja.

Amerikában több kalandja és viszonya is akadt, ám ugyanezt a mélységes egyetértést, hogy kérdések nélkül is tudja, érzi a párját, egyetlen nőben sem találta meg. Pollyban sem. Polly ugyan nem tartozott a jellegzetesen önző, amerikai gondolkodású emberek népes táborába, szívesen ölelte magához, ha úgy hozta a sors, még meg is kérdezte bánatának az okát, megérteni azonban legtöbbször nem értette meg. Nem bírt a kapcsolatuk annyi bensőségességgel, amit ő egyetlen este megtanult a Regent's Parkban. Azt ugyan nem tudhatta, a varázs mindörökre kitartana-e, de Lathea aznap felhőtlenül boldoggá tette, és amit tőle kapott, arra sarkallta, hogy soha többé ne elégedjen meg kevesebbel.

Amikor Cradock ezredes civil szolgálatra embert keresett, két kézzel kapott a lehetőség után. Nem vonzotta különösebben a gondolat, hogy a katonai táborban töltse az elkövetkezendő évet. Ráadásul angol vidéken. Vissza akart térni az övéihez és azt az ezredes is elismerte, hogy a helyiek kedélyét valószínűleg lecsillapítja majd a tény, hogy nem amerikai orvost kapnak a faluba. Marazionba első látásra beleszeretett. Gyerekként egyszer Somersetben nyaralt, onnan számos kellemes emléket őrzött a nyugati országrészről, amúgy Cornwall környékén nem járt azelőtt. Pedig Marazion maga volt a csoda. Úszott a napfényben, a kékeszöld tenger a horizontig nyúlt, a karéjszerű öböl szívében a St. Michael's Mount impresszív tömbje emelkedett, ódon utcák és milliónyi virág. Mint az Édenkert. Elegendő volt megszólalnia és az amerikai egyenruhára fittyet hányva a falusiak honfitársként ölelték a keblükre. Egyetlen pillanatig se volt gondja, már a harmadik napon ismeretlen ismerősök integettek utána az utcán, a Kótyagosban meghívták egy sörre, és úgy heccelték, mint maguk közül bárkit.

Előzetes félelmeinek szertefoszlását követően akár elégedett nyugalomba is süppedhetett volna, amennyiben Mrs. Coultridge nem kezd neki a helyiek viselt dolgairól fecsegni, beleértve a boltos kisasszonyt is. Egészen addig fél füllel figyelt oda, míg az asszony rá nem tért az özvegy szépségének ecsetelésére. A saját elhalt leányához hasonlítva említette meg, milyen meglepő vörös fürtök tarkítják Miss Trashburn mézszőke haját. A részletek kísértetiesen egybeestek, a leírás, ez a nem mindennapi név, a kor, na meg Stepney. Majd kiugrott a szíve a mellkasából, úgy igyekezett Mr. Carrough vegyesboltjába, ahol azonban csak Jim Morrison téblábolt.

- Miss Trashburn? Londonba utazott pár napra. Talán ismeri?

- Én is londoni vagyok, talán valóban találkoztunk már.

Szerencsére Jim, aki rakoncátlankodó csípőízületével korábban már megfordult a rendelőben, nem mutatta jelét Mrs. Coultridge cserfes nyelvének, így az ő izgatott kérdezősködésének híre se járta be a falut.

Teltek a hetek, mialatt egyre türelmetlenebbé vált. Öt esztendeig zokszó nélkül várakozott, olykor fel is hagyott a reménnyel, most azonban kínszenvedés volt minden egyes nap. Ám ma reggel a rendelőbe tartva Jim köszönt rá az utcán.

- Jó reggelt, doki. Hogy van?
- Remekül, köszönöm.
- Úgy hallottam, Lathea visszajött Londonból és, őt ismerve, biztosan munkába áll. Gondoltam, érdekli.

Ettől kezdve minden rémisztő gyorsasággal történt, hogy szinte magához se tudjon térni. A Parisianbe készülődve vidáman morfondírozott azon, amit Latheával a tisztáson elmondtak egymásnak. Az asszony alighanem a fején találta a szöget azzal a megállapításával, mennyire nem ismerik egymást. Annak idején szó esett köztük politikáról, barátokról, könyvekről meg zenéről, viszont egyetlen szó se családról, vágyakról vagy tervekről. Azt se tudta, hogy kedvese hány éves pontosan, vagy a volt férjén kívül van-e rokona. Semmit sem, kizárólag annyit, hogy ösztönösen vonzza őt, és ezen se idő, se távolság nem változtatott. Ma délután óta azzal se törődött, Betty Cowan milyen agyafúrt ravaszsággal szedte rá, holott megvetette érte. Az elérhető távolságba került bódító asszony jelenléte hirtelen minden mást elhalványított.

Miután az egyenruha helyett nadrágot meg pulóvert vett elő, beugrott a dzsipbe és máris indult. A rendelőből először Penzance-ba hajtott, hogy Marazionban elkerülve a felesleges szóbeszédet, ott vásároljon egy csokor rózsát az asszonynak, Laurel Doornnak pedig egy palack bort. Az ereszkedő estében óvatosabban vezetett, hiszen az elsötétítés miatt sehol sem gyújtottak köztéri fényeket. Áldotta a jó szerencsét, amiért észrevétlenül hagyhatta maga mögött a házakat és kanyarodott a keskeny útra, mely a dűnék között szelíd szalag gyanánt tekergőzött. A tenger felől felélénkült az esti szél meg-meglibbentve rajta a nem túl télies, kézi kötésű pulóvert. Az édesanyja ajándéka volt hazatérése alkalmából, úgyhogy az egyik legdrágább kincse. Gond nélkül lelt rá a Parisianre. Az út egyenesen mellette szaladt keletre, eltéveszteni se lehetett. A szürkületben kevés fogalmat alkothatott valódi formájáról vagy méreteiről, mégis gyanította, hogy nem túl terjedelmes. Ahogy kiszállt a járműből, a kulcsot hanyagul a zsebébe süllyesztette. Az ajándékokkal megpakolva a kerítés felé lépkedett, ám ott egy kölyökkorából kilépni készülő angol labrador morgolászott.

- Szevasz, öregfiú – merészkedett be a kapun és magabiztosan belenézett a kutya szemébe. Kivételesen mutatós példánynak tetszett, csillogó bundával és hófehér tépőfogakkal. – Csak nem harapsz meg életem legboldogabb napján? Egyébként Tivy vagyok, hát, te?

Az eb habozott, duzzogott magában, végül Tivy közvetlensége mégis lekenyerezte és hagyta, hogy megvakarássza a nyaka tövét. Teljes egyetértésben haladtak tovább a ház felé. A házőrző útmutatása el is kélt a sűrű növényzet dzsungelében. Álmélkodva kémlelt körbe azt kívánva, bárcsak egyszer napfénynél is körülnézhetne. A kutya otthonosan mozogva vakkantott kettőt a néhány lépcsőfok megtétele előtt, amit ő hálásan meg is köszönt. A terasz íves formája sejtelmesen vált ki a festői háttérből.

Az ugatásra rögvest kinyílt egy ajtó, emiatt nem maradt ideje további kíváncsiskodásra. – Csak nyugodtan jöjjön beljebb, fiam – hangzott odabentről bíztató derűvel. – Hogy szelídítette meg ezt az anyámasszony katonáját? Te is gyere, Rozsda, vége az őrjáratnak.

Tivy, sarkában a kutyával, benyomult a sötétítőfüggöny mögötti világba. A sárga falú, hóbortosan berendezett helyiségben rikító narancs meg piros ruhadarabokba öltözött, szikár alakkal találta szembe magát. A szinte fehér hajzat alól tiszta, kék szemek méricskélték és egy mesterkéletlen, nyílt mosoly.

- Tivy Rogers, nemdebár? – egyszerre ámuldozva a férfi színérzékén és hívogató gesztusain, gépiesen bólintott, majd megszorította a meleg kezet. – Laurel Doorn volnék e nap alatt, de kérem, szólítson Laurie-nak. A Mr. Doorn hallatán nem mindig tudom rögvest, hogy az is én vagyok – öblös, de önfeledt nevetés. – Na, nem azért, mert öregkori süket vagyok, hanem mert elfeledkezem a formalitásokról. Ez itt Rozsda és amint látom, össze is barátkoztak menetközben.

- Így történt, uram – Tivyt lehengerelte a házigazda. Nem ilyennek képzelte a híres festőt. A testén viselt vidám színek, úgy látszott, nemcsak öltözködésének formabontó jegyeit hangsúlyozták, hanem a természetében rejlő vonásokat ugyanúgy. – Köszö...

- Ó, a mindenségit, Corey! Tiszta maszat vagy! Lathea hangja valahonnan a ház mélyéről fakadt, de mielőtt bármi egyéb történhetett volna, vörös apróság szaladt elő. Szája körül lekváros ragacs piroslott, de rá se hederítve kerek szemekkel bámult fel az idegenre. Hajának csigái a füle körül repkedtek, ahogy kidüllesztett pocakkal megtorpant a házigazda lábánál.

- Ejha, barátocskám, mondd csak, ki fog köszönni? – pirított rá az öreg gyengéden. – Nos, ki vagy te?

- Koji.

- Igen, ő Corey.

- Szervusz, Corey. Engem Tivynek hívnak.

A gyerek egy hosszú percig némán nézelődött a magasba, majd visszafelé szedve a lábait hangosan azt kiáltotta: – Mami! Egy bácsi itt.

Igyekezete gyakorlatilag feleslegesnek bizonyult, mert addigra az asszony megjelent az üvegajtóban és az érkezőre mosolygott. Ez a gesztus pedig azt is elfeledtette Tivyvel, hogy meglepődjön a kisfiún.

– Mami, ő Tippy.

– Tivy, drágám. Tivy.

Tivy a kezdeti nehézségeken túljutva átnyújtotta a csokrot. – A meghívásért. És önnek is hálás vagyok, uram.

Laurie komoly képpel fogadta az italt. – Isten hozta minálunk. De miért nem lép beljebb? Kedvesem, mi legyen ezzel a lekvár vitézzel?

Lathea a komódon hagyva a rózsát Corey keze után nyúlt. – Köszönöm, Tivy, csodálatosak. A vacsora kész, de előbb ágyba dugom Corey-t.

– Addig legurítunk valamit, ugye, Mr. Rogers?

– Tivy, uram.

– Helyes, maradjunk a keresztneveknél. Tehát velem tart?

A házigazda az étkezőbe vezette, ahol örömmel elfogadott egy pohár jófajta scotch-ot. Odakintről, majd az emelet rejtett zugai felől, a kisfiú beszédének halk foszlányait, illetve az asszony türelmes válaszait lehetett sejteni. Kíváncsian kémlelt körbe az ebédlőben. A rendhagyóan zöld árnyalatú falakon kívül hatalmas asztal volt a helyiség dísze tíz székkel meg egy tálalóval. A kedélyességet a felakasztott számos festmény és grafika biztosította, egyben művészlak jelleget kölcsönöztek a háznak.

– Ne haragudjon a felfordulásért – mentegetőzött Laurie itallal a kezében. –, de Corey nagyon nehéz eset lefekvéskor.

– Akármilyen meghökkentő, egy régi barátomat juttatja eszembe. Ezek a szeplők meg a vörös haj.

- Tényleg? Vajon kit?
- Kester Frostot. Londonban valamikor ugyanabban a kórházban dolgoztunk.

Laurie derűsen felnevetett. – Ez nagy szerencse. Eleddig mi is úgy tudtuk, hogy Kester Frost az apja ennek a gézengúznak.

Tivy megrökönyödésében elhúzta a poharat a szájától. – Ó!

Arcán ott ülhetett az a temérdek érzelem, ami egyszeriben megrohanta, döbbenet, gyanú, fájdalom, értetlenség, mert vendéglátója rögvest a részletek ecsetelésébe fogott. – Kérem, ne kapkodja el a következtetéseit, ifjú barátom. Lathea és jómagam a szülei helyett vigyázunk Corey-ra.

- Ezzel azt akarja mondani, hogy nem is Latty az édesanyja?
- Netán maga úgy tudja, hogy Kester Frost udvarolt neki?

Tivy megrántotta a vállát. – Nos, uram, amiket én tudok, az mind hamisnak bizonyult. Öt éve mentem Amerikába és, ami azt illeti, Kester akkoriban Latty barátnője körül legyeskedett.

- Igen, alighanem. Corey tíz hónaposan kötött ki ezen a bohémtanyán, ettől azonban még Betty Cowan az édesanyja.
- Betty Cowan? – Tivy már a név hallatára is dühbe gurult. – Vagyis Kester tényleg komolyan gondolta.

A bosszús hanglejtésre a Laurie-énál kevésbé érzékeny fül is felfigyelt volna. – Ismeri?
- Jobban is, mint szeretném.
- Uraim, uraim – toppant be Lathea egyenesen Tivyhez sietve. – Nem feledkezhetnénk meg Bettyről?
- Ez egyszerre nehéz és könnyű dolog, drágám – vallotta be Tivy fanyalogva, a kedves megszólítás azonban így is magától siklott a nyelvére.
- Teli gyomorral, reméljük, jobban fog menni. Foglaljanak helyet, máris tálalok.

Tivy már az első falatok után azt kívánta, bárcsak sose érne véget az este. Régen nem jutott igazi házikoszthoz, legalábbis amióta a szüleinél járt látogatóban. Ennél is jobban lenyűgözte az a béke és harmónia, amibe belekóstolhatott. Laurel Doorn maga volt a csoda, szellemes, szórakoztató, tájékozott. Megállás nélkül ugratta az asszonyt, aki bizony nem hagyta magát, a szócsatákban sem maradt alul. A szurkák felett mégis szeretetteljes pillantásokat váltottak, így az egésznek semmi éle nem maradt. A maguk módján játszottak és a játék még az ő kívülálló személyének is csemegét jelentett. Mitöbb, egyedülálló lehetőséget arra, hogy az asszonyt meglesse és megkezdje a feltérképezését, amire olyan nagyon vágyott.

- Ha eddig nem így lett volna, ma akkor is menthetetlenül beléd szeretek – suttogta Lathea szájára, ahogy a vacsora végeztével a susogó szélben, elbújva a terasz takarásában csókolóztak. Nem tudott betelni az ölelésekkel, azzal a tudattal, hogy van, aki ugyanúgy örül neki, ahogyan ő teszi. – Késő van, nem kell bemenned?

- Én nem itt alszom, hanem odalent a kerti bungalóban. Saját portám van.

- Megmutatod?

Lathea könnyedén felkacagott. – Kívülről, ha akarod.

- Jól van. Vezetsz?

- És jó leszel?

- Született angyal.

A bortól meg a felemelően derűs estétől elbódultan bújtak át a faágak alatt. Tivy szorosan az asszony nyomában haladva kalandozott a buja kert benyomását keltő dzsungelben. A tenger morajlását egyre markánsabban hallotta, ezen az éjszakán a dübörgése szinte minden mást el is nyomott.

- Ez az.

A szerény épületből alig vehetett ki valamit, az éjszaka annyira körbeölelte. Némi hasztalan próbálkozás után ezért az asszony mellé ereszkedett valami küszöbféleségre.

– Örülök, hogy eljöttél – bökte ki Lathea rövid szünetet tartva. – Hogy tetszik neked Laurie?

– Lebilincselő.

– Ugye? Észrevétlenül szereti meg az ember. Nagylelkű, önzetlen és utánozhatatlan.

– Áruld el, hogyan kerültél ide Londonból? Honnan ismered őt?

Lathea elmerengve kulcsolta át a két térdét. – Nem én ismertem, hanem a férjem.

– Kupolyev, azt mondtad, ugye? – a név első hallásra úgy égett az emlékezetébe, mintha tüzes vassal kényszerítették volna.

– Biztosan hallani akarod?

– Elepedek a hangodért.

Lathea szégyenlősen nevetett. – Ne viccelj.

– Tehát?

– A férjem francia volt és Párizsból ismerték egymást. Amikor kitört a háború, megkérte Laurie-t, hogy szükség esetén hadd húzzam meg magam nála. Ez a rövid történet.

– Mióta élsz itt?

– 40 decembere óta. A bombázások elől jöttünk ide, egyszerűen elviselhetetlen volt.

– Jöttünk?

– Nick Cowan meg én.

Tivy kissé összezavarodva nézett az asszony sziluettjére. – És Erwin Cowan? Katona volt?

– Igen, önkéntes.

A tagadhatatlan sötétség dacára sem lehetett elmulasztani a fájdalmas mellékzöngét. – Tudod, Latty, azért számomra még mindig nem világos, hogy a gyerekkori szerelmed helyett miként választhattál egy franciát. Honnan ismertél te franciákat? Ettől függetlenül az biztos, hogy Betty Cowan alaposan rászedett.

Bánatos sóhaj előzte meg a választ. – Nem volt az gyerekkori szerelem. Barátság igen, de szerelem?, az semmiképpen. Betty alaptalanul élte bele magát abba, hogy mi ketten valamikor mégiscsak összeházasodunk. Szerettük egymást, nem szerelemmel, de egy régi barátságnál azért kicsivel gazdagabban, a magánynál még az is jobb. Erwin nagyszerű ember volt, kedves, gondoskodó.

- Csakhogy ez nem szerelem.
- Egyáltalán nem az. Miután Amerikába mentél, tettünk egy kísérletet. Szerettem volna becsapni magamat és elhinni, hogy van közös jövőnk. Ő azonban a tudtom nélkül jelentkezett a seregbe. Haragudtam rá emiatt, sokat veszekedtünk, elveken és érzéseken, mindenen. Végül azzal a kikötéssel kérte meg a kezem, hogy ha behívják, elmarad az esküvő.
- És behívták?
- Be. Közben az is kiderült, hogy viszonya volt egy másik nővel, amit nem tudtam megbocsátani. Bár elment, én továbbra is abban bíztam, a távolság segít majd megemésztenem a csalódottságot. Idővel talán így lett volna, ő azonban meghalt.
- Sajnálom – simogatta meg Tivy az asszony hátát, aki hálásan közelebb bújt hozzá. – És hol jön a képbe a francia?
- Nem volt igazi házasság.
- Ezt hogy értsem?
- A Royal Courtban ismertem meg. Ugyanis ott szállt meg.
- Vendég volt? Ejha, gazdag fickó lehetett.
Lathea somolygott. – Igen, dúsgazdag, azt hiszem. A háború kitörésekor derült ki, hogy nem voltak érvényes papírjaim, és amikor felajánlotta a házasságot, ostobaság lett volna elutasítani. Cserébe

új, francia okmányokat adtak nekem, amibe senki nem köthet bele.

Akármilyen pofonegyszerűen hangzott ez az egész, Tivy fejében nem állt össze a kép. – Felajánlotta, hogy elvesz téged? Csak úgy? Minden apropó nélkül?

– Nemcsak úgy, Tivy.

– Nem? Hát, hogyan?

– Előtte... előtte... – Lathea hallhatóan megköszörülte a torkát, miközben félrenézett. – volt egy csodálatos éjszakánk együtt. Csend lett. Az asszony makacsul a vállát mutatta, Tivy pedig ebből nem tudta eldönteni, melyiküknek kellene jobban megbotránkoznia. – Ugye, nem azt akarod mondani, hogy ravaszul elcsábított?

– Nem! Dehogy! Éppen hogy nem.

– És hálából még oltárhoz is vezetett? Tudod, Latty, mi, férfiak, nem szoktunk ilyen nagylelkűek lenni. És a vagyonosabbjáról még annyira sem tudom elképzelni.

– Hálából? Sejtelmem sincs, igazából sose faggattam az indítékai felől. Különben is boldog voltam, amiért segített a bajban. Azután elment, a németek pedig megölték. Nem mondhatom, hogy jól ismertem, mégis azt hiszem, rendes ember volt.

Nem szívesen tette fel a kérdést, de tudni szerette volna. – Szeretted őt?

– Nem, viszont szerethettem volna, ha nem hal meg.

– Máris mardos a féltékenység – Tivy ezt komolyan gondolta, jóllehet még el kellett tűnődnie a frissen hallottakon ahhoz, nehogy téves következtetésekre jusson. Lathea hirtelen megfordult ültében és a szemébe fúrta a tekintetét.

– Ma délután volt bőven min rágódnom és arra jutottam, hogy őszinteség nélkül nem érdemes kapcsolatokat építeni. Ezért mondom el neked az igazat, még akkor is, ha ez megváltoztathatja mindazt, amit gondolsz rólam.

- Uram isten – nyomott el Tivy egy feltörni készülő sóhajt. –, hiszen elmondtad, és ettől én még jobban szeretlek.

- Amikor megismertelek, réges-rég benne voltam ebben a viszonyban Erwinnel. Ez az igazság, látom, megdöbbentél.

- Legfeljebb azért, mert amit eddig mondtál, nem teljesen így hangzott.

- Szerettem őt, viszont cseppet sem szerettem vele... a testi kapcsolatot, ha érted, mit akarok mondani. És csak amikor Mischával összehozott a sors, akkor ébredtem rá, hogy nekem is származhat egy kis örömöm abból, ha egy férfi átölel. Nem tudod, milyen kínszenvedés nekem erről beszélnem.

Tivy lerázva magáról az első megrökönyödést nézett vissza az asszonyra. – Azért sejtem, hidd el. Mégis meg kell kérdeznem, hogy akkor Erwin Cowan emiatt hagyott el?

- A szó szoros értelmében nem hagyott el. Helyette keresett magának egy kevésbé érzéketlen nőt, de én... tudtam, hogy minden porcikám gyűlöli ezt a szereposztást és szakítottam vele. A józan eszem azt súgta, ez az egyetlen helyes lépés. Tudod, azóta sok minden megváltozott, én is, kívül és belül. Rajtad és Nicken kívül mindenkit elveszítettem, aki a háború előtt az életem része volt. Cowanéknál nőttem fel, a bombázások első napján azonban Betty és Nick kivételével mind meghaltak.

- Egek ura! Mind?

- Mind, az egész család. A szüleim se élnek már, Erwint megölték, Mischa elesett, Adams tiszteletest is eltemettük. Betty Kesterrel Afrikában van a tűzvonalban, Nick meg Penzance-ba költözött, időközben meg is nősült. Nem vagyok feltétlenül büszke mindenre, amit tettem, a magány és a nyomorúság azonban néha nagyobb úr, mint az ész.

Az egész nem várt kifakadás védőbeszédre emlékeztetett. Ezért Tivy úgy érezte, a szavaknál többet mond, ha megöleli Latheát. – Természetesen megértem. És ezek szerint éppen rám vártál, hogy megmentselek a könnyeidtől meg a magánytól. Szeretlek.

- Szeretsz? Ezek ellenére?

- Ezt többé meg se kérdezd, jó? Szeretlek és mondok neked valamit. Rengeteg időnk lesz megismerni egymást, aminek minden percét ki akarom használni. Most már azt is tudom, délután mire céloztál azzal, hogy a pajkos incselkedést nem szereted. Ugyanakkor biztosra veszem, hogy mindketten azonnal felismerjük majd a pillanatot, amikor a nehéz lépéseket is készek leszünk megtenni. Én nem vagyok Erwin Cowan, nem szeretek egyszerre két nőt, csakis egyet, Latty, téged.

- Sajnálnám, ha csalódnod kellene bennem, és talán nem is okos dolog részemről mindezt az első napon a nyakadba zúdítani, akármilyen eseménydús nap is volt.

Tivy hátrább csúszott a kövön, hogy az asszonyt a két combja közé ültethesse és szorosan átölelje. Most már a koromsötétben is jól láthatta a szemét. – Te ezt az egészet nem érted. Azért vagyok itt és viselek egyenruhát, mert nem maradt más esélyem, hogy visszajöjjek a családomhoz meg hozzád. Annyit álmodoztam rólad, arra az egyszerű boldogságra vágytam, amit a piknikünkön fedeztem fel. Otthagytam csapot-papot, az állásomat, a lakásomat, egy nőt, hogy megkeresselek. Ugye, te se hiszed, hogy most meg faképnél hagylak azért, mert Erwin Cowannel házasságon kívül kerested a boldogságodat? – beletúrt a selymes fürtökbe. – Már lenne egy fél focicsapatom, ha minden nővel az oltárhoz szaladgálok, aki hagyta magát elcsábítani.

- Csakhogy te férfi vagy.

- Ó, igen, ez az az érvelés, amit sose értettem. Én bármit megtehetek, mert igazol, hogy férfinak születtem? Te viszont azért nem, mert nő vagy? Ez hülyeség.

Hosszan hallgattak. Lathea szerelmesen bújt közelebb és a mellére hajtotta a fejét. Kellemes parfüm illatot árasztott, és a délutáni, szigorúságot sugalló ruha helyett estére a meleg időhöz illő, nyári öltözéket viselt. A hóbortos, tarka-barka szoknya hosszú időre Tivy emlékezetébe égett. Kétszer is végigsimított a fedetlen karokon, ahogy jobbról és balról is átkarolta. Az asszony mosolyogva pillantott fel, mire ő, nem várva egyéb bíztatásra, a szájára hajolt. Ráérősen élvezte a pillanatot. Lathea mámorítóan csókolt, mint akinek nagy tapasztalata van benne. Őt azonban nem érdekelte, kitől vette a leckéket. Az életében korábban megfordult férfiakról is el akart feledkezni. Egyiket sem szerette igazi szerelemmel, tehát nem is lehettek a vetélytársai.

- Hol hagytad a focicsapatod? – törte meg a csendet Lathea jóval később.

- Szanaszét.

- És az utolsót?

- Bostonban.

- Nem örülhetett, amikor bevonultál.

Tivy öntudatlanul is szorosabb ölelésbe burkolta kedvesét. – Annak nem örült, hogy miféle indokom volt rá.

- Miféle?

- Megmondtam neki, hogy miattad jövök vissza.

- Miattam?

- Igen. Polly meg azt állította, elment az eszem és álmokat kergetek. Az amerikai nők túlságosan is gyakorlatiasak, mondhatni, földhözragadtak... de mi tagadás, a porig rombolt Stepney-t látva megfordult a fejemben, hogy igaza lehet.

- Ó, istenem, Tivy, alig tudom elhinni, hogy itt vagy.

- Én is így vagyok vele. Ezért holnap is látnom kell téged. Mikor végzel a boltban?

Lathea elmerengett. – A holnap nem jó. Nick kislányának a keresztelőjére megyünk Penzance-ba. Utána a felesége vacsorára vár minket.

- És este? Elmehetnénk a moziba, ha nem leszel túl fáradt.

- Jól van, menjünk.

- Van kedved?

- Van.

Nevetve vágtak át a kerten, melynek súlyos csendjét egyedül az éjszaka természetes hangjai zavarták meg. A Laurie csodavilágában már nyíló szubtropikus virágok édes illattal töltötték meg a levegőt, amit maradéktalanul még a tengeri szelek sem kergethettek el.

- Hahóó!

A vidám hangra Lathea felelt, mialatt Tivy igyekezett a sötétben meglátni az ismeretlent. – Emerico, vártuk vacsorára. Hol kóborolt?

- Elhúzódott a munka.

Lathea Tivy kezéért nyúlt, mire ő boldogan melléje lépett és átkarolta a csípőjét. – Nem lehet, hogy az urak ismerik egymást Porthkerrisből? Emerico Laurie fia.

- Emerico Doorn? Az építész? – adott kezet Tivy. – Valóban találkoztunk már. Tivy Rogers.

Emerico minden fáradtsága dacára könnyedén felnevetett. – Te jó ég, doki! Felismerhetetlen feketében.

- Kösz a bókot – derült fel az üdvözlésen. – Ma Latheával meghökkentő felfedezést tettünk. Vagyis, hogy jó régen ismerjük egymást. Az édesapja volt olyan kedves és meghívott vacsorára.

- Ennek örülök. Remélem, máskor is látjuk.

- Arra mérget vehet.

Emerico még egyszer megszorította a kezét. – Ideje ágyba kerülnöm, hosszú volt a nap. Jó éjt, doki! Lathea, reggel enyém a kávé, rendben? Aludjon jól. Mindketten a távozó alak után néztek, majd Tivy kitárta a kaput az asszony előtt. Bár határozott léptekkel ballagott a dzsip felé, nem akart elmenni. Mégis muszáj volt. Ahogy a sötéten keresztül is felsejlő sárga ruhában Lathea megállt mellette, hirtelen letörtnek látszott. – Mi történt? – vette a karjaiba.

- Nem is tudom.
- Miért nem mondod el? Ma este életre szóló leckét vettem tőled őszinteségből.
- Félek, Tivy.
- Félsz? Mitől?

Halk sóhaj veszett bele a lombok zizegésébe. – Magamtól. Attól, hogy Mischa mindig azt mondta, született gyanakvó és kétkedő vagyok, bizalmatlan minden újjal szemben. De akkor mi történt ma velem? Az elmúlt években annyira elhagyatott lettem volna, hogy elegendő két kedves szó vagy egy csók, hogy valaki levegyen a lábamról? Ne haragudj, biztosan goromba és merőben igazságtalan minden szavam. Tivyt elgondolkodtatta a vallomás, és legalább ennyire a benne rejlő szorongás. – Nem haragszom, sőt, én is félek. Méghozzá attól, hogy a korábbi csalódásaid tőlem rabolják el a lehetőségeket. Ezért az lesz a legokosabb, ha semmit nem kapkodunk el, lépésről lépésre haladunk előre, mígnem kiderül, hogy nincs mitől tartanunk.

- Túl szép, hogy igaz legyen.

Tivy nagy nehezen magára erőltetett egy mosolyt. – Kezd visszatérni a gyanakvó éned? – örült a szerény mosolynak. – Tehát holnap jöhet a mozi? Helyes. Addig kaphatok egy jó-éjt puszit? Nélküle el se tudnék aludni.

Amint beült a kormány mögé, Lathea még utoljára a csuklójára tette a kezét. – Ez volt életem legszebb napja, köszönöm.

- Szeretlek, drágám.

30.

A parti piknik csodálatos ötlet volt Laurie-tól. A kora júniusi délutánban pokrócokat terítettek a homokba, Grant és Laurie pedig egy-egy nyugágyban elnyújtózva szivarozgattak. A végre teljes valójában beköszöntött nyár melegében élvezettel merültek a parti hullámokba. Lathea fél szemmel mindig Corey-t figyelte, aki egymagában is remekül szórakozott egy fura alakzat létrehozásával. Még sokat kellett tanulnia a homokvárak megépítésének rejtelmeiről, de máris meglepően ügyesen boldogult. Később Emerico csatlakozott a munkához és az általa használtnál képlékenyebb építőanyaggal is bizonyította tehetségét. Nick négy órakor toppant be, oldalán Carlával meg a kicsi Margarettel. Addigra a nagy meleg valamelyest alábbhagyott és a hathónapos csöppség pólya nélkül, valamiféle babáknak kitalált ruhácskában ficánkolt az apja karjában. Kreolos bőre dacára olyan szőke pihék ültek a fejecskéjén, szinte kopasznak látszott, fogatlan kis szájával mindenkire válogatás nélkül rámosolygott.

- Maggie – kiáltott fel Corey, amint meglátta.
Lathea az ölelésében fekvő kis lénnyel a homokvárhoz ment és leguggolt, hogy megmutathassa Corey-nak.

- Megsimogathatom? – kérdezte a kisfiú a tőle már megtapasztalt rajongással.

- Homokos a kezed, drágám, nehogy a szemébe hulljon valami.

- Lemosom.

- Jól van, fuss és mosd meg.
Corey elszaladt, mint a nyíl.

- Azt hiszem, joggal büszke a keresztszüleire –
vélekedett Emerico a kicsiben gyönyörködve.
- Honnan veszi, hogy büszke ránk? – tudakolta Lathea
egyik ujját nyújtva Maggie-nek.
- Nem sír, vagy igen?
- Ó, ez aztán a helyzetértékelés, Emerico.
- Miért, mi a bökkenő? Különben meg jól áll magának
ez a kisbaba.
Corey robbant közéjük, nedves kezeit bepiszkolódott
ingébe törölte. Megható volt, hogy két és fél éve
dacára mennyire tudatában van annak, hogy a
csöppség sebezhető. Maggie tágra nyitott szemmel
figyelte, ahogy lassan és gyengéden megérinti a kezét.
– Milyen puha – suttogta lenyűgözve.
Lathea szeretettel eltelve pillantott rá. Olyan nagyra
nőtt, kicsattant az egészségtől és máris igazi,
talpraesett legényke benyomását keltette. Az a
szeretet, ami a szülei távollétében is körbevette,
elégedetté és kiegyensúlyozottá tette. – Nincs haja? –
álmélkodott.
- Nem olyan sok, mint neked, de van. Nézd csak!
Maggie meg se moccant, holott Corey ujjai a haját
birizgálták. Csodálattal telve nézegette régi-új
barátját, aki alighanem máris ismerős lett a számára,
hiszen az utóbbi hónapokban minden adandó alkalmat
kihasznált, hogy mellette sürgölődjön. – Fehér.
- Szőke.
- Miért fehér?
- A kisbabák hajszíne legtöbbször megváltozik.
- Az enyém is?
- Nem, drágám, te mindig egy vörös, kis ördög voltál
– nevetett Lathea, mire a kisfiú odahajolt hozzá és
hatalmas puszit cuppantott az arcára. Ösztönös,
megható gesztus volt.
- Hohoó, vendégünk érkezett – jegyezte meg Emerico,
de mire Lathea vagy Corey megfordulhattak volna, az
érkező el is árulta magát.

Meleg ujjai végigszaladtak Lathea nyakán, ahogy leguggolt mellette. – Ki ez a gyönyörűség? – lesett Maggie-re. – Üdvözlöm, Emerico. Szervusz, drágám. - Nem számítottunk rád, Tivy. Mégis sikerült elszabadulnod? A férfi vidáman bólintott. – Kimenő. Szia, Corey. - Szia. Ha Maggie beteg, meggyógyítod? Noha Emericót szórakoztatta a gyerek kíváncsiskodó kérdése, Tivy teljesen komolyan vette. – Szerinted Maggie beteg? Nagyon is egészségesnek látszik. - Most nem beteg. - Hát, jó! Ha netán beteg lenne, meggyógyítjuk, rendben? – Tivy váratlanul az asszonyra nevetett. – Fantasztikusan mutatsz ezzel az aprósággal. - Nem megmondtam? – kacsintott Emerico elégtétellel. Amikor Nick visszavette a kislányt, Tivy megszöktette Latheát. A ház felé bandukolva megszorította a kezét. Felszabadultnak látszott. – Van egy meglepetésem a számodra. - Micsoda? - Elmondani nem könnyű, ellenben szívesen megmutatom. - Titokzatos vagy – Lathea elsőként lépett be a házba, ahol Rozsda őrségben szunyókált. – Nos? Tivy elkapva a derekát az ebédlő ajtajának nyomta. – Hiányoztál – mondta két csók között. - Te is nekem. - Akkor minden a legnagyobb rendben – Tivy kedves mosollyal húzta be a konyhába. Az asztalon hatalmas dobozok sorakoztak, púporsra tömve különféle apróbb-nagyobb csomagokkal. – Mi ez itt? - Élelmiszer – Tivy nekilátott, hogy kipakolja a lisztet, dobozolt száraz tésztát, sót, cukrot, főzőzsírt, de akadt kávé és kakaó, csokoládé táblában, még sajt is. Lathea már arra sem emlékezett, mikor evett utoljára sajtot vagy csokoládét, de valódi kávét sem ittak évek óta. Utoljára konzerves hal, sör meg cigaretta bukkant elő a nagy dobozokból.

- Szóhoz se jutok. Honnan szerezted ezt a rengeteg holmit? És mennyibe került ez neked?

- Semmibe, ne aggódj, jóban vagyok a konyhafőnökkel. Szerinte annyi élelmiszert ömlesztenek a táborba, hogy nincs ember, aki elfogyasztaná. Mondtam neki, hogy ez esetben csenjen ki nekem egy keveset, és lám! – Tivy az utolsó, eddig feltáratlan dobozból, három tálca húst emelt ki, melyek gondosan jég közé rejtve jutottak el a Parisianig.

- Nem lesz ebből bajod?

A férfi csak nevetett. – Az égvilágon semmi. Ha minden héten nem is, de havonta egy-két alkalommal hozhatok nektek ezt-azt és gyorsan meg is hívatom magam vacsorára. Szép dolog a kertészkedés, de törődj inkább velem, jó?

Lathea, az elkínzott fintort látva, kacagva ölelte magához kedvesét. – Nagyszerű ötlet.

- Van még egy. Akarod hallani?

- Hmm?

Tivy szalonnát varázsolt elő a ládából. – Piknik a tengerparton. Süthetnénk vacsorát, akad kenyér is. Van egy fantasztikus társaság és Corey is élvezné, biztos vagyok benne.

- Te egy igazi ötletgazda vagy, ugye?

- Ne tégy úgy, mintha nem dobna fel az ötletem.

- Eszemben sincs.

Lathea irányításával mindent elpakoltak, majd egy tálcára odakészítették mindazt, ami a parton szükséges lehet.

- Várj még egy percet, Latty – húzta vissza Tivy, noha már indulóban volt. – Mivel a hétvégét itt töltöm, el tudnád intézni, hogy elutazhassunk kettesben?

- Mi jár a fejedben?

- Körülnéznék a környéken. Ha akarod, estére hazahozlak. Ám ha megbízol bennem, kiveszünk valahol két szobát éjszakára – Latheát váratlanul érte az ajánlat. – Ne nézz rám ilyen riadtan. Egyszer ígéretet tettem neked és tartom hozzá magamat.
- Sajnálom. Nem akartam ellenségesnek látszani.
- Sajnálod annyira, hogy elkísérj?
Nick nem is érkezhetett volna rosszabbkor. Tivy vonakodva engedte el kedvesét, így a betoppanó harmadik kileshette, milyen reménytelenül vesztek bele az érzéki csókba. Lathea önkéntelenül elpirult a vallató tekintet súlya alatt és sürgősen elfordult, mintha nagyon elfoglalt lenne.
- Lattyvel szeretnénk egy alkonyati pikniket rendezni a parton. Mit gondol, Nick, tudna segíteni a cipekedésben?
Nicket szembeötlően meghökkentette a baráti meghívás. – Nem is tudom, Maggie talán nyűgösködni fog.
- Az ilyen pici babákat gyorsan meg lehet vigasztalni – szerelte le a kifogást Tivy nagyon elegánsan. – Kérem, ne menjenek el, hiszen még alig válthattunk pár szót. Pedig, ahogy Lattytől hallom, nagyon régi barátok. Gyere, drágám, menjünk.
Nick kérdő pillantása egy futó másodpercre megállapodott Latheán, majd felkapva az egyik kosarat kihúzta magát, mintha ezzel akarná jelezni, hogy nem hátrál meg. – Igazán kíváncsivá tesz, honnan ismeri Latet? Méghozzá ilyen jól?
A kétértelműnek szánt, nyíltan ellenséges hangsúly nem hozta ki Tivyt a sodrából. Amerikában sokat tanult a hidegvérről meg a diplomatikus féligazságokról. – Mindenre van kézenfekvő magyarázat – ezzel becsukta a Parisian ajtaját, ahogy a part felé vették útjukat.

Doreen távollétében Grant szívesebben időzött a Parisianben. Immáron meleg nyár volt, így Laurie-val örömmel lustálkodtak a teraszon vagy éppen a ház hűvösében szivaroztak és nagypapás komótossággal őrizték Corey minden lépését. Gyakorta mondogatta öreg barátjának, hogy bizony hosszú időn keresztül szinte alig adódott alkalom, akárcsak elvétve összefussanak, nemhogy naponta, mint mostanság.

- Mindennek eljön az ideje, Laurie. Megöregedtem és berozsdásodtam. A kalandok helyett kielégít a nyugalom.

Laurie a bajusza alól megeresztett vigyorral válaszolt. Grant jól tudta, hogy festő barátja világéletében otthonülő típus volt. Annak dacára is, hogy azért kisebb-nagyobb társasági összejöveteleken fel-feltünedezett, idejét viszont leginkább legkedvesebb könyvei, ecsetjei meg vásznai társaságában múlatta. Szeretett táncolni, ahogy a zenéért is rajongott, mégsem járt szórakozni. – Nem az én világom – volt a felelet minden e tárgyú kérdésre.

Számára így az öregség nem hozott markáns változásokat, megbízhatóan kitartott kedvenc időtöltései mellett és a Kótyagosba tett ritka látogatások, a rövid vendégeskedések, illetve a filmhíradó beiktatásán túl makacsul bezárkózott saját világába, ahova egyedül hóbortjai kísérték el.

Ahogy a mélységes csendben pöfékeltek, az a különös érzése támadt, hogy a Parisian rendhagyóan nyugodt és üres. Emerico és Lathea távollétében Corey maradt velük, ő is az emeleten szunyókált, miután a vízi mámortól egy kicsit meghűlt. Ebéd előtt tehát magukra maradtak. Laurie lábánál ott hevert a hűséges eb, állát két keresztbe rakott mancsára ejtette, ahogy kibámult a sziporkázó nyárba. A kandallón fél 12-t mutatott az óra és ő korgó gyomorral gondolt arra, még jócskán várnia kell az ebédre, amíg a ház asszonya egy körül hazaér a boltból. Doreen nélkül

nem szerette annyira a saját házukat, gyászosan
kongott az ürességtől és a falak unottan ásítoztak
feléje. Szomorú kilátás vénségének idejére.
- Szokatlan ez a csend, nem? – kottyantotta ki.
Laurie leverte a hamut a Havannáról. – Jobb szeretem,
ha nyüzsögnek körülöttem a fiatalok. Te nem hiszem,
hogy...
- Én is szeretném – vágta el a feltételezést Grant. –
Néha magamat korholom, hogyan is engedhettem el
Quentint a háborúba. Doreennal semmi egyebünk
nem volt, csak ő.
Újra elhallgattak. Laurie vizet öntött magának és
felhajtotta. – Butaság, de Mischa barátomnak
köszönhetem, amiért most nem gubbasztok én is
egymagamban – bólintás. – Kár, hogy nem ismerted,
Grant. Remek fickó volt. Önfegyelem dolgában is
elsőrangú, éles eszű, nagy szívvel megáldva.
- Szeretted őt, ha nem tévedek.
- Nem túlzás, hogy akár a saját fiamat – Laurie
bágyadtan maga elé mosolygott. – Tudod, mi a
különös? Sokat töprengtem már ezen, benne és
Latheában elképesztően sok hasonlóság van. Lehet,
hogy nem szerelmi házasságot kötöttek, mégis,
esküszöm neked, kevés összeillőbb párt tudok
elképzelni. Mischa kötözni való bolond volt
megöletni magát.
Grant fürkészőn lesett a barátjára az asztal felett. –
Hmm, ez pontosan úgy hangzik, mintha az após
helytelenítené a menye második próbálkozását.
- Ugyan, meg sem fordult a fejemben! Csak, hát,
Mischa közel állt a szívemhez, tudod, hogy van ez.
- Ez a Tivy Rogers is szimpatikus alak és, Doreen
reakciójából következtetve, amolyan asszonyok álma,
nem?
Laurie derűsen felnevetett. – Valószínűleg.
- A felbukkanásával egy kicsit megváltozik az élet
errefelé.

- A Parisianre gondolsz? No, igen, attól tartok, ez elkerülhetetlen – Laurie dús bajszát pödörgette. – Szerencsére Corey már nagyobbacska és egy olyan csapnivaló bébicsősz, mint jómagam, is boldogul vele. Semmi kifogásom, ha Lathea esténként elmegy szórakozni, hétvégén pedig Emerico, Nick és Carla is besegít. Inkább attól félek, mi lesz, ha ezt a fiút is bevetik valahol... és baja esik.

Grant nagyon jól ismerte ezt a rettegést, mióta Quentinnek 1942. elején nyoma veszett. Némán figyelve Rozsdát a kimerevített pózában, ahogy ott feküdt, felvillantak előtte saját múltjának képei. Köztük az a kétségbeesett szerelem, amit az előző háború idején Doreen iránt táplált. Négy véres esztendő leforgása alatt mindösszesen háromszor lehettek együtt négy-öt napot, a fronton pedig mindvégig az emlékeibe kapaszkodva vegetált. Nem számított se halál, se a mocskos, sáros sáncélet, szenvedés vagy éhínség, egyre az asszony szavai tartották életben. Azt ígérte, a világ végére is elmenne, hogy felkutassa, ha bármi történik vele a háború sűrűjében. Szerették egymást, jóllehet azokon a ritka napokon, amikor együtt lehettek, jóformán se étkezések, se tánc vagy séta közben nem beszélgettek. Amit mondhattak volna, fájdalmas pecsétet égetett volna a lelkükbe. Azután megsérült, és amikor egy mozgó hadikórházban magához tért, szerelmese ott gubbasztott az ágyánál. Nem tudta, hogy Boulogneban feküdt életveszélyes mell-lövéssel, ahogyan önkívületi állapotában arról sem hallott, hogy hitvese hajthatatlansága mentette meg a jobb lábát.

Merengéseiből Laurie motozása ragadta ki, ahogy feltápászkodott és bekapcsolta a rádiót. Az óra delet mutatott, az ismerős szignál óramű pontossággal hangzott fel.

- A BBC déli híradását hallják londoni stúdiónkból 1943. június 26-án. Az éjszaka folyamán a RAF jelentős légitámadást intézett Hamburg ellen. A német ipar egyik fellegvára kiemelt célpontot képvisel. Nem pusztán ipari potenciálja miatt, de egyben hatalmas kiterjedésű kikötője miatt is, ahol a hírszerzési információk szerint az Atlanti-óceánon járőröző és komoly károkat okozó német U-boatok rendszeresen kikötnek. A légitámadás kora hajnalban Hamburg nyugati negyedeit érte. Az anyagi kár tetemes és sok a civil áldozat. A német rádió uszító hangnemben tudósított a helyszínről – A recsegő alaphang jól kivehető németséggel szólt, feltehetően az eredeti riportot fordították angolra. – Reggel nyolc óra van, öt órával a légvédelmi riadó megszólalása után, de még mindig nem lehet áttekinteni az elszenvedett kár nagyságát. Még mindig hatalmas tüzek égnek a bombázások helyén. Házak homlokzata nagy robajjal dől össze, a romok beborítják az úttestet. Sűrű, fekete füstfelhő lóg a város felett és ezen keresztül, az egyébként derült égbolton, a nap korongja vörös foltként világít. Hiába van nyár és reggel, Hamburg utcái felett olyan sötétség uralkodik, mintha éjszaka lenne – a német riporter egyre agresszívabban folytatta. – Terror! Terror! Semmi más, mint tudatos, véres terror. Ha az ember a város utcáit járja, mindenütt bokáig gázol az üvegcserepekben és törmelékben. Mit tehetünk mást: összeszorítjuk a fogunkat és nem felejtjük el, hogy kik hozták ránk ezt a nyomorúságot! Égjen magas lánggal a gyűlölet mindnyájunk szívében! Ha valaki a bombázott és égő Hamburg utcáin járva látja az elhamvadt vagy még mindig nagy lánggal égő házakat, amiket a légibombák romboltak szét és a gyújtóbombák foszforja gyújtott fel, soha többé nem tudja elfelejteni, amit látott. Ezek után senki egyetlen szót sem szólhat megbocsátásról vagy kiengesztelődésről. A német nép minden képzeletet felülmúló szenvedését nem lehet mással viszonozni, mint a legkönyörtelenebb gyűlölettel.

- Ezeknek elment az eszük – sóhajtott fel Grant elképedve.

- Kíváncsi lennék, a lemészárolt zsidókat miként tüntetik fel a leltárban: fel nem címkézett selejt? – Laurie elnyomta a szivar csonkját, miközben a beolvasó lankadatlanul folytatta.

- ... Ebben a hónapban az ellenség újabb huszonnyolc szövetséges hajót süllyesztett el, melyek együttesen kilencszázhatvanhárom ezer tonna szállítmányozási űrtartalmat képviseltek, továbbá tizenhét tengeralattjáró is odaveszett. Az előző hónap katasztrofális veszteségei után a RAF repülőgépeit olyan készülékkel kezdik ellátni, amitől az Atlanti csatát irányító központ azt reméli, éjjel-nappal képesek lesznek megállapítani a felszínre emelkedő ellenséges tengeralattjárók pozícióját. A héten a Gazdasági Minisztérium hivatalosan is közzétette azokat a statisztikai adatsorokat, melyeket egyes ellenzéki képviselők kitartóan követeltek. A miniszterelnök véleménye szerint nem árulnak el hadititkot a számok felfedésével, jóllehet ő maga szerencsétlennek és a támadást intézők részéről hazafiatlannak tartja ezt a kikényszeríttet lépést. A jelentés szerint a hadiipar 1939-ben 969 tankot állított elő, 1940-ben 1399-et, 1941-ben 4841-et, míg tavaly e szám körülbelüli dupláját. Ami a harci repülőket illeti, komoly technikai vívmányok kifejlesztésével a számok a következőképpen alakultak: 1939-ben 3731 gép, 1940-ben 8634, 1941-ben 13610, tavaly pedig 17730 darab. A jelentés azt is részletesen elemzi, hogy a társadalmat sújtó megszorítások ellenére a nők munkakötelezettségével a helyzetet konszolidálni lehetett. Mintegy kétmillió nő állt munkába, ezek huszonöt százaléka a hadsereg kötelékében.

- Haha! – grimaszolt Grant. – A háború előtti másfél milliós hadsereg azóta ötmillióra duzzadt, ez vajon hány százalék?

- A katonai mozgások arra engednek következtetni, hogy a Szovjetunió területén, közelebbről Kurszk térségében, többszörösen elhalasztott német offenzíva rövidesen beindul. Mint ismeretes, a Vörös Hadsereg január elejei sztálingrádi áttörése után visszavetették az ellenséget, de a hadjárat súlyos emberáldozatot szedett. A voronyezsi fronton állomásozó német 2. hadsereg, az olasz 8. és a magyar 2. hadsereg végzetes vereséget szenvedett. Az előretörő szovjetek felmorzsolták a német hadtestet, a kétszázezer magyar katonából hozzávetőlegesen negyvenezer meghalt a folyó völgyében, hetvenezer megsebesült vagy hadifogságba esett, hétezer pedig fagyhalált halt a visszavonuláskor. Ennek ellenére jelenleg mintegy százhetven német és harminchat csatlós hadosztály állomásozik a keleti fronton. Szovjet jelentések becslése alapján a Vörös Hadsereg állománya ennek 1,2-szerese, tüzérségi és harckocsi állománya a kétszerese, repülőgépeik pedig háromszor akkora arányban vannak jelen a térségben.

Az elnémított rádióhang szülte csendben szótlanul ültek, mígnem Grant saját katonamúltjából kiindulva keserűen megjegyezte: – Mire véget ér ez a rémálom, húszmillió felett lesz az emberveszteség. Holott csak most jön a java.

A gyászos, mozdulatlan csendéletet Rozsda fészkelődése szakította félbe. Fülét hegyezve szökkent talpra és kiinalt a másik helyiségbe, ahonnan rögvest vissza is tért Corey nyomában.

- Papi! Papi!

Laurie ösztönösen kitárta a karjait a gyerek felé, aki letört arccal ballagott oda hozzá. – Mi van veled, életem? – ölelte magához hátrasimítva néhány rakoncátlan vörös fürtöt a homlokából. A szeplős pofika még meleg volt a párnától. – Fáj valamid?

- A hasam. Nagyon rossz.

- Látod, a sok csoki. Mondtam neked, ugye?

- Tivy hozta nekem.

- Akkor is be kellett volna osztani, hogy most ne fájjon a hasad. Mit kapok majd a vén fejemre, hmm? Grant felállt ültéből. – Biztos van itthon valami gyógyszer.

- Te értesz az ilyesmihez? – vállrándítás. – Akkor telefonálj a rendelőbe, hátha Tivy még ott van. Corey-nál eltört a mécses, úgyhogy Laurie az ölébe emelte, hogy megvigasztalhassa. Grant keménységet erőltetve magára távozott, hogy telefonáljon. Nem bírta hallgatni a kisfiú elkeseredett hüppögését.

- Megoldjuk, kicsim, csak mutasd meg, hol fáj.

- Itt, papi.

Laurie az egyik vászon előtt szorgoskodott. A végeredményt a fiának szánta ajándékba, feltéve, ha a végén úgy sikerül, amilyenre megálmodta. A portré Anne-t ábrázolta, de a műtermi fényképek rideg pillantásaitól és kedvetlen, ám kötelező mosolyától mentesen. Azt a nőt, akit ő ismert és szeretett, aki minden porcikájában varázslatosan természetes jelenség volt, és akiből Emerico is sokat örökölt. Szívesen dolgozott a képen, ami középkorú asszonyként ábrázolta kedvenc, kék virágos sáljával a fehér blúz felett. Akkoriban rövidre vágott hajával állt a cukrászda előtt, ahol gyakran randevúztak, miközben a finom sállal játszott. Laurie élénken emlékezett erre a darabra, amit az eljegyzésük napján vásárolt az asszonynak a Ponte Vecchio közepén ücsörgő idős asszonytól. Anne annyira beleszeretett, le se akarta venni. A későbbiekben pedig minden kibékülés idején pajzsként tartotta maga elé.

Még a terhessége előtt festett róla egy felháborítóan illetlen képet, ami művész szemmel és Olaszország azúr ege alatt csak-csak elfogadható, ellenben sehol máshol nem keltene megbotránkozáson kívül egyéb reakciót. Anne a hitvesi ágyukra dobált párnákon hevert végig, akár egy gyönyörű, érzéki látomás, és egy sállal takarták el testének legintimebb részeit. Laurie a mai napig úgy tartotta, a festmény életének legteljesebb szerelmi vallomását testesítette meg. Ezért volt pótolhatatlan veszteség, mert odaveszett, amikor leégett a ház, ahol laktak.

Észre sem vette volna a látogatót, ha Rozsda panaszos morgása fel nem rázza. Az erkélyre nyíló ajtóban Tivy Rogers álldogált. Jólneveltségre vallott, amiért az ebbel ellentétben engedély nélkül nem akart betolakodni.

- Ó, fiam! Jöjjön csak bátran.

- Jó napot – nyújtott kezet az orvos. Egyenruhát viselt, kezében orvosi táskával toppant be. – Megengedi? – lesett Anne portréjára. – Lenyűgöző asszony.

- A feleségem.

- És nyilván Emerico édesanyja. Szembeötlő a hasonlóság.

Laurie vigyorogva, bár továbbra is elérzékenyülten fordult a félkész mű felé. – A fiam szerencséjére, azt hiszem – Tivy vidáman kacsintott, amikor ismét szembenéztek. Ő kifejezetten szimpatizált a fiatal orvos rendíthetetlen nyugalmával és derűs természetével, ráadásul jól értette a humor nyelvét is.

– Hova készül ebben a maskarában?

- Vissza Porthkerrisbe. Csak azért ugrottam be, hogy vessek egy pillantást arra a kis legényre meg a pocakjára. Túlélte a csoki kalandot?

Laurie a fejéhez kapott. – Hohoó, mit kaptam én Latheától!

- Ne is törődjön vele. Ilyenek az aggódó anyák, bár ami Corey-t illeti, jókora tanulság ez a mohóság leküzdésére. Merre találom?
- Fent a szobájában. Elkísérjem?
- Talán jobb, ha négyszemközt beszélek vele, a szigorú doktor hangján.

Laurie tehát visszatelepedett a portréhoz és kezébe véve a festőtáblát folytatta a sál színezését. Vén szentimentálisnak tartotta magát, amiért ennyi figyelmet és odaadást szán a jelentéktelennek tűnő részletre, mégsem törődött vele. Már benne járt abban a korban, hogy akár szentimentális is lehet. Ám a munkában Rozsda ugatása ismét megzavarta, ahogy kilőve rohant el a terasz felé. Odakintről is jól lehetett hallani megveszekedett ugatását. Így kénytelen volt mindent letenni és festékfoltos ujjait a köpenyébe dörgölve követte a felbőszült ebet. Beletelt néhány másodperc, mire a bokrok takarásából Delbert Keaton nevetséges figurája bukkant elő. Botjával próbálta elhessegetni Rozsdát, ahogy a fogát vicsorítva feléje tüzesen körültáncolta.

- Hívja már vissza ezt a dögöt!

A parancsoló hang fikarcnyit sem volt Laurie kedvére, ennek dacára leintette a hevesködő házőrzőt. Nem akart bajt azzal, hogy egy ízletest harap a környék nagyurába. – Mit akar itt megint? Egyszer már túlestünk az utolsó látogatásán és az sem sikerült túl jól.

Keaton a sarkában vicsorgó Rozsdával fellépett a teraszra. – Semmiképpen nem szándékoztam szó nélkül hagyni az áskálódását, Doorn. Lehet, hogy nagyszerű festő, viszont közel sem olyan nagyszerű ember. Inkább hitvány gazember.

- Szóval, hitvány? Vajon magánál is hitványabb?

A látogató öntelten vigyorgott. – Nálam? Hát, nálam egészen biztos. Amióta utoljára találkoztunk, a feleségem a bizalmába fogadott ez ügyben. Elmesélte,

hogy csak a visszautasított férfi beszél magából –
ezen Laurie hitetlenkedve mulatott. Neda találékony
hazugságai rendre elkápráztatták. – Hiába nevet. Én
régóta boldog házasságban élek, maga ellenben
magánéleti kudarcokra ítélt vénember.
Rozsda, mintha csak érzékelője lett volna a sértésekre,
ismét vészjósló morgásba kezdett.
– A helyében nem vennék mérget arra a boldog
házasságra, Keaton.
– Keaton báró!
– Ó, nem! Nekem nem, fütyülök a rangokra. Bezzeg
Neda nem. Maga egy makulátlan múltú, engedelmes
hitvesre vágyott, aki felteszem, mindig igazat ad
magának és kellően lelkes az ötletei iránt. Nos, Neda
szíves-örömest eljátssza, ehhez kétség se férhet.
Keaton lekezelően elhúzta a száját. – Megint a
csalódottsága szól magából, Doorn. A feleségem
pontosan ilyen asszony, igen.
– Mindenesetre az a Neda, aki az én szeretőm volt,
igazi Makrancos Kata. Sajnálom magát, uram, hiszen
ennyi év után sem ismeri őt. Évtizedek óta egy fedél
alatt él vele, holott azt sem tudja, kicsoda valójában.
Amúgy pedig egy percig sem vagyok csalódott.
– Nem méltó egyetlen magára valamit adó férfihoz
sem ez a vádaskodás.
– Nincs is szükségem rá. Akármit hazudott magának
Neda, közel egy évig szeretők voltunk. Mit gondol,
máskülönben a festmény hogyan sikerülhetett volna
ennyire élethűre? – csak ezt kimondva érezte át,
mennyire felbőszítette a báró és hitvese arcátlansága,
ahogy kettejük kisstílű csatározásaiba őt is bele
merték rángatni. – Ugyanakkor azt tőle kérdezze meg,
egy szép reggel miként szökött meg az ágyamból és
néhány nap múlva a maga feleségeként tért vissza
Marazionba. Nekem ugyanis soha nem adott
magyarázatot.
– Ez hazugság.

- Azt hisz, amit akar. Viszont ne merészeljen hitványnak nevezni a saját házamban, miközben szabályszerűen megvásárolt egy feleséget, egy hitvány nőt!
- Mégis hogy meri? Nem tanult jó modort, hogy egy asszonyról összehord hetet-havat. Most már csak sajnálatot tudok maga iránt érezni.

A sértett kiáltásra Laurie-nak ott volt még az utolsó fegyvere: a fia, akit elraboltak tőle, és aki úgy halt meg, hogy ezt a karónyelt alakot tartotta az apjának.

- Maga csak ne sajnáljon engem, miközben ennyi éven át szemfényvesztésben élt.
- Nem tud félrevezetni. Gyűlöli a feleségemet, mert nem akarta magát, ezért beszél ellene.
- Valóban nem akart. Helyettem pénzre vágyott, hatalomra és különbnek érezni magát másoktól. Ezért gyűlölhetném is, a számító, pénzsóvár természetéért. Talán rég leszámoltam volna az egész történettel, ha nem rabolja el tőlem a fiamat, akivel várandós volt a maguk esküvőjén. Ez az, amit sose bocsátok meg neki.

Árulkodó módon Keaton ezúttal nem kiáltott rá, hogy hazudik. Tekintetébe fájdalmas üresség költözött, szája gyanúsan megrándult, keze pedig segélykérően megszorította a sétapálca aranyozott gömbjét. Korábbi hevességével szemben egyértelmű volt, hogy mégsem olyan ostoba, mint eddigi elfogultsága sejtette. Bár Laurie keveset tudott elhalt fiáról, Granttől hallotta, hogy tőle örökölte árulkodóan kék szemeit, ovális arcát és hosszú ujjú művészkezeit. Keaton ellenben egyetlen hasonló tulajdonsággal sem büszkélkedhetett. És az ábrázata hirtelen azt is elárulta, hogy a kakukkfióka alighanem neki is okozhatott elég fejtörést.

- Kár volt idejönnie, ha úgyis a feleségének hisz.
- Most már látom, milyen következményekkel járt volna, ha maga korábban visszatér Cornwallba –

közölte Keaton, noha messze nem a megszokott fennhéjázással, inkább keserű józansággal. – Mindannyiunk életét megmérgezte volna, beleértve Jackét is. Márpedig ő talpig Keaton volt.

– A sallangokat nézve tagadhatatlanul, ellenben egyetlen csepp Keaton vér sem csörgedezett az ereiben. Egyébként nem ejtettek a fejem lágyára, tudtam, hogy mit tett Neda. Utólag azonban tényleg másként látom a helyzetet, egyszerűen hiba volt feladnom a harcot a fiamért. Maguk ketten tökéletes pár, de egy gyereket rémálmaimban sem mernék a maguk nevelésére bízni.

A báró élettelen szeme megvillant. – Hanem kire? Önmagára? Akibe semmiféle szégyenérzet nem szorult? Mindenki szeme láttára együtt él a szeretőjével, aki akár a lánya lehetne, meg a fattyával? Ó, és itt az új tag is ebbe az izgalmas háromszögbe.

Laurie észre sem vette a közeledő Tivyt, aki hallva a botrányos célzást, lendületből akkorát öklözött a rágalmazó arcába, hogy az megtántorodott és a nyugágyat felborítva hanyatt vágódott. Az orra vérétől piros pöttyös lett a gondosan keményített, hófehér inge.

– Elég, fiam – fogta le az orvost sietve.

Keatonnak beletelt néhány másodpercébe, mire magához térve, nagy erőfeszítések árán felkecmergett a törött ágyról. Szövetzsebkendővel próbálta felitatni az orrából szivárgó vért, így sokáig egyetlen szó nem sok, annyit se kockáztatott meg. Megvadult arckifejezéséről Laurie azonban leolvasni vélte, hogy hasonló megaláztatásban még soha életében nem lehetett része.

– Ezért feljelentem a feljebbvalóinál – préselte ki végül magából lángra gyúlt arccal. – A fejét vétetem.

– Az amerikaiak keveset adnak a rangra, báró úr – vágott vissza Tivy maró gúnnyal. – Ettől függetlenül előre figyelmeztetem, ha még egy hasonló megjegyzést tesz Miss Trashburnre, úgy szétverem az orrát, hogy nem látja többé a napot.

- Fogja vissza magát, fiatalember, és ne fenyegetőzzön nekem! Nevetséges.

Laurie-nak elege lett az egészből, ezért közbelépett. – Most fejezzék be, uraim. Amikor a felesége legutoljára fenyegetőzve berontott ide, Keaton, neki is megmondtam, ha háborút akar, állok elébe. Ugyanakkor ne felejtsék el, hogy én többet árthatok maguknak... a féltve őrzött jó hírük a tét, míg számomra inkább hízelgő, ha egy csinos fiatalasszonyt a szeretőmnek tartanak. Most pedig két percet adok, hogy távozzon a földemről, és se maga, se a neje soha többé ne jöjjön vissza.

Rozsda újfent fékevesztett ugatásba kezdett és miközben ő tüntetően behúzta az orvost a műterembe, még mindig fülsértőnek találta a hangzavart. Percek teltek el, mire az ugatás eltávolodott, majd fokozatosan elhalt. Keaton alighanem elsomfordált. Laurie töltött két emberes adag whiskyt, hogy az egyiket Tivy Rogersnek kínálja, majd a modellek díványával szemben maga is letelepedett.

- Csúnyán kijöttem a sodromból – vette át az italt Tivy a felét azonnal fel is hajtva.

- A jobbegyenes viszont pompás volt.

Bágyadtan összemosolyogtak.

- Lathea rágalmazása az érzékenyén érinti, ugye? – Tivy fásultan bólintott. – Nem túlzás ez ilyen rövid idő elteltével? – kérdezte Laurie együtt érzően.

- Rövid? Tudja, Laurie, mit jelent egyetlen éjszaka belehabarodni valakibe és utána öt évig azon őrlődni, vajon a másik is ugyanazt érezte-e? Várni és kételkedni? Pocsék érzés, elhiheti.

- Lathea?

- Igen. 38. nyarán találkoztunk először. A barátaimmal a Victoria Parkban fociztunk, ő pedig Betty Cowannel napozgatott ott. Szerelem volt első látásra. Egy este elmentünk piknikezni és én tökéletesen megbizonyosodtam arról, hogy megtaláltam életem párját, megnősülök, más nőknek pedig soha többé nem lesz helyük az életemben. Mindezt miből? Másfél óra után úgy szót értettünk, mintha mindig is ismertük volna a másikat.

– Nem mindennapi csoda.

– Ó, igen! Ám Betty Cowan durván lerángatott a felhőkből, hogy majd belepusztultam a csalódásba. Laurie ezen a ponton vesztette el a fonalat – Mi köze neki ehhez?

– Eljött hozzám és azt mesélte, a fivére halálosan szerelmes Latheába, mellesleg ez egy kikezdhetetlen gyerekkori szerelem. Azt mondta, a várva várt esküvő a küszöbön áll, már a napot is kitűzték. Szabályosan lekapott a tíz körmömről, amiért a bátyja jövendőbelijére vetettem szemet.

– Mire maga jófiú lévén szépen félreállt az útból? Tivy a halántékát dörgölte. – Kissé különösnek találtam Latty viselkedése után, ennek dacára nem volt merszem elébe állni és olyan kérdéseket megkockáztatni, melyekre talán nem a remélt válaszokat adja. Végzetes hiba volt. Ez azonban akkor derült ki, amikor Marazionba jöttem. Betty Cowan minden jel szerint szántszándékkal vezetett az orromnál fogva, hogy eltávolítson a fivére útjából, holott Latty engem szeretett.

Laurie részvéttel hallgatott, mielőtt kirobbant belőle a megjegyzés. – Ó, történt itt egy s más cifraság Betty Cowan jóvoltából, ezért már meg se lepődöm.

– Öt évig epekedtem Latty után, valami után, amiről csak sejtettem, hogy boldoggá tehetne. És persze egyetlen nővel se lehettem boldog vagy tisztességes, amíg a kételyek égettek belülről. Utána pedig egyszer csak megtudtam, hogy nemcsak engem kellett eltávolítani, hanem Lattyt is tőlem. Betty, meg kell hagyni, remek munkát végzett. Úgyhogy nincs az a hatalom vagy erő, ami megingathatna az érzéseimben, Laurie. Szeretem őt és vele akarom leélni az életemet. Tisztában vagyok azzal, hogy háború van, utána azonban nem megyek vissza Amerikába, semmi keresnivalóm ott többé.

- Jól teszi, fiam. Ám előtte, attól tartok, meg kell még birkóznia néhány démonnal. Lathea feltehetően nem ugyanaz a nő, akit itt hagyott. Ráadásul nem szívesen nyílik meg, noha jómagam, feltehetően az együttélés folyományaképpen, élvezem a bizalmát.

- Démonok? Például Erwin Cowané? Igen, már nekem is eszembe jutott. Mégis megéri, ha végül boldogok lehetünk – Tivy lassan talpra állt. – Indulnom kell, ha nem akarok kiszaladni az időből.

- Menjen csak, nem tartóztatom.

Az ajtóban, már táskával a kezében, megtorpant és visszafordult. – Kérem, Laurie, ne említse Lattynek azt a kakaskodást a teraszon.

- Én magam is szívesebben feledkeznék meg róla, ne aggódjon, fiam.

- És lenne még valami. Amennyiben sikerül őt meggyőznöm, nem lenne ellenére, ha olykor hosszabb időre rabolom el öntől?

- Ó, vigye csak, ne is habozzon!

- Hálás vagyok.

- Ugyan, nincs miért. Jó utat… ja, és talán érdekli, hogy Lathea azért lakik a bungalóban, hogy lehessen saját élete az én, vagy a falusiak kíváncsiskodása nélkül. Márpedig mindenki úr a saját háza táján.

Tivy arcán halovány felhő suhant át, Laurie mégis biztos volt benne, hogy ő így is válaszolt legalább egy fel nem tett kérdésére. A fiatal orvos távoztával béke ereszkedett a házra, tehát visszaült az állványhoz, hogy ismét belemerüljön Anne sáljának tökéletesítésébe.

- A BBC esti híradását hallják Londonból. 1943.
július 5-e, nyolc óra van. A távol-keleti fronton az
amerikai csapatok június 30-án a Salamon-szigetek
után Új-Georgián is partra szálltak. A térségben az
elmúlt napokban heves harcok dúltak, a védekező
japán egységek jól kiépített állásait több hullámban
érkező invázió ostromolja...
Tivy kilesett Laurie sötétbe vesző kertjére. A nyár
szokatlan illatokkal szórta tele a környéket, és ahogy a
virágportól nehéz levegőbe szimatolt, tűnt csak fel,
hogy különös módon nem észlel szelet. A tengerpartra
sikló hullámok megtörését hallani lehetett, amúgy
szélcsend volt.
- ... a német hírközlés ezúttal nem tagadta, hogy
Hamburg városának háromnapos bombázása
maradandó és súlyos károkat okozott. A
belterületeken hozzávetőlegesen ezerkétszáz, a
ritkábban beépített részeken ezerszáz holdra terjed ki
a pusztítás. A halottak száma negyvenezer felett van
és legalább négyszázezren váltak hajléktalanná. A
beszámoló azt is elismerte, hogy a kikötőben
horgonyzó, illetve a dokkokban épülő hajók zöme a
támadás áldozatául esett...
Vállát Lathea kis bungalójának ajtókeretéhez
támasztotta, zsebre vágott kezekkel gyönyörködött a
júliusi estében. A nagy hőség után az égboltra
szegeződő felhők miatt gyakorlatilag besötétedett.
Jóllehet az ő örömét a készülődő nagy vihar
fenyegetése sem rombolhatta szét. Az asszonnyal a
faluba készültek, ahova ráadásul Cradock ezredes
engedélyével mehetett. Porthkerrisben körültekintően
elmagyarázta, milyen lelkesen invitálták a falubeliek
és az ezredes egyetértett vele, hogy ezeket a
kapcsolatokat ápolni kell. Az amerikaiak amúgy is
kényes helyzetben voltak errefelé. Túl sok a formás,
magányos fehérnép, valamint az éles bevetés előtt álló
katona, ez bizony kevés jót ígért. Szinte mind

ahányszor visszatért a táborba, valaki elzáráson volt túllépett kimaradásért. A táborparancsnokot cseppet sem lehetett irigyelni a kiélezett helyzetért, amibe akaratlanul csöppent. Képtelenség volt ennyi szerelemre éhes férfit kordában tartani, a helybelieknek pedig megmagyarázni a dolgok hátterét. Hogy valamelyest megbékítse a lakosságot és amolyan félhivatalos arculatot építsen ki, Porthkerrisben rendszeres táncot szervezett szombatonként, ahol a katonák kedvükre mulathattak és szédíthették a lányokat.

- Ma hajnalban az átmeneti harci csend után megindult a német offenzíva a keleti fronton, Kurszk térségében. A támadásban majd kilencszázezren indultak rohamra a szovjet vonalak ellen, tizennégy páncélos és hét gépesített hadosztály. Ma estig a német 9. hadsereg északról mintegy tizennégy kilométert nyomta vissza a szovjeteket...

Meghallva, hogy a háta mögött az asszony tesz-vesz, odalépett a rádióhoz és elcsavarta a gombot. Lathea csinos, nyári ruhát viselt, melynek gombos felsőrésze izgatóan sejtette nőies formáit, a térdéig érő szoknya pedig megmutatta szép lábszárait. Haját ravaszul feltűzte, amitől az arca egészen másnak látszott.

- Mindjárt kész vagyok.

- Ne fesd ki magadat – kérte Tivy kiemelve a kis tartót az ujjai közül. – Így vagy a legszebb, és különben is...

Lathea szórakozottan mosolygott. – Különben is?

- Lecsókolnám rólad a festéket.

- Tényleg?

Ezt a hitetlenséget Tivy felkérésnek vette és átkarolva a derekát bizonyításképpen előleget szolgáltatott. Áldozata nevetve bokszolt a hasába. – Engedj el, inkább megadom magam.

- Helyes, tetszik, ha engedelmes vagy. Kapcsoljuk le a villanyt, mielőtt elveszítjük a háborút egy égve felejtett égő miatt és menjünk. A sötétben óvatosan vezetett, a sűrű feketeségben inkább csak sejtette az utat, mintsem látta. A menetszél bele-belekapott Lathea szoknyájának könnyű anyagába, mígnem a térdei közé szorította. – Olyan csendes lettél – karolta át a vállát. – Mi jár a fejedben?

- Ha együtt érkezünk, mindenki ugyanazt fogja gondolni.

- Téged zavarna?

- Engem? Hát, téged?

- A te jó híred nagyobb veszélyben forog, nem gondolod? De ne aggódj, szerelmem, igyekszem magam tisztességes színben feltüntetni.

Lathea gyengéden az ölébe vonta Tivy simogató balját, hogy a két tenyere közé burkolja. – Az is vagy, de vajon az emberek el is hiszik?

- Ugyan, ez nem London. Itt az emberek még ártatlanok, hisznek a romantikus mesékben. Mi pedig nem bujkálunk előlük, következésképp semmi okuk gyanakodni. Miért rágod magad ezen?

- Egy időben akadt olyan, aki azt terjesztette, hogy Laurie meg én… rettenetesen kellemetlen volt.

- Velem jobban jársz, hidd el. Jobb erőben vagyok.

- Kinevetsz engem.

Tivy lefékezte a dzsipet, hogy az asszonyhoz hajolhasson. – Szerintem feleslegesen emészted magad. Tudod, mit gondolok? – megkocogtatta Lathea homlokát. – Itt benn azt hiszed, romlott nő vagy, csak mert Erwin Cowannel viszonyt kezdtél. De ha rajtam múlik, leszel még romlottabb is, és utána feleségül veszlek, hogy a halálom napjáig kiélvezzem a szenvedélyed utolsó cseppjét is. Ó, drágám, ne légy igazságtalan önmagadhoz – folytatta komolyan, mert Latheát kivételesen nem érintette meg a könnyed szójáték. – Tudod, mit látnak azok az emberek, akiktől úgy félsz? Hogy megszakadásig dolgozol. Itt van egy fiatal nő, aki háztartást vezet egy hóbortos vénembernek meg a fiának, nevel egy kisfiút, és nélküle Mr. Carrough boltjából egy falat élelmiszerhez sem lehetne hozzájutni. Ők nem hallottak se Erwin Cowanről, se a férjedről. Legfeljebb azt gondolhatják, ennyi gyász meg munka után végre te is örülhetsz egy kicsit az életnek.

- Bárcsak így lenne.

- Naná, mi okod lenne panaszra, amíg itt vagyok neked?

- Ez igaz.

- Na, látod. Akkor mehetünk?

Két hónap elegendő lehetőséget kínált, hogy Tivy megismerje Marazion apraja-nagyját. Hogy ez a próbálkozása mennyire sikerült, arra a bál szolgált fényes bizonyítékul. Lépten-nyomon ismerősökbe botlott, akik megható módon már maguk közé tartozónak tekintették. Ha nem lett volna résen, hamar a fejébe száll a rengeteg ital, amivel az emberek az egészségére akartak koccintani.

- Látványos elismerés – szögezte le Howard Stump a sarokba húzódva a felesége mellé.

- Pusztán átmenetileg bitorlom a helyét, Howard.

- Én azért bizakodom, hogy mégsem. Ha vége ennek az őrültségnek, betársulhatna a praxisba. Annyit ugyan nem ajánlhatok, mint Boston, de van itt valami sokkal csábítóbb a maga számára, nemde bár?

Mindketten Lathea irányába fordultak, aki éppen Nick Cowan karjaiban ropta a többi táncos között. Tivy eleddig felületesen tudta csak megismerni a férfit, elvétve, ha négyszemközt maradtak, mégis a zsigereiben érezte, hogy a másik ki nem állhatja. Meg mert volna esküdni, hogy Cowan egyszerűen féltékeny rá az asszony szerelme miatt. Minden akkor pattant ki, amikor meglátta őket a Parisian konyhájában kettesben, és bizony nehéz lett volna nem észrevenni a rideg fényeknek a megvillanását, melyek tagadhatatlanul a szemében ültek, ahányszor ő is megjelent. Talán az ő féltékenysége is gyorsan felébredt volna, ha nem látja, hogy az asszony milyen távolságtartással és kizárólagosan barátként kezeli egykori kedvese testvérét. Nem volt színlelős fajta, és amíg a csókjai nem adtak okot kételyre, ő is fittyet hányt Cowan gyermeteg viselkedésére.

Orvos kollégája barátságos hangjára ismét megfordult. – Úgy hallom, régóta ismeri a mi kedves Latheánkat?

- Gyorsan járnak a hírek.

- Ne is törődjön vele, faluhelyen ez elkerülhetetlen.

- Még a háború előtt ismerkedtünk meg Londonban. A körülmények azonban szétválasztottak minket.

- Hamarosan talán az esküvőre készülhetünk?

Tivy Howardra emelte a poharát. – Remélem, előbb, mint számítok rá.

Kimentve magát elindult, hogy az asszony közelébe férkőzzön, és lekérte Nick Cowantől. A hangos zene felett is jól lehetett hallani, hogy a falakon túl éktelen robajjal széthasad az égbolt. Az ablakokon függöny lógott a kötelező elsötétítés miatt, ám a megvillanó égők hatalmas villámlásokat jeleztek. Lathea nem törődve a viharral átkarolta a nyakát, ahogy összesimulva ringtak a dallamok szárnyán. A helyi zenekar friss slágereket játszott, így a 'How Sweet Are You'-t, utána pedig Harry Roy legújabb dalát a 'Why don't you fall in love with me'-t. Tivy illetlenül szorosan préselte magához, hogy tisztán érezte telt keblét és a csípőjük is összesimult.

- Harry Roy – súgta évődőn. – Emlékszel az Oxford Circus-re?

- Hogyne emlékeznék! Akkor láttalak utoljára.

- Szeretlek, és nem akarok még egyszer úgy szenvedni, mint aznap.

Lathea megcirógatta az arcát. Elegendő volt barna szemébe nézni és az elárulta, hogy ő sem akar a bálban időzni, miközben kettesben lehetnének. Búcsúszó nélkül távoztak, fokozatosan az ajtó felé sodródva, majd egy villámcsapás okozta áramkimaradás alatt kisurrantak a szakadó esőbe. Tivy a tengerpart felé szaladt, Lathea a nyomában. Olyanok voltak, akár két tinédzser, akik nem bírnak a hormonjaikkal. Bár tudta, hogy ha az asszony hajlandó is lenne egy szerelmes együttlétre, ez még nem az a perc, amire várnak. Ki akarta élvezni, amíg a szerelmük ennyire ártatlan és ábrándos, tiszta az alantas ösztönöktől és megelégszik a forró csókokkal meg az önfeledt érintésekkel.

Mire a homokos fövenyen eltávolodtak a falu utolsó házaitól, minden ruha átázott rajtuk. Magához ölelve kedvesét úgy tűnt, mintha semmit sem viselne. A vékony anyag második bőrként tapadt a testére, nyíltan feltárva a melltartó vonalát, rásimulva a csípőjére meg a combjaira.

- Bolondok vagyunk, Tivy – kacagott Lathea, de ő belefojtotta a nevetést.

Álnokul lecsapott a szájára, nyelve utat tört az ajkai közt, hogy megízlelje a puncsot, amit az utolsó tánc előtt felhajtott. Hol türelmesebben csókolta, mintha attól rettegne, hogy megijeszti a vágyaival, utána viszont csábító számítással vissza-visszahúzódva, mint aki meg akarja őt fosztani valamitől, amit akár meg is kaphatna. Latheában érzékelhetően felszította a vágyat, mert úgy simult hozzá, mint aki soha többé nem akarja elengedni. Az ingén keresztül érezte kutató kezét, ami lassan a csípőjére vándorolt. Az apró jelzéstől felbuzdulva ő is többet akart. Ujjai beszöktek a vizes páncél alá, hogy megízleljék a formás combokat. Már ezzel is elérte, hogy megremegjen és előcsalogasson belőle egy kéjes sóhajt. – Ennek rossz vége lesz, Latty – mormolta a csókoktól megduzzadt ajkakra. – Hol tanultál így csókolni? Elevenen elégek.

Lathea nem felelt, nem is volt rá szükség. A válasz adta magát. A szexet nem szerette, a csókokért viszont elepedt. Tivy beletúrt leomlott hajába, hogy az arcát maga felé fordítsa. A hajukból feltartóztathatatlanul csurgott a meleg eső, mégsem zavarta egyiküket sem.

- Három hét múlva két nap eltávot kapok. Szerintem kezdd el felkészíteni Laurie-t, hogy szombat reggel elrabollak tőle.

- És hova megyünk?

- Még nem tudom, csak el a Parisian közeléből.

- Tivy, most nincs otthon senki, kérlek, ne hagyj magamra. Ne utasíts vissza.

A megbántott hang elszomorította. – Ne kezdjünk bele olyasmibe, amit nem tudunk befejezni. Azt szeretném, ha minden perc csak a miénk lenne és egy egész éjszaka szerethetnénk egymást. Valami tökéleteset szeretnék adni neked, Latty.

- Nincs olyan, hogy tökéletes, és én most...

- Emlékszel, miben állapodtunk meg?

- Hogy időt adunk egymásnak.

- Úgy van. És szerintem ez jó döntés volt.

- Már nem tudom, össze vagyok zavarodva.

Tivy újra megcsókolta. – Én is, amikor így csókolsz. Elmegyünk innen két napra és hagyjuk, hogy a dolgok a maguk rendje és módja szerint megtörténjenek. Meghasad a szívem, ha ilyen csalódottnak látlak.

- Túl józan vagy.

- Józan? Amiért nem akarlak kihasználni? Ne vádolj igaztalanul, kérlek.

Gyalog vágtak neki a partnak Laurie birtoka felé. Kézen fogva, mintha minden a legnagyobb rendben lenne, Tivy mégis úgy érezte, a visszautasítással jobban megbántotta az asszonyt, mint szerette volna.

Egy régi este emléke kavargott benne, amikor a fantasztikus hétvége után hazakísérte Polly Turpint. A lány már korábban tudtára adta, hogy nem lenne ellenére, ha ő komolyabb lépésekre is elszánná magát. Nem volt felkészülve rá, de a helyzetet elemezgetve azt hitte, lesz majd alkalmasabb pillanat. Soha nem tért vissza a lehetőség. Márpedig nem bírta elviselni annak gondolatát, hogy Lathea esetleg úgy érezheti, visszautasította. Megszégyenítő kilátás volt.

- Latty – húzta vissza az asszonyt, aki egyre gyorsabban haladt a homokban. Már javában Laurie földjein jártak, közel az egyik ösvényhez, ami a bungalóhoz vezetett.

- Nem kell tovább jönnöd, egyedül is hazatalálok. Baljával átölelte a derekát, a másik kezével kisöpörte a vizes tincseket a homlokából. – Addig nem engedlek el, amíg haragszol rám.

- Inkább magamra haragszom.

- Mindketten elveszítettük a fejünket és ez így helyes. Nem vagyok szent, mégis, akármilyen nehéz, kivárom azt a percet, hogy igazán együtt lehessünk. Félelmek, sietség vagy bűntudat nélkül. Holnap reggel beszélj Laurie-val, rendben?

Lathea válasz helyett bólintott, majd odabújt hozzá. Szorosan összeölelkezve álltak a valamelyest lanyhuló esőben. Vágyakozva simított végig az asszony hátán. – Menj, szerelmem, és holnap délben a bolt előtt várlak, ahogy megbeszéltük.

- Sajnálom, Tivy, elrontottam ezt a csodálatos estét – fordult vissza az asszony néhány lépésről. – Igazi problémás nő vagyok, ugye?

Tivy a két tenyere közé zárta az arcát, hogy utoljára megcsókolja. – Akkor nincs mit tenni, meg kell oldanunk a problémáidat. Jó éjt, Latty. Szép álmokat.

Egy darabig mozdulatlanul, kicsit elmélázva nézett a fokozatosan az éjszakába vesző alak után, majd nekiindult a visszaútnak. Nyugat felé újabb fényjáték világította be az eget, nyomában erőteljes dörgések rázták meg Cornwallt. Kánikula utáni heves vihar dúlt, és az erőteljesen alázúduló esőnek kitéve arra gondolt, mégiscsak varázslatos lett az este.

31.

Marazion méreteinél fogva túl kicsi volt ahhoz, bárki
titkokat őrizgessen. A falubeliek mindent
kipletykáltak, noha rengeteg múlott a hangsúlyon.
Akit a szívükbe zártak, annak egészen más elbánás
jutott, mint a többieknek. A hírgyár a nyári falubál
után dupla erőbedobással lendült mozgásba, amolyan
főszezonnak számított a naptárban. Így az sem csoda,
mert a bált követő napokban Lathea sorban kapta a
gratulációkat. Lankadatlanul dicsérték neki a fiatal
orvos jellemét, szakértelmét, vonzerejét, sőt, azt is
beszélték, hogy ők ketten bizony gyönyörű pár
lesznek. Néhány nap múltán gyanítani kezdte, hogy
Tivy elejtett egy-két kijelentést e témában, mert
furcsa dolgokat hallott vissza. Persze értette, hogy
errefelé az amúgy is szegényes híreket fel kellett
dobni, ha valami érdekesebb kínálkozik, márpedig mi
lehetne érdekesebb egy gyors románcnál? Ennek
dacára kellemetlenül érintette, hogy
visszavonhatatlanul a figyelem középpontjába került.
Az emberek lenyűgözőnek találták a kettejük között
szövődő szerelmet, és senki nem tilthatta meg, hogy
ezt oda-vissza kibeszéljék.
A pletykák elterjedéséről első kézből értesülhetett,
amikor két héttel később látogatóba érkezett Nickhez
és Carlához. – Ó, Lat, hiszen ez fantasztikus. Tivy az
egész környéket megbabonázta. Jóképű, szerény és
gondoskodó. Howard Stump újságolta, hogy szívesen
bevenné a praxisába a háború után. Még azt is
mondta, ha pocsék orvos lenne, akkor is megtenné,
mert a legjobb reklám a rendelőnek – mesélte Carla.
- Nahát!
- Nem is tudtál róla?

- Tivy még semmit sem döntött el. Egyelőre előtte áll a háború.

Carla a virgonc Maggie-vel játszott, Nick egy óra múlva toppant be. Láthatóan kimerülten és rosszkedvűen, állán sűrű borosta sötétlett annak jeléül, hogy két hosszú napja úton volt.

- Hogy vagytok? – megölelte a feleségét és megcsipkedte a kicsi arcát. – Szia, Lat, ritka meglepetés vagy mostanában errefelé.

Hirtelenjében nem volt könnyű eldönteni, ezt a kijelentést kritikának szánta, vagy egyszerűen csak lehangolt. Ennek ellenére szavai csúnya éllel szóltak.

- A filmhíradóra megyek, Tivy jön értem.

- Nos, nem fogjátok elhinni, mi történt – siklott át Nick a válasz felett és látványosan meglobogtatott egy viseletes borítékot. – Betty írt.

- Betty? – kiáltott fel a két nő szinte egyszerre.

- De úgy ám! – nevetett Nick nem leplezett elégedettséggel. – Még felbontani se volt időm.

- Akkor meg mire vársz? – nógatta Carla.

Nick kényelembe helyezte magát az egyik fotelban, lustán kinyújtóztatta a lábait, majd egyetlen határozott mozdulattal tépte fel a levelet. – *Drága Nick és Carla, örömmel vettük kézhez, amit írtatok, és benne a kicsi Maggie-ről szóló csodálatos híreket. Mondhatom, Carla derekasan helytállt a kalandos szülés nehéz körülményei között, minden elismerésem az övé. Te pedig, Nick, jó férfiszokás szerint sehol se voltál, mi? Boldogsággal tölt el, hogy ilyen nagyszerűen megvagytok, és hálás vagyok, amiért gondoskodtok az én fiamról is. Corey időközben igazi nagyfiúvá nőhetett, ezért ha módodban áll, kérlek, küldj róla nekünk egy fényképet. Tisztában vagyok vele, hogy továbbra is szívtelennek tartasz ezért a döntésemért, de imádkozom érte, hogy egyszer megértsd* – Nick felnézett, száját gúnyosan elhúzta. – Az azért még odébb lesz.

- Olvasd tovább.
- Jól van, olvasom – ezzel ismét a zörgő papirosba mélyedt. – A legutolsó hadjáratban hátul kullogtunk. Annyi volt a sebesült, mint égen a csillag, éjjel-nappal teherautó számra hozták őket. Angolokat, lengyeleket, franciákat, amerikaiakat. Mi meg vágtuk fel őket megállás nélkül, az orvosok elismerésre méltó módon kitartottak. Az amerikaiak jóvoltából legalább a gyógyszerínség problémái megoldódni látszanak, a készleteink bőségesek és többé senki se mondhatja, hogy a legjobb kiút egy élet megmentéséért az amputáció. Már idáig is túl sok végtagot metszettünk le. Látni sem bírom többé. Nővér létemre egyszer csak úgy éreztem, torkig vagyok azzal a rengeteg csonkolással. Ez nem mészárszék. Tuniszban állomásoztunk, miután a németeket kihajtották onnan. Ha láttátok volna azt a töméntelen megvert kutyát sűrű sorokban elsunnyogni a fogolytáborig! Az álszent franciák, akik nem akartak mellénk állni, amíg biztossá nem vált a fölényünk, most verik a mellüket, mintha a dicsőség legalábbis az ő csatlakozásuk eredménye lenne. Förtelmes kakaskodások voltak, mert se mi, se az amerikaiak nem hagyták szó nélkül az arcátlanságukat. Rövid pihenőt adtak a seregnek, bár mi mindvégig bolondok házában éltünk. A sebesülteket ugyanis több hullámban szállították haza, vagy Alexbe és Kairóba további ápolásra. Eközben mindenfelé az olaszországi partraszállásról pusmogtak. Egyre-másra hallottuk Mussolini meg Hitler nagyképű nyilatkozatait, hogy ha Szicília közelébe merészkedünk, belefojtanak minket a tengerbe. Gondolom, a harci szellemet akarták tüzelni, csakhogy az afrikai győzelem után e nélkül is mindenki égett a vágytól, hogy a 'Kopaszra rontson'.

Július 9-én indult a támadás, méghozzá pokoli viharban. Az olaszok alighanem nyugodtan feküdtek az ágyukban azzal a tudattal, hogy ilyen átkozott időben teremtett lélek se vetemedik arra, hogy kidugja az orrát. Tévedtek! Mi még mindig Tuniszban vagyunk, ennek ellenére elsőrangú az információ ellátás. Ezt a levelet július 17-én írom, mert holnap egy ismerős pilóta hazarepül és soraim így hamarabb eljuthatnak hozzátok. Jelen pillanatban a helyzet a következő (mivel a cenzúra nem olvassa ezt, leírhatom): a 8. brit hadsereg Montyval Szicília keleti részén, a 7. amerikai banda délnyugaton vetett horgonyt. Nekünk egyelőre nagyobb szerencsénk van, Patton viszont szembe került egy német és egy olasz hadosztállyal. De, aki kicsit is ért a dolgokhoz, azt mondja, mi jövünk ki a harcból győztesen. Meglátjuk. Kesterrel együtt a hasunkat süttetjük Tuniszban, ám ahogy behajózzák a sebesülteket, megint lesz vér és könny bőven. Szeretlek Titeket. Nick öleld meg helyettem Latet.   Betty

Nick komótosan összehajtogatta a sűrűn teleírt lapokat. Azóta Nagy-Britanniában is értesültek arról, hogy július 22-én az amerikaiak bevették Palermót és a védőket a sziget északi csúcsába szorították vissza, Messina és Catania közé. Betty sorai mégis többet jelentettek puszta híreknél, elárulta saját csüggedtségét, és egyben azt a makacs kitartást, amivel valószínűleg mindenki más is túlélt, hogy el tudja viselni a gyötrelmeket.
- Milyen bátor.
Nick Carla szavaira felnézett. Mintha az asszony éppen az ő gondolataiba látott volna. – Örülök, hogy legalább nincs a tűzvonalban.
Maggie belesírt a nagy csendbe, egész arca árulkodóan kivörösödött az erőfeszítéstől. – Jól van,

kincsem – csitította Carla. – Köszönj a papának és elmegyünk lefeküdni.

- Milyen átmenet nélkül zendített rá.

- Te is tapasztaltad, Lat, milyenek ezek a parányi emberkék. Igazán ok se kell.

Nick megpuszilta a kislányt, majd az édesanyja elballagott vele az emelet felé. Halk dúdolása szinte varázsütésre nyugtatta meg a babát, ők pedig magukra maradtak a mélabús estében. Lopva, csak úgy a szeme sarkából, a vendégre lesett. Gondolataiba temetkezve, felhúzott lábakkal ült a díszpárnákon, egyik szőke tincsét szórakozottan tekergette az ujjaira. Lelki szemeivel maga elé képzelte, milyennek látta a falubálon, ahol botrányosan összegabalyodva az amerikai orvossal áttáncolta az estét. Nehezére esett elismerni, hogy mardossa a féltékenység, amiért az a jöttment átölelhette, hogy olyan burát vontak maguk köré, a világ szinte meg is szűnt létezni körülöttük. Ugyan fájóan tisztában volt vele, mennyire nincs joga ilyesmiket érezni, akkor sem tudta túltenni magát a látottakon. Ahogyan azon a csalódottságon sem, hogy amikor a villámcsapást követően kigyúlt a világítás, azok ketten már régen eltűntek. Túl jól ismerte Latheát ahhoz, ne lássa tisztán, mit jelent ez a tőle merőben szokatlan, illemre fittyet hányó magatartás. Ráadásul Marazionban azóta is mindenki ezt a viszonyt tárgyalta keresztbe-kasba. Az emlékezetes este óta az asszony minden idejét Tivy Rogersszel töltötte, hétvégére már kétszer is elutazott vele, így fokozatosan elmaradtak az egykor meghitt beszélgetések, melyeket pokolian hiányolt.

- Hamar elmentél a bálról – bukott ki belőle panaszosabban, mint szerette volna.

- Igen, Tivyvel sétáltunk egyet a szakadó esőben. Történt valami utána?

- Hogyne! Az egész falu a szájára vett téged meg az amerikait.

Lathea feltűnően érdektelen maradt. – Na, ne mondd.

- Nem zavar?

- Micsoda?

- Hogyhogy micsoda? Hogy a fél megye rólad pusmog! A régi Lathea Trashburn a föld alá bújna szégyenében.

- Nincs mit szégyellnem.

- Hogyne lenne! Az az átkozott amerikai alaposan elcsavarta a fejedet.

- Ostobaság! – emelte fel Lathea a hangját és látszott rajta, hogy megelégelte a kioktatást.

- Ó, nem az! Tisztes özvegyként jöttél ide és azt senki nem is vette komolyan, amikor a hírharangok Laurie-val boronáltak össze. Rogers ellenben egészen más eset.

- Bizony más! Mert szeretem őt, és nem fogok a dűnék mögé lapulni, mintha loptam vagy öltem volna.

- Pedig talán jobb lenne.

Lathea ellenséges pillantásra sem méltatva őt felpattant. – Az isten szerelmére, mi rossz van abban, ha végre boldog vagyok?

- Ezzel az alakkal, aki szó nélkül hagy majd itt, mielőtt háromig számolnál?

- Esküszöm, te féltékeny vagy.

Nicket megdöbbentette, milyen gyorsan elárulták az indulatai. – Aggódom érted. Nem olyat érdemelnél, aki kihasznál, utána pedig faképnél hagy!

- Nem ismered őt, úgyhogy ne vádaskodj.

- Nem kell ismernem ahhoz, hogy tudjam, mit akar tőled. Le akar feküdni veled!

Egyetlen századmásodperc volt, Nick szinte nem is érezte, viszont hallotta az üres csattanást, ahogy az asszony tenyere megcsípte az arcát. – Hiszen te is csak ezt akartad, nem igaz? – sziszegte azután.

Felkapta a táskáját és máris kimenekült a házból. Nick indulatosan kapott utána, jóllehet el nem érte. Lathea mégis dühödten visszafordult. – Ne mondd meg nekem, hogy mi a legjobb. Elegem van abból, hogy Cowanék irányítsák a sorsomat. Először Erwin, aztán Betty, most meg te! Soha többet nem engedem, hogy befolyásoljatok!

Lathea fürge lábakon távozott. Fuldokolva menekült ki a júliusi estébe. Alig lépte át a küszöböt, máris peregtek a könnyei, hogy szinte vakon botorkált előre, azt se látva, merre tart. Kevés híján átesett egy virágládán, ennek ellenére sem lassított. Nick vádaskodása a lelke mélyéig megsebezte. Ismételten és talán végleg elveszítette azt a barátot, aki korábban sokat jelentett neki a nehéz időkben. A férfi semmiféle megértést nem tanúsított iránta, a tetejébe pedig leplezetlen féltékenysége azt sejtette, hogy soha nem lehetnek már barátok.

- Hé-hé, állj meg, Latty! – észre sem vette, hogy aki a nyomában lohol, az Tivy. Sérelmektől elborítva süketté vált a külvilág iránt. Ködös tudatáig akkor hatolt el a másik jelenléte, amikor hátulról a derekára fonta a karját és magához húzta. – Ne hagyj itt. Latty, mi történt veled?

Lathea csak lassan fogta fel, ki áll mellette. Le akarta törölni árulkodó könnyeit, egy gyengéd ujj azonban megelőzte. – Előbb értem ide, de nem akartam berontani. Mi történt odabent?

- Tivy...

- Tessék, drágám?

Lathea elkínzottan szorongatta az erős kezet. – Kérlek, vigyél el innen, bárhova, messzire, el innen. Kérlek.

- Te jó ég, Nick Cowan bántott így meg?

Válasz helyett odabújt hozzá és a nyaka hajlatába temette az arcát. – Olyan szerencsétlen vagyok – motyogta és ismét kibuggyantak a könnyei.

- Ó, drágám, kicsit sem lepnek meg a szavaid – sóhajtotta Doreen részvéttel. – Nick korábban sem titkolta, milyen érzéseket táplál irántad.
- Hidd el, Dory, soha nem játszottam kétszínűen, megmondtam neki, hogy a barátomat látom benne. Erwin emlékével különben sem tudtam volna teljes szívemből szeretni... lehet, hogy ezt nehéz elfogadnia, akkor is így érzek.

Doreen egy csésze teával telepedett az étkezőasztalhoz. Bár négy felé járt, Laurie és Grant mostanáig nem tértek vissza szokásos sétájukról, tehát ő sem sietett sehova. 'Hadd pletykáljanak a vénségek' – mondogatta ilyenkor, miközben maga sem tett másként.

- Szerinted is azt gondolják a faluban, hogy rossz nő vagyok?

Doreen kezében megcsörrent a kanál. – Uram isten, dehogy! Ki plántálta a fejedbe ezt a badarságot?

- Én... Nick szavaiból azt szűrtem le...
- Nick nagyon tisztességtelen játékot űz veled, éppen ezért nem szabad lépre menned. Nem tud veszíteni.

Lathea bánatosan csipegetett az aprósüteményből. Tivy jóvoltából legalább élelmiszerből nem szenvedtek hiányt, sőt, még Hyland-Flake-éknek is mindig jutott valami.

- Valószínűleg ostobaság, de mintha Nick lelkileg gyakorolna rám nyomást. Olvastam ilyesmiről doktor Freud könyveiben a háború előtt. Lelkifurdalást kelt bennem, a régi időkre hivatkozik... tisztességtelen, ahogy mondod. Carlával szemben még inkább.
- Éppen így! Az első perctől kezdve.
- Amiatt is rám pirított, amiért Tivyvel megyek víkendezni, Corey-t meg elhanyagolom. Én viszont még így is keveslem azt, amennyit együtt lehetünk, amúgy az se érdekelne, ha emiatt megköveznének.

Doreen a kannából újratöltötte a csészéjét. A forró teához kevés tejet adagolt, majd elmerülten kavargatni kezdte. – Én azt mondom, csakis magunkból indulunk ki, amikor azt hisszük, mások megbélyegeznek minket, Lat.

- Ezt nem biztos, hogy értem.

- A legtöbbünkkel megesik, hogy életünk egy-egy szakaszában 'rossz' nőnek képzeljük magunkat. És ha ez igaz, akkor sem tudom helyteleníteni. Mindenkinek szüksége van egy-egy rosszaságra, neked, nekem és másoknak is.

Latheát jócskán meghökkentette ez a modern gondolat, mindenekelőtt egy olyan asszony szájából, aki világéletében ugyanahhoz a férfihoz tartozott, követte jóban-rosszban, bárhová sodorta az élet. Ennél csak az érte váratlanabbul, hogy Doreen nyíltan vállalja, amit gondol. – Megleptelek, igaz? – mosolygott minden szégyenkezés nélkül. – Az én rosszaságom a Nagy Háborúban történt. 1914-ben harminc éves voltam és meglehetősen szemrevaló. Grant elment a frontra harcolni, így aztán az első két évben talán ha kétszer hazaengedték, utána többé nem is láttam... egészen a háború végéig. London akkor is tele volt katonákkal, akik jöttek-mentek, behajózásra vagy leszerelésre vártak. Én meg belebotlottam valakibe – örömét lelve az emlékeiben mosolygott. – Gareth-nek hívták, az Orkney-szigetekről jött. Azóta is mindannyiszor nevetek, ha valakit erre a névre kereszteltek. Gareth egyáltalán nem volt vonzó, vörös és szeplős, ennek tetejébe dadogott. Viszont elképesztően szellemes és megmagyarázhatatlanul érzéki. Tudod, Lat, Grant amellett is csodálatos társ, hogy a hálószobában nem éppen a tettek embere. Az ember azt hihetné, a férfiak életében meghatározó dolog az ilyesmi, nekem azonban még az is gondot okozott, hogy egyszer teherbe essek.

- És bánod?

- Legtöbbször igen. No, igen, most több gyerekemért rághatnám le a körmöm, de annak idején szerettem

volna Quentinnek testvért szülni. Amíg Grant a
fronton harcolt, egészen belehabarodtam Gareth-be.
Fantasztikus szerető volt és én tényleg úgy
viselkedtem, mint egy velejéig romlott nő, mégsem
érdekelt. Olyasmit adott nekem, amit senki más, és
amire örökké szívesen emlékszem vissza.
- No, és Grant?
- Sose mondtam el neki. Egyetlen percig se ingott
meg a szerelmem iránta, őt viszont bántotta volna,
amiért nem tud nekem megadni valamit, amire
néhanapján nagyon vágyom, vagy legalábbis az énem
egyik fele akkoriban vágyott. Meg aztán súlyosan
megsebesült, és amikor legközelebb viszontláttam,
alkalmatlan volt a pillanat, érted, ugye? Mindezzel azt
akarom mondani, hogy az emberek mindig azt hiszik
rólad, amit mutatsz nekik. Tivy a te Gareth-ed és, ha
elengeded, egész életedben sirathatod ezt a percet.
Nick pedig menjen a csudába a féltékenykedésével.
Nős, tehát elégedjen meg azzal. Amúgy Laurie mit
mond a hétvégéről?
- Ó, ő a szokásos formáját adja.
Doreen jóízűen nevetett. – Vén habókos, mindig a
fiatalság pártján. Menj csak nyugodtan és bízd ránk
Corey-t, mi szívesen gondját viseljük. Be kell, hogy
valljam neked, Grantnek nagyon a szívéhez nőtt. Akár
az unokánk is lehetne. És így, hogy Quentinről
semmit sem tudunk, számunkra vigasz a jelenléte. Az
én drágám már úgyis megirigyelte Laurie-tól ezt a
nagy nyüzsgést.
Mintha a férfiak az ajtóban vártak volna a beszélgetés
végére, mert végszóra betoppantak. – Rozsda!
Rozsda!
Corey hangjára Laurie jellegzetes, öblös nevetése
felelt. – Na, Grant, ő is a nyakadba fér?
- Még mit nem! – a léptek feléjük közeledtek. –
Corey, a fejed.

És ekkor mindannyian felbukkantak. Corey Grant nyakában utazott, míg Laurie a nyomukban érkezett, a kis csapatot a házőrző kísérte.

- Hol kóboroltatok? – ment elébük Doreen.

- Elszaladt az idő. Hacsak meg nem hív minket ez a szőrösszívű piktor vacsorára, kénytelenek leszünk hazamenni az üres, kietlen házba, és keresni valamit, amiből késő estére esetleg lesz harapnivaló.

Grant kihívó önsajnáltatása szórakoztatta a társaságot. Laurie a barátja kissé pergő, katonához illő hanghordozását utánozva azt morogta: – Most, ha jól értem, meghívattad magad, ugye?

- Nem, pajtás, pusztán csak ébredezik a lelkiismereted, hogy marasztalj minket. Utána pókerezhetnénk, a múltkor nem hagytad, hogy visszanyerjem a pipatömködőt.

- Nos, rendben – adta meg magát Laurie. –, bár előtte szívesen meghallgatom, miféle őrültség késztet arra, hogy befűts ebben a kánikulában.

A férfiak cukkolódva elsomfordáltak a konyhai munka elől, Corey viszont ismét a két lábán járva odarobogott Latheához, hogy valósággal elsöpörje a lendületével. – Mami, ez a tiéd!

A kertben szakított virág meglehetősen kókadozott már, ahogyan a letépett trópusi virágok zöme. Mély lila színe, sárgás és narancsos csíkozása ritka egzotikumot testesített meg. Laurie alighanem senki mástól nem tűrte volna el, hogy leszakítsa. Corey apró tenyerébe fektetve mutatta meg hervadozó kincsét.

- Ez az enyém? – Lathea őszinte ámulattal csodálta meg a kis virágot.

- Neked akarom adni.

- Mondd csak, beletűzöd a hajamba?

Corey egy pillanatra nyitva felejtette a száját, ezért Lathea hozzátette: – Szeretném, ha mindenki látná.

Úgy fordította a fejét, hogy a kisfiú összefogott fürtjei közé rejthesse a letépett virágot. A szeme sarkából látta Doreen kacsintását, aki szándékosan hagyta a gyerekre ezt az ügyességet igénylő feladatot. Tömzsi ujjacskái hosszan matattak, mire végül a feladatot megoldotta.

- Na, milyen? – büszkélkedett Lathea, a dicséretet hallva pedig nagy puszit nyomott Corey arcára. – Köszönöm, drágám. Most akkor lássuk a vacsorát. Te adod az utasításokat, rendben? – az asztalra ültette a kisfiút, hogy onnan lóbálhassa a lábait, mialatt Doreennal villámgyorsan döntöttek a menüről.

Aznap, amikor Tivy a dzsip kormánya mögé pattanva Marazionból keleti irányban nekiindult a háromnapos hétvégének, a rádió két hírt harsogott a világba. Elsőként, hogy a britek augusztus 5-én bevonultak Szicília egyik legjelentősebb városába, Cataniába, és lefegyverezték az olasz védőket. Másodsorban a keleti fronton nyugat felé nyomuló Vörös Hadsereg elfoglalta Orjolt és Belgorodot, ezzel a manőverrel törve ki a németek harapófogójából, ami egészen addig bezárta őket Kurszkba.
Tivy kikapcsolta a rádiót. – Tehát mindenhol győztünk, most már két napig kibírjuk a világ zaklatása nélkül, ugye?
Pénteken közvetlenül a déli rendelést követően indultak el a Lizard-félszigetre, amit Tivy igen demokratikus módszerrel, a térképre vakon rámutatva szemelt ki. Porthleven érintésével Mawnan felé tartottak, ott a helyiek a Frenchman's Creek névre hallgató helyet ajánlották, mint legfőbb látnivalót. A folyótorkolat tagadhatatlanul földi paradicsom benyomását keltette. Déli oldalán teljes elzártságban a természet uralta a vidéket. Fáktól és sűrű gyeptől borítottan érintetlen volt a táj. Magukra hagyatva bolyongtak a folyó völgyében, mígnem utolérte őket az alkonyat. Már besötétedett, mire úttalan utakon haladva felfedezték Coverackot. Tivy eredetileg egy

másik falut vett célba, az ismeretlenségben azonban majdhogynem észrevétlenül vesztek el.

Coverack a félsziget délkeleti csücskében parányi településnek bizonyult, az éj leplében talán még jelentéktelenebbnek. Miután a kocsmáros megszánva őket kiadta az egyik emeleti szobát, ami láthatóan jó ideje nem látott szállóvendéget, a földszinten vacsoráztak.

- Ó, könnyű itt elveszni. Régen tábla jelezte St. Keverne-t, de három éve Robbie Bodge úgy leitta magát egy odavalósi nőszemély miatt, hogy dühében elpusztította a szerencsétlen útjelzőt. Azóta meg senki se hiányolta – a fogatlan vénember mesélős kedvében lelkesen folytatta: – Coverack azt jelenti, búvóhely. Tudják, miért?

- Sejtelmünk sincs.

- Csempészet, fiam!

- Csempészet?

Az öreg önelégülten vigyorgott. – Naná, itt évszázadok óta ebből él mindenki. Főleg szesz, csakhogy a németek tönkreteszik az ipart, ezért manapság jobb híján marad a hal.

Másnap egy kiadósnak nem nevezhető reggeli után első útjuk a tengerpartra vezetett, ami nyers, éles sziklatömböktől körülölve kifejezetten életveszélyesnek tűnt. A víz kiszámíthatatlan örvényléssel kavargott a szeszélyesen fodrozott sziklák között. Még az errefelé otthonosan mozgó csempészeknek sem lehetett gyerekjáték a navigáció, kiváltképp sötétedést követően. Látták az állítólag hírhedt Manaclest is. A szikla a parttól hárommérföldnyi távolságra leselkedett, alattomosan és félelmetesen kutatva áldozatok után. A parton haladva szemet gyönyörködtető strandokra leltek, a tikkasztó nyárban el is időztek, hogy megmártózzanak a háborítatlanul azúrkék tengerben. A rövid, már-már elenyésző távolságoknak köszönhetően déltájban a félsziget nyugati peremén gurultak északnak és elérték a környék nevezetességét, Kynance Cove-ot. A fövenytől mintegy mérföldnyire feküdt Mullion Cove. Hosszú látogatás volt, hiszen a lenyűgöző látványosság azonnal rabul ejtette őket. Nehéz volt hátat fordítani a szikláknak és elautózni, mintha ez is csak egy hely lenne a sok közül, ahol megfordultak.

- Az ember itt hagyja a lelke egy darabját, nem? Tivy is valami hasonlóra gondolt, bár az asszony sokkal szebben öntötte szavakba a nem mindennapi érzést. Ezért egyetértő mosollyal az arcán megfogta a kezét és némán tisztelgett a természet fenséges alkotása előtt.

Útjuk Porthkerrisbe vezetett. A szombat esti táncra, ahol mindig történt valami. Felpiszkált katonák és a fülükbe duruzsolt bókoktól lehengerelt helyi naivák, ebből csakis robbanó keverék születhet.

Vasárnaponként a tábor egészségügyi sátrában Tivy nem egy bezúzott orral vagy fejjel találkozott már. – A fiúk kissé hevesek tudnak lenni, ki érti ezt! – nevetett, ahogy Latheát a leparkolt dzsiptől a falu utcáinak dzsungelében a zene irányába kísérte.

A táncot, meleg nyár lévén, a szabadban tartották, a polgármester kérésére azonban nem központi helyszínen. Cradock ezredes kínosan ügyelt a diplomáciai apróságokra, és nemigen hagyott támadási felületet, aminél okosabbat aligha tehetett volna. Súrlódási pont akadt bőven a hadsereg meg a civilek közt, ráadásul Cornwall tele volt apró falvak falusi mentalitásával, akár egy 'elaknásított harcmező'. – Én legalábbis annak tekintem – hangsúlyozta az ezredes minden alkalommal.

Kilenc óra után a táncmulatság közepébe csöppentek. A rengeteg egyenruhától Porthkerris szinte bebarnult volna, ha a helyi fruskák nem tesznek ki magukért és öltik fel legtarkább ruháikat az alkalomra. Pörögtek-forogtak a sok hívogató karban, mindenfelől széles mosolyokat kaptak. Egyedül Tivy lógott ki a sorból civil öltözékével, amiben nem látszott megközelíthetetlen tisztnek. Igaz, kivételes bánásmód volt, hogy ezt megtehette.

- Hűha! Ez a kedvenced – kiáltott fel ráismerve a 'Yankee Doodle Boy' dallamára, ami ugyan az előző év kiugró slágere volt, ám idővel sem veszített népszerűségéből.

- Inkább maradok ennél a jenki fiúnál – simult Lathea a karjába, ahogy csatlakoztak a tömeghez.

Tivyt szemmel láthatóan boldoggá tette a bók. – Jól teszed.

Tánc közben idegenek veregették vállon, lógós civilnek szólították meg bliccelőnek, ő azonban nagyon jól tudta, hogy tréfa az egész és fel se vette. Egyre szorosabban tartva Latheát összesimulva mozogtak, ahogy az szerelmesekhez illik. A zenekar szünetet sem engedélyezve a legnagyobb slágereket fújta: a 'The Pennsylvania Polka'-t, az 'I can't get Indiana off my mind'-ot, meg a 'Does she love me'-t. Tivy az énekessel együtt dúdolta az 'In my arms' szövegét, rögvest utána a 'Sunday, Monday or Always' következett. A megállás nélkül játszott dalok fergeteges hangulatba kergették a jelenlevőket. A tetejébe felhőtlen, meleg cornwalli éjszaka volt, lágyan cirógató szellővel, csillagokkal az éj fekete vásznán. Ilyenkor egy kissé mindenki megszédül.

- Gyere csak, Latty – húzta félre Tivy az asszonyt, amint egy szusszanásra elhalt az amúgy folyamatos zeneszó. A büfénél szeszes italt nem mértek, de a jeges limonádénál nem is akadt zamatosabb a forró éjszakában. – Megmártózunk ma még a tengerben? – kapta el a mozdulatot, amivel Lathea végigsimított megizzadt homlokán. – Laurie váltig állítja, hogy szereted halmozni az élvezeteket.

- Ti pletykás férfiak – kacsintott rá Lathea. – De nem bánom, csodás lesz.

- Bemutatnék neked valakit, azután el is surranhatunk... Á, ott van, Sancho!

A fekete hajú, fekete szemű, mexikói ősökkel büszkélkedő férfi utat tört hozzájuk a tömegben. Ápolóként bizonyára jó hasznát vette ámulatba ejtő izmainak, melyeket az egyenruha sem leplezett el maradéktalanul. Vakító mosollyal csapott Tivy tenyerébe, ami rögvest igazolta kettejük mélyen gyökerező barátságát.

- Latty, bemutatom Sancho Fernandezt. Már emlegettem őt, közel s távol a legnagyobb zsivány.

- Ön Lathea? Hm, haver, azt nem mondtad, hogy a kedvesed a legszebb lány egész Cornwallban. Akkor nélküled szeltem volna át az óceánt.

Tivy jobbjával közelebb vonta magához Latheát, ballal pedig Sancho felé öklözött. – Nem tartozott rád.

- Mondod, te!

- És csak az számít, végtére is magasabb rangban vagyok.

Sancho színlelt haraggal húzta el a száját. – Felfuvalkodott hólyag. Á, Cradock integet neked, pajtás.

Tivy balra pillantotta meg feljebbvalóját és a neki szánt mozdulatot. Az időközben felcsendülő zene dallamára Sancho élelmesen felajánlotta szolgálatait Latheának, míg ő kénytelen volt az ezredes hívásának engedelmeskedni.

- Jó estét, doktorom – Cradock köpcösen és kopaszon is félelmetes jelenség maradt, akinek nemigen akadt dolga renitens parancsmegtagadókkal. Ugyanis épeszű ember nem húzott ujjat vele.

- Ezredes úr!

- Minek tisztelegsz, nincs is egyenruhában.

- Elnézést, uram.

- Jó, hogy itt van, növeli a csapatszellemet. Mi a helyzet délen?

- Szerencsére minden rendben, uram.

Cradock gyanúsan vonogatta dús szemöldökét. – Ne mondja! Én nem egészen így hallottam... érdekelne egy apróság. Mondja, maga a munkásosztály gyermeke?

- Én? – hüledezett Tivy. – Nem, uram, nem mondhatnám.

- Akkor meg mi a pokolnak üti ki a kékvérűeket? Nem mondom, az a Keaton nevű alak pöffeszkedő hülye, de mégiscsak valaki arrafelé.

- Megérdemelte, uram, én...

- Többet is megérdemelne, nem vitás. Most viszont itt nyüszít a küszöbömön, hogy veressem magát vasra.

- Sajnálom – húzta meg magát Tivy. –, hiba volt megütnöm.

- Azt nem mondtam, fiam, de legalább ütött volna akkorát, hogy elfelejtse, kitől kapta a szuvenírt.

- Igenis, uram.

Cradock szája sarkában csalafinta vigyor játszott. – Vegye tudomásul, hogy megróttam, most pedig lelépni!

Tivy magában mulatva hagyta, hogy feljebbvalója elhessegesse. Az oldalán pompázó szőkeség nyilvánvaló elsőbbséget élvezett, jóllehet ő lett volna az utolsó, aki emiatt panaszra adja a fejét. Amíg a táncparkettet megkerülve Sanchót és Latheát kereste, elemelt néhány szendvicset a büféasztalról. Az egyik nagyon is az asszony kedvére volt, ezért kíváncsian ízlelte meg ő maga is. Mire az 'Oh, Buddy, I'm in love' első akkordjait felismerte, Sancho egy vörös nővel lejtett a sűrűben, saját kedvese pedig feléje tartott.

- A barátod latin vére túl pezsgő nekem – kacagott kimerülve három gyors fordulótól. – Te meg hova tűntél?

Tivy ügyesen magával húzta, hogy kikerüljenek az emberfolyam sodrásából, ami a büféasztalok felé nyomta őket. – Cradock megmosta a fejem.

- Miért?
- Diákcsíny.
- Ááá!
Teljes egyetértésben nevettek egymásra. Lathea egy süteményt majszolva a táncolókat fürkészte. Az amerikai egyveleg pattogós dalai közül éppen a 'Rum & Coca-Cola' szólt, melyet a tengerentúlon az Andrews nővérek énekeltek bárhol és bármikor óriási ovációt aratva. A lemez egészen kivételes sikert hozott nekik. Tivy ugyanakkor a táncolók helyett az asszonyra pillantott. Vidáman figyelte a színes forgatagot, miközben jóllakott a megszerzett süteménnyel. – Mit szólsz egy újabb tánchoz?
- Ó, nem! Nekem ennyi elég volt.
- Jól van. Jöhet a fürdőzés?
Nem lehetett nem örülni annak, ahogy felkapta a fejét.
– Hol a strand? Eljöttünk mellette?
- Igen, habár én nem Porthkerrisre gondoltam. Elindulhatnánk Marazion felé, és ha útközben találunk egy kellemes helyet....
Lathea ugratni kezdte: – Ilyen vaksötétben?
- Na, jó, megfogtál. Tudok egy fantasztikus helyet Porthleven után. Van benned elegendő kalandvágy, hogy megnézd?
- Teli hassal akár a világ végére is elmennék.
Nem okozott gondot elsomfordálni a tömegből. Az idő előrehaladtával a hangulat kellően emelkedetté vált, itt-ott megbújva párocskák ölelkeztek, vagy csoportokba verődve katonák szórakoztatták egymást meg a köréjük sereglőket. Az ezredes elővigyázatossága dacára némelyek meglehetősen ittasnak látszott. Ők azonban semmivel sem törődve bepattantak a dzsipbe, hogy perceken belül maguk mögött hagyják a hangos falut.
- Furcsa ez az állandó feketeség – törte meg a csendet Tivy. – Bostonban még éjszaka is azt hinnéd, nappal van. Úszik a város a fényben. A csend is szinte zajos.

- Akkor szokatlan lehet itt neked.
- Kissé, noha ez az élet közelebb áll hozzám. És hozzád? Te is Londonhoz vagy szokva.
- Meggyűlöltem ott élni. Csak azóta tudom, mennyire fojtogattak az emlékek, amióta ritkán felutazom. Vannak ismerősök, kötelékek, mégsem szeretem. Nehéz ezt elmagyarázni.
- Még sose meséltél erről. A családodról se.
- Utóbbiról nem is akarok. A szüleim meghaltak és kész, nincs mit rágódni a múlton.

Ez a keménység nem illett ahhoz a gyengéd és érzékeny nőhöz, akit Tivy éppen a hatalmas szívéért szeretett meg. – Ez esetben mesélj Londonról. Miért gyűlölted meg?

- Miután kitört a háború, Mischa visszaszökött Angliába és összeházasodtunk. A barátja ugyan megszerezte nekem az érvényes francia papírokat, én továbbra is a lánynevemet használtam. Mischa figyelmeztetett, hogy se a lengyel, se az orosz hangzású nevek nem hozhatnak semmi jót, és igaza lett. Kitelepítések voltak, pánik, mindenki gyanakodni kezdett a másikra. Gyanús alakok igazoltattak az utcán, mintha egy másik bolygóra cseppentem volna. Egy évvel később elkezdődtek a bombázások. Több mint két, hosszú hónapon keresztül Nickkel minden éjszakát a föld alatt virrasztottunk át. A fejünk felett velőt rázó robbanások puffogtak, és reggelente, amikor előmásztunk a törmelék közül, meg kellett tanulni az új térképet. Ami, mióta az eszünket tudtuk, ott állt, eltűnt és csak a romok maradtak hátra. Rémisztő volt.
- Igen, elhiszem. Hála az úrnak, hogy túlélted.
- Nick nélkül jóval nehezebb lett volna. A bombázások alatt meghalt az egész családja. Ebédnél ültek, amikor a háztömböt elsodorták a bombák. Másnap reggel odarohantam, de akkor ő már órák óta kutatott a romok alatt. A tíz körmével kaparta ki a

szüleit meg a testvéreit. Tim még csak éretlen kamasz volt!

Tivy döbbenten hallgatott egy ideig. – Te is ott voltál?

Lathea biccentett. – Szerettem volna segíteni neki, ám a halomban valaki rálépett egy lövegre, ami az orrunk előtt röpült a levegőbe. Sose felejtem el, ahogy a földön hasaltam, Nick rajtam, és mint az eső hullottak ránk a kisebb-nagyobb törmelékdarabok. Azt se tudtuk, hogyan takarjuk el magunkat az ütésektől. Ezután a polgárőrség mindenkit elzavart, nehogy még többen haljanak meg. Elhallgatott. Tivy időközben a parti dűnék közé hajtva leparkolt a gerincen. Onnan már jól hallották a tenger morajlását, közvetlenül előttük kellett lennie. A meleg szellő és a tenger sós illata ismerősnek tetszett.

- Szeretem a csendet – mondta Lathea kábultan. – Londonban vagy robbanásokat hallottunk, szirénákat, vagy kínkeserves sírást. Képtelen voltam ott maradni és várni, míg egy szép napon az én otthonomat is szétzúzza egy lövedék, vagy én lépek rá valamire az utcán. Olyan… – tehetetlenül gesztikulált a kezével. – olyan érzés volt, mintha csak haladékot kaptam volna az élettől, de valaki a tudtom vagy beleszólásom nélkül kockázna a sorsommal. Tudom, hogy meg kell halnom, csak azt nem, mikor… elviselhetetlen volt, Tivy, és meggyűlöltem a várost a saját rettegéseimért. Ostobaság ugyan, hiszen London is áldozattá vált, az érzelmeinknek mégsem lehet parancsolni.

Tivy odahajolt hozzá, hogy megsimogassa. Latheát az emlékezés láthatóan a befolyása alá vonta, amin nemigen lehetett csodálkozni. Ő maga is hasonló nyomás alatt élt, nem tudva biztosan, mi éri a távolban maradt szeretteit, vagy őt hova vezérli a sors. Ezen az estén mégsem akart engedni a borús jövőképeknek, inkább tettre készen kiugrott a vezető ülésről. A hátul lezárt ládából takarót meg

élelmiszeres táskát vett elő, illetve végszükségre egy
petróleumlámpát.
- A part homokos, a dűnék közé nem fúj be a szél –
mondta, amint leereszkedtek a kitaposott ösvényen.
- Minden nőt idehozol?
- Kivétel nélkül – helyeselt a nyilvánvaló cukkolásra.
Majdhogynem a dzsip alatt találták meg azt a
horpadást, ahol egyetlen fuvallatot sem engedett át a
domb. Ritkaságszámba menő éjszaka volt,
csillagfényes, meleg és telis-tele a tenger illatával.
- Nem vagy éhes?
Lathea a fejét ingatta. Amint leterítették a takarót, le
is ereszkedett rá.
- Azért egy sört megiszol velem, ugye? Porthkerrisben
szombaton tilos inni, nehogy a lerészegedett fickók
kárt tegyenek a helyiekben.
- Feltételezem, elsősorban a hajadonokban –
kuncogott Lathea.
- No, igen! Elsősorban.
Miután meghúzták a felmelegedő italt, Lathea hanyatt
dőlt a takarón, fejét a hengerbe gyűrt tartalék plédekre
ejtve. Felbámult az ég fekete vásznára. – Felismered a
csillagokat?
Tivy a példát követve elmerült a fényes pontok
tanulmányozásában. – Szerintem a hozzánk hasonló,
városi embereknek nem jelentenek sokat.
- Mintha egy hatalmas, sötét anyag ki lenne lyuggatva
és a lyukacskákon keresztül látnánk, hogy a túloldalon
apró lámpások égnek. Olvastad a Peter Pant?
- Ó, igen! Az egyik bátyámmal számtalanszor el is
játszottuk.
- Gilingalang azt mondja, ahányszor valaki kimondja,
hogy nem hisz a tündérekben, egy tündér holtan esik
össze.
- … egy tündér holtan esik össze – olyannyira
egyszerre fejezték be a mondatot, hogy Tivy
hitetlenkedve felnevetett.

- Talán egy csillag is aláhull, nem?

Lathea szomorú hangjától megindultan a jobb alkarjára feltámaszkodott és ránézett. Különösnek, mégis jólesőnek találta, amiért az éjszaka színeihez szokott szemével láthatta az arcát. Tekintetük hosszasan egymásba fonódott, mielőtt lehajolt volna, hogy megcsókolja. Lathea átkarolta a nyakát, ujjai a hajába szaladtak. Ráérősen ízlelgették a csókot, mintha először tehetnék, és benne az a képtelen érzés támadt, hogy valójában soha nem is váltak el. Azóta a Regent's Park-i este óta, legalábbis lélekben, mindig együtt voltak. Tudta, hogy az asszony is várt rá, éppen ahogy ő tette.

Belenézett a barna szemekbe. Lathea mellkasa rendszertelenül emelkedett és süllyedt, a szíve, akárcsak az övé, nyilván a torkában dobogott. Életében először úgy találta, nem is olyan könnyű megadni egy nőnek, amit vár. Bárcsak tisztában lett volna vele, hogy ez az egy nő mit vár. – Szabad? Lathea nem tiltakozott, amikor a tenyere a derekáról a csípőjére, majd a hasára kirándult. Ingerlő lassúsággal kezdte a blúzát kigombolni, alulról felfelé. Nem sietett, lélegzetvisszafojtva haladt előre. Aztán az utolsót is legyűrve szétnyitotta az anyagot. Az asszony csupasz bőréhez érve átfogta a derekát, hogy közelebb kerüljön hozzá. A mellére hajolva az anyagon keresztül, utána a melltartó dekoltázsában csókolta meg. Lathea felsóhajtott a gyengéd becézgetéstől, noha egyelőre meg sem érintette. Először a blúzt segítette le róla, de hamarosan a melltartó is követte.

Úgy izgult, akár egy éretlen kamasz az első légyottján. Lenyűgözve vette birtokba kedvese lecsupaszított melleit és lágy cirógatásával tudatosan szította benne a vágyat, hogy fokozatosan elbódítva őt végül a szoknyájától is megszabadítsa. Lathea halkan felnyögött a gyönyörtől, ahogy a fehérneműjén keresztül megérintette. Ajkuk éhesen talált egymásra és egyre viharosabban ölelkezve Tivy olyasmivel ajándékozta meg, amiről korábban álmodni se mert.

- Ezt nem kellett volna – súgta Lathea.

- Szeretném, ha megbíznál bennem, Latty. Szeretlek és ennél több nem is kell. Nincs érzéketlen nő, viszont lehet őket rosszul szeretni.

Feltápászkodva a takaróról megszabadult saját öltözékétől, hogy utána meztelenül simulva kedveséhez újabb bódulatba ejtse. Forrón ölelték egymást, alattuk a puha homok a lehető legigézőbb ágyat formálta. Az asszony bátortalan érintései még inkább felkorbácsolták a vágyát. Olyan régen ábrándozott erről a részegítő éjszakáról, mégis mindig elviselhetetlen távolságban maradt a valóságtól. Egészen mostanáig. Lenyomva Latheát a plédre ismét végigkalandozott a testén. Gyönyörű volt, érzékien telt, olyan nő, akit boldogság átölelni. És akit nagyon régen nem szeretett senki. Ezt ugyan jó ideje tudta, ennek dacára elégtételt lelt abban, ahogy udvarlására Lathea minden porcikájával felelt. Egyetlen percig sem titkolta, mennyire felizgatják a leheletnyi érintések, a kutató ujjak játéka, melyek bejárták testének minden milliméterét a nyakától az öléig és aztán a bokájáig.

Különös élmény volt vele lenni, egyszerre megtapasztalni félelmeinek erejét és a szenvedélyét. Olykor azt érezni, hogy talán bántja is, kételkedni abban, nem tép-e fel olyan sebeket, melyeknek még idő kellene, hogy behegedjenek. De nem hagyta magát elbizonytalanítani, és nem engedett teret a múlt árnyainak, így végül megszerezték azt a boldogságot, amire vágytak.

Jó darabig mozdulatlanul feküdtek, Lathea lehunyt szemmel, ő pedig a nyaka hajlatába rejtett arccal. Ajkát a lüktető verőérre szorította, mintha ezzel is közelebb kerülhetne a lényhez, akit szeret. Pedig jól tudta, hogy az iméntinél közelebb nem kerülhet hozzá. Testben és lélekben egyek voltak, ennek megerősítésképpen ott lángolt a szerelem meg a vágy buja keveréke Lathea pillantásában. Azon merengett, mit szólna, ha ismét megcsókolná, úgy, mint alig egy perce, és újra éreztetné vele, mennyire ki van éhezve a szerelmére, ám ekkor az asszony bánatosan azt mondta: – Kevés híján mindent tönkretettem.

- Mit művelt veled Erwin Cowan, hogy így megtiporta az önbecsülésedet? – szaladt ki a száján akaratlanul.

Lathea elborzadva fordult volna el tőle. – Nem akarok erről beszélni, Tivy, nem akarok.

- Elhiheted, hogy én sem. Ne haragudj rám, kérlek.

- Haragudnom kéne?

- Ó, nem. Megőrülök érted. És most végre a ború felhői nélküli boldogságot látok a szemedben.

Őszintesége némi bizonytalan szégyenlősséget eredményezett. – Boldog is vagyok. Nem biztos, hogy érted, de… féltem…

- Tudom, szerelmem. Ahogyan én is. Méghozzá ugyanazért, mint te.

Ahogy az asszony váratlanul a szemébe nézett, zavart és ki nem mondott kérdéseket vélt felfedezni a tekintetében. Megérintette a száját, hogy simogató ujja nyomán a csókjai is kövessék ugyanazt az utat. Szerelmes érintés volt, de inkább csak a hódolat jele, nem a vágyé.

- Hát azt kívánod, hogy beszédbe öntsem
  hozzád való szerelmem, bő szavakba,
  s úgy fogjam fáklyám, míg ráz szél haragja,
  hogy mindkettőnk arcára fényt vetítsen?
  Hulljon a földre inkább! Erőm sincsen
  kezemre rákiáltani: lelkem rakja
  tanúul elébed s szó durva zaja
  árulja el – el sem érhető kincsem. [2]

Megbabonázva, mozdulatlanul néztek egymásra és Tivy úgy érezte, egy kicsit az idő is megtorpant körülöttük. Az Elizabeth Barrett-Browning idézet és a lemeztelenített női lélek szerelmi vallomása arra emlékeztették, hogy élete legvarázslatosabb éjszakáját éli át. Ismét magához vonta Latheát és a fülébe csókolt. A lágy sóhaj megadással ért fel. Újra szeretkeztek. Ez alkalommal boldogan ringtak szerelmük hullámain, önfeledten ölelve egymást, csókokat lopva. Végül magára fektetve az asszonyt macska-egér játékba vesztek bele, hol megelégedve a gyengédség bűvöletével, hol újabb eksztázisba rohanva. Kielégülve és kimerülten aludtak el a takaró alatt összebújva. Lathea a bal vállára ejtve a fejét, hátát az oldalának nyomva szundikált. Kezét a derekát ölelő karra ejtette. Tivy olyan sokáig gyönyörködött benne, mígnem őt is elnyomta az álom. A meleg éjszakában békésen pihentek. Mire felébredtek, Lathea már megfordult és elválaszthatatlanul simult oda hozzá. Egyik lábát átvetette a combján, homloka az állát súrolta. Ujjai kéjes lassúsággal osontak lefelé a mellkasán, kihívóan érzéki kényeztetés volt.

- Mesélj a családodról, Tivy.
- Miért nem beszélünk inkább magunkról? – szántott bele a szőke tincsekbe, melyek selymesen siklottak át az ujjai közt. – Ha sejtenéd, milyen határtalanul boldog vagyok. Féltem az összehasonlítástól Erwin Cowannel, utána meg attól, egy kalap alá veszel vele… most viszont nem tudok betelni veled.
Inkább csak megérezte, hogy Lathea belepirult a bókba. – Ne mondj ilyeneket.
A hátára fordítva őt fölé hajolt. – Miért is ne, ha egyszer így van?
- Túl-boldogság elpárolog,
Ha megy, nincs maradék.

---

[2] *Elizabeth Barrett-Browning: Portugál Szonettek (13.)*

A szorongásnak tolla nincs,
Hogy szálljon, túl nehéz. [3]
Tivyt elszomorította az idézet. – Emily Dickinson
semmiben sem hasonlít az én gyönyörű Lattymhez,
különben pedig, ha addig élek is, kigyógyítalak a
szorongásaidból. Például azzal, hogy meztelenül
megmártózunk a tengerben. Gyere, ne kéresd magad.
A nappali hőséget követően csekély mértékben esett
vissza a hőmérséklet, de a levegő így is hűsebb érzetet
keltett a víznél. A végtelen utánpótlásként érkező
számtalan hullámon ringatva magukat hol a part felé
utaztak, hol az ellenkező irányba. Úszás helyett
egymásba csimpaszkodva játszottak, le-lenyomták
egymást a hullámok gyomrába, kergetőztek, kacagtak
bele az éjbe. Kifulladásig élvezték a kényeztető sós
víz lökdösését, mígnem beleveszve egy következő
csábító csókba, a parti homokra omolva elragadta őket
a szenvedély. Alájuk folytak az elhaló hullámok, a
nedves homok szemcséi a testükre és a hajukba
tapadtak, de mit sem törődtek vele.
A vágy csillapodtával Tivy magához húzta
szerelmesét, hogy hátával az ő mellkasának
dőlhessen. Szorosan átkarolta, mint akinek a fizikai
távolság gondolata is szenvedést okoz. Hosszasan
üldögéltek, szótlanul, elmerengve. Lathea tekintete a
távolba veszett. Tivy szórakozottan játszott a hajával,
ami nedvesen tapadt karcsú nyakára, szinte
megkeményedve a beleszáradó homoktól és sótól.
Egy szerelmes mozdulattal felemelte a kezét, hogy a
tenyerébe csókoljon. Ajkának furcsa érzés volt a
lassan begyógyuló heg.
- Egyre ügyesebb vagyok – somolygott Lathea, a
mosolya valahogy mégis hamisnak tűnt. Ám mielőtt
bármit kérdezhetett volna, gyorsan megelőzte. – Most
már tényleg mesélhetnél a családodról.

---

[3] *Emily Dickinson*

Tivy megadóan sóhajtott. – Jól van, tehát a családom. Apámat Marcusnak hívják és fogorvos. Már nyugdíjba készült, amikor kitört a háború, így a fiatal orvosok helyett ő maradt a rendelőben. Fanatikus fajta, aki sokat ad a szakma becsületére.

- És az baj?

- Nem, amíg a vacsoránál nem kezd fogápolási varázslatokat ajánlgatni – Tivy kajánul kacsintott. – Nem túl étvágygerjesztő.

- Ez a szerető fiú hangja.

- Ne uszíts! Amúgy remek ember. Anyámnak köszönhetően egész életében a hivatására koncentrálhatott, és tapasztalatból tudom, hogy csodákra képes. Van két fivérem meg egy nővérem. Nathan harminckilenc éves, híradástechnikus.

- Az érdekes foglalkozás lehet.

- 38. óta valami titokzatos helyen, titokzatos fejlesztéseken ügyködik, és biztos benne, hogy azzal a titokzatos valamivel megnyerjük ezt a csetepatét. Állítólag részt vett a radar kifejlesztésében is, amellyel az óceánon az U-boatokat el tudjuk kapni.

- Házas?

- Igen. A felesége színésznő volt, izgalmas kis vörös.

- Gyerekek?

Tivy nemlegesen ingatta a fejét. – Beatrix meddő, ez sajnos egy időben éles vitákhoz vezetett. 35-ben derült ki. Jól emlékszem arra a napra, amikor bejelentette, hogy elválik Nathantől. Vasárnap volt, éppen ebédnél ültünk. A hír hallatán Nathan nagy csörömpöléssel kiejtette a kést a kezéből. Egészen addig úgy éltek, akár két turbékoló galamb, öröm volt látni őket. Beatrix azt mondta, Nathan gyermek utáni vágyának ő nem lesz akadálya. Ááá, rémes kálvária volt, hónapokig ment ez a tébolyda.

- Elváltak?

- Családi összefogással megelőztük a bajt. Aztán ott van Soames, harmincöt lesz novemberben. Gazdasági

diplomája van, a Lloyd's-nál dolgozik. A háború előtt a gyarmatokon székelő cégekkel kötött hitelszerződéseket. Ő ugyan azt állítja, izgalmas beosztás, én azért ezt erősen kétlem. Egész nap papírokat tologatni, brr.
Kacaj töltötte be az éjszakát. – Mennyivel jobb Mr. Yates visszereit kezelni?
- Hááát...
- Na, látod! Mesélj még Soamesról.
- Elsőrangú teniszjátékos és régi bélyegeket gyűjt. Két éve elhagyta a felesége, Skóciába szökött egy autóversenyzővel.
- Boldogtalan lehet.
- Nem tudom, nem mondta, látni pedig nem lehet rajta. Bár a helyében én nem sírnék April után. Önző, pénzéhes szuka volt.
- De Tivy!
Tivy bocsánatkérő mosollyal szorosabbra fűzte karjait az asszony körül. – Elnézést.
- És a nővéred?
- Ő... ő meghalt.
- Meghalt? Ó, ne haragudj, drágám.
Tivy újra belesüllyesztette ujjait a száradó szőke fürtökbe. – 41-ben történt Hong Kongban.
- A japánok?
- Feltehetően. Újságíróként kapott kiküldetést, 37-ben ment el. Marion lételeme volt a politika, folyton nyüzsgött, titkos forradalmak tervét szövögette és persze rajongott Ázsiáért – Tivy nemigen tudta leplezni, hogy ezek az emlékek milyen mély sebeket tépnek fel.
- Ne haragudj, hogy szóba hoztam.
Mit lehet erre mondani: ahogyan ő is faggatta az asszonyt, természetesen az is szeretett volna minél többet megtudni róla. Ezt a szemére vetni igazságtalan és ostoba dolog lett volna. – A hónap végén lesz anyám születésnapja. Arra a hétvégére háromnapos

kimenőt kaptam. Szeretném, ha velem tartanál, Latty.
Bemutatnálak a családomnak – mondta inkább.
Lathea hirtelen mintha megrettent volna, hideg ujjai is
ezt igazolták. – Bemutatni?
- Igen. Drágám, miért nézel ilyen megrettenten?
Remélem, nem feltételezted, hogy megelégszem egy
tüzes kalanddal? Annak rendje és módja szerint
feleségül foglak venni. Jövő tavaszig bizonyosan
Marazionban maradok, bőségesen lesz idő
megtervezni a részleteket. Első lépésként azonban
szeretném, ha megismernéd azokat, akiket a legjobban
szeretek.
- Tivy, én nem illek a te családodba.
- Miért ne illenél? Szeretlek, pusztán azért nem
beszéltem a terveimről, mert nem tudtam, hajlandó
vagy-e vállalni, amit érzünk. A ma este történtek
viszont választ adtak erre. Szeretnék veled élni, amíg
Marazionban tartózkodom… képmutatás lenne a
fogadóban éjszakáznom. Különben sem vagyok
hajlandó lopva bujdokolni, mintha bűnös lennék. Te
mit gondolsz?
- Úgy érted, a bungalóba akarsz költözni? –
rökönyödött meg Lathea.
- Ó, nem, az tönkretenné a jó híred.
- Laurie-t nem érdekelné, de….
- Másokat nagyon is, egyetértek. Akár tetszik, akár
nem, valahogy így fest a helyzet. Egyáltalán akarod,
hogy így legyen, Latty?
Lathea forrón megcsókolta őt. – Igen, csodálatos
lenne. Nem is reméltem ennyi boldogságot.
- Rendben – nevetett Tivy. – Akkor áldjuk a sorsot a
külön feljáróért, ami a fogadóbeli szobámhoz dukál.
Ezentúl sűrűbben koptatom – viszonozva a csókokat
azt súgta: – Gyűlölök egyedül aludni, holott velem is
lehetnél.
A barna szemek vágyakozón felcsillantak. – Mintha
csak álmodnék.

- És mit álmodsz, szerelmem?
Lathea egy hosszú percre lehunyta a szemét. Amikor ismét egymás szemébe néztek, lángoló vágyat vélt felfedezni bennük.
- És mit álmodsz, mondd? – ismételte Tivy ajkát végighúzva az asszony száján anélkül, hogy megcsókolta volna.
- Hogy egyszer…még egyszer szeress, mielőtt elalszom.
- Úgy legyen. Gyere, mossuk ki a hajadból a homokot.
Felállva a kezét nyújtotta az asszonynak, majd gyerekek szeleburdiságával vetették magukat a tenger hullámaiba.

A táborban vasárnap baseball meccset játszottak. A szombati tánc és romantika másnapja a férfias küzdelem napja lett. Lathea még sosem látott ehhez foghatót, a sport amúgy sem állt közel az ízléséhez. Azt azonban el kellett ismernie, hogy némi útbaigazítás után a mérkőzés érdekesnek tűnt. A katonák nagy része irigylésre méltóan ügyesnek látszott és teljes odaadással vetette magát a játékba. Tivy nem lépett pályára, helyette egy hevenyészve összetákolt lelátón ücsörögtek, kellő közelségben maradva a küzdelemhez.
- Ez hazafutás volt, elhúznak a pepiták – magyarázta egy hatalmas vágtát látva és a térdére könyöklő karja alatt az ölébe vonta Lathea kezét. Amíg a pályán a cserék zajlottak, pajkosan átmosolygott a válla felett.
– Szebb vagy, mint valaha.
- Köszönöm.
- A szerelem jót tesz neked. Meg nekem is. Szívem szerint az egész napot a parton tölteném veled – Tivy elhúzva a száját ismét a játék felé fordult.
- De?

- Az ezredes parancsának értelmében egy orvosnak mindig itt kell lennie. Terry White tegnap megkért, hogy ugorjam be helyette. Sajnálom, szerelmem. Lathea derűsen megérintette a karját. – Ugyan, remekül szórakozom. Még sosem láttam baseballt. A pálya felől érkező emelt hangokra kapták fel a fejüket. Izgatott tömörülés és némi lökdösődés állította meg a mérkőzést, ketten már a homlokukat fogták. Tivy úgy pattant fel és száguldott le a lelátóról, mint aki életet készül menteni. – Hé, mi folyik itt? – kiáltotta fenyegetően, már mielőtt a jelenet helyszínére ért volna.

Lathea tűnődve várta a fejleményeket. A felizzott hangulatnak kevés köze lehetett a langymeleg mérkőzéshez. A sűrű káromkodások viszont csak úgy repkedtek a levegőben.

- Akár Bronxban.

A férfihangra felnézett. Sancho Fernandez hosszú lábaival az ülőpadokat átlépegetve érkezett. Bár katonai khaki nadrágot viselt, spkkal inkább amerikai szívtiprót idézett vagány és jókedvű vigyorával. A korai óra dacára a barna inget a hónaljánál átizzadta a melegben. – Megengedi?

- Üljön csak le! Hol bujkált mostanáig?

Sancho lerogyott a helyre, ahol eddig Tivy üldögélt. – Amint a komám meglátott, el is iramodott, mint akinek a halál jár a nyomában?

- Nem is igaz – kacagott Lathea. – Valami kakaskodás tört ki és úgy érezte, ott a helye.

- Valami? – fintorgott a férfi. – Ha Soars meg Rodrigez egymás ellen játszanak, mindig történik valami. Most meg aztán… – lemondóan legyintett.

- Most meg aztán?

- Nem szívesen untatom tábori pletykákkal. Röviden szólva: nőügy.

Lathea egy elnyomott mosollyal a szája sarkában lesett a játék felé. A félmeztelenül futkározó katonák cseppet sem emlékeztették azokra, akiket annak idején Doverban véresen, haldokolva látott. Vagy sebesülten, üveges tekintettel kémlelve a tenger hullámsírját. A szerencsésebbek a halál torkából menekültek ki, noha valósággal megöregedve, belerokkanva a nyomorúságos élet-halál küzdelembe. Dunkirk meg a háború első hatalmas tragédiája óta évek szaladtak el, százezrek pusztultak el keleten, Afrikában meg a Távol-Keleten, ennek fényében a pályán lökdösődők megrendítő ártatlanságot sugalltak. Azt a fajta gondtalanságot, amivel csakis az ajándékozhatta meg őket, hogy nem estek még át a tűzkereszten.

- Reméltem, hogy ma itt találom – Sancho komolyra váltó hanghordozása késztette rá, hogy szembe forduljon vele. – Bocsánatot akartam kérni azért, ami tegnap tánc közben kiszaladt a számon. Tudja, Polly Turpinről.

- Nem tesz semmit, már el is felejtettem.

- Az nagy szerencsém lenne. Tivy ugyanis kitekerné a nyakamat, ha megtudná, hogy arról a nőről fecsegtem magának – Sancho egy hosszú pillanatig a játékot figyelte. – Elképesztő, hány okot lehet találni, hogy valaki belebújva a mundérba nekivágjon a világnak és odadobja másokért az életét. Itt van például Rodrigez. A zsémbes neje meg a négy porontya helyett választotta a sereget, Porthkerrisben pedig nem hagy ki egy lányt se, aki hagyja megszédíteni magát. Hogy ne is beszéljünk Tivyről, aki azért jött ide, hogy kiderítse egy-két homályos érzésének a gyökerét, azaz felkutassa magát.

Latheát meglepte ez a nyílt beszéd. – Kifejezetten hízelgő, de talán mégiscsak honvágyból jött vissza.

- Természetesen, végül is ide tartozik. Mondta magának, hogy ugyanabban a kórházban dolgoztunk?

- Igen, említette.

Sancho az ujjait ropogtatva mesélt. – Jó hely volt, szerettem. Remek csapat állt össze, az amerikaiak szeretik a nyüzsgést, az életük a társaság körül forog – elnevette magát. – És egyetlen percre se képesek letenni a seggüket, ó, bocsánat.

- Kezdem megszokni a töltelékszavakat – kacsintott Lathea, mire a férfi kezet csókolt neki. Hamisítatlan latin volt, gáláns, hamis, pajkos fénnyel a szemében.

- Ne tegye. A trágárság nem illik a szép nőkhöz.

Szóval, Tivyvel eljártunk teniszezni meg futni, mivel volt a kórházban egy klub, ez is amolyan jenki dolog. Emlékszem, Tivy folyton arról papolt, hogy Amerika ölbe tett kézzel nézi, hogy Hitler meg Mussolini kedvükre randalírozzanak Európában, és hagyja, hogy elvegyék, amit csak akarnak. Pearl Harbour után végre nagyot ünnepelt. Azt mondta: 'Sancho, megyek haza'. Másnap önként jelentkezett.

- Maga is?

Sancho biccentett. – Én is. Tivy rengeteget mesélt Angliáról. Úgy gondoltam, látnom kell. Napokig tartott, mire átestünk a kötelező egészségügyi vizsgálatokon, papírhegyek, ilyesmi. Aztán felmentünk a lakására és leittuk magunkat.

- Ez is amerikai szokás?

Az ugratásra a férfi szája hatalmas mosolyba szaladt.

– A whisky? No, az skót, nemde?

- Ezek szerint skót whisky volt?

- Őszinte leszek, halvány dunsztom sincs. De másnap reggel a padló jóval keményebb volt, mint előző este. Érti, ugye?

- Hogyne, ez világos. Alaposan lüktethetett a fejük.

- Ó, azt Polly Turpin megoldotta. A semmiből ott termett és a legszebb álmunkból felverve minket nekiugrott Tivynek.

- De hát miért?

- A sereg miatt, mi másért? Tudja, az amerikai nők rettentően szórakoztatóak, ugyanakkor szemernyi megértés sincs bennük. Pollyban sincs. Bár elismerem, még így is jobb, mint a legtöbb. Tivy megígérte neki, hogy ha a háború után visszatér, újra beszélhetnek az eljegyzésükről, Polly ettől kevés híján felrobbant a dühtől. Sejtette, hogy Tivy csak szépítgeti a dolgot és a szíve mélyén semmi ilyesmit nem tervez. Úgyhogy az épületes jelenet után összecsomagoltunk és irány Anglia – Sancho végighúzta tenyerét izzadt homlokán. – Így már tudja, miért merészeltem azt mondani, hogy Pollyra mérföldeket verne. Ne haragudjon a modortalanságomért.

- Inkább hízelgőnek találom – vallotta be Lathea. – Most már. Különben pedig én sem vagyok szent, Sancho. Én is sokat veszekedtem egy férfival annak idején, amiért a hadsereget választotta. Mi, nők, féltjük a férfit, akit szeretünk.

Összemosolyogtak. Volt Sanchóban egy rejtett kisugárzás, ami azonnal lekenyerezte őt. Már a tánc alatt is érezte, hogy szinte fenntartások nélkül a bizalmába tudná fogadni. Részben Tivy miatt, másrészt szelíd, mégis határozott fellépése miatt, na meg annak a széles mosolynak köszönhetően, amit szívesen mutogatott.

- Azt hiszem, minden lány álma, hogy egyszer megjelenik a herceg fehér lovon, és ha a nehézségek el is sodorják, azokat legyőzve visszatér, majd azt mondja: szeretlek. Tivy nekem éppen ez a herceg. Talán nem fehér lovon, de azért visszajött. Tényleg nem tudom, várhatok-e az élettől többet.

- Nem kétséges. Valahol egy házat fészekalja gyerekkel.

- No, igen – legyintett Lathea nevetve. Ma valahogy eszébe se jutott szokásos aggodalma amiatt, hogy Tivynek még szembe kell szállnia a háború rémségeivel, mielőtt a jövőjüket tervezgethetnék. Ma egyébként se engedte közel magához a kételyeket, inkább ragaszkodott még egy kicsit ahhoz a csodához, amit az éjszaka adott.

A közéjük férkőző csendben friss képek peregtek lelki szemei előtt. Ha Tivy azt tervezte, hogy első szerelmi élményükhöz tökéletes hátteret találjon, akkor tehetségesen keresgélt. Mi is lehetne romantikusabb egy forró nyári éjnél, amikor a fövény csakis az övék és a zenét a hullámok szolgáltatják. Ez a bódulat elkerülhetetlenül arra késztette, hogy eszébe jusson egy férfi, aki már szerette ugyanígy. Azután hangtalanul osont el, egyenesen a halál örvényébe tartva, mely el is nyelte. Az emlékeket leszámítva nyomtalanul. Egy héten át teljes lényével szerelmes volt Mischába, aki úgy hagyta itt ezt az árnyékvilágot, hogy ő még csak búcsút sem inthetett neki. Sokszor elmerengett azon, miért mardossa belülről ez a veszteség olyan elűzhetetlenül. Nem segített rajta az eltelt három év sem.

Tivy annyira más volt. Minden szavával, ölelésével, minden pillantásával azt hozta a tudtára, hogy összetartoznak. Ragaszkodása néha zavarba is ejtette, mintha nem érdemelte volna még ki ezt a mély, rendíthetetlennek mutatkozó szerelmet. Nem szokott hozzá, hogy feltételek nélkül szeressék. Tivy arról is gondoskodott, hogy ha nem is lehettek együtt, úgy érezze, mintha szorosan fogná a kezét. Ezzel szemben Mischát csak akkor nem érezte idegennek, amikor ölelték egymást. Volt valami távolságtartás féle benne, mint aki lényének egy darabját gondosan elzárja mindenkitől.

Kevéske tapasztalatának talaján állva meggyőződéssel hitte, hogy a két férfi közt fellelt különbségeket azért látja olyan markánsnak, mert Tivy felé a szíve is teljesen kinyílt. Elképesztette, legtöbbször mennyire egyformán gondolkodnak és éreznek. A fellelt lelki azonosság nagyon sokat jelentett neki. Feloldotta még azokat a gátlásait is, melyek eddig átokként kísértették. Reggel Tivy karjában ébredezve hálásan gondolt arra a gyengéd odaadásra, amivel a férfi átsegítette a semmiből feltört félelmeken. Bele is halt volna a szégyenbe, ha éppen neki okoz csalódást.

Ahogy ráérősen dédelgette, szeretgette, abból tökéletesen hiányzott az a robbanásra kész, mindent elsöprő szenvedély, amit egyszer régen Mischa szabadított fel benne. Egy kicsit jobban is szerette ezt a testet-lelket kielégítő melegséget, főleg annyi év magánya után. A meghittség azt súgta neki, végre valahára megtalálta a párját, aki a jövőt jelentheti.

- Héhéhé!

Messze kalandozó eszmefuttatásából Tivy hangja ragadta ki.

- ...jól van, haver – mondta mellette Sancho, valószínűleg egy ugratásra reagálva. – Két hét múlva lejövök hozzátok néhány napra. Nem Marazionban van az a hegy a várral, amiről a múltkor Tompkins regélt?

- De igen. Laurel Doorn fújja az egész történetet, szívesen megosztja veled is.

Sancho távoztával Tivy behúzta őt a tribün takarásába, minél távolabb a kíváncsiskodóktól. – Mivel traktált az a gazember?

- Tessék?

- Ugyan, Latty, láttam, milyen arcot vágsz.

- Semmi kifogásolhatót nem mondott.

Tivy nehezen leplezett gyanakvással állt meg a dzsip mellett. – Ne hitegess engem! Reggel még mosolyogtál.

- Ne vidd túlzásba! Beszélgettünk és annak kapcsán eszembe jutott néhány dolog. Na, menjünk innen, hogy megcsókolhass, és ne feledd, van még fél napunk. Mi lenne, ha állnád a szavad, és megtanítanál vezetni?

Tivy némileg megenyhülve lépett közelebb. – Úgyis kivárom, amíg elmeséled, mi az, ami majdnem megríkatott. De igazad van, tűnjünk el innen. Máskülönben azok a szerencsétlenek belehalnak a féltékenységbe.

– Élvezed, mi?

– Hogy féltékenyek? Naná! Most viszont menjünk oda, ahol senki nem tesz panaszt, hogy elütötted.

– Ó, ezt megjegyzem magamnak, doktor úr – dohogott Lathea, amikor Tivy nagy nevetve bepakolta az ülésre. – Nem hagyom annyi...

– Tudom ám, hogyan szereljelek le, ha zsémbeskedni kezdesz – vágott vissza Tivy és senkivel se törődve szájon csókolta.

Lathea kacagva leste Corey ügyetlenkedését a zongora hatalmas billentyűi felett. Kis ujjaival ide-oda repkedett, ám az összefüggéstelen, szaggatott hangok előteremtésébe így is belemelegedett. – Szép?

– Gyönyörű, egyetlenem. Tudod, mit? Csináljuk együtt – az ötlet annyira megtetszett a kisfiúnak, hogy azonnal az ölébe ült.

Ő maga egyre bátrabban vállalkozott a játékra. Laurie vezényletével sokkal gyorsabban tanult, mint azt remélni merte. Mentora nemcsak ragyogó zenésznek, hanem legalább olyan tehetséges pedagógusnak is bizonyult, még akkor is, ha gyakran jóízűen nevetett az ő ügyetlenkedésein.

– Baltakéz – mondta Laurie ahányszor akaratlanul is, de átköltötte a klasszikusokat. – A zeneszerzést egyelőre hagyjuk meg a nagyoknak.

Lathea minden percet imádott. Ott ülni a fekete hangszernél, gyakorolni és várni, amíg a tiszta hangok felcsendülnek. Újra és újra megpróbálkozni ugyanazokkal a hangsorokkal, hogy a végén a kellő rohammal bevegye a nehéz dallamok bástyáját. Ennek a varázsnak nem tudott ellenállni. Laurie akármilyen komolyan is vette az oktatást, önmagát nem tagadta meg. Rendre átírta a dalok szövegét, mígnem a sok zagyvaságon könnyesre nevetve magukat feladták a küzdelmet.

Corey-val ütögetve Lathea felfigyelt arra, hogy a kisfiúnak ösztönös érzéke van a zenéhez, a hangok közti legkisebb különbségeket is azonnal felismerte. Szerette a hangszert, igaz, egyelőre puszta élvezetből csapkodta a billentyűket.

- Hahóó, fiatalok! – mindketten az örömteli kiáltás forrása felé lestek. Laurie egy üveg pezsgővel érkezett, illetve egy pohár ünnepi limonádéval, amit azonnal a felcsillanó szemű Corey-nak ajánlott.

- Mit ünnepelünk? – tudakolta Lathea a kezét tartva a gyerek szájához, ahogy szomjasan beleivott a csábító italba. – Nem hideg a torkodnak, kicsim?

Közben Laurie nekilátott, hogy két karcsú pohárba kitöltse a pezsgőt. – Tudja, hányadika van, kedvesem?

- Augusztus 16-a, nem?

- Jól jegyezze meg ezt a dátumot. 1943. augusztus 16. Ma a jenkik végre elfoglalták Messinát és ezzel egész Szicília a miénk. Egészségére – koccintottak. – Neked is, Corey.

Corey vigyorogva lódította a poharát Laurie felé. Szerencsére nem maradt benne annyi limonádé, ami kiömölhetett volna.

- Anne-nel és Emericóval jártunk egyszer Messinában – állt meg Laurie a kandalló felett lógó portré előtt. – Három vagy négy évvel lehetett a földrengés után.... hmm, talán 1912-ben. Mindenfelé építkeztek, mert 1908-ban nyolcvanezer ember maradt a romok alatt és az épületek szinte mind elpusztultak. A szoros viszont festői, legalább tucatszor lefestettem. A Viale San Martinótól nyugatra, fenn a domboldalon található a Camposanto.

- Camposanto?

Önelégülten vigyor villant. – A temető...eh, így már kevésbé hangzik jól, mi?

- Egy temető?

- Igen, de azért nem akármilyen temető.
- Azt el is hiszem – kacagott Lathea.
- A temető felső részén pazar kilátás tárul az ember elé Messina irányába, meg a szorosra. Tudja, egykoron a rómaiak itt hajózták át a szicíliai búzát Calabriába. Az egész birodalomban ez volt a legjobb és legértékesebb búza.
Laurie kissé az emlékeibe veszve szobrozott saját festménye előtt. Idővel Rozsda ugatása kergette szét a csendet. – Ez meg ki lehet? – pislantott az órára. – Elmúlt fél kilenc.
Ám mielőtt messze jutott volna, már jött is vissza Leonard Mercuryval az oldalán. A marazioni rendőrfőnök a kezét nyújtotta Latheának, Corey-t pedig kedvesen megkócolta. Nyomában Tivy toppant be, láthatóan együtt tették meg az utat a faluból. A két vendéggel Laurie eddig nyugodalmas művészbarlangja menthetetlenül megtelt.
- Szervusz, szerelmem – Tivy lopva megcsókolta Latheát, majd ugyanazzal a lendülettel Corey-t a karjába kapta. – Hogy vagy, hősöm? – a gyerek elégedett mosollyal üdvözölte.
- ... nem, nem ülök le, Laurie – hallatszott a háttérből Leonard határozott válasza. – Mindössze pár percre ugrottam be.
- Hivatalosan hangzik.
- Röstellem, de az is.
Tivy, Corey-t a térdén lovagoltatva, hogy vékonyka lábai a levegőben harangoztak, az egyik fotelba telepedett. A gyerek új rövidnadrágját viselte, amit Lathea mostanság varrt neki. Meglepetésként egy másikon dolgozott, noha azt még nem sikerült befejeznie. Különleges hímzést tervezett rá, a zseben egy lovat ábrázolva.
- Tehát, mi járatban?
- Ma végre bevittük a fogdába Joss Austint.

- Végre? – rökönyödött meg Laurie. – Mit művelt az a
vén szenilis? Már a légynek se árt.
Leonard keserűen grimaszolt. – Én is ezt tartottam,
csakhogy a látszat megtévesztő. Ő ütötte le Mrs.
Longbirdöt a tanyáján múlt kedden. A doktor látta,
milyen csúnya sérülést okozott, de ez még nem
minden. Claire Longbird mára virradóra meghalt a
penzance-i kórházban.
- Istenem! – képedt el Laurie. – Szegény, Claire,
együtt voltunk éretlen suhancok.
- Kedves teremtés volt, Austin meg annyira ittas, hogy
arra sem emlékezett, mit vitt el tőle. A szomszédból
azonban meglátta valaki, egy fiatalember, így
jutottunk a nyomára. Most mindent össze kell
gyűjtenünk, ami a rovásán van. Ezért is vezetett ide az
utam – ezen a ponton Leonard Latheára függesztette a
tekintetét. – Megkérhetem, hogy holnap jöjjön el a
hivatalomba, hogy aláírja a feljelentést? Tudja, az a
régi mozibeli eset. A francia barátja tett panaszt, a
sérelem azonban magát érte.
Lathea hitetlenkedve nézett a rendőrre. Régen
megfeledkezett az egész kínos esetről. Valószínűleg
ezért, soha fel sem ötlött benne, hogy Jean-Michel,
beváltva a fenyegetését, feljelentette a
kellemetlenkedőt. – Ugyan, mikor volt az!
- Higgye el, megértem a vonakodását, ugyanakkor
nem ön volt az egyetlen áldozat, és remélem, ha
minden érintett megteszi ezt a lépést, jó időre rács
mögé kerül ez az átokfajzat.
- Pusztán azért, mert néhány nő térdét megfogta a
sötétben?
Tivy haragos pillantást lövellt rá a szoba túlsó
sarkából. – Hát, a tiédet mindenesetre ne fogdossa,
Latty!
- Egyetértek. Az sohasem véletlen, ha egy férfi
'pártában' marad. Márpedig Austinnal ez történt. És
van elegendő okunk azt feltételezni, hogy fiatalabb

hölgyekkel szemben rámenősebben viselkedett, ha értik, mire gondolok.

Latheát nem is a férfiak nyíltan elítélő véleménye lepte meg, sokkal inkább a hév, amivel hangot adtak neki. Közülük is a máskor rendíthetetlen nyugalmáról híres rendőrfőnök tűnt ki.

- Mintha kifejezetten gyűlölné Joss Austint – kockáztatta meg. Amint ez kiszaladt a száján, a szeme sarkából látta, hogy Laurie felhorkanva félrenéz.

- Így is van – vallotta be Leonard egyenesen. – Évekkel ezelőtt halálra gázolta az unokahúgom kis barátnőjét a falu határában. Este volt… viharos ősz és ő lelketlenül hajtott. Nemcsak holtrészegen, de cserben is hagyta a kislányt vérző koponyával. Talán még lehetett volna valamit tenni, ő viszont egyszerűen odébbállt. Mire hajnalban keresni kezdtük és végül megtaláltuk, meghalt – rövid torokköszörülés szakította félbe a baljós történetet. – Utólag undorító részletek derültek ki és egy nyomorult eljárásbeli hiba miatt nem tudtam Austint oda záratni, ahova való, holott ő gázolt, ehhez nem fér kétség. Ezúttal nem menekül.

A heveskedő kirohanás, ami cseppet sem illett a szónokához, megrekedt a csendben. Szokatlan módon Corey is tágra nyílt szemekkel hallgatott, megérezte a levegőben az indulatokat. Laurie-ra elegendő volt egyetlen pillantást vetni, a vak is láthatta, hogy tökéletesen tisztában van vele, mit jelent ez az ügy a barátjának.

- Természetesen aláírom a vallomásomat, Leonard – jelentette ki Lathea.

- Köszönöm. Kérem, higgye el, hogy nem szándékoztam kínos helyzetbe keverni – mentegetőzött a férfi egyértelműen Tivyre meg a kapcsolatukra utalva. –, de értse meg, mennyi minden áll vagy bukik azon, mit tartalmaz a vallomása. És a többieké. Ha a gazember magához nyúlt, azt tudnunk kell. Esetleg, ha megfenyegette vagy követte valamikor. Jóllehet tudom, milyen régen történt, és azt is, hogy el szeretné felejteni. Holnap nyugodt körülmények közt megbeszélhetjük? Lathea minden szemérmét legyűrve, a melle előtt összefont karokkal felállt. – Nincs mit takargatnom, Leonard. Amikor megéreztem a kezét a lábamon, Jean-Michellel helyet cseréltünk. Bár az okát akkor nem részleteztem, hamar rájött. Joss Austin valószínűleg erre nem figyelt fel azonnal, mert utána Jean-Michel azt mondta, szólnom kellett volna, mit művelt a sötétben.

- És mit művelt?
- Megsimogatta a lábam.
- A térdét?
- Igen, én meg pánikba estem és elcseréltem a helyemet.
- Részeg volt?
- Nem tudom. Nem dülöngélt és nem beszélt egy szót se. De rossz szaga volt, akár alkohol is lehetett.
- Ennyi?
- Nos… – Lathea hátrasimította a haját, majd Corey-nak nyújtotta a kezét, aki mamizni kezdett. –, korábban is előfordult egy eset. Akkor egyszerűen kiszaladtam a moziból. Csak jóval később jöttem rá, hogy utána Nick Cowan helybenhagyta.

Leonardnak felszaladt a szemöldöke. – Mikor történt ez?

- Talán fél évre rá, hogy Nickkel Laurie-hoz költöztünk. Valamikor 41 nyarán.
- Élt panasszal? – Lathea nemlegesen ingatta a fejét. – Értem. Ezek szerint számíthatok a vallomására?
- Holnap ott leszek.
- Köszönöm.

Tivy az egyre izgágább kisfiút a nyakába lódította. – Gyere, Corey, kikísérjük a rendőr bácsit.

- Gyere, rendőr bácsi – utánozta a gyerek magától értetődően.

Lathea azonban csak Laurie leplezetlenül szemrehányó, résnyire szűkült szemét látta. – Nem bízott meg bennem, holott bántották – bukott ki az öregből fojtott hangon, miután magukra maradtak.

- Nem mondhatom, hogy igazán…..

- Megbántották, számomra nincs különbség. A házam vendége, tehát hozzám kellett volna fordulnia.

- Sajnálom, nem tudtam megtenni. Olyan nehezemre esik erről beszélni.

Laurie egyetlen kézmozdulattal belefojtotta a többit. – Erre vannak a nagypapák – bökött saját magára. – Nem férfiak és nem nők, nem ítélkeznek, hanem segítséget nyújtanak, egy vállat, amin bárki kisírhatja magát – szavai érzékletes tompultsággal bizonyították, mennyire megbántva érzi magát. – Most, azt hiszem, lefekszem. Jó éjt, kedvesem.

Lathea nyomorultul szenvedett a félig kimondott vádaktól, meg attól is, ami nem hangzott el. Lefekvés előtt jó órát szelte a vizet, hogy kitisztuljon a feje és egyenesbe jöjjön a lelkiismeretével. Vajon helyesen tette, hogy hallgatott, vagy tényleg Laurie keze után kellett volna nyúlnia? Csakhogy a fizikai erőfeszítés sem könnyített a helyzeten. Ugyanazokkal a felbolydult gondolatokkal sétált vissza a bungalóba, melyekkel fejest ugrott a tengerbe. A feltámadó éjszakai szellő szárogatta a bőrén lepergő vízcseppeket, a hirtelen fuvallatoktól hébe-hóba meg is borzongott. Átbújva néhány ág alatt a fekete háttérből fokozatosan emelkedett ki a bungaló kupolája, előtte Tivy alakjával. Az ajtófélfának vetett vállal lustán ropogtatott egy almát. – Hiányoltalak, kis sellőm.

- Úsztam egyet.

- Sejtettem.

A biztonságot ígérő kar közelebb húzta és a csókkal együtt ő is megízlelhette a fenséges almát. – Sikerült közben rájönnöm valamire, Latty.

- És mi lenne az?

- Igazából nem is tőlem rettentél meg, amikor először együtt voltunk. Gyógyír a hiúságomnak – Lathea kibontakozott az ölelésből és a férfi mellett besétált az épületbe. –, mégis jobban szeretném, ha te árulnád el, mire gondoltál.

- Rébuszokban beszélsz. Mikor mit gondoltam?

- Ó, ne tedd ezt velem. Menetközben olyan jégcsap lettél, szinte én is fázni kezdtem. És miközben én mindvégig azt hittem, Cowan az oka az egésznek, más van a háttérben, ugye? Mi az ördögöt művelt veled Joss Austin?

- Semmit azon túl, hogy nagyon megijesztett.

- Elmeséled, mivel?

- Eszembe juttatott egy estét, amit görcsösen igyekszem elfelejteni. Londonban történt a bombázások idején. A metróban bújtunk el, miután megszólalt a sziréna. Egyszer csak odajött hozzám az az alak és disznóságokat sugdosott a fülembe – Lathea ösztönösen hátrább lépett és a haját igazgatva félig elfordult. – Ott akartam hagyni, de ő nem engedett el. Dulakodni kezdtünk, aztán benyúlt a kabátom alá. Annyira megrémültem, az állomáson erős félhomály volt, az embereket pedig jobban foglalkoztatta a sok robbanás a fejük felett, minthogy az a szemét alak mit művel velem a sarokban. Végtelenség volt, mire a szomszédunk közbelépett és Nick is előkerült. Kestert kísérte ki a vonathoz, ezért a légiriadó az utcán érte. Tivy megérintette a vállát. – Márpedig Joss Austin se volt különb, igaz?

- Rettenetes érzés, ha valaki sarokba szorít és neked nincs lehetőséged védekezni.

Az Austin-ügy jócskán felborzolta a kedélyeket. Egyre több részlet és disznóság került napvilágra. Claire Longbird kedves, közszeretetnek örvendő asszony volt, akit a legtöbben évtizedek óta ismertek, így nem csoda, hogy a népharag egyöntetűen Austin ellen fordult. Azt is széltében-hosszában pletykálták, hogy Leonard Mercury asztalán legalább két tucat feljelentés hever ellene. Ismét elővették azt a régi cserbenhagyásos gázolást, aminek az lett a következménye, hogy egy éjszaka ismeretlenek bedobták a fogda ablakait, talán azt remélve, az egyik kő eltalálja a bent lapuló bűnöst.

- Nem elég nekünk a háború, itt van ez a helyi perpatvar is – háborgott Leonard másnap este a Kótyagosban egy pohár ital mellett. – Ma beszállítottuk Austint Penzance-ba, bár isten látja lelkemet, kivételesen cseppet sem bántana, ha meglincselték volna. Á, doktorom! – vette észre a közeledőt a fejek felett.

- Jó estét, Leonard – Tivy a társaság többi tagját is egy-egy kézrázással köszöntötte.

- Hogy van, hogy van?

- Azt hiszem, érdekelni fogja, ki járt nálam a Stump-rendelőben.

- Nocsak.

- Margaret Kinley.

Leonard arca hamuszürkébe váltott. Marazionban nyílt titok volt, hogy Austin nagyon sokáig kerülgette az asszonyt, akit szókimondónak és sokszor merőben tapintatlannak lehetett bélyegezni, és akit ugyancsak kihozott a sodrából a züllött alak tanúsította figyelem.

– Ugye, nem arra célozgat, hogy Austin miatt kukkantott be magához?

- Pedig így van. Nézze, Leonard, a maga helyében sürgősen felkeresném Mrs. Kinley-t. Érdekes dolgokat mesélhet, ezt pedig csatolja a feljegyzéseihez.

Leonard égő tekintettel lesett az orvosi látleletbe. –
Zúzódások és ütések? – kérdőn nézett fel, mintha
további borzalmakra számítana.
- Ennyi, de annak az asszonynak ez is épp elég volt.
- Ennek már sose lesz vége?
A lavina azonban egy hét múlva megállt. Addigra már
olyan elemi felháborodás söpört végig a falun, annyi
panasz és elképesztő igazságmorzsa került felszínre,
hogy a történet visszataszítóan feldagadt. Várhatóan a
perig ez az egész túlfűtöttség nem is akart csillapodni.
- Bárcsak történne végre valami, ami eltereli az
emberek figyelmét erről a gyalázatos ügyről –
panaszolta Leonard Tivynek egy nap, ahogy átszelték
a fogadó előtti csinos teret.
          És aznap történt valami. A Parisian felé
hajtva a dzsip adóvevőjén keresztül Tivy azt hallotta a
hírekben, hogy a németek kiürítik a Donyec-
medencét. Miután Kurszkból visszavonultak, 22-én
feladták Harkovot, két nappal később pedig
Szmolenszket is. Kizárólag idő kérdése volt, mikor
hátrálnak meg végleg. Íme, ez a nap is eljött!

- Attól félek, fiam, hamarosan itt kell hagynia minket
egy időre.
Elmúlt éjfél, Laurie-val a második parti felett
ücsörögtek a sakktáblánál. A falon ketyegő óra
kivételével a ház teljes némaságba burkolózott. Corey
az emeleten szundikált, Lathea is rég befejezte a
mosogatást, hogy utána visszavonuljon. Mostanra
bizonyára kiúszta magát és édesdeden alszik egy
hosszú nap után.
- A háború most már csak a javunkra fordul, és ez
elkerülhetetlenné teszi a második front megnyitását –
folytatta Laurie, mivel Tivy makacsul hallgatott. A fia
gyakori távollétei meg egy ostoba baleset folytán
bekövetkezett hátsérülései láthatóan megviselték.

Ettől, rá egyébként kevéssé jellemző melankóliába menekült.
- Gyaníthatóan így lesz, bár nem előbb jövő márciusnál.
- Úgy látja?
Tivy biccentett. Miután a nagyszerűen manőverező festőtől másodszor is vereséget szenvedett a sakktáblán, elszánta magát, hogy a virágillattól terhes kerten átvágva lebandukoljon a nyári lakba. Lathea szokása szerint nyitva hagyta az ajtót, hadd járjon szabadon a tengeri levegő. Az elsötétítés miatt rendszeresített lehangoló fekete függönyt is félrehúzta, így ő nemes egyszerűséggel besétált az ajtón és az ágy mellé hajigálta a ruháit. Az üvegfalon bekandikáló holdfénynél odasimult az asszonyhoz.
- Hol csavarogtál? – súgta Lathea álomittasan, legszebb álmából felriasztva, de azért Tivy két karja közé fészkelte magát. Azt a leheletnyi hálóinget viselte, amit legutóbb ő hozott neki Londonból.
- Szerelemre készültél? – duruzsolta Tivy a szájára, máris az asszony combjára kergetve a hűs anyagot.
- Hiába.
- Hosszú volt a hétvége – Tivy lemeztelenítette szerelmesét.
- Nekem is.
Lustán és ráérősen bújtak össze, lángoló tűz nélkül szeretgetve egymást. Tivy ennyi idő elteltével már megtanulta, hogy kedvesének milyen sokat jelent ez a gyengédség a sok szenvedélyes egymásra találás után. Élvezte a becézgető simogatásokat, ha türelmes volt vele, és magával röpítette a mennyországba.
- Gyűlölöm a hétvégeket – vallotta be Lathea később. Tivy elégedetten húzta végig a tenyerét a hátsóján, ahogy magához szorította. – Kivéve az előttünk állót, ugye? Péntek reggel irány London. Beszéltél már Granttel a lakásról?

- Azt mondta, meg is sértenénk, ha nem ott szállnánk meg.
- Ó, azt semmiképp!
Lathea kuncogott a heves tiltakozáson. – Ez nagyon kellemes, drágám.
Tivy felbátorodva érintette meg újból. – Szeretlek, Latty.

Ki tudja, mennyit aludtak, ám amikor Tivy felriadt, továbbra is vaksötét uralta a bungalót. A hold már nem kukucskált be, ugyanakkor a madarak első dalát se hallotta. Messze járt még a hajnal. Kábán érintette meg maga mellett az asszonyt, aki mélyen és zavartalanul aludt tovább. Ekkor ütötte meg a fülét, ami vélhetően eredetileg is felriasztotta.
- Tivy, ébren van? – susogta Laurie kintről.
- Egy pillanat.
Kikászálódva az ölelő karokból magára kapta leszórt nadrágját. – Történt valami? Corey?
- Nem, semmi ilyesmi. Howard telefonált Penzance-ból. Ha jól értettem, Joss Austinnal történt valami, de egy eljárási formalitás miatt nem elég az ő diagnózisa, kell valaki más, aki ellenjegyzi.
- Mi az ördög történhetett egy börtöncellában éjnek évadján?
Laurie tanácstalanul vonogatta a vállát. – Sajnálom, fiam, sejtelmem sincs. Máskülönben meg attól tartok, hogy most azonnal oda kell mennie.
- Hálás vagyok, mert szólt, és ne haragudjon, hogy miattam fel kellett kelnie.
A ház ura távozott, ő pedig visszaólálkodott a bungalóba. Óvatossága ellenére addigra az asszonyt is felverték. – Bújj vissza.
- Mit akart Laurie?
Tivy az ingét gombolta. – Penzance-ban van rám szükség. Howard telefonált.
- Ilyenkor?

- Nyilván súlyos oka van. Adj még egy puszit –
Latheához hajolt, hogy megcsókolja.
- Visszajössz még?
- Nem hiszem, nem sok értelme lenne ide-oda
furikáznom, de megvárlak Mr. Carrough-nál a
délelőtti rendelés után. Aludj jól.
A kocsi fényszóróinak tompított fényénél tudott
először egy pillantást vetni a karórájára.
Háromnegyed hármat mutatott. Átkozottul korán volt.
A hajnali szellő megtépkedte rajta a katonainget,
ahogy máris a falu felé robogott. A dűnéken tenyésző
magas fű szinte dudorászott az éjszakában és bár
holdfény híján mit sem lehetett látni, a vidéken töltött
hónapok után élénken el tudta képzelni, ahogy a méter
magas fűszálak a tengeri szél áramlatain táncolnak.
Ugyanez lélegzetelállító látvány volt ragyogó
napfénynél. Ha elnézett a Lizard-félsziget irányába, a
horizontig ezt a selymes, hajlongó puhaságot láthatta.
Beleszeretett Cornwallba, a nyárestékbe, a Parisianbe
meg a tengerbe. Laurie birtokán az embert könnyen
utolérhette az a tévképzet, hogy kiszaladt a világból.
A természet ölén épült villát beszippantotta a burjánzó
növényzet, igaz, ezért az illúzióért Laurie és Lathea
nagyon sokat tettek. Csodálatra méltó szorgalommal
gondozták saját kis botanikus kertjüket. Ő maga
semmit sem konyított a kertészethez, nem is érzett
késztetést hozzá, ennek ellenére élénken emlékezett
az első látogatására, amit ebbe az elvarázsolt világba
tett. Laurie őszinte szerelemmel áradozott saját
remekműve tökéletességéről és túlzás nélkül igaza
volt. A végeredmény minden képzeletet felülmúlt.
Penzance felé továbbra is az idős festő járt a fejében.
Az, ahogyan a növényeiért rajongott, mindössze
egyetlen részlete volt összetett egyéniségének, és
pusztán egy dolog, amit szeretett benne. Ugyanígy
sokra tartotta mély emberségét, letörhetetlen
optimizmusát, a jókedvét. Meg azt a szelíd és józan

szeretetet, amivel az emberekhez viszonyult. Corey és
Lathea társaságában meglesve őt bárkiben
felmerülhetett a gondolat, hogy szebb családot még
sose látott. És valóban, vérségi kötelék nélkül ugyan,
de ők hárman egy család voltak. A Parisian
mesterkéletlen bája, az a lebilincselő szabadság, ami
őt is fogadta a falai közt, varázsszerként hatott. Nem
voltak szabályok, hangos szó, egyszerűen csak
követték Laurie életszerető szabadosságát. A ház ura
mindig a pillanatnak élt, és művészlelkének derűje
ellenállhatatlanul átragadt a környezetére. Hóbortos
természetével, foszló szalmakalapjaival, piros vagy
narancssárga nadrágjaival képes volt bárki életébe
boldogságot csepegtetni. Semmivel sem törődve
egyetlen festőállvánnyal nekiindult a világnak, hogy
minden másról rögvest megfeledkezzen. Máskor
viszont utánuk jött a partra, hogy ennivalóval és
italokkal kedveskedjen. Órákig tanítgatta Corey-t
rajzolni vagy a zongorából tiszta hangokat kicsalni.
Színes egyéniség volt hatalmas szívvel és kivételes
emberismerettel. Belátó még vele is, holott kezdetben
attól tartott, mindaz, amit Lathea elhunyt párja iránt
érzett, neki sok gondot okozhat. Nem így lett. Az öreg
fenntartások nélkül fogadta be a házába, a szívébe
meg az életébe. Kérdések, vagy megjegyzések nélkül
éreztette vele, hogy családtagnak tekinti, és ő ettől
nagyobb ajándékot senkitől se kapott még.
Penzance-ban nem kellett sokat időznie. Joss Austin a
kórház egyik lakattal lezárt kórtermében feküdt
kiterítve, élettelenül.
- Kómába esett.
Howard Stump lakonikus közlése hallatán
gyanakodva araszolt közelebb a testhez. Feltámadó
kíváncsisággal méricskélte a beteget, akiről ugyan
rengeteget hallott, ám a találkozást a mai napig
sikerült elkerülnie. Megdöbbentette, amiért a faluban
szörnyeteggé kibeszélt férfi ennyire jelentéktelen

külsejűnek bizonyult. Alacsony és vékony csontozatú, az a fajta, akit az egyetemen haláltoknak csúfoltak. Erősen kopaszodott, ám éppen törékeny testalkata révén nehéz lett volna megbecsülni a korát. Feltehetően jóval ötven felett járhatott. A keze elhanyagolt, körmei töredezettek, vékony csípő és beesett mellkas. Legjobban azonban az élettelen ábrázaton megrekedt kifejezés döbbentette meg. Mintha valaki gonoszkodásképpen élveteg vigyorba görbítette volna a száját. Határozottan ellenszenvesnek találta, egy tetőtől talpig beteges gazembernek. – Mi lett vele?

- Cukorbetegség – jelentette ki Stump továbbra is szófukaron. – Súlyos eset, de amióta ide bekerült, nem szedte a gyógyszereit.

- Szándékosan?

- Gyaníthatóan.

A diagnózis hivatalos felvétele mindössze addig tartott, amíg papírra került, és Tivy máris fordult vissza Marazionba. Ismét az éjszakában autózva saját érzéseit kutatta, de semmit sem talált. Joss Austin annak ellenére hidegen hagyta, hogy Lathea miatt eleinte rettenetesen feldühítette magát ezen az ügyön. Azóta viszont fordult a kocka, az asszony egyszer sem említette az egészet, és mintha a rendőrségen aláírt vallomás ki is törölte volna a gondolataiból. Talán csak arra a biztonságra volt szüksége, amit egy megalapozott, stabil kapcsolat jelent. Hogy kétségek nélkül megbízhasson egy férfiban, aki nemcsak kalandot keres nála. Márpedig ő megadta neki ezt a biztonságot, másra se vágyott.

Azokon a gyönyörű, hol romantikus, hol érzékien vad éjszakákon merengett, amit a bungalóban átéltek. Az öböl dereka táján azonban félreállt teherautót fedezett fel. Közelebb gördülve látta, hogy a sofőr éppen kereket cserél. Óvatosan oda kormányozta a dzsipet,

hogy a háborús viszonyok miatt tompított fényszóró
gyér fényével legalább segíthessen a bajba jutottnak.
- Tehetek magáért valamit? – pattant ki az ülésből. –
Nocsak, maga az, Nick?
A másik feléje fordult. – Kidurrant ez az átkozott. Az
emelő pedig tönkrement.
- Azzal kisegíthetem – a dzsipből elővette a saját
emelőjét. – Reméljük, ezt is használni tudja.
A méret nagyjából megfelelt a kisteherautó számára.
Amíg Nick munkához látott, körbejárta a teherkocsit.
– Mit szállít?
- Lisztet meg cukrot. És olajat. Nem nagy tétel, az
emberek hőbörögni fognak.
Rövid, feszült csend következett. Nyilvánvaló volt,
hogy nem szenvedhetik egymást, ennek ellenére Tivyt
bántotta a fagyos viszony. Amióta Lathea mellette
döntött, Nick tüntetően kivonult az életükből. Carla
sem igen látogatott többé a Parisianbe, így a kis
Maggie-t se látták három hete. – Hogy van a családja?
Nick habozott egy darabig, mint akit teljesen leköt,
amit csinál. – Jól.
- Hogy bírják ezt a meleget?
- Miért ne bírnák?
Az ellenségesen csattanó válasz visszavonulásra
késztette. – Elnézést, ha valami rosszat mondtam.
Erre végre Nick felegyenesedett és szembe nézett
vele. Zord tekintete semmi jót nem ígért. – Persze,
hogy mondott. A pokolba, minek udvariaskodik itt?
Utálom, ha valaki megjátssza magát. Amúgy is
felesleges erőfeszítés, miközben mindketten tudjuk…
- Hogy felfalja magát a féltékenység? – vette fel Tivy
a kesztyűt.
- Ne fantáziáljon.
- Semmi szükség rá. Mi más miatt utálna engem ilyen
elvakultan, ha nem Latty miatt? Ez azonban nem
jelenti, hogy én ne kérdezhetném meg, hogy van Carla
meg Maggie.

Nick csípőre tette mindkét kezét – Úúúha! Micsoda higgadtság és mennyire felette áll mindenkinek! Csak nem Amerikában tanulta ezt is? – Tivy tekintete mintha azt kérdezte volna, 'Mégis mit?'. – Ne adja nekem az ostobát, doktor – melegedett bele Nick. – Lehet, hogy Lathea most azt hiszi, szereti magát, de egyszer úgyis elviszik harcolni, és ki tudja, visszajön-e egyáltalán?

- Akárcsak a testvére?

- Ahogy mondja! Erwin is elment és mi lett a vége? Lathea kisírta a két szemét miatta. Csak azt ne higgye, hogy elfelejtette. Túl sokat jelentett neki ahhoz, valaha is megtegye.

- Ezt senki nem is kívánja tőle.

Nick gúnyosan felnevetett. – Senki?

- Senki. Én is emlékszem más nőkre a múltamból és aligha felejtem el őket, hiszen az életem részei voltak. Ahogyan maga se fogja soha elfelejteni Latheát, noha nem kapott tőle semmit, nem igaz?

Tivy tudta, hogy ez övön aluli ütés, de mit bánta, ha Nick Cowan sem tett lakatot a szájára. A nyíl célba is talált, bár a másik hamar úrrá lett elemi felindulásán.

– Igazán nem tartom sokra magát, dokikám, de azt, hogy Latheát ellenünk fordította, nem hiszem, hogy meg lehetne bocsátani.

- Inkább önmagában kellene kutatnia az okokat. Törődjön bele, hogy feleségül veszem őt, akár tetszik ez magának, akár nem. Ha nem akarja végleg elveszíteni a barátságát, ideje lesz megbékélnie ezzel a helyzettel. Vonatkozik ez a húgára is, akinek írja meg, hogy a háború után itt várom és lesz hozzá néhány kedves szavam.

Tivy némi büszkeséggel hallgatta saját tántoríthatatlanul magabiztos hangját, ami Nicket jócskán meglepte. – Mi az ördögre céloz?

- Betty Cowan tudni fogja, ne aggódjon. Ellenben most, ha megbocsát…

Elvette az emelőjét a teherautó motorházáról és beejtette a helyére. A fém nagyot csattant az éjszakában. De amint az ülésre telepedett még egyszer visszanézett a kicserélt kerékhez hajló Nickre. – Tudja, a nők valamilyen velük született szenzorral mindig megérzik, ha a férfi lélekben más nőknél jár. És amíg ez így van, nincs eléggé hihető hazugság, csak hazugság van. Viszlát!

Meg se várva egy esetleges választ, a gázra taposott és könnyed szívvel elrobogott Marazion felé. Valahogy nem érezte annak súlyát, hogy ezen a fronton is kirobbant a háború.

32.

Szeptember 30-án a BBC esti híradása megdöbbentő bejelentéssel kezdődött. – Ma hajnalban a 8. angol hadsereg a szicíliai Messinával szemben partra szállt Calabriában és ezzel megkezdődött az olasz félsziget elleni invázió.

- Ezt hallgasd, Tivy! – erősítette fel Lathea a rádiót, amikor a férfi betoppant a nappali szobába.

Késésben voltak a családi vacsoráról, mert egy vonatbalesetnek köszönhetően eleve késve érkeztek Londonba, utána pedig Tivyt elnyelték a hivatalok, ahonnan csak egy órával korábban került elő. Gyors tusolást követően már az ingét kapta magára, amire a megunt egyenruhát cserélte le.

- Az afrikai hadjárat végeztével az amerikai és szicíliai haderő egy részét ugyan átcsoportosították az Atlanti-óceáni, illetve a távol-keleti térségbe, de az erőfölény így is biztosított Itáliában. A védekezésre kényszerülő német csapatok a partraszállás hírére Rómában megszállták a repteret és jelentős erőket vontak össze a város védelmére...

- Győzni fogunk, ugye?

Tivy odasurrant az asszonyhoz és megölelve őt ránevetett. – Semmi kétség, egyetlenem!

Tivy elcsavarta a rádió gombját, így átmenet nélkül némaság zuhant a St. Annes Crescent-i lakásra. Latheára sandított, aki nagyon csinos volt a délután vásárolt kosztümben, haját csatokkal terelte ki az arcából, és ha csak enyhén is, de kifestette magát. Kétsége sem volt afelől, hogy a családja első pillantásra bele fog szeretni. Már így is tűkön ültek, hiszen ő hónapok óta halogatta a látogatást. Komoly lépésnek tekintette. Túl komolynak ahhoz, bármit

türelmetlenül elkapkodjon. Látszólag az ölébe hullott
ez a szerelem, a valóságban viszont végtelen
küzdelmet folytatott az asszony bizalmáért. Azért,
hogy ő is higgyen a közös jövőjükben. Megdolgozott
azért, hogy kiérdemelje a szerelmes öleléseket, a
boldog mosolyokat.
- Nos, mehetünk?
- Félek, Tivy. Talán Islington messzebb van Stepney-
től, mint bármelyikőnk gondolná.
Tivy a két tenyerébe fogta Lathea arcát és bátorítóan
rámosolygott: – *Lábamnak célja távolibb,*
　　　　　Mosolygok múltakon
　　　　　Mik úgy duzzadtak tegnap is,
　　　　　Ma roppant cél, mi van.
Nem csalódott, mert Lathea könnyedén folytatta
Emily Dickinson ritkaságszámba menően optimista
hangvételű költeményét. – *Nem kétlem, akkori magam,*
　　　　　Énhozzám méretett,
　　　　　De mostan ügyetlenül áll,
　　　　　Kinőttem énemet[4].
Lathea egy rövid másodpercre összeszorította az
ajkát. – Köszönöm, Tivy.
- Én köszönöm neked.

Islington taxival volt a legjobban megközelíthető,
ezzel a földalattin való átszállást is megspórolták.
Tivy különben sem hagyta volna ki, mivel egykori
londoni életében ez a luxus semmiféle szerephez nem
jutott. Most azonban jenki dollárokkal a zsebében,
márpedig azok nagyon sokat értek a háború sújtotta
Angliában, megengedhette magának a különcködést,
ahogyan kedvesének is a legdrágább ruhát.
Elterpeszkedve a tágas kocsiban önfeledten nézegetett
kifelé, amíg északnak igyekeztek a Bloomburyn és a
Fishburnön át, majd a Pentonville-nél ráfordultak a

---

[4] *Emily Dickinson*

végtelenül hosszú Liverpool Roadra. Úgy ismerte a környéket, akár a tenyerét, látnia se kellett a házakat, érezte azokat. Jóllehet hatályos rendelkezések szóltak az elsötétítésről és könyörtelen büntetésre számíthatott, aki fittyet hányt rájuk, ennek ellenére a londoniak fokozatosan kezdték megint biztonságban érezni magukat. Egy-egy ablak mögül óvatlanul kibújtak a fénypászmák, máskülönben egyre távolodva a város szívétől minden élettelenebbnek hatott.

Rogersék a Furlong Road egyik sorházában éltek, kőhajításnyira a Highbury Fieldstől. A taxi váratlanul befékezett, mivel a fekete éjszakában szinte lehetetlen feladatnak tűnt a házszámokat elolvasni, ugyanakkor Tivy is elkésett a figyelmeztetéssel. Amint fizetett és kisegítette az asszonyt a járdára, az üres kocsi zakatoló motorral elsietett.   Nagy levegőt véve csöngetett be a jól ismert ajtón. Nevetséges izgalommal kapaszkodott a felajánlott kézbe, mintha legalábbis neki kellene átesnie a tűzkeresztségen. Idegessége részben abból a feltűnő szófukarságból fakadt, amit Lathea tanúsított, valahányszor ő a családjáról faggatta volna. Így semmiféle fogalma nem volt arról, milyen összehasonlítás elé állítja saját szeretteit, vagy éppenséggel mi az a modell, amit az asszony a gyerekkorából magával hoz. Ezeknek az apró kapaszkodóknak nagy hasznát vette volna. Az ő számára ugyanis sokat jelentettek a szülei meg a testvérei, ezért döntőnek tartotta, hogy jövendőbelije megismerje őket és idővel megszeressék egymást. Ami a kérdés visszáját illeti, nem voltak kétségei. Lathea éppen az a nő, akit Rogersék szívből el tudnának fogadni. A gyakran emlegetett különbségek dacára úgy vélte, aki olyan olvasott és intelligens, mint ő, akárhol is élt azelőtt, nem lóghat ki ebből a kis családi közösségből.

- Ha marasztalnak is, nem maradunk sokáig – susogta a válla felett. – Ez a mi hétvégénk.

Lathea halkan felnevetett, bár mielőtt kimondhatta volna, ami már a nyelvén ült, felpattant az ajtó és megpillantották a mögüle felbukkanó férfit. – Megjöttetek végre? Gyertek be.

- Szevasz, Soames.

Tivy örömmel elfogadta a fivére kezét, akinek irodai állása ellenére is vasökle volt. Gyerekfejjel azt képzelte, igazi vasból készült, azért annyira kemény, és sose értette, neki miért nem jutott hasonló adomány. Amúgy kevéssé hasonlítottak egymásra, hacsak zöld szemükben nem. Soames testesebb volt és a korral emberesebb is lett. Házasélete alatt kissé meghízott, amit azután a rendszeres tenisznek hála mára leadott. Kőkemény ökle és ravaszul járó agya ellenére arca magán hordozta azokat a jellegzetességeket, melyek egyszer majd jóságos nagyapát varázsolhatnak belőle: csillogó tekintet, széles mosoly és mókás bajusz.

A hallba lépve Tivy rögvest megejtette a bemutatást. Elegendő volt a bátyjára pillantania és tudta, hogy Lathea megnyerte az első csatát. – Azt mondod, Stepney, öcsikém?

- Olyan lány, mint Latty, úgysincs több.

- Nem kétséges, te sose adod alább a legjobbnál.

Tivy felderült a különös bókon. – Miért kéne, ha a legszebbet szerethetem?

- Ne légy öntelt – intette Lathea.

A szobában mindenki egyszerre állt fel ültéből. A kissé formálisra sikerült fogadtatás láttán Tivy úgy vélte, okosabb, ha gyorsan átesnek a kötelezőn. Természetesen ott volt a családfő, aki mostanra megkopaszodott ugyan, viszont mintha majdani önmagát látta volna benne. Magas termet, büszke tartás és, az édesanyja szavajárása szerint, Marcus Rogers még mindig szíveket törhetne össze.

Martha, az édesanyja, túlcsorduló örömmel zárta a karjába Latheát, mintha ezer éve ismerné. Beatrix szép és sugárzó jelenség volt, mint mindig. Egyetlen jel sem mutatott arra, hogy elmúlt harminchat.

Soames a maga fanyar humorával meg is jegyezte: – Szerencsére a színésznőink nem öregszenek a matuzsálemi színpadokhoz.

Vacsora előtt újra megtöltötték a poharakat és elüldögéltek egy keveset. Tivy elégtétellel látta, hogy a család békés, már-már indokolatlanul gyorsan kialakult ragaszkodással fürkészi a vendéget.

- A fiam említette, hogy megözvegyült, Lathea – ingatta Marcus a fejét. – Átérezzük a fájdalmát, Marion lányom is meghalt keleten.

- Hallottam róla, uram, fogadják részvétem.

Nathan keresztbe vetett lábakkal élcelődött az öccsén. – Elárulja nekünk, mi igaz abból a rózsaszínű tündérmeséből, amivel az öcsém bódított minket?

- Ez pusztán attól függ, mit mesélt.

- Hmm, valamit a Regent's Parkról, meg egy undok sógornőről, azután az amerikai száműzetés… jól mondom, Tivy?

- Szerintem, aki kíváncsi…

Nathan élvezettel felnevetett. – Kíváncsiság? Még mindig jobb a felduzzasztott képzeletnél.

- Ami engem illet, Nathan, Tivy jobbkor nem is térhetett volna vissza Angliába.

Tivy boldogságtól túlcsorduló szívvel nézett a barna szemekbe, melyek láthatatlanul megsimogatták.

Lathea gyakran volt bizonytalan, tettei és szavai arról tanúskodtak, hogy jócskán vannak kételyei, a tekintetéből mégis rendületlenül sugárzott, mit érez. Ez a legmélyebb szerelem volt, amit ő ismert. Ha belenézett a barnába, kitalálhatta az asszony legrejtettebb kívánságait, és egyben megnyugodhatott afelől, hogy szilárdan áll az oldalán. Olyasféle testi-

lelki összetartozás volt ez, amire titkon mindig
vágyott, csak éppen nem nagyon hitt már benne.
Csodálatos este volt. Az asztalon az amerikai
hadsereg jóvoltából hús és krumpli, desszertként
csokoládés süteményt ettek, és a felhőtlen hangulat
közepette mindannyian szívesen feledkeztek meg a
háború kézzelfogható sanyargatásairól. Tivy magától
értetődően Lathea mellett foglalt helyet,
szentimentális hangulatban ringatózva azt képzelte
magáról, hogy soha nem volt boldogabb. A szüleivel
váltott titkos pillantásoktól elöntötte a büszkeség.
Helyeselték a választását, ez világosan ott ült az
arcukon.
- Nézd, fiam, az ember egyszerűen csak megérzi,
melyik az a pillanat, amikor meg kell nősülnie. Ha
megtalálod a nőt, aki igazán illik hozzád, tudni fogod
– mondta az apja évekkel korábban egy amolyan
'beszéljük meg' alkalommal. Akkoriban hirtelen
támadt vágy kergette a nősülési szándék útjára, ám a
család nem támogatta a terveit. – Megértem a
bódulatodat, Linda kísértésbe ejtő jelenség. De
gondolj arra, mi lesz, ha elmúlik ez a lángolás. Mit
kezdesz a következő harminc évben egy nővel, aki
többé nem izgat fel, a tetejébe pedig meg sem ért
téged?
Azóta évek teltek el és most, ismét az apja szemébe
nézve, egyetértést olvasott ki belőle. A hosszú távollét
meg a háború sok mindent megváltoztattak, ennek
ellenére ő ugyanúgy hitt a család értékítéletében,
akárcsak korábban.
- Még sosem jártam Stepney-ben – bökte ki Nathan
bizonytalanul. – Vagy ha igen, nem emlékszem rá.
- A szülei mivel foglalkoznak?
Lathea a háziasszonyra nézett. – Az édesanyám
varrónő volt és híresen ügyes kezű. Belvárosi
szabóságoknál dolgozott.
- Múlt idő? Bocsássa meg a tapintatlanságomat.

- Már majd tíz éve meghalt, asszonyom.
- És az édesapja?
- Ő is meghalt. Cirkuszi ember volt.
- Ó, milyen érdekes! – hökkent meg Beatrix a maga csodálatra méltó, gyermeki nyíltságával. – Imádom a cirkuszt. Bohóc volt, vagy idomár?
- Légi akrobata.
- Légi akrobata? Milyen rendkívüli! Irigylem magát, bizonyára sok időt töltött a cirkuszban.

Tivy úgy látta, Latheát feszélyezi a téma, ahogy szinte mindig, ahányszor a családja szóba került. Ennek ellenére valahogy ellágyult a tekintete, amikor visszaemlékezve mesélni kezdett. – Gyerekfejjel sokat. Kipróbálhattam a szereket, láttam és közel mehettem az állatokhoz, apám felvitt a trapézra. Tényleg feledhetetlen idők voltak. Később erőember lett és akkor inkább bohócokkal csinált mutatványokat.

- Erőember és Stepney – vett Soames még egy szelet süteményt a tálról. – Jó néhány évvel ezelőtt... valószínűleg még a háború előtt, Stepney-ben meggyilkoltak egy ilyen fickót. Úgy rémlik, a lányát gyanúsították.

A teljesen mellékesnek szánt emlékfoszlány hallatán Lathea összerándult. Tivy a szeme sarkából észrevette, hogy Soames közbevetése hallatán a saját tenyerébe karmolt. Az elrejtett mozdulat nem volt feltűnő, őt mégis meglepte az indulat, amit sejtetett. Aztán a két ököl egy pillanatra összeszorult, amíg tulajdonosuk túltette magát valamin. A többiek azonban csakis a semleges mosolyt láthatták, így az egész ügy elhalt válasz nélkül. Soames aligha várhatott bármi ilyesmit, de ártatlannak szánt megjegyzése, úgy látszik, nem volt annyira érdektelen.

Míg az asszonyok leszedték az asztalt, a háziragazda mindhárom fiát átkalauzolta a másik szobába.

Hallótávolságon kívül a szorgoskodó nőktől Marcus megragadta Tivy karját. – Büszke vagyok rád, fiam. Ez alkalommal biztos lehetsz afelől, hogy nem kérdőjelezem meg a döntésedet. Érett és okos választás.

– Ó, Tivy nősülni készül, az biztos – mulatott Nathan a testvérén. – Látom a képén.

– Nem baj az, ez az élet rendje.

– Köszönöm, apa. Tudod, igazad volt, amikor azt tanácsoltad, ne adjam fel. A lerombolt házakat látva Stepney-ben...

– Elhiszem, borzasztó sokk lehetett – tette Marcus a kezét a vállára. – Ugyanakkor Marazionban megtaláltad, akit kerestél, és csakis ez számít.

Aznap éjjel a sötét lakásban kifulladásig szeretkeztek. Tivy úgy érezte magát, mint egy kamasz, aki váratlanul belekóstolva a szerelembe nem tud betelni a gyönyörrel. Fáradhatatlanul ölelték egymást, Latheának duzzadtra csókolta az ajkát, és ahogy az utolsó fellángolást követően összeforrva, álmosan összebújtak, szinte bizsergett a bőre az asszony kezének minden érintésétől. A hajába fúrt arccal susogta a fülébe. – Bűn minden perc, amit tőlem távol töltesz.

– Ha tudnád, mit érzek, Tivy.

– Valószínűleg halálos kimerültséget, mert egy telhetetlen pasas békét se hagy neked.

– Igen, ezt is – Lathea elnevette magát.

– És még mit?

– Mintha ráleltem volna az énem másik felére.

– Udvarolsz nekem, gyönyörűm?

– Szeretnéd, ha udvarolnék?

– Azt hagyd csak meg nekem. Te vagy a legdrágább kincsem, tudod jól.

– Ó, drágám. Soha többé ne engedj el, kérlek.

A nem lankadó telefoncsörgésre Tivy végül megadta magát. Elkínzottan mászott ki az üres ágyból, hogy átballagjon a másik szoba hangoskodó réméhez. Mivel Lathea az egyik barátnőjét látogatta, nélküle a lakás dermesztően üresnek és elhagyatottnak tetszett.

- Rogers őrnagy úr?
- Én vagyok.
- Michelson tizedes a központi távbeszélőből parancsára, uram. Tegnap nem működtek a vonalaink, ma azonban le tudná bonyolítani a bostoni hívást. Ha óhajtja, fél órán belül összekötöm a kért számmal.
- Lekötelezne, tizedes.
- Igenis, uram.

A várakozás perceiben magára kapta a nadrágját meg egy inget és megpróbált valamelyest magához térni. Elmúlt egy óra, a gyomra mintha időtlen-idők óta nem látott volna ételt. Annak ellenére is úgy érezte, majd kilyukad az ürességtől, hogy a családi vacsorán a fivérei meg is kérdezték, éheztetik-e Cornwallban, mert olyan feltűnő étvággyal kóstolgatta az édesanyja főztjét.

Azóta viszont eltelt egy éjszaka és egy napnak a fele. Az éjszakai szerelem után pompásan aludt. A konyhában régen kihűlt csésze tea várta egy rövidke írással. Elizabeth Barrett-Browning sorai mindig közel álltak a szívéhez, ám amióta valóban rátalált az a bizonyos nagy érzés, amit oly sokáig reménytelenül keresgélt, mintha a költőnő minden szívdobbanásához neki is lett volna egy gondolata. A háború árnyékában meglelt szerelem boldoggá tette, noha legalább ennyire boldogtalanná is. Féltette, mint zsugori az aranyát, és akárcsak Elizabeth Barrett-Browning egykor, rettegett attól, hátha mindent elveszít.

Esküd után, mikor feljött a nap,

rémület szállt meg: mit rendel a hold?

Talán minden köteléket felold,

mert meg nem áll, mi támadt egy perc alatt.

Magam is hittem: szalmalángra kap

a hirtelen fellobbant szív – mi volt

egy ilyen emberhez lényem?: vert-kopott

s lehangolt brácsa csak, mi megzavart

egy híres énekest, ki siettébe

ragadta fel s letette hallva hangját.

Magamnak jót tettem – fizetni érte

tenéked kell. Ha mesterek akarják,

tört hangszernek is tiszta a zenéje.

Moccan s már kincset ont a való nagyság[5].

Az utolsó sorokat újraolvasva, hozzá a kihűlt teát ízlelgetve azon merengett, mi jelentősége lehet a tört hangszernek vagy a lehangolt brácsának Lathea életében. Nagyjából sejtette, hogy a boldogtalan, visszahúzódó magatartás honnan ered, ugyanakkor valami azt súgta, más okok is rejlenek még ott. Vajon milyen csalódás érhette az asszonyt, amiért ilyen keserű hasonlatot keres? Azt ő is tapasztalta, milyen mértéktelenül megtaposták az önbizalmát, apróságok is elbizonytalanították, a teljes magyarázatot azonban eddig nem hallotta. Amikor a telefon ismét megszólalt, gyorsan zsebre tette a cédulát.
- Őrnagy úr, Boston a vonalban.
- Köszönöm, tizedes. Hallo, Polly?

---

[5] *Elizabeth Barrett-Browning: Portugál Szonettek (32.)*

Az összeköttetés recsegése ellenére minden szót jól lehetett hallani. – Tivy drágám, ez aztán a nem mindennapi meglepetés. Hol vagy?

- Londonban. Megkaptam a leveledet. Csak érteni nem értem ezt a sok zagyvaságot.

- Zagyvaság? Ugyan, ne mondd ezt, hiszen mindent világosan leírtam.

- Lehet, hogy úgy érzed, számomra mégsem világos, mit akarsz most tőlem.

Rövid csend. – Gyereket várok. Mit nem lehet ezen nem érteni?

- Tulajdonképpen ezt.

Polly hallhatóan ingerült lett. – Te vagy az apja.

Pontosan ez volt az, amit Tivy a legkevésbé sem tudott komolyan venni. Nagyon régen voltak utoljára együtt és mindig vigyáztak az efféle problémák megelőzésére. Ráadásul egyik közös ismerősük azzal kérkedett, hogy Polly vele is kacérkodott. Akkor nem tette szóvá a dolgot, ilyen fordulat után ellenben több jelentőséggel bírt.

- Ott vagy még, Tivy?

- Hol lennék? És mégis mit gondolsz, mit kéne tennem?

Gúnyos kacaj. – Szerinted? Hát, vállald a rád eső felelősséget.

- Néhány dolgot elfelejtesz. Egy óceán van köztünk meg egy háború. Ugye, nem képzeled, hogy csapot-papot itt hagyok és visszamegyek?

- Az az ő háborújuk, Tivy, semmi…

- Hányszor kezdjük ezt elölről? Ez az én háborúm is, mindannyiunké. Különben…

A nő türelmetlenkedni kezdett. – Különben mi?

- Hamarosan megnősülök. Megtaláltam, akit kerestem, ezért többé nem megyek vissza Amerikába. A háború után sem.

- Micsoda? – a dühös kiáltás dermesztő némaságot felejtett maga mögött. Eltelt néhány súlyos

másodperc, mire Polly kissé higgadtabban folytatta: –
Tivy Rogers, benne hagysz a pácban? Ne merészeld!
- Kérlek, hagyd ezt abba. Nem fogsz bennem
lelkifurdalást kelteni, mert egy szikrányit se vagyok
meggyőződve, hogy jó apa-jelöltnél kopogtatsz.
- Bíztam benne, hogy nem vagy becstelen fráter.
- Nem engedem belezsarolni magam egy házasságba,
Polly!
Komor hallgatás után a feddés bántóan éles hangon
csattant. – Arról volt szó, hogy felkutatod azt a nőt, ha
életben van egyáltalán, és véglegesen lezárod a
múltat. Utána meg hazajössz és összeházasodunk.
A dolgok ilyetén magyarázata Tivy agyába kergette a
vért. – Hohoó, Polly, ne mesélj nekem, kérlek! Szó
sem esett erről. Világosan megmondtam, hogy ha
megtalálom őt és a dolgok a reményeimnek
megfelelően alakulnak, feleségül veszem és itthon
maradok.
Az ajtócsapódásra Tivy megfordult. Lathea
megfejthetetlen ábrázattal állt az ajtóban, kézitáskáját
éppen a kis komódra helyezte. Neki mégis az a
megérzése támadt, hogy fültanúja lehetett az utolsó
szavainak.
- Ne menj el – tátogta a háta mögé. Lathea habozott
egy keveset, végül mégis elfogadta a feléje nyújtott
kezet.
- Itt vagy még, dokikám?
A megszólítás ingerelte és mellesleg elárulta, hogy
Polly rettenetesen dühös. – Igen, itt vagyok. Épp azt
fejtegettem, mennyire elferdíted, miről volt szó
köztünk.
- Csakhogy akkor egészen más volt a helyzet. Most
meg döntések elé állítasz. Te elmentél kísértetekre
vadászni és, ezek szerint, megtaláltad azt a nőt.
- Igen, meg, és hónapok óta együtt vagyunk.
Közben Polly csak fújta a magáét. – Aha, te meg
elhatároztad, hogy megnősülsz, utána pedig

Európában maradsz. De mondd meg, velem mi az ördög lesz? Itt állok egy gyerekkel nyakig befürödve! Lathea a kagylóból kiszűrődő ingerült kitörés hallatán elkerekedett szemekkel meredt rá.

- Sajnálom, elképzelni sem tudom, mit tehetnék érted. Mielőtt elkezdesz engem ostorozni, gondolkodj egy kicsit. Szeptembert írunk és én már februárban eljöttem Amerikából. A kihajózás előtti heteket New Yorkban töltöttem, miközben te haragszom-rádot játszottál Bostonban.

- Ezzel meg mit akarsz mondani?

- Mindössze annyit, hogy nem nekem kellett volna sürgönyöznöd a jó hírrel. Mellesleg nem is akartál gyereket, miért nem léptél időben?

- Esküvő nélkül nem akartam.

- Tehát esküvő nélkül? Akkor minek tartottad meg apa nélkül?

Halk szisszenés. – Egek! Orvos létedre arra célozgatsz…?

- Igyekszem racionálisan gondolkodni.

- Már magam sem tudom, mit reméltem tőled. De tudod, mit? Hallani sem akarok rólad többé – zárta le Polly a beszélgetést és, hogy szándékának nyomatékot adjon, köszönés nélkül bontotta a vonalat.

Tivy értetlenül tartotta el magától a kagylót és kérdőn Latheára sandított. – Ez nem akármi, ugye?

- Azt jelenti, hogy valaki gyereket vár tőled?

- Igen, valaki gyereket vár, csakhogy nem tőlem, ez biztos. Már akkor szólhatott volna, amíg New Yorkban voltam, mégsem tette. Csak most írt, ennyi hónap után. Sokkal valószínűbb, hogy az igazi felelőst nem sikerült nyakon csípnie, ezért kellek most én.

Lathea keserű mosolya meglepte, de mivel szólni semmit nem szólt, nehéz lett volna kitalálni, mit jelentett. Helyette sarkon fordult és a hálószobába tartott. A csendben Tivy hallotta a szekrény ajtajának, majd fiókjainak jellegzetes neszét, ahogy átöltözött.

Bosszúsan nézelődött kifelé a St. Annes Crescentre némán elátkozva magában Polly Turpint. Tudta, hogy a nő hazudik, mégis sikerült egy morzsa kételyt az agya egyik rejtett zugába plántálnia. Azt éreztette vele, hogy cserbenhagyja. A nap hátralevő részében minduntalan ezen rágódott és meg nem válaszolt kérdések közt kóborolt. Tekintetbe véve a távolságot azonban nehezen tudott volna az igazság nyomába szegődni. Lathea hallgatását hol tapintatként, hol elmarasztaló elzárkózásnak vélte. Este vacsorázni mentek Nathanékhez, később a házigazdák egy meghitt helyre vitték őket táncolni. Az andalító muzsika közepette Tivy a karjába zárta az asszonyt és a félhomályt kihasználva az illendőnél kicsit szorosabban ölelte. – Nagyon haragszol rám? - Inkább félek. Félek, hogy meggondolod magad és mégis az amerikai nőt választod. - Ez soha nem fordulhat elő! Lathea egy másodpercre a szemébe nézett, mielőtt a vállára hajtotta a fejét. Tivy mintha hallotta volna, amint azt súgja, szeretlek, de a zene mindent túlharsogott.

Tivynek csak az egyik önkéntes megbízatása volt a marazioni munka. Emellett három hónapja a porthkerrisi tábor összekötője is lett, aki többek között a gyógyszerkészletek feltöltését intézte. - Nézze, fiam, jól tudom, hogy az adminisztráció mindenkinek púp a hátán – fordult hozzá Cradock ezredes egy napon, amikor a táborban időzött. – Smith viszont egy rakás szerencsétlenség. Akármilyen első osztályú felcser, kész kuplerájt csinált a papírok közt. A feladat eleinte Tivy minden rémálmával felért. Hónapokra visszamenőleg az összes rendelésről, illetve szállítmányról készült dokumentumot át kellett néznie és egyeztetnie a tábori leltárral. A nehézségek egyik felét az jelentette, hogy elődje egyes gyógyszerekből gyakran teljesen felesleges készleteket halmozott fel, míg másokból nem vételezett. Emellett jóval komolyabb fejtörést okozott a beszállított és meglevő állományok egyeztetése. Smith az előírásokra fittyet hányva nem jegyeztette fel a kiadott tételeket, hanem újabb beszállítások előestéjén találomra készített leltárt. Ebből reménytelen feladat volt bármit is kinyomozni, semmi nem egyezett a valósággal. Cradock bizalma azonban rendíthetetlenül Tivy pártján állt, holott jó ideig ő sem szolgálhatott semmilyen eredménnyel. – Ne csüggedjen, fiam, Abe Lincoln se máról holnapra kebelezte be Dixielandet! Az ezredes derűlátása némi késéssel azért mégis beigazolódni látszott. A helyzet tisztázódott és valamiféle rendszert is fel lehetett fedezni mindabban, ami történt. Tivy első lépésként utasításba adta a tábor egészségügyi személyzetének, hogy akár a kórházban, akár kiképzésen, de a felhasznált anyagokat mind írásban dokumentálják. Másrészt egyértelmű kimutatást készített a raktárkészlet valós helyzetéről, záró akkordként pedig átalakította a tábor rendelési mechanizmusát, hogy a felesleges, felhalmozódott tételektől megszabadulhasson.

Az amerikai hadsereg az Atlanti-csata kedvező alakulása miatt elképesztő dömpingben kapta az élelmiszer-, illetve egyéb ellátmányt az anyaországból. A helyiek szűkölködéséhez viszonyítva olyan bőségben éltek, hogy sokszor már szégyenletes fényűzésnek tűnt. Ez viszont, legalábbis az ő szemében, messze nem jelentette, hogy pazarolni kéne. Következésképpen a felesleges készletek visszaszállításáról is gondoskodott. A hosszadalmas egyeztetést a londoni székhelyű elosztóval bonyolította, emiatt havonta legalább egyszer utazhatott a fővárosba. Cradock ezredest amúgy sem érdekelte, miben sántikál, amíg az ügyek láthatóan a kívánt irányba haladtak.

Éppen ezek a hivatalos ügyek foglalták le a délelőttjét, a hadsereg gépezete nem ismert hétvégét. Amikor az órájára lesve ráébredt, hogy erősen dél felé jár, egészen meglepte, milyen gyorsan elolvadt a nap fele. Lathea úgy tervezte, meglátogatja egy régi barát sírját Stepney-ben, ezért a fél egyre megbeszélt találkát a közelben szervezték meg. A City igazságos félútnak tűnt, a Cornhill sarka pedig biztonságosnak. A város pénzügyi szívét a németek csúnyán elpusztították az 1940-41-es légi háború alatt. Egyes szerencsés épületek kivételével, mint a Bank of England és a Tőzsde, egész háztömbök tűntek el, vagy maradt belőlük egyetlen hegynyi törmelék, ami nem tűnik el, amíg el nem jön a béke és nem akad pénz az újjáépítésre.

Az asszonyra várva ráérősen sétálgatott a környező utcákban. Vasárnap lévén az emberek kiöltözve, élvezve a szeptember hozta napfényt és szinte nyarat idéző meleget, sétálgattak. A földalatti környékén különösen sokan nyüzsögtek, fiatal rikkancs napilapot osztogatott, a fagylaltárus vaníliát meg csokoládét ajánlgatott. Tivy a háború előtti Londonra emlékezve, ám a háború sújtotta várost látva, unalmában az amerikai egyenruhákat számolgatta. Rengetegen voltak, mintha valósággal megszállták volna a jó öreg Londont. Lépten-nyomon katonákat látott, egyesek csapatostul vonultak ide-oda, mások magukra hagyatva. Nosztalgiával idézte fel azt az időt, amikor még egyetlen uniformist sem lehetett errefelé felfedezni, helyettük hajszálcsíkos öltönyök és keménykalapok jellemezték a City-t. Bankárok meg tőzsdei alkuszok eleganciája uralta a városrészt, az emberek önmaguk urai voltak.

Visszatekintő hangulatában ráfanyalodott egy napilapra, hogy valamivel elüsse az időt.

Lámpapóznának vetett vállal, fel-fellesve böngészte a címlaptörténeteket, melyeknek kivétel nélkül megvolt a háborús vonatkozásuk. Az egyik cikk, mely igazán megragadta a figyelmét, a Csendes-óceánon zajló eseményeket írta le. Az amerikai belpolitikát alaposan felbolydította a hír, hogy az Alaszkához közel eső Aleut-szigeteken Japán légibázis építésébe fogott és ezzel veszélyesen közel lopta magát az ország határaihoz. Nem csoda, mert az ellentámadás gyors és kemény volt. A harcok három hétig tartottak, melyekben kétezer japán esett el és csupán tizenegy került fogságba. A szigetcsoport szívét, Kiskát, augusztus 15-én szállta meg az amerikai hadsereg és akkor derült ki, hogy a japánok korábban elhagyták állásaikat. Ennek következtében nagyobb véráldozat nélkül is sikerült az ellenséget eltávolítani az amerikai partoktól. Az Aleuták, a Salamon-szigetek és Új-Guinea keleti részének elfoglalásával Amerika betört Japán külső védelmi övezetébe. Az átrendeződéshez, majd a valódi sikerhez azonban kulcskérdés lett volna Rabaul bevétele. A szigetet a japánok elképesztő technikai felszereléssel védték. Bunkerrendszerrel, erődökkel, tankcsapdákkal meg lövészárkokkal, továbbá százezres katonai hadtesttel, komoly légi és tengeri flottával. Mivel a Csendes-óceáni szigetek alkalmatlanul távol estek egymástól ahhoz, hogy az amerikai bombázók stratégiai felszállópályaként használják egyiket-másikat, olyan óceánjáró flottára volt szükség, mely alkalmas repülőgépek hordozására, indítására illetve fogadására, adott esetben javítására is. Amíg az otthoni hajógyárak előállították az igényelt flottát, összetoborozták az 5. amerikai flotta legénységét, hogy a 6. repülőgép hordozóval a japánok ellen indulhasson.

A cikk végére érve Tivy ismét alaposan körbepásztázta az utca mozgalmas mozaikját. Noha a földalatti és a busz megállója átellenben esett tőle,

Latheát eleddig nem fedezte fel. Már vagy húsz percet késett. Egy következő tudósítás a Németország ellen végrehajtott bombázásokat írta le, de ő unottan továbblapozott. A gyenge szellő megcibálta a lapokat a kezében, így kihasználva az alkalmat ismételten felnézett. Egy hirtelen szétszéledő csoportosulás takarásában ekkor végre felbukkant az asszony. Mosolyogva integetett át mások feje felett, mire ő megkönnyebbülten igyekezett megértetni vele, hogy nem kell sietnie. A közeli szemetesládába hajítva a napilapot átkelt az úttesten araszoló busz mögött. Lathea feltehetően rossz helyen szállhatott le, ez rögvest meg is magyarázta a késést.

Még egy terjedelmes háztömbnyi út választotta el őket, amikor halk morajlásra lett figyelmes. A morgásszerű hang gyorsan erősödött és szinte azonnal fülsüketítő sikollyal felsírt a légvédelmi sziréna. Elkésett, mert a járókelőknek annyi idejük se maradt, hogy a jelzést felfogva az óvóhely felé iramodjanak, máris süvítve alávitorlázott az első négy lövedék. A robbanások szilánkokra zúzták a tökéletes, napsütéses délutánt. Tivy nehezen térve magához gyászos képpel nézte, ahogy két épületbe csapódtak a bombák, utánuk pedig a folytatás ledöntötte az utca bal oldalán a szabóságnak otthont adó, négyemeletes házat. Az utcai front egyetlen falként zuhant az aszfaltra. A sikolyok és kétségbeesett kiáltások felett újabb robajjal felrobbant a piros busz, ami mögött az imént átszaladt. A kiégett roncs és a lángok látványa fejvesztett hisztériát gerjesztett. A többség a földalatti felé rohant, mások viszont a félelemtől megbénulva csak az árkádoktól remélhettek némi védelmet.

Óvatosan kerülgetve a mellette aláhulló törmeléket az utca közepe felé iramodott. A buszból meg a közelében lángra lobbant házból gomolygó fekete füst szállt fel, áthatolhatatlan függönyként ereszkedve az utcára. Hiába meresztgette a szemét és kiabálta Lathea nevét, ahogy a torka bírta, az asszonyt egyetlen századmásodpercre vélte felfedezni, majd körülbelül azon a ponton a következő pillanatban újabb épület adta meg magát. Az aláhulló darabok robaja felett emberi segélykiáltásokat vélt hallani. Oda akart szaladni, ám a buszban bekövetkező sokadik robbanás elzárta előle az utat. A repülőgépek jelentette veszélyre fittyet hányva vágtatott a rombolás képezte barikádok közt, hogy az első lehetséges helyen, egy taxi mellett átpréselődve átvergődjön az utca elzárt, túlsó oldalára. A félelemtől, hogy talán utoljára látta az asszonyt, amikor véletlenül megpillantotta a nagy kavarodásban, összeszorult a torka. Semmivel sem törődve csörtetett át mindenen, ami az útjába került. Az egykori házak maradványaiból képződött barikád túloldalán összeégett abroncsokat meg tucatnyi holttestet talált. Feltehetően a busz vagy a taxi utasai, illetve járókelők lehettek. Némelyikük a felismerhetetlenségig összeégett. Elborzadva surrant el mellettük, hogy megtalálja Latheát. Az utca másik végét ekkor óriási detonáció rázta meg, ő azonban oda se hederítve kutatott a leomlott homlokzat darabjai alatt. Vak igyekezetében átgázolt egy halott csuklóján, akit gyakorlatilag nyomtalanul belepett a tető szétzúzott szerkezete. Lélekszakadva félrehányt olyan elemeket, melyekről nehéz lett volna megállapítani korábbi funkciójukat. Az utcára ereszkedő síri csendben éles sikítást hallott. Balra nézett, ahol két test alatt mintha megmozdult volna valami. Oda botladozott, hogy a tíz körmével kezdjen ásni. Félredobálta a köveket, a téglát meg az ácsszerkezet maradványait, és ekkor már tisztábban hallotta a hisztérikus sírást.

- Segítség! Segítsenek már! Kérem!

Lélekölő másodpercek peregtek le, mire eljutott az agyáig, hogy rálelt az asszonyra. – Itt vagyok, Latty, várj egy kicsit.

Beletelt egy kis időbe, mire a törmelék alól elvonszolta a nagydarab férfi tetemét, aki Latheára zuhant. A másik halott egy nő volt. Mindkettőnek szétroncsolódott a feje és a törzs nagy része. Vérfagyasztó látványt nyújtottak szétszaggatva.

- Itt vagyok – emelte fel végül az asszonyt és bemenekült vele az egyik ház pinceszintre vivő lépcsősorának fedett részébe. A támadás ekkor végszóra mintha újult erővel indult volna, mert két velőt rázó durranást hallottak. Lathea felkiáltott a félelemtől. Az arcán végigfolyó könnyek völgyet szántottak a bőrére rakódott korom, piszok meg vér mezején. Szőke hajának alja láthatóan megégett a robbanásban, alighanem jó néhány inchet le kell majd vágni belőle. Az elszakadt ruha alól elővillanó vállán csúnya, mély seb bukkant elő, mely a súlyos zúzódás mellett felszíni égésnek látszott. Ahogy a közelükben levegőbe repült a busz, az lódíthatta őt is odébb, mert a teste össze-visszazúzódott. Mindenesetre a temérdek vér, ami belepte a ruháját, a karját, még a lábszárait, szerencsére nem az övé volt. Hogy sokkot kapott, azt a sírógörcs meg az utána átmenet nélkül érkező bénultság szavak híján is elárulta.

- Figyelj rám, drágám. Mid fáj? – söpörte félre Tivy a vértől és portól csatakos hajat az arcából.

A válaszra sokáig kellett várnia, mert Lathea mintha meg se hallotta volna a kérdést. Bénultan, zavaros tekintettel a mellére fektette a tenyerét. – Itt.

Először valami súlyosra gondolt, ezért gyorsan kinyitotta a ruhát, de nem talált alatta semmi többet horzsolásoknál és csúnya, ám nem végzetes bevérzéseknél. – Ó, szerelmem – nyögte megkönnyebbülten. – Az a férfi rád zuhant, ő nyomott össze.

Latheából, bár odasimult hozzá, ismét kitört a zokogás. Olyan keservesen sírt, ahogy gyerekek tudnak. Aztán a karjára tévedt a tekintete és, mintha nem is a saját végtagja lenne, élesen felkiáltott. – Vér! Megint vér! Öntudatlan, már-már tébolyult megszállottsággal kezdte dörzsölni a bőrét, a rászáradt vértől azonban így sem tudott megszabadulni. – Hagyd abba, kérlek – kisebb dulakodás árán Tivy lefogta, és erőszakkal felemelve az állát a szemébe nézett. A tekintetéből látta, hogy nincs magánál, pillantása üres lett, mint aki kábulatba esett. – Ne nézz oda, végy egy nagy levegőt... ez az, még egyet – gyorsan lefogta Lathea ismét mozduló karját és az arcát maga felé fordította, hogy ne láthassa a vért. A vörös látványától egészen transzba esett.

Közel egy teljes órán át gubbasztottak a lépcsőn, mialatt az asszony lankadatlanul sírt. Hol keservesebben, hol hüppögve, a világ minden gyötrelme ott volt a könnyeiben. Az a negyedóra, amíg a romok meg két vérző halott alatt feküdt, megfordította vele a világot. Tivy a puszta ölelésével próbálta vigasztalni, szavakkal alighanem még ennyit sem ért volna el. Nem létezik jó magyarázat, ha valakin úrrá lesz a rettegés. Miközben várták a segítséget, a kezdeti üres csendet lassacskán apróbb neszek váltották fel. Túlélők merészkedtek elő innen-onnan. A halottakat és a túlélőket keresgélték, saját szeretteiket. Ezek után a halál némaságába fülsüketítő robajjal törtek be a tűzoltókocsik meg a mentők. Egy feketére festett kocsiba négy markos polgárőr elkezdte berakni a holttesteket. Tivy elborzadva figyelte a jelenetet, egyben megdöbbent, hány csonka tetem kerül elő a rengeteg törmelék alól. Latheát úgy tartotta a karjában, hogy ebből a pokoli előadásból semmit se láthasson.

- Uram – szaladt hozzájuk az egyik fiatal polgárőr, ahogy a szomszédos házat vették sorra. – Őrnagy úr – ismerte fel a megviselt egyenruha vállpántját. –, a

hölgy? Él még? – Tivy biccentett, miközben
végigsimított az asszony hátán. – Biztos? Teljesen
összevérezte magát.
- Megsebesült és sokkot kapott, máskülönben nem
súlyos.
- Kívánja, hogy megnézzük? Ott van két szabad
mentőkocsi.
- Köszönöm, nem szükséges, magam is orvos vagyok.
A fiatalembert láthatóan bántotta a lelkiismerete,
amiért nem tud segíteni, holott az asszony
nyomorúságosan festett. – Mit tehetek önért?
- Rádión felhívhatná nekem az Amerikai Ellátási
Hivatalt.
- Amelyik itt van a közelben?
- Igen. Hálás lennék, ha küldenének egy kocsit, némi
fertőtlenítőt, meg kötszert. Tivy Rogers vagyok.
- Máris intézkedem.
Amikor magukra maradtak, Lathea bátortalanul
felnézett. Barna szemét rémisztően vörösre sírta.
Tekintete halálosan üres volt, mégis megfordult és
végignézett az utcán. Tivy egyetlen pillanatra
kételkedni kezdett, vajon tudja-e, hol van és mi történt
vele. Sejtése azonban nem igazolódott. Bár a
közömbössége is kimondhatatlanul fájt, ám ami az
arcán tükröződött, az ennél is jobban lesújtotta.
Lathea váratlanul a lábához kapott. Tivy, látva rajta a
fájdalmat, gyorsan felemelte a szétszaggatott
szoknyát. Először fért hozzá, hogy megnézze, milyen
sérülést szenvedett el. A combján meg a térdén mély
vágás szaladt végig, mostanra a beletapadt kosztól
elállt a vérzés, feltehetően emiatt nem lehetett látni a
nyers húst.
- Csúnya, de meggyógyul – jelentette ki bátorítóan.
Lathea azonban nem figyelt. Undorodva méricskélte a
ruháját, ami teleszívta magát vérrel. – Vér...

- Ne nézz oda, drágám. Hazaviszlek és szépen lecsutakollak, hogy ez az egész nyomtalanul eltűnik rólad. Fáj még valahol máshol is?

Az asszony vészterhes hallgatásba süllyedt. Szemét lecsukva megint odasimult hozzá és többé nem mozdult.

Latheának elviselhetetlen éjszakája volt. A lelki gyötrelmekhez képest mit sem számított, hogy testének minden pontja sajgott a fájdalomtól. Fájtak a lehulló épületdarabok okozta ütések, és szinte még magán érezte a szörnyethalt férfi élettelen testének súlyát, mely belelapította az úttest betonjába. Tivy összevarrta, majd gondosan bekötözte a sebeit, a kapott fájdalomcsillapítótól nemcsak a kínjai enyhültek, de el is szenderedett. Ugyanakkor az álmait semmilyen kezelés nem tudta legyőzni. Ijesztő élességgel kísértette a múlt, furcsa mód mégsem a délután friss emléke. Álmában az apjával harcolt, látta a kést megvillanni, mely több ízben is feléje sújtott. Már-már érezte, amint a penge a húsába szalad. Maga előtt látta a gonoszságtól eltorzult, fenyegető arcot, azután a testet, amint egy terjedelmes, még gőzölgő vértócsa közepén a torkába szúrt késsel fekszik. Annyira megdöbbentő volt az összecsapás, melyet az agya eléje vetített, hogy a rémület a legmélyebb álomból is képes volt kiragadni. A rémálom mámorából Tivy rázta fel.

Hálás volt a meleg ölelésért, amivel a férfi oltalmába vette. – Aludj csak, vigyázok rád.

Ő azonban csak megjátszotta, hogy alszik, mígnem Tivy felszínesen elszenderedett. Félt az újabb, zaklató árnyaktól, így egy darabig titokban nyeldekelte a torkát fojtogató könnyeit, végül pedig óvatosan felkelt és kiólálkodott a másik szobába. A kanapéra telepedve, felhúzott térdeit átkulcsolva, szabad utat engedett boldogtalanságának. A begyújtatlan kandallóba bámult, noha feltartóztathatatlan könnyei sűrű függönyén már nem látott át. Újra lepergett előtte az az éjszaka, amiről néhanapján azt remélte, idővel a múlt ködébe vész. Ehelyett átokként ült az egész életén. Túlságosan zaklatott és kétségbeesett volt azon morfondírozni, a délután eseményei miként kelthették életre azt a régi emléket, bár mit számítottak az okok, amikor újra itt volt. Befészkelte magát a gondolataiba, újfent megkínozva őt a tudattal, hogy vér tapad a kezéhez.

Nem érzékelve az idő múlását kucorgott magába roskadva, saját szerencsétlen sorsán rágódva, amit csak elvétve engedett meg magának. Ha gyakrabban megtette volna, annyi sérelemmel kényszerül szembenézni, amit képtelenség elviselni. Tivy éppen akkor toppant az életébe, amikor a magány és az elhagyatottság érzése már kezdték maguk alá temetni. Az ő szerelmében úszva könnyebben megfeledkezett a múlt árnyairól, ugyanakkor most kétszeresen is tudatosult benne, ez milyen ostoba önáltatás. Hiába veti magát teljes lényével ebbe a kapcsolatba, ami volt, azt többé semmi sem változtathatja meg. És akárhány észérvet talál ki, hogy felmentse magát a bűn alól, a lelkiismerete mindig figyelmezteti önnön gyarlóságára. Néha arra gondolt, lehet jó ember, ám egyetlen rossz lépése minden mást képes feledtetni és semmissé tenni. Máskor megpróbált arra gondolni, hogy ennél az önmagával folytatott örökös tusakodásnál az sem lenne rosszabb, ha sose szabadul ki a gonosz megtestesülésének halálos szorításából. Merthogy Milko Ternovsky maga volt a gonosz.
- Hajtsd ezt fel.
A simogató hangra riadtan kapta fel a fejét. Tivy állt előtte álmosan, kócosan, egyetlen rövidnadrágban, mezítlábasan. Elvette az üvegpoharat és felhörpölte a whiskyt. Égette a torkát, akár a forró láva, mégis engedelmeskedett. Tivy a rá jellemző tapintattal

semmit sem kérdezett. A párnákat félresodorva leült a kanapéra, hogy szétvetett lábai közé húzza és szorosan átfogja a derekát. Ő örömmel vette a kényeztetést, szerette mindig közel tudni magához. A bőre még meleg volt az ágyneműtől, az álla enyhén borostás. – Nem tudsz aludni?

- Nem akartalak téged is felverni, sajnálom.

- Fáj nekem, ha sírsz, Latty. Minden egyes könnycsepp késszúrás a szívembe.

- Ne mondd ezt.

Tivy keresztülfuttatta az ujjain a hirtelenjében megkurtított szőke fürtöket. – Bárcsak megóvhattalak volna attól, ami történt – sóhajtotta.

- Nemcsak ezért sírok.

- Nem? És az a rémálom?

Lathea elmerengve simított végig az őt ölelő karon. – Én voltam, akiről Soames olvasott.

A célzás azonban nem talált. – Tessék?

- Gyűlölni fogsz, ha elmondom.

- Kétlem, hogy bármi ilyesmit ki tudnál találni. Az életemnél is jobban szeretlek.

Ennek ellenére Lathea habozott. – Emlékszel Soames megjegyzésére? A cikk az erőemberről… meg a lányáról az újságban.

- Rémlik valami. Téged nagyon felzaklatott, de mi van vele?

- Én voltam – Tivy még most sem értette. – Megöltem őt – mutatta Lathea feléje a két kezét.

- Ó, kérlek, miket mondasz.

Ő pedig, ha szorongva is, de mindent elmesélt, amit csak sírás nélkül el tudott mondani. Mindent a szüleiről, a gyermekéveiről, az édesanyja haláláról meg az azt követő pokolról. Nyersen és úgy, ahogy megélte. Ahogy még most is ott motoszkáltak a kínzó történetek az agyában. Nem is a férfi megrökönyödött tekintete bántotta, hanem saját hangja. Nyoma se volt benne az imént még háborgó lelkiismeretnek. Amikor

hangosan elmondta mindazt, amit el kellett, mintha
önigazolást nyert volna.

- Jézusom, Latty! Miféle ördög karmaiban hagytalak
itt?

- Nem tudhattad, senki se tudhatta.

- Erwin Cowan se?

- Ő igen. Szembeszállt vele értem, de... az életünket
ezen a lejtőn ő se tudta megállítani.

Tivy megsimogatta az arcát. – Mindig sejtettem, hogy
annak a mélységes fájdalomnak, ami sokszor ott ül a
szemedben, valami súlyos oka van. De ez!

- Igen ez. Nem lehet túllépni rajta, Tivy. Soha.

- Viszont meg lehet próbálni. Te is megsebesültél?

- Kicsit.

A gyakorlott orvos pillantását nem kerülte el az apró
testhelyzetváltás, amivel ő ösztönösen behúzta a
hasát. Még az első együtt átélt éjszakán Tivy
megkérdezte, minek a maradványa a heg, ő azonban
egy kurta-furcsa, gyerekkori sérüléssel magyarázta.

- Mennyire kicsit? – Tivy a heg fölé helyezte a
tenyerét. – Ez lenne az? Drágám, ez csak komoly
műtét nyoma lehet.

Lathea megtört. – Nem emlékszem rá. Majdnem
semmire se.

- És erre emlékszel? – Tivy felfordította a jobb
tenyerét, benne annak a vágásnak a jóformán
eltünedező nyomával, amit egyszer régen ő maga
varrt össze. – Semmi köze az ügyetlenkedéshez,
hmm?

- Soha nem is hitted el, ugye?

- Az ember nemigen ejt ilyen mély sebet magán,
Latty, és főleg nem ebből az irányból.

- Sajnálom, hogy hazudtam, de te nem kételkedtél.

- Pontosabban nem forszíroztam a dolgot, mert
úgysem árultad volna el az igazságot.

- Nem, valószínűleg, nem – Lathea kinyújtóztatta az
egyik lábát. – Annyira szégyellem magam a délután

miatt. A vér látványától egészen elvesztem a józan eszem.

- Megértem, nekem is forgott a gyomrom attól a pusztítástól. Csoda, hogy nem haltunk meg mindketten.

- Akkor fogott el a pánik, amikor éreztem, hogy annak az embernek a nyakamba csorog a vére... olyan szánalomra méltó vagyok.

- Ne beszélj butaságokat.

Lathea nagy erőfeszítéssel szaladt neki a következő kérdésnek. – Megvetsz azért, amit az apámmal tettem?

Tivy az álla alá nyúlt, hogy szigorúan a szemébe nézzen. – Figyelj rám, drágám. Szeretlek és te vagy az egyik legcsodálatosabb ember, akit ismerek. Az apádról ezek szerint nem mondható el ugyanez. Terrorizált téged, hogy a saját, bűnös szokásainak élhessen. Szembeszálltál vele. Ha kevesebb szerencséd van, megölt volna, de ezt te is tudod, nem? Mégis arra számítottál, hogy most fogom a kalapom és távozok? Ilyet ne is várj tőlem.

- Meg kéne botránkoznod.

- És meg is botránkoztam. Ugyanakkor úgy látom, nem sok esélyed lett volna sokáig túlélni, ha az a vita nem robban ki. Az ilyen helyzetekből általában nincs kiút. Másrészt elégszer láttam Bostonban, hogy egy indulatos, heves összecsapás során rémisztően könnyű kioltani az emberi életet, nem kell hozzá megrögzött gyilkosnak lenni. Ez esetben a szerencse melléd szegődött – Lathea hálatelten ölelte át. Ismét közel állt ahhoz, hogy könnyek szökjenek a szemébe. – Ami Erwin Cowant illeti, nem ő volt a te embered – jelentette ki Tivy lágyan. – Megelégszem vele, ha boldoggá tudlak tenni, és semmi mással nem akarok foglalkozni.

- Az emberek gyilkosnak tartanak és...
tulajdonképpen az észérvek dacára én is sokszor
annak érzem magam.

- Én is gyilkosként fogok visszatérni a háborúból,
Latty, noha nem kéne annak éreznem magam, hiszen
az életemet kell megvédenem mostoha körülmények
közt, ahogy te tetted. Ne törődj az emberekkel, ők
nem ismerik a részleteket, megítélni sem tudják a
történteket, ahogy téged se – kis szünet után Tivy
hozzátette: – Kezdem érteni, miért mondtad, hogy
bűnös felnőtt lettél. De ez akkor sem igaz.

Mialatt Lathea hallgatott, Tivy fejében egyre
hangosabban dübörgött az önkritika, hogy nem kellett
volna ostobán elhinnie Betty Cowan hazugságait. Az
egész életük másként alakulhatott volna. – Mondd,
hogyan kerültél ki a börtönből? Az esküdtszék ítélete
önvédelem volt?

- Nem volt tárgyalás.

- Ezt nem értem. Ezek szerint le sem tartóztattak?
Tagadó fejmozdulat előzte meg a választ. – Az utolsó
emlékem az, hogy a nappalink padlóján fekszem és
rendőrök járkálnak fel-alá. Legközelebb már a St.
Mary's kórház képei vannak előttem.

- Hiszen az nem büntetés végrehajtási intézmény.
Hogy kerültél oda?

- Mischa intézte el.

- A férjed?

- Igen. Nyilatkozatot tett, hogy az apám verekedő,
iszákos alak volt, közveszélyes mindenkire. És
nyilván megkörnyékezte a megfelelő embereket, akik
intézkedtek az ügyben. De én csak utólag értesültem
róla, mert ő sose beszélt erről.

- Ó, mennyire bánom a hiszékenységemet – sóhajtotta
Tivy a tisztára mosott fürtökbe temetve az arcát. –
Amerikában mindvégig azt hittem, boldogan élsz
Erwin Cowannel és legalább az egyikőnk megtalálta,
akit keresett.

Lathea a szemébe nézett. – Nem tudom, tényleg méltó társad lehetek-e mindezzel a hátam mögött. Csodálatos és makulátlanul tiszta családod van, akik nem érdemelnek ilyen rokont.

- Egek ura, Latty, a családomra hivatkozol? Hiszen ez az egész nem tartozik rájuk.

- De...

- Nincs de! Nem tudnak róla és nem is kell tudniuk. Amikor az első délután beismerted, hogy ugyanúgy szeretsz, ahogy én szeretlek, minden eldőlt. Nem beszélve a tengerparton töltött leírhatatlan éjszakáról. Sose szerettelek volna olyan szemérmetlen hévvel, ha nem lettem volna meggyőződve, hogy hamarosan a feleségem leszel.

- Ezt így gondolod?

- Így bizony. És ha már itt tartunk, nem kéne valahol utánajárnod, hogy állítsák ki az özvegységedet igazoló iratokat?

- Máris?

- Máris? A férjed három éve halott.

Lathea könnyedén megcsókolta Tivy borostás állát. – Igazad van. Jean-Michel biztosan elintézi.

- Ki az a Jean-Michel?

- Mischa barátja, a Francia Követségen dolgozik.

- Pompás, ő a mi emberünk!

Tivy beleborzongott a szelíd érintésbe, ahogy az asszony tenyere végigszaladt a mellén. – Biztos ez a legjobb gyógyír?

- A legjobb. Minden tagom sajog. Mit gondol, doktor úr, tud nekem segíteni?

Az amúgy kacérságnak szánt felkérésben annyi magány és szenvedés is megbújt, hogy Tivynek nem jutott eszébe okosabb, minthogy még szorosabban ölelje az asszonyt és megpróbálja megértetni vele, hogy akármitől is terhes a múlt, ők ketten immár összetartoznak.

- Én szegény vagyok, csak álmaim vannak, de azokat a lábad elé rakom. Ám vigyázva lépj, mert az álmaimon lépkedsz[6].

- A te álmaid, Latty, az én álmaim is – felelte Tivy Saint-Exupéry szavait hallva.

Boldog volt, amiért a háta mögött hagyhatta az éjszakát. Hétkor szinte kidobta az ágy, jóllehet az ásítást alig tudta elnyomni. Lathea hosszú, álmatlan vergődést követően végre mélyen aludt, ezért óvatosan behúzta maga után a hálószoba ajtaját. A fejében visszhangzó képtelen vallomástól nem tudott szabadulni. Nemcsak a szavak csengtek vissza, de ugyanúgy maga előtt látta az elkínzott asszonyt a szófán kuporogva. Minél inkább belegondolt a részletekbe, annál rémisztőbb és sajnos valóságos színezetet kapott a történet. Az asszonynak természetesen igaza volt, a gyilkosság tényén mit sem lehet szépíteni, a körülményeket elemezgetve viszont el kell ismerni, hogy alighanem hosszú évekig tartó lelki és testi gyötrelem csúcsosodott ki azon az éjszakán, amikor utoljára rontott Latheára az apja. A helyzetet elképzelve nem is adódott kettőnél több lehetséges megoldás, az a mérhetetlen düh és gyűlölet az egyiküket el kellett, hogy pusztítsa.

A véres eseménytől elvonatkoztatva is megdöbbentette, miféle pokolban élhetett az asszony az édesanyja halála után. Már a megkéselt tenyér is az indulatok mérhetetlen eldurvulását jelezte, így kézenfekvőnek tűnt azt feltételezni, a gyilkosság maga csak a jéghegy csúcsa. Ezernyi vita, pofonok, verések, megaláztatások előzhették meg, hogy a végén az egész egy ennyire brutális verekedésbe torkolljon. Nem szívesen gondolt bele, milyen erőszakos részletek lehetnek még, amiket nem hallott.

---

[6] *Antoine de Saint-Exupéry: A kis herceg*

És mindezt levezetve magában, először értette meg az asszony eddig megfejthetetlen boldogtalanságának titkát. Meg azt is, hogy az a viruló lény, aki a Regent's Parkban elvarázsolta, talán akkor is villanásnyi időre bukkant elő és mutathatta meg magát. De hogy soha többé nem találhat már rá, ez a múlt fényében biztos.

A közeli boltba tejért meg egy reggeli újságért indult, de annyira élvezte a friss levegőt, hogy nem sietett vissza a lakásba. A St. Annes Crescent nyugalma tökéletes volt arra, hogy kiszellőztesse a fejéből az elmúlt huszonnégy óra zűrzavaros eseményeit.

Menetközben az időjárás előrejelzést olvasgatta, aminek az vetett véget, hogy beleütközött egy idegenbe. – Elnézését kérek, uram.

Az idegen megadóan felemelte a kezét. – Én is vétkes vagyok, bocsásson meg.

Tivy a lakásajtóhoz lépett, habár még egyszer hátralesett. Furcsállta a vadidegen tanácstalan téblábolását a házban, mintha céltalanul ácsorgott volna a csengők előtt. Azután jobb híján mégis meglódult a lépcsők irányába. Csakhogy amint ő a Hyland-Flake feliratú ajtóhoz lépett, megkönnyebbült hangon azt tudakolta: – Elnézést, itt lakik?

- Hmm, mondjuk. Mindössze néhány napig.

- Á, értem. Keresek egy fiatal nőt, akinek szintén itt kellene lennie, de hiába csengetek.

Tivy először az idegen akcentusára figyelt fel, noha egészen választékos és szép angolt beszélt. Egy-két orrhang tanúskodott arról, hogy gyaníthatóan külföldi, legesélyesebben francia. – Kihez van szerencsém?

- Chiari, Jean-Michel Chiari.

- És Latheát keresi, nemde? Akkor megtalálta – szívesen nevetett volna a másik örömén, ehelyett azonban kitárta az ajtót és beterelte. – Tivy Rogers, szolgálatára.

- Üdvözlöm, Mr. Rogers. Együtt szállt meg itt Latheával?
- Pontosabban én sem fogalmazhattam volna.

A francia arcán nem mutatkozott semmi, ő ennek ellenére biztosra vette, hogy alaposan meglepte a bizalmasan csengő hírrel. – Tegnap este beszéltem Laurel Doornnal. Ő árulta el, hogy Lathea a városban van. Őszintén szólva azért jöttem, hogy a szemére vessem egy régi ígéretét.

- Ó, és mi lenne az, ha nem vagyok indiszkrét?
- Amennyiben Londonban jár, legalább felhív.

Tivy a kényelmes kanapé felé bökött, mire a francia a zakóját szétnyitva le is ült. – Ez alighanem részben az én hibám, Mr. Chiari. Azért jöttünk ide, hogy bemutassam őt a családomnak.

- Bemutassa?
- Igen, belátható időn belül szeretnénk összeházasodni.

Jean-Michel elkerekedett szemekkel azt mondta: – Hűha! Ez aztán gyorsan jött.

- Hallottam róla, hogy barátok.
- Mondhatni. Mischa szinte a testvérem volt és Lathea, úgymond, megörökölt engem.

- Részvétem a barátjáért. Sajnos, mindannyian elveszítjük a szeretteinket ebben az ocsmány öldöklésben.

- Valóban.
- Ezek szerint lehet, hogy Ön az, aki segíteni tudna a papírok körül?

- Miféle papírok? – Jean-Michel elnevette magát. – Tudja, már a szótól a hideg futkos a hátamon. Mondja, miről van szó?

- Latty korábbi házasságára gondolok.

Jean-Michel hátradőlve keresztbe tette a lábait. Drapp nadrágján olyan vasalt él díszelgett, amit sokak a háború előtt láttak utoljára. – Tudja, Mr. Rogers, attól tartok, a bürokrácia manapság nem csillogtatja legfőbb erényeit. Mischát mostanáig hivatalosan csak Vichyben nyilvánították halottnak, következésképpen eltarthat egy ideig, amíg elintézzük a dolgot. Ugyanis az iratok mind a németek kezébe kerültek. Azért ha Lathea kitölti a formanyomtatványt, elvi akadályt nem látok. Különben itthon van?

- Igen is, meg nem is – Tivy kissé felderült az értetlen arc láttán, bár rögvest utána el is komorodott. – Tegnap ért minket egy kis… baleset a Cityben.

- A Cityben? Hiszen ott tegnap súlyos légitámadás volt!

- Balszerencsénkre átélhettük.

- Csak azt ne mondja, hogy….

Tivy bólintott. – A pokol közepébe keveredtünk, ahol Latty összeszedett néhány sérülést. Komoly sokk érte, amikor egy ház lehulló darabjai meg két holttest maga alá temette.

- Jézusom! – sápadt el Jean-Michel. – Látta orvos?

- Magam láttam el a sérüléseit és összevarrtam a vágásokat.

- Ó, ezek szerint maga az az amerikai orvos, akiről annyit hallottam? Marazionban segít ki, ugye?

- Igen, habár eredetileg londoni vagyok. A háború előtt mentem ki dolgozni Bostonba.

- Igazán örvendek.

- Higgye el, én is. Sokat hallottam önről.

- Remélem, semmi jót – kacsintott Jean-Michel. – Mondja, tudok beszélni Latheával?

- Erős nyugtatót adtam neki, az éjjel rémálmai voltak. Most már azonban bármikor felébredhet – lesett Tivy az órájára.

Jean-Michel elképedve ingatta a fejét. – Maga jól van? Nem sérült meg?

Tivy keserűen mosolygott, mielőtt óvatlan őszinteséggel kicsúszott a száján. – Itt bent egy kicsit meghaltam ma éjjel – tette a kezét a szívére.

A francia értetlenül bámult rá, majd tekintete odébb vándorolt. Tivy is felállt, ahogy felismerte a hálószoba ajtajának susogó mozgását a szőnyegen. – Felébredtél, drágám?

Lathea meggyötört fásultsággal felelt. – Pokolian hasogat a fejem.

– Máris hozok valamit, de addig is nézd, látogatód van.

– Jean-Michel?

– Én vagyok. Betolakodtam magukhoz, és, ahogy hallom, nem a legjobbkor.

Jean-Michel elébe ment és kivárva, míg az asszony megköti magán a kilazult köpeny övét, az egyik karosszékbe segítette.

– Ütött-kopott vagyok, ugye? – Lathea szégyenlősen kapott összekaristolt arcához, a nyakán levő lila foltot azonban már nem jutott eszébe elrejteni. Lehet, hogy nem is tudta volna.

– Mi tagadás, láttam jobb formájában is.

Az oldottnak szánt megjegyzés kissé elűzte a feszültséget. Lathea gondosan összehúzta a térdén a köpeny két szárnyát, úgy nézett a vendégre. – Nem hívtam, ne haragudjon.

– Jó oka volt rá.

Az apró félmosoly bukkant fel a nyúzott arcon. – A boldogság minden mást kivert a fejemből.

– Tehát boldog?

– Nem látszik? Csak nem egy összevert nőt lát bennem?

Jean-Michel csodálattal adózott lélekjelenléte előtt, amivel megpróbált felülkerekedni saját letargiáján, úgyhogy kacsintva azt mondta: – Megfordult a fejemben.

A következő reakció acélos keménységgel szólt. – Soha többé nem emel rám kezet férfi, ezt egy életre megfogadtam. Tivy elmesélte a tegnapot? – a hirtelen témaváltást nehezen lehetett követni.

- Ó, épp az imént. Csoda, hogy ennyivel megúszták. Állítólag hatvanhárman meghaltak és rengeteg a sebesült.
- Váratlanul jött az egész. A nyílt utca közepén sétáltam, amikor az első robbanások eldurrantak és a levegőbe repült minden. Egyszerre a busz meg a ház, aminél álltam.
- Örülök, hogy túlélte és hamar felgyógyul. Egyébként a barátja célzott rá, hogy hamarosan gratulálhatok?
A gyors ugrás valami szívderítőbb felé meglepte az asszonyt. – Mihez?
- Félreértettem valamit? Mintha Mr. Rogers esküvőről beszélt volna.
- Igen, az esküvő – söpörte hátra Lathea a szőke fürtöket.
- Nem kockázatos döntés ez? Ilyen kutyafuttában?
A kérdés olyan óvatosan és visszafogottan hangzott el, hogy muszáj volt odafigyelni a mögöttes utalásra.
– Ez egy régi szerelem, Jean-Michel, és még soha nem voltam semmiben annyira biztos, mint ebben. Akkor is, ha az egész gyorsan jött, nincsenek kételyeim.
Jean-Michel megköszörülte a torkát. – Értem.
Nem volt kétséges, hogy az esküvő, illetve az általa előtérbe kerülő iratok ügye, az elveszített barátot idézik benne. Lathea ezt meg is értette, hasonló érzésekkel küzdött ő maga is. Ugyanakkor Mischa rég meghalt, akkor is, ha az adminisztráció ezt nem erősítette meg. – Ne haragudjon, amiért fájdalmat okozok magának.
A rendíthetetlen diplomata maszkja mögül előbújt a barát lojalitása. – Elismerem, egy kicsit szokatlan még a gondolat, hogy más férfihoz tartozik, de… majd igyekszem hozzászokni.
- Talán önző dolog ilyen szemtelenül boldognak lenni.

- Ne mondja ezt! Mischa meghalt és ezen azzal se tudunk változtatni, ha fenntartjuk a látszatot. Márpedig kevés nyomósabb indokot találhatnánk az ügyek rendezésére, minthogy megtalálta azt, akit szerethet. Lathea hálásan mosolygott Jean-Michelre, aki komoly igyekezettel próbált úrrá lenni az érzésein. Ekkor Tivy megérkezett egy csésze friss teával, meg egy tablettával. – Mr. Chiari, megkínálhatom valamivel?

- Köszönöm, semmit nem kérek.

Tivy Lathea mellé ereszkedett a kanapéra, hogy a válla felett végigfektesse a karját a háttámlán. – Osszon meg valami jó hírt, ha bármi van a tarsolyában.

A váratlanul felderült arc jót sejtetett. – Nem is akármilyen hírem van. Biztos forrásból értesültem, hogy ma vagy holnap Olaszország kilép a háborúból. Mindketten elhűlve meredtek a franciára. – Tessék? De hát honnan tudja?

- Ugyan már! Ezt hívják hírszerzésnek. Mindig minden titkot kiszimatolni.

- Na, jó, de ilyet! Ugye, nemcsak viccel velünk?

- Távol álljon tőlem, Mr. Rogers. Olaszország fegyverszüneti egyezményt kötött a szövetségesekkel és ezzel be is dobta a törölközőt.

- Hihetetlen!

Akármennyire is elképesztően hangzott a hír, szeptember 8-án Olaszország hivatalosan is bejelentette teljes kapitulációját.

1944. március – június

33.

Lathea érdeklődve, bár kíváncsiskodását leplezve méregette Ambrose Forshamet. Jean-Michel nappalijában, ingujjra vetkőzve a szeszélyes márciusban, rendkívüli látványt nyújtott. Jobban szemügyre véve fikarcnyit se volt jóképű. Vöröses, dús hajával és éber, sötét tekintetével úgy festett, akár egy mesebeli róka, miközben mozgása párducokéra emlékeztetett. A háborús megszorítások dacára azt a képzetet keltette, mintha tejben-vajban fürödne. A legfinomabb tavaszi öltönyben, selyem nyakkendőben, és ha az ember jól szimatolt, a szobát belengte drága márkájú illatszere. A tökéletesen fazonírozott világfi a Royal Court hajdani vendégeit idézte benne. Zavarba ejtően makulátlan külsejéhez hallhatóan kifinomult beszéd társult, amit nagy valószínűséggel Oxfordban vagy Cambridge-ben tökéletesíthetett.

- A sok idióta évek óta a partraszállást hajszolja, mintha lóverseny lenne – vetette Forsham keresztbe a lábait bokánál. – Ezek a tökkelütöttek azt gondolják, Churchill meg Roosevelt nem látja, milyen életbevágó lenne a második front? Ugyan, csak nem akarnak ész nélkül belerohanni.

- Azért legyünk őszinték, Ambrose, az angolszász politikának annyira eddig sem volt sürgős. Nagyon is húzzák-halasztják a dolgot arra számítva, hogy a két ősellenség keleten megtizedeli és kifullasztja egymást.

- Nyilván, elvégre is a nácikból, köszönjük, nem kérünk, de Sztálin is mondvacsinált szövetséges. Ha Hitler nem rondított volna a szőnyegére, most ő is a hintaszékében pipázna és bele se gondolna, mi zajlik itt.

Jean-Michel mélyet sóhajtott. – Nyugtass meg, hogy a tervek azért készen állnak ahhoz a bizonyos partraszálláshoz?

- Még jó hogy! A terv kész és tökéletes, ahogy hallom. Mondanom se kell, hogy hét lakat alatt őrzik. Ami viszont a lényeg: többé a jenkik sem kukacoskodnak és rábólintottak a dologra. Teheránban megígértük Sztálinnak, hogy idén május-június táján megindul az offenzíva és be is tartjuk. Hátba támadjuk a németeket és hazazavarjuk mindet. Ennyi.

- Eisenhower?

- Ki más? A mediterrán főparancsnokságot Wilson már januárban átvette, úgyhogy Eisenhower megkapta ezt a széket. Ő az a fickó, aki majd megnyeri magának a katonákat...

Jean-Michel elhúzta a száját. – Őszintén szólva keményebb fellépésre számítottam a részetekről, hogy ehhez a meccshez egy brit kapja meg a sípot.

Forsham elhúzta a száját. – Így magunk közt, barátom, nem volt esélyünk ebben a játszmában. Az amerikaiak minden egyes esetben érvényesítik gazdasági és hadi fölényüket. Bár legyünk azért méltányosak, hiszen Eisenhower szerzett némi tapasztalatot Afrikában meg Szicíliában, nem most jött le a falvédőről.

- Ti intézitek a felszerelést?

- Nem egészen, de azért van hozzá némi közünk. A Hadügy annyira el van árasztva feladatokkal, hogy mi segítünk be nekik. A partraszállás összehangolt előkészületeket kíván. Például teljesen speciális hajókat, amivel minden felszerelést partra lehet tenni. Egy új hajóhadat építünk, az ipar megfeszített tempóban dolgozik. El tudod képzelni, hogy hullámtörőket meg úszómólókat viszünk át, amikből rögvest egy Dover nagyságú kikötőt lehet összetákolni? Gondolj bele, minden egyes partra tett négy-öt katonához számolnak egy járművet.

- Egek! És hányan masíroznak át? Már így is mintha tele lenne a város zubbonyosokkal.

Ambrose Forsham felnevetett. – Az ország számos pontjára telepítettek csapatokat. Összesen úgy kétmillió főt és eddig tizennégy-tizenhat tonna hadianyagot halmoztunk fel.

Jean-Michel nem is leplezte, mennyire elhűlt a számok hallatán. – Ezt mind el is puffogtatják?

- Bízom benne, hosszú az út Párizsig és még hosszabb Berlinig.

Megcsörrent a telefon, amit az előszobában valaki felvett. A házigazda az órájára lesett. – Lucy?

- Kétlem. Az anyjánál van Yorkban.

- Alaposan megleptél ezzel a választással, Ambrose. Lucy Rowland! A mindenségit, ő aztán éget, mi?

- Furcsa az élet, nem? Lucy egészen odavolt Mischa Kupolyevért. Emlékszel arra a csodás hétre Bowlersonéknál? A pokolba, már öt éve lett volna? 1939-ben, amikor az öregfiú hazatámolygott a tengerentúlról. Azután hallottuk, hogy Rosy Bowlerson kivetette rá a hálóját.

Jean-Michel titkon Latheára pillantott, aki elmélyülten böngészett egy könyvet, ám az ismerős név említésére felkapta a fejét. – Hiszen meg is feledkeztünk a másik vendégemről – terelte el gyorsan a szót a talán kínossá váló nőügyekről.

- A te hibád.

- Elismerem. Végtére is én vagyok a házigazda.

- Egyrészt. Ráadásul azon túl, hogy bemutattad Miss Trashburnt, lehetőséget sem adtál megismernem őt.

- Attól tartok, ez unalomba fullasztó történet lenne, uram.

Forsham káprázatos mosolyt lövellt az asszony felé. – Ne szerénykedjen, aki ilyen gyönyörű.

- Köszönöm.

- Tulajdonképpen, amikor a segítségedet kértem –
vágott a közepébe Jean-Michel diplomatikusan. –,
Latheára gondoltam. Férjhez szeretne menni, de
egyszerűen képtelen vagyok hiteles halotti
bizonyítványt szerezni az özvegysége igazolásához.
- Meglepsz, cimbora, ez egy szimpla, adminisztratív
ügy.
- Annyira mégsem. A férje ugyanis francia volt, az
elesett katonák iratai viszont Vichyben rekedtek. Az
én beszari főnököm, bocsásson meg, Lathea, vagyis a
nagykövetünk, semmit nem hajlandó aláírni írásos
bizonyíték nélkül. Forsham megvonta a vállát. – Biztos, hogy meghalt? –
Jean-Michel biccentett. – Ez esetben, asszonyom,
kössön itt házasságot. Ebben a háborús káoszban az
angol meg francia papírok soha nem fognak
találkozni.
- Csakhogy az előző esküvő is Londonban volt.
Forsham látható meglepetéssel nézett Latheára.
- Igen, Ambrose, ez itt a bökkenő – ismerte el Jean-
Michel. – A követségen rendeztük az esketést, ezért
hivatalosan be kellett jelentenünk, legfőképpen a
későbbi állampolgársági huzavona miatt. Most meg
azt szajkózzák, hogy a katonakönyv, illetve a halotti
bizonyítvány nélkül semmit nem állítanak ki.
- Miközben azok Franciaországban vannak?
- Úgy ám!
Forsham az állát vakarva méricskélte a bajba jutottat.
– Nem akarok ünneprontó lenni, de nem tud egy kicsit
várni?
- A vőlegényem a frontra készül.
- Á! Nagy kár.
- Ambrose, a fenébe is, itt ülünk a pácban és hónapok
óta tiszteletköröket futok a hivatalokban – tört ki
Jean-Michelből panaszosan. – Nem akarom többé azt
hallani, hogy várjunk.

- Olyan izgatott vagy, mintha történetesen te lennél a vőlegény.

- Ne vigyorogj az én rovásomra, hallod-e!

Forsham megadta magát. – Jól van, ne veszítsd el a hidegvéred. Hogy hívták az elhunytat, utánanézek az ügynek – mélységes csend támadt, ahogy Jean-Michel ismét Latheára függesztette a tekintetét. – Hahoó, talán nem volt neve?

- De volt, Ambrose, ami azt illeti, Mischáról beszélünk.

A hatás minden velejárójával megjelent Forsham arcán. Bénultan ült egy darabig, majd szögletes mozdulatokkal feltápászkodott. Sötét szeme elválaszthatatlanul Latheán csüngött, aki azt sem tudta, mit mondhatna a vallató pillantás súlya alatt. – Uram atyám! Ön?

- Mit jelentsen ez?

Forsham rögvest Jean-Michelre dörrent. – Az ördögbe, neked nincs szád? Miért nem szóltál előbb? Röstellem, grófné…

Lathea is felállt. – Nincs mit röstellnie, uram – nagy levegőt vett. – Én kértem Jean-Michelt, hogy ne árulja el.

- De hát miért? Mischa nagyszerű barátom volt.

- Ön egyszer már ismeretlenül nagyon sokat tett értem, valamikor régen, amiért nem lehetek elég hálás.

Forsham minden merengés nélkül tudta, miről van szó. – Tartozom egy vallomással. Amíg Mischát az ön iránti fellángolása vezette, én jogász vagyok, aki hisz az igazságszolgáltatásban. Akadnak tévedések, ám ettől a rendszer még jól működik. Mielőtt végleg megkapta volna a bíróság felmentő határozatát, én körbeszaglásztam azt az ügyet. Már megbocsássa, de az édesapja züllött alak volt, és ha nem hal meg abban a verekedésben, felakasztották volna.

Lathea egészen megdöbbent. – Miről beszél, Mr. Forsham?

– Már nem emlékszem a pontos dátumokra, de talán 38-ban lehetett, amikor három társával hónapokat töltött Brightonban. Lopás, rablógyilkosság, erőszak, késelés, tekintélyes listányi volt a rovásán. Számára, akárhogy is nézem, a maguk vitája a legjobbkor jött, máskülönben a rendőrség már a nyomában járt.

– El se tudom hinni.

Forsham elhúzta a száját. – Azt feltételezte, megvetem azért, mert megfordult a Pentonville-ben? Ó, nem! Azoknak, akik nem tűrik az apja-féle alakok élősködését, a legnagyobb megbecsülés jár. És higgyen el nekem valamit, maga lett volna a következő áldozata.

– Ne mondja ezt!

Forsham szemébe különös fájdalom költözött. – Mischa egyik csodálatra méltó tulajdonsága az emberismeret volt. Ha szerette magát, az önmagáért beszél.

Jean-Michel, aki szintén letaglózva hallgatott, azt kérdezte: – Valamit nem értek. Amikor hagytad, hogy Mischa kihozza Latheát a Pentonville-ből, még nem tudhattad, mi történt közte meg az apja közt. Akár bűnös is lehetett volna.

– Felhívtam a börtönt és megtudtam, hogy életveszélyes sérüléseket szenvedett el. Mischa ragaszkodott hozzá, hogy felvállalja a gyógyíttatását, de azután hazament Párizsba, és amíg odavolt, mi nyomoztunk egy kicsit. Bocsássa meg a nyíltságomat, asszonyom, de az akkori állapotának tükrében igen csekély kockázatot vállaltam. Ha bebizonyosodik a bűnössége és mégiscsak túléli a sérüléseit, bármikor visszavitethettük volna a rács mögé.

Ekkor a kinyíló ajtó résében Szása bukkant fel. – Uram, Miss Barrault kereste telefonon.

– Üzent valamit?

- Igen, azonnal be kell mennie a követségre. A kocsit már elküldték önért.
- Köszönöm, Szása, megyek – az asszony távoztával Jean-Michel Latheához fordult. – Rettenetesen sajnálom, amiért nem vihetem ki a vonathoz. A kocsit ugyanakkor visszaküldöm magáért.
- Nem jelent gondot, így is lekötelez a segítségével.
- Ha neked úgyis rohannod kell – kezdte Forsham. –, átvállalom a kíséretet a grófné oldalán.
- Nagyon köszönöm, Ambrose.
A házigazda az ablak alól felharsanó dudaszóra felkapta aktatáskáját és lóhalálában elrohant.
- Mit szólna egy ebédhez? – vetette fel Forsham. – Mikor indul a vonata?
- Háromkor.
- Ó, pompás! Két fogás még belefér.
- Nem szívesen tartom fel.
Forsham elhárítóan intett. – Szó sincs róla. A feleségem távollétében szalma vagyok. Különben is akad egy történet a tarsolyomban, amit feltétlenül megosztanék önnel, főleg, ha visszatér Cornwallba.
- Csak remélni merem, hogy semmi köze az apámhoz. Amit elmesélt…
- Felkavarta – bólintott a férfi. – Megértem és bánom a tapintatlanságomat, mellyel feltéptem a régi sebeket. Amit viszont most akarok elmesélni, azt tényleg tudnia kell. Menjünk és keressünk egy jó éttermet.

Lathea megtalálta az ebédlőasztalon az üzenetet, amely Doreennak szólt, ám egyben őt is útba igazította, merre találja Laurie-t. A tavasz volt az öreg legkedvesebb évszaka, ami ismét ellenállhatatlan ihlettel kopogtatott be hozzá. Ilyenkor megragadta a festőállványt meg a kis faládikát és egész napokra nyoma veszett. Ahogy ő fogalmazott, üldözte a zsenialitás, aminek nem állhatott ellen. Ő a maga részéről sose értette, vajon valaki, akit a sors ilyen lenyűgöző tehetséggel áldott meg, hogyan maradhat ennyire érzéketlen saját alkotásai nagysága iránt.

Szemernyit sem konyított a művészethez, a festészetről is csak a Parisianben töltött évek alatt kezdett megtanulni ezt-azt, mégis lebilincselte az a mód, ahogyan Laurie az őt körülvevő világot ábrázolta. A vásznon valóságos csodát keltett életre. A szürkék, zöldek, kékek, pirosak és sárgák megszámlálhatatlan árnyalatával jelenítette meg a természetet és tárgyi közeget. A portrék megannyi érzést és emberi méltóságot közvetítettek, a modellek jóformán leléptek a vászonról. Éltek, ugyanúgy személyiséget nyertek alkotójuk bűverejű ecsetje nyomán, mint a hús-vér emberek. Lathea a legjobban azt a portrét szerette, amit az öreg Emericónak festett Anne-ről. Azon a képen hihetetlen ravaszsággal egyszerre ábrázolta a fiú szerető anyját, meg az érzéki, szerelemre éhes asszonyt, aki az ő társa volt. Látta a saját portréját is és hízelgett neki, amiért Laurie ennyi szépséget talált benne, noha tartott attól, van a dologban jócskán művészi torzítás is.

Ugyanakkor legalább ennyire csodálta a tájképeket is. Nem ismerte a különféle festészeti technikákat, ezért a maga hétköznapi tudásával, fellengzős elnevezések alkalmazása nélkül elfogadta, amikor Laurie azt mondta: – Ez a maszatolás.

És valóban annak tűnt. A sűrű festék rétegekben száradt a vászonra, ám hátrább lépve az ember döbbenten vehette észre, hogy ebből a maszatolásból büszkén domborodik ki a cornwalli táj a metszett oldalú sziklákkal, a hullámzó fűvel borított dűnékkel, de az egyik műremek éppen a Parisiant meg az ezerszínű virágok kavalkádját örökítette meg. A hatást leginkább az élethű színek érték el, no meg a sajátos technika, amitől az egész festmény azt a benyomást keltette, mintha a nézelődő egy tovasuhanó vonat ablaka mögül szemlélődne. Az éles kontúrok helyett

Laurie rajongott ezért a kevésbé precíz rajzolatú megoldásért márpedig ő kívülállóként nem is tehetett egyebet, minthogy egyetértett. Ahogyan az öreg az e föld iránt táplált szeretetét belopta a képeibe, és bennük lüktetett színes, derülátó és életszerető személyisége, az egyéni ízt adott minden egyes munkának. A képek egyek voltak vele.

Már messziről észrevette őt. Sárga kabátja riasztó ellentétben állt a buján zöldellő tájjal meg a sziklák lábát nyaldosó, ma éppen kékesszürke tengerrel. Barna kalapját, melynek karimáját egyszer egy kutya már megkóstolta, vékony szíjjal rögzítette az álla alá, így egyedül a tetejére biggyesztett madártoll lobogott vészesen a szelek szárnyán. Az állványra igazított kisebb méretű vásznon dolgozott, baljában a festőpalettával, mely évtizedek színeit viselte már magán. Alkotó szellemét azonban meg kellett osztania Corey-val. A kisfiú apró takarón gubbasztott a lábánál és elmélyülten húzkodta a szén rudat egy hatalmas, fehér papíron. Elmúlt hároméves és nemcsak a zenében, de Laurie meggyőződése szerint a rajzolásban is felcsillantott annyit, amire érdemes odafigyelni. Született pedagógusként bíztatta, hogy alkosson kedve szerint. Megmutatott neki ezt-azt, amitől a kisfiú csak jobban megszerette az egészet, cseppet sem zavartatva magát a széntől befeketedő ujjai miatt.

- Hahóó!

Az öreg felnézett, arcára meleg mosoly költözött. – Ó, kedvesem, hiszen tegnapra vártuk.

A szemrehányásnak nem volt éle, Lathea nem is vette a szívére. Odasétált hozzá, megölelte, ahogy mindig.

– Csak nem hiányoztam?

- Miért ne hiányzott volna? Nem is beszélve Mr. Carrough-ról, aki ma még ide is telefonált panaszkodni egy kicsit.

Lathea jót mulatott a gúnyos grimaszon, mielőtt Corey lankadatlan hívásának engedve mellé ereszkedett a takaróra. – Édesem, gyönyörű – vette kézbe a művésztanonc rajzát.

- Ez te vagy.

- Tényleg?

Laurie is közelebb hajolt. – Nem rossz, gazfickó, de az én fülem vajon mitől lett ilyen csipkézett? Akár egy búbánatos elefánt-bébi, hm?

Lathea ismét kényszert érzett, hogy felkacagjon, bár se módja, se ideje maradt rá, mert a gyerek továbbra is lankadatlanul magyarázta neki a részleteket. – Ez Rozsda. Laurie ad barna színt, hogy kiszínezzem.

- Nagyon szép lesz. Ügyes vagy – a bóktól valósággal felragyogott a kicsi arca. – Jelent valami rejtett tartalmat, mert a kutya jobban hasonlít az eredetijére, mint a maga portréja? – kacsintott Lathea az öregre rögtön elnevetve magát a megjátszott bosszúságon.

- Ne cukkoljon engem, szép hölgy. Nem akarok a kutya mögött kullogni jelentéktelenségbe veszve.

Lathea engedve Corey unszolásának az ölébe emelte. Meg-megsimogatta, ahogy ismét kézbe vette a táblát és megragadta a színes ceruzát, amit Laurie-tól kapott.

- Hogyhogy csak ma szabadult abból a bűnös városból?

A férfi kíváncsiskodására Lathea felnézett. – Tegnap érdekes ismeretséget kötöttem.

- Nocsak, találgathatok? Férfi?

- Talált. A foglalkozása?

- Igaza van, inkább megadom magam. Tehát?

- Ambrose Forshamnek hívják és régen Mischa baráti köréhez tartozott.

A kék szemek elkerekedtek. – Kicsi a világ, de ennyire?

- Jean-Michel bábáskodott a találkozó megszervezése felett, ugyanis Mr. Forsham jogász. Talán ő több szerencsével jár és sikerül dűlőre jutnia a papírjaimmal.

- Nagyszerű lenne. Ezek szerint akadt megbeszélnivalójuk.

Lathea szórakozottan megborzolta Corey vörös kunkorokba fonódó tincseit, mire a gyerek folytatásra várva elkapkodta a fejét. – De azért másról is szó volt.

- Hm? – a kalap foszlott karimája rejtekéből kérdő pillantás villant.

- Neda Keatonról – súlyos némaság. – Most mondja, hogy kicsi a világ.

Laurie nem mondta, sőt, az ecset megállt a kezében. – Éppenséggel mondhatnám, noha nem hiszek az ekkora véletlenekben. Vajon mi érdekeset tudhat ez a Mr. Forsham az irodájában gubbasztva Neda Keatonról? – tudakolta gyanakodva.

- A távolság dacára meglepően sokat.

- Sokat, sokat, mégis mit?

Lathea nyíltan a kék szemekbe nézett. – Miért nem árulta el, hogy ő keserítette meg az életemet, amikor azok az ügynökök Marazionban tartózkodtak? Mert tudta, ugye? – egy végtelennek tűnő percre az öreg elmerengve nézegette a tengert. Zárkózott arckifejezése nem regélt arról, szándékozik-e válaszolni, vagy se. A víz felől támadó szélben a homlokába húzta viseletes fejfedőjét és hallgatott. – Laurie?

- Ez a kettőnk ügye volt, kedvesem – bökte ki végül fanyar mosollyal a szája sarkában. – Neda ostobán és alattomosan viselkedett. Ahelyett, hogy engem vett volna célba, magán töltötte ki a haragját.

- Akkor miért gondolta meg magát olyan hirtelen?

- Úgy is fogalmazhatnék, hogy jobb belátásra tért.

- Mitől?

- Eltársalogtunk egy kicsit a múltról.

Lathea cseppet sem meggyőződve ingatta a fejét. – Nyomós érvek lehettek a tarsolyában.

- Azok voltak, nagyon is.
- Értem.
Corey nyűgösködni kezdett. – Éhes vagyok.
- Tudod mit, barátocskám? Én is – csatlakozott Laurie
rögvest menekülve a kínos vallatás elől.
Hirtelen fellelkesülve összepakoltak és kényelmes
tempóban hazafelé vették az irányt. Jó húsz perces
séta volt a fennsíkon keresztül, majd a sziklák között
egy enyhe lejtőn a dűnék felé. Ezután választhattak,
hogy a tengerparton haladnak, vagy átvágnak a
mezőn. A délután dereka táján meleg napsütésben
sétáltak, mígnem Corey kilőtt és elveszve a rét
zöldjében el is döntötte, melyik utat részesítsék
előnyben.
Laurie a bungaló mellett a ház felé bandukolt tovább,
mialatt Lathea a kisfiúval lemaradt. Corey izgatottan a
homokozóba vetette magát, ahol egy alakuló torony
formáját lehetett felismerni. – Óooha!, ez meg
micsoda?
Szeretettel figyelte a kicsi fürge mozdulatait. Két
hónapja ünnepelték a harmadik születésnapját. A
tortán levő gyertyák elfújása meg a családi vacsora
igazán vidám estét loptak az életükbe. Az ünnepelt új
nadrágjában feszített, amit meglepetésként ő készített
neki, és a piros csíkoktól tarkálló pulóverben, azt
Carlától kapta. Valószínűleg megint Laurie tapintott a
lényegre megjegyezve a tortát cipelő gyerek láttán: –
Maholnap felnőtt lesz.
A megállapítás igazsága, amilyen fájdalmas volt,
annyira büszkévé is tette Latheát. Amióta Betty
Cornwallban hagyta a fiát, minden szeretetüket,
gondoskodásukat a kicsire ruházták.
Bizonytalanságaikat igyekeztek optimizmussal és
ragaszkodással pótolni, a nélkülözés dacára is
megadni neki mindazt, ami lehetséges. Nem
számítottak a nehézségek, ha jutalmul Corey
boldogságát láthatták. És a másfél évnyi szülői szerep

nemcsak átformálta őket, hanem el is feledtette, hogy a kicsi tulajdonképpen egyikükhöz sem tartozik. Ha nem is vérségi kötelék volt köztük a kapocs, de valami sokkal fontosabb, a szeretet. A kicsit ő ápolgatta és nevelte, szinte mindent Laurie-tól tanult, nem ér ez többet a vérszerinti rokonságnál? Egyedül az ő dicséretük, hogy egy anyátlan-apátlan kis árva ennyire felszabadult és boldog lehet a háború nehéz éveiben. Olyan emberpalántát neveltek belőle, aki ezekre az évekre alapozva kiegyensúlyozott, szeretetet ismerő emberré cseperedhet. Fokozatosan kezdték felfedezni, mihez van tehetsége és erejükből tellően támogatták, bíztatták, hogy megismerje azt a szabad szellemet, amit csakis Laurie olthatott belé.

Corey felnézett azokkal az elképesztően zöld szemeivel a munkából. Szeplős arcán a világ legcsodálatosabb mosolya nyílt és a következő pillanatban a gyerek teljes odaadásával ugrott Latheára, hogy a dús fűben hemperegve gyűrjék le egymást. Hamarosan elégtétellel kijelentette: – Győztem!

- Már megint?

- Megint! Megint! – ujjongott Corey nem leplezett diadalmámorban.

- Héhé, te rosszcsont, vered anyádat?

Az ismerős hangra mindketten a ház felé sandítottak. Emerico vászonnadrágban, rövid ujjú ingben sietett feléjük. Frissnek látszott, derűs kedvének megfelelően csupa vigyor volt a képe. – Ez a két váll bármelyik arénában győztes lehetne.

- Győztem – ismételte Corey.

- Kétségtelen, bajnokom.

Emerico megállt mellettük, és amíg egyik karjára ültette a gyereket, a másik kezét Lathea felé nyújtotta, hogy felsegítse. – Jó estét!

- Jó estét. Milyen elegáns.

- Úgy találja?

- Kifejezetten. Csak nem randevúra igyekszik?

A férfi jellegzetesen déli nyíltságával felnevetett. Megnyerő volt, fiatal, miért is habozott volna? – Mennyire igaza van. És ha kirázza a füvet a hajából, már indulhatunk is.

Lathea megrökönyödött. – Velem?

- Miért is ne? Mindketten szalmák vagyunk, nemde? Csapjunk egy görbe estét.

Corey kíváncsiságtól tágra nyílt szemekkel nézett Emericóra. – Görbe?

- Úgy van. Tudod, mi az, hogy görbe, barátocskám? A gyerek magabiztosnak tűnt. – Nem egyenes. A fal nem görbe, a papa mondta.

- De nem ám! – kócolta meg Emerico a vörös fürtöket.

- Mit forgat a fejében?

- Csak semmi gyanakvás. Apámhoz váratlan vendég érkezett, akivel jobb, ha négyszemközt beszélget. Ahogy hallom, ősidők óta nem látták egymást. Úgyhogy elvisszük ezt a gézengúzt Nickhez, aztán jöhet a filmhíradó és egy kellemes vacsora a Promenade-on. Mit szól?

Visszautasításról szó sem lehetett, noha Latheát furdalta a kíváncsiság, ki lehet a titokzatos látogató, akinek a felbukkanása őket egészen Penzance-ig űzi. Laurie rendszerint nem csinált titkot az életéből, se az ismerőseiből, ezért tűnt ez a fordulat annyira rejtélyesnek. Emerico határozottsága láttán a találkozó még valamiféle kimondatlan jelentőséget is nyert.

Ők mindenesetre beszálltak Laurie autójába, ami az amerikaiaknak hála hosszú idő után végre benzinhez jutott. A tavaszi alkonyatban Corey egy dalocskával próbálkozott, amit Laurie ültetett a fülébe. Lathea örömmel csatlakozott hozzá és összeütögette a két tenyerét. A lelkes sikolyok kiszűrődtek a meleg estébe. A vidám zötykölődés és a remek hangulat megtette a maga hatását.

- Mi van veletek? – pislogott Carla a nevető arcokra, ahogy a házuk előtti bejáratnál várta az érkezésüket. Mint máskor is, Corey rohant elől. – Görbe este! Görbe este! – kiáltozta Carla felé már messziről.
- Ó, te jó ég! – nyögte Emerico. – Miket meg nem tanul egy gyerek – de Carla csak kacagott, ahogy Corey egy cuppanós puszi után berontott mellette a házba.

Latheában mély nyomot hagyott ez a kép. Életének néhány pillanata, legyen akármilyen jelentéktelen, mint ez, mindennél élesebben ivódott az emlékezetébe. De akkor a járdán toporogva a meleg, majdnem áprilisi estében törékeny boldogságot kapott. Olyasmit, ami elkerülhetetlenül tovaszáll, az íze valahogy mégis időtlen. Kár, hogy kellemes hangulatát már a filmhíradó első kockái elfújták. Lassan négy éve nézte a háború képeit a vásznon, pusztulást, halált és kilátástalan küzdelmet. Jóformán már meg sem döbbentették a Szovjetunióból érkezett felvételek, melyek a mérhetetlen nyomort és kínszenvedést lopták a tudatába. Ahogyan a Németországban végrehajtott bombázások nyomán maradt pusztaság is hidegen hagyta. Mindenki tudta, mi folyik Európában. 1944. a gátlástalan mészárlás évének ígérkezett. A közelgő partraszállás ott lógott a levegőben, mindenki sejtette, hogy elkerülhetetlen, itt Cornwallban a saját bőrükön is érezték, noha hivatalosan makacs hallgatás övezte. Dél-Anglia fulladásig megtelt katonákkal, főleg a partvidék. Bármerre is néztek, táborok, dzsipek meg egyenruhák jelezték a rohamosan felduzzasztott haderőt. És jóllehet a hivatalos hírforrások ódzkodtak a hadműveletekről beszélni, a köztudatba 'invázióként' bevonuló esemény közeledtét senki nem tagadta. Február 20. és 26. között az év véres nyitányaként a szövetséges gépek porig bombázták a német repülőgépgyárakat. Mindenki az amerikai P37, P38 és

Mustang P51-es repülőgépek győzelméről, illetve a Luftwaffe általános vereségéről szónokolt. A németek még a saját légterüket sem tudták megvédeni, nemhogy támadásokat indíthattak volna. A februári rajtaütés után a légierejük már-már felmorzsolódott. A heves bombázások több ezer legyártott repülőt a földön, vagy még a futószalagon értek, ez pótolhatatlan veszteségnek bizonyult. Az olaj- és vegyipar elleni sorozatos támadások folytatódtak, melyek az üzemanyag ellátást jelentősen hátráltatták. Egy hónapja a brit és amerikai gépek szisztematikus módszerrel fontos közlekedési csomópontokra csaptak le. Amint híre ment, hogy a francia ellenállás hathatós közreműködésével franciaországi célpontokat is megtámadnak, többé senkit nem tévesztett meg a politika hallgatása. Ezt a lépést csakis az eltervezett invázió előkészítő hadműveleteként lehetett értelmezni. Alighanem a német hadvezetés is így láthatta, mert a Magyarországról átirányított páncélos hadosztály mellé további kettőt rendeltek át a keleti frontról. A megszálló csapatok erősítést kaptak a bretagne-i félszigeten és a Földközi-tenger térségében is.

A keleti Promenade-on Lathea saját gondolataiba temetkezve sétált Emerico oldalán. – Valami baj van? – kérdezte a férfi egy idő után.

- Hm? Ó, nem, egyáltalán nem.

- Mintha egészen másfelé járna az esze.

- Valóban. Azokat a képeket látva Németországról meg Franciaországról az a képtelen gondolat ötlött fel bennem, hogy már nem is emlékszem, milyen volt az élet a háború előtt... Ostobaság, ugye? Visszanézve annyira hosszúnak tűnnek ezek az évek, mindig ugyanaz: halál, gyász meg fegyverek.

- Mit csinált a háború előtt? – vetette közbe Emerico kivételes érzékkel.

Ekkor már a Promenade egyik éttermének hátsó traktusában ültek egy kecskelábú faasztalnál és tengeri halakat fogyasztottak különleges burgonyakörettel. A meleg este dacára az ablakok elé vont sötét függöny jelezte a valóság határát. Egyedül a pislákoló gyertyák tompítottak valamelyest a lehangoló hatáson.

- Stepney-ben születtem – felelte Lathea lemondóan, már-már keserűen. –, ami nagyjából behatárolja a lehetőségeket.
- Ezt nem nagyon értem. Mégis miféle hely Stepney?
- A Docklands egyik körzete. Arrafelé nem élnek jómódú emberek, csak munkások, mint az anyám, lecsúszott alakok meg munkanélküliek. Stepney-ben nyáron terjeng a halszag, amit a Temzéről hoz a szél, télen meg nincs mivel fűteni. Hogy egészen őszinte legyek, most jobb körülmények közt élek, mint a háború előtt.
- És a szülei?
- Munkásemberek voltak, mindketten meghaltak már.

Emerico rendelt két sört, ami ugyan nem illett a halhoz, a vizezett borral szemben így is főnyereménynek számított.
- Megleptem? – kérdezte Lathea a férfi hirtelen támadt hallgatásának okát firtatva.
- Bizonyos értelemben igen. Nem a származására gondolok, hanem, hogy kevés olvasottabb emberrel találkoztam, mint maga.
- Sajnos, ez nem műveltség.
- Mégis honnan ez az elképesztő könyvismerete?
- A háború előtt több könyvkereskedésben is dolgoztam. Remek alkalom, ha valaki szeret olvasni.
- Márpedig maga szeret, ugye?
- Igen, nagyon. A szüleim mindig szűkösen éltek, se valamirevaló iskolázottságról, se utazásokról nem álmodozhattam. A könyvek viszont ablakot jelentenek a világra, felkapnak engem az idők szárnyára és

tovarepítenek. Talán még szebb is, mint a valóságban utazni, mert nem fenyeget a csalódás réme – Emerico mosolygott. – Mulatságos vagyok?

- Inkább emlékeztet valakire. Zia Lornára.

- Zia Lorna?

- Igen, Zia olaszul nagynénit jelent. Vér szerint nem álltunk rokonságban, Zia az anyám legjobb barátnője volt Firenzében. Gyerekként ő vett a szárnyai alá, ha anyám dolgozni ment. Egyébként – Emerico kedélyesen felnevetett és ez a derű hódítóan mediterrán volt, meleg és kedves. – tündéri öreg hölgy volt hetven felett, pazar csipkékben meg fátylakban járt, szivarozott és minden alkalommal, ha belefért, azt búgta sejtelmesen mély hangján: 'Per amor di Dio!' Nála ez volt a legmocskosabb káromkodás. Annyit tesz: az Isten szerelmére!

Latheát lebilincselte az a megindító, a vidámság mögül is tapinthatóan előtörő mély szeretet, amivel Emerico beszélt. – Meséljen még Ziáról.

- Sok mindenben emlékeztet magára, igaz, nem volt ilyen szép és kreol bőrével inkább tipikus olasz. Ja, és vénkisasszony maradt, amit nehogy követendő példának tekintsen.

- Azt hiszem, erről már lekéstem.

- Ó, nem úgy értettem. Zia lélekben tiltakozott a páros lét ellen. Imádta az embereket, beleértve a férfiakat is. Hatalmas társasági köre volt, az életébe azonban senkit nem akart bevonni. Szerintem ez nagy kár, a férfiak sokat veszítettek – röpke szünetet követően, amint Emerico lenyelt néhány falatot, a történet folytatódott. – Emlékszem, hét vagy nyolcéves lehettem, amikor elé álltam, hogy feleségül veszem, csakhogy kevésbé legyen magányos. De ő csak kacagott, a könnye is kicsordult. Akkor mesélte el, hogy bár két férfival is szerencsét próbált, azt a tapasztalatot szűrte le, hogy neki túl vadak és kiszámíthatatlanok.

- Mennyire igaz.

Emerico Lathea somolygó arcára sandított. – Azt mondja? Hát, nem is tudom. Zia Lorna egyszer azt tanította nekem, az ember életében az első szerelmi élmény adja meg az alaphangot. Ami azt illeti, én se vadnak, se kiszámíthatatlannak nem tartom magam, annál inkább balszerencsésnek.

- Tehát a jóslat bevált?

- Vagy legalábbis van benne némi igazság – Emerico időközben a vacsorája végére járt és kortyolva a sörből kissé félretolta a tányérját. – A gyerekkorom tulajdonképpen Zia körül forgott. Mivel anyám az apámtól való különválás után dolgozni járt, rengeteg időt töltöttem a Villa Bocaccióban. Ez volt Zia elvarázsolt világa. Tipikus toszkán villa, színes falakkal, lapos tetővel és körös-körül buja kerttel.

- Toscana? Ez Itália dereka táján van, ugye?

Emerico mosolygott. – Jól emlékszik. Toscana dimbes-dombos, világhírű bortermő vidék, lenyűgöző szőlészetekkel. A nagy meleg miatt a növényzet hiányolja a lombhullató fajtákat, ugyanakkor rengeteg a citrus, az olajfa, meg a borostyán. Zia kertje valóságos ősvadon volt, a háza a legmesésebb múzeum, amire még sincs kiakasztva a tábla, hogy mindent a szemnek, semmit a kéznek. Annyi könyvet soha nem láttam, mint ott. Plafonig épített polcozatok zsúfolásig tömve, még a padlón is oszlopok emelkedtek. Hihetetlen látvány volt, ennél csak az hihetetlenebb, hogy van emberi türelem, ami végigolvassa őket. Na, meg emberi agy, ami mindazt, ami bennük írva van, be is fogadja.

Desszertnek almás pitét kértek cornwalli vanília szósszal nyakon zúdítva. Első hallásra Lathea megrökönyödött a merész összeállításon, a nem túl édesre főzött krém mégis harmóniát talált a süteménnyel. Természetesen háborús sütemény volt,

de ez is megtette. – Vannak tervei, Emerico? Úgy
értem, a háború utánra?

- Arra kíváncsi, itt maradok-e?

- Erre is.

- Nos – Emerico megforgatta a poharát. –,
valószínűleg maradok. Elsősorban apám miatt.
Bőséggel van mit jóvátennem, hiszen sok éven át
értelmetlenül gyűlölködtem. De mostanra okosabb
lettem és legfőbb vágyam bepótolni, amit tudok.

- Őszintén irigylem magát egy ilyen csodálatos
apával.

- Látja, látja, én meg majdnem elüldöztem magam
mellől.

Lathea kénytelen volt tiltakozni. – Sose sikerült volna.
Laurie a távolság dacára is mindig szerette magát.

- Igen, tudom – Emerico ekkor témát váltott. – Azt
hiszem, mindenekfelett magának tartozom hálával.

- Nekem? Ugyan miért?

- Számtalan okból, bár elsősorban, amiért szereti az
öreget.

Nem, amit mondott, hanem a módja volt megható. –
Tudja, Emerico, az én apám gazember volt, és hogy
mennyire, azt csak mostanában tudtam meg. Túlzás
nélkül mondhatom, hogy boldoggá tett volna, ha
inkább olyasvalaki, mint Laurie.

Tizenegy óra is elmúlt, mire Emerico fizetett és
elhagyták a hangulatos halásztanyát. Maholnap
áprilist mutatott a naptár, amire az időjárás sem cáfolt
rá. Ráérősen, nagyokat hallgatva bandukoltak a kővel
kirakott sétányon, mely nyaranta vonzotta a
bámészkodókat. A karéjban hajló penzance-i öböl
ölelésében emelkedő kecses St. Michael's Mount
ékkőként ragyogott, és akik Cornwall e csücskében
éltek, szimbólumként tekintettek rá, a büszkeség,
hősies kitartás és a dacoló breton vér szimbólumára.
Aki tehette, legalább egyszer száraz lábbal kelt át a
szigetre, hiszen apálykor ezt is meg lehetett próbálni,

a túlpartról pedig pazar kilátás nyílt a városra, illetve Marazionra. Az elsötétítésnek köszönhetően ezen a késői órán alig látszott valami a kőhegyből. Ahogyan a tengerből se, mindössze lankadatlan morajlását lehetett hallani, meg azt a különös, surrogó hangot, melynek kíséretében a hullámok valósággal belefulladtak a parti homokba. Jóleső csöndbe burkolózva haladtak a sétányon, amikor Emerico elmerengve megszólalt. Szórakozottan csörgetett valami kulcsfélét a zsebében. – Felemelő dolog itt élni, főleg Amerika után.

- Talán tényleg itt kellene maradnia és családot alapítania.

Halk, kiábrándult nevetés. – Ennek kicsi az esélye. Korábban sem voltam egy nők álma fickó, de ezzel a rossz lábbal… tudja, minden nőt megértek, aki daliára vágyik, valószínűleg engem sem érdekelne komolyan senki, aki seprűn utazik.

        Lathea vidáman belekarolt Emericóba. – Szerintem, most sajnáltatja magát – a dús szemöldök kérdőn felszaladt. – Nagyon is, holott semmi oka rá. Jóképű, szellemes és a faluban kevés az épkézláb férfi ötven alatt. Mi következik ebből?

- Sejtelmem sincs.

- Ugyan! Hogy nincs konkurencia – mulatott Lathea a feléje villantott fintoron. – Egyébként is, mivel már nem jár-kel annyit Porthkerrisbe, nyugodtan körülnézhetne egy kicsit errefelé.

- Ezt hogy értsem?

Játékosan belecsípett a férfi csupa izom felkarjába. – Ne csinálja már! Itáliában nőtt fel és egy stepney-i lány tanítsa udvarolni?

- Mit szólna egy alkuhoz? A horgomra terelget egy ficánkoló, szépséges halacskát, én meg megtanítom olaszul.

- Ó, Emerico! – kiáltott fel Lathea elragadtatással. A Laurie-tól hallott dalok révén már beleszeretett a dallamos nyelvbe, ezért az ajánlat alaposan felcsigázta. – Tényleg megtenné?

- Miért ne?

- Hiszen az csodálatos!

- Jó, jó, de maga mit tud tenni értem?

A kérdés mögött rejlő kétely nem kedvetlenítette el Latheát. – Hmm, mondjuk, mit szólna Rusty Eyrehez?

Emericónak földbe gyökerezett a lába. – Hékás! Arra nem hatalmaztam fel, hogy kinevessen. John Eyre lánya az egyik legvonzóbb teremtés a környéken és nem mellesleg jóval fiatalabb nálam.

- Tizenkét évvel. Na, és? Huszonnégy lesz a nyáron, ideális kor a szerelemhez.

Emerico hitetlenkedve vigyorgott. – A fantáziája ámulatba ejt. Egy kerítő veszett el magában?

- A magyarázat jóval egyszerűbb.

- Ne mondja!

- Mr. Carrough boltjában észrevettem, hogy Rusty titkon milyen pillantásokkal méregeti magát.

- Engem? Ne gúnyolódjon.

Lathea megadóan széttárta a karjait. – Ki akarja vonni magát az alkuból egyetlen kísérlet nélkül?

- Szerintem a bolondját fogja járatni velem.

- A jó szándékomban ne kételkedjen, de hogy csak ábrándozom-e, azt nem tudom, mert először csinálok ilyesmit. Mondja, miért ne tehetnénk egy próbát, mit veszíthet?

Emerico csípőre tett kezekkel ácsorgott vele szemben és gyanakodva várta a folytatást. Viselkedéséből Latheának az a benyomása támadt, hogy nagy valószínűséggel ő is rajta felejthette már a szemét John Eyre lányán. Rusty nem volt kifejezetten szép, mégis olyasféle kisugárzással rendelkezett, aminek nehezen lehet ellenállni. Kedves és jó humorú ifjú hölgy vált belőle, aki komoly és magabiztos fellépésével mindenki tetszését elnyerte. A nehéz gazdasági körülmények közepette az édesapja halüzemében könyvelt, méghozzá a helyi szóbeszéd szerint boszorkányosan. Az amúgy zsémbeskedő és az üzletben a nőket nem sokra tartó halászok is elismerték rátermettségét. Ehhez természetesen jótékonyan hozzájárult az a ravaszság, amivel egy csinos nő képes marcona férfiakra erőltetni az akaratát anélkül, hogy átlátnának a mesterkedésein. Rusty pontosan ezt tette, nem is akármilyen ügyességgel és tapintattal.

– Hallgasson ide, Emerico! John Eyre a minap Mr. Carrough boltjában járt. Az üzemben valami gondja támadt az elektromos vezetékekkel és szakembert keresett, aki segíthetne. Miért ne jelentkezne maga? Végtére a Parisianben is mindent megjavít, munkája meg nincsen.

– Micsoda dörzsölt elgondolás! Először a papát kellene megpuhítanom?

Lathea jóízűen mulatott rajta. – Hasznos lenne. Esetleg elejthetné Mr. Carrough-nál, hogy munkát keres, ő meg majd saját éleslátásával büszkélkedve Mr. Eyre-hez irányítja.

Emerico nem szólt többet, Lathea pedig értett a hallgatásából. A felvetett ötlet gondolkodóba ejtette. Ennek bizonyítékaként hazaérve a férfi azzal kívánt jó éjszakát: – Akár holnap belevághatnánk a tanulásba, ha van kedve.

– A BBC esti híradását közvetítjük Londonból 1944. április 10-én. Nyolc óra van. A Vörös Hadsereg március elején indított átfogó hadműveletei hatalmas erővel folynak tovább a keleti fronton. Mint ismeretes, a német vonalakat mintegy háromszázötven kilométert vetve vissza nyomult előre a frontvonal. A tengelyhatalmak soraiban továbbra is zavar, illetve érdekellentétek tapasztalhatóak. A román hadvezetéssel szemben a magyar politika a múlt hónapban megtagadta újabb csapatok frontszolgálatra vezénylését, ennek következtében március 19-én a németek megszállták Magyarországot. A román csapatokkal megerősített német vonalak sem bírtak azonban a szovjet fölénnyel és március 26-án már a Prut folyóig hátráltak, ami a Szovjetunió és Románia elismert határvonalát képezi. A szovjet vezetés kormánynyilatkozatban közölte, hogy a megfutamított német egységeket a Pruton átkelve is üldözőbe veszi, de a román nép szabadon dönthet saját sorsáról. Tivy lehalkította a rádiókészüléket, ahogy a hírolvasás véget ért és tánczene dallamai csendültek fel. Lathea a varrógépnél ült, Laurie egyik csúnyán elszakított kertésznadrágját igyekezett megmenteni az elmúlástól. Ám az anyag már annyira viseletes állapotban volt, hogy alaposan megkínlódott a hasadással. Amikor a gép zakatolása abbamaradt és kiszedegette a tűket a zöld nadrágból, Tivy felemelkedett az ágyról, hogy odaüljön a szélére, éppen mögéje.

- Tulajdonképpen mit művelt az öreg ezzel a szegény darabbal?

Lathea vidáman mosolygott. – Ki tudja? Ha tudnád, hogy már kettőt varrtam neki ehelyett, mégsem hajlandó kihajítani.

A ruhadarab gondos hajtogatás után a szomszédos asztalkára került, a varrófelületet megvilágító kis lámpafény engedelmesen kialudt. A rádióból a múlt évi sláger a 'Home Coming Waltz' áradt, úgyhogy Tivy, engedve a váratlan késztetésnek, az asszony felé nyújtotta a kezét és felkérte. Párja engedelmesen a karjába simult, hogy illetlenül szorosan ölelhesse magához és belélegezze bőrének illatát, hajának csillagpor ízét. Majd két hétig időzött Londonban, ahova legszívesebben magával cipelte volna szerelmesét is, ám Corey hurutos megfázása már

annak előtte meglékelte ábrándjait, hogy
előrukkolhatott volna velük.
A távollét minden porcikájában próbára tette. A
közelgő elválás réme amúgy is rányomta bélyegét a
hangulatukra, és ugyan igyekezett elbanalizálni a
veszélyt, rózsaszínűbbre festeni a jövőt, ami az
invázióval sötéten fenyegette a világot, Lathea nem
volt ostoba, egyetlen szavát se hitte. Ettől máskor
felhőtlen mosolya az utóbbi időben megfakult.

> *Mondják, az idő enyhít,*
> *Sohasem enyhített.*
> *Valódi kín keményszik,*
> *Mint kortól az erek.*
> *Idő a baj próbája,*
> *De bajt nem orvosol.*
> *Ha mégis – a betegség*
> *Hamisnak bizonyul[7].*

Ez a rövidke Emily Dickinson idézet volt a legtöbb,
amit Lathea a szájára vett bizonytalan kilátásaikkal
kapcsolatban, máskülönben elutasítóan bezárkózott.
Szívesebben élt a percnek, minthogy
megválaszolhatatlan kételyeinek utat engedjen. Tivy
soha nem hitt a struccpolitikában, ezúttal mégsem
tiltakozott. Ma még itt volt Marazionban, fiatalon,
boldogságtól túlcsorduló szívvel, álmoktól és
megvalósulásra váró tervekkel eltelve. Márpedig ebbe
az életébe nem akarta a háború fenyegetéseit
beereszteni.

---

7 *Emily Dickinson*

A rádióban egy egészen friss dal csendült fel, a 'Time on my Hands', de ők már alig táncoltak, inkább csak egy helyben ringtak az andalító dallamra. Lathea tenyere a válláról a mellére szaladt és kísértésbe ejtő gyengédséggel megcirógatta. Amikor végül felemelte a fejét, barna őzikeszeméből megindító szerelem és ragaszkodás sütött, amit ő maga is érzett. Annak előtte pusztán csak remélte, a lelke mélyén sóvárgott efféle teljes odaadás után, amit a felfoghatatlan szerencse folytán végül meg is lelt.

Ők ketten a szó minden vonatkozásában egyek voltak, néha kézenfekvő magyarázat felett állóan ugyanarra gondoltak, összenézve szavak nélkül is értették egymást, a vágyaik ugyanarra sarkallták őket. Tivy valósággal félembernek érezte magát az asszony nélkül, idegenek közt elveszve, akiknek folyton magyarázkodhatott, miközben jól tudta, hogy van egy lény, aki a lelkébe lát. Ráadásul Lathea csodaszép nő is volt, csábító, érzéki és szerény, gyengéd szerető, akinek a csókjaira nem lehetett ráunni. Mindig kínosan észben tartotta, amit egyszer Erwin Cowanről hallott, és kitartó türelme, a tanúsított tapintat, amivel elhalmozta kedvesét, meghozta a gyümölcsét. Egyenlő félként szerették egymást, számára ez jelentette az egyetlen elfogadható utat.

Ahogy a szerelemtől kifulladva, egymást szorosan ölelve feküdtek a párnákon, a bungaló üvegfalán túlról mintha millió csillag őrizte volna a boldogságukat. Tivy összefűzte jobb kezének ujjait az asszonyéval.

- Az embereknek nem ugyanazt jelentik a csillagaik. Akik úton járnak, azoknak vezetőül szolgálnak a csillagok. Másoknak nem egyebek csöppnyi kis fényeknél...

Tivy jól emlékezett Saint-Exupéry meséjéből a kis herceg szavaira. – A csillagok viszont mind-mind hallgatnak. De neked olyan csillagaid lesznek, amilyenek senki másnak… Mert én ott lakom majd valamelyiken, és ott nevetek majd valamelyiken… Lathea álmodozón mosolygott az éjszaka számtalan kis mécsesére. – …ha éjszakánként fölnézel az égre, olyan lesz számodra, mintha minden csillag nevetne. Neked, egyedül neked, olyan csillagaid lesznek, amik nevetni tudnak!

- Mindig is a barátom leszel. És néha kinyitod majd az ablakodat, csak úgy, kedvtelésből… És a barátaid nagyot néznek majd, ha látják, hogy nevetsz, amikor felnézel az égre.

Lathea bánatosan sóhajtott. – Te meg majd azt mondod nekik: 'Igen, engem a csillagok mindig megnevettetnek.'

Tivy felkönyökölve kisöpört néhány szőke tincset a kedves arcból. – Mintha csillagok helyett egy csomó kacagni tudó csengettyűt kaptál volna tőlem[8].

- Ó, Tivy! – a barna szemekbe könnyek tolultak. – Nem akarok csengettyűket helyetted.

A kimondott szavak nyomában a könnyek útnak indultak Lathea arcán. Félrebillentette a fejét, mint aki szégyenkezik miattuk, holott Tivy még nála erősebb, a veszteségeket több méltósággal viselő embert nem ismert. Ahogy tenyere a kerek csípőre kirándult, néhány kis heget tapintott a bőrén. A borzalmas londoni bombázás óta, amikor Lathea szívet tépő zokogás közepette az apja haláláról mesélt, ő is tudta, hogy ezek az emlékeztetők mit jelentenek. Riasztó maradványai a múltnak, ami elől nem lehetett büntetlenül elszaladni. Ezt mi sem bizonyíthatta volna jobban, mint a visszatérő rémálmok. Lathea erős egyénisége és elképesztő önfegyelme napvilágnál elleplezte sebezhetőségét, helyette a tántoríthatatlan nőt engedte láttatni, akit nem gyűr le semmilyen csapás, és aki ámulatba ejtő szívóssággal küzd a

---

[8] Antoine de Saint-Exupéry: A kis herceg

fennmaradásért. Ha nem fűzi össze őket ez a
bensőséges kapcsolat, és ő nem ismeri ki a legapróbb
rezdüléseit, elsiklott volna azon jelek felett, melyek
néhanapján elárulták, mennyire az ereje végén jár.
Mégsem engedett magának pihenőt, ezért ő sem
tehetett egyebet, minthogy ilyenkor ideig-óráig
kiszakította a hétköznapok körforgásából. Elég volt
egyetlen délutánt kettesben tölteniük ahhoz, a bánat és
csüggedés felhői messzire meneküljenek. Lathea
minden együttérzésért, szerelmi megnyilvánulásért
hálás volt, ahogyan ő biztosra vette, hogy a néma
megértésért is. – Latty!
Az álla alá nyúlva gyengéden kényszerítette, hogy a
szemébe nézzen. Halkan, fátyolos hangon szólalt
meg, ez önmagának is idegenül csengett, valahogy
mégis jobban illett a melankolikus hangulathoz.
- Életem legszebb napján, 38. június 3-án a Victoria
Parkban fociztam a haverokkal. Nem akartam menni,
mert rettenetesen fájt a fogam, a lábam mégis követte
őket. És a réten megláttunk két izgalmas lányt
napozni. Jonas azt mondta: 'Hé, hívjuk meg a két
pipit a kioszkba. Nekem a barna kell'. Frank meg
bedobta a legfontosabb kérdést: 'Rendben, de ki
cserkészi be őket?' 'Majd én', ajánlkoztam. És tudod,
miért? – Lathea felszáradó könnyeitől még csillogó
arccal nemlegesen ingatta a fejét. – Attól rettegtem,
hogy valamelyik faragatlan elrontja az egészet és én
soha nem nézhetek közelről a szemedbe. Azután meg
rá kellett jönnöm, hogy sokkal szebb vagy, mint
képzeltem. És nem feledhető módon álmaim asszonya
csodálatosan tud nevetni, akár egy hangfutam a
zongorán, emellett ismeri a verseket, amelyeket a
legjobban szeretek. Kell ennél több a szerelemhez?
- Istenem, Tivy.
- Szeretlek, drágám, nélküled mintha más világba
száműznének, ahol nincs társam. De nem tehetek
lehetetlen ígéretet. Azt viszont biztosan tudom, hogy

haza akarok jönni a háborúból és leélni veled az életemet, mígnem már meg se tudom számolni a gyertyákat a tortán. Én is félek, hidd el, ami egyben erőt is ad. Magammal viszlek a szívemben, hogy legyen, ami életben tartson. *Ím, életem: vedd!*

pihen félszen feléd hajolva

Drága,

s ügyel reám s őriz lényed

varázsa

világfi tőrétől: nem

sebezhetnek,

bárhányan vannak. Lásd,

milyen fehér

éltünk lililoma! Hát bátorítsa

bimbaját biztatóan a gyökér,

hogy kelyhét csak égi harmatra

nyissa,

s ott nőjön, hová ember-kéz nem

ér.

Minket Isten emelt, Ő vethet vissza[9].

Lathea megbicsakló hangon súgta: – Elizabeth Barrett-Browning.
- Portugál Szonettek.
- 24.
- 24. Csak neked, egyetlenem. Valaki jön? Úgy hallom.
Néhány másodperc múltán már hallották is Emerico hangját. – Tivy! Elnézést…

---

[9] *Elizabeth Barrett-Browning: Portugál Szonettek (24.)*

Tivy a félrehajított nadrág után kapva kecmergett ki az ágyból. Odabent sötét volt, így amikor kitárta a bungaló ajtaját, nem kellett attól tartania, hogy az éjszakai látogató betekintést nyer a feldúlt fekhelyre, illetve a benne fekvő meztelen asszonyra, aki sietve kapott a félrehajított takaró után. – Történt valami?

- Corey nem tud aludni a köhögéstől, bár mintha nem lenne lázas. Sajnálom, mert zavarnom kell...

- Ugyan – Tivy egy pillanatra hátra fordult. – Ne aggódj, Latty, húsz perc és itt vagyok.

- Várj, én is jövök.

- Kérlek, maradj csak, ha szükség lesz rád, vagy a gyerek hív, azonnal szólok. Talán jobban szót fogad, ha nem lát téged. Menjünk, Emerico.

Az éjszakai hangoktól zümmögő kerten átvágva Tivy Emericóhoz fordult. A faluban hallotta, hogy a pletykák máris lábra kaptak róla és munkaadójának csinos lányáról. Mi tagadás, mutatós pár voltak, bár Rusty Eyre-t született vadócnak találta, aki valahogy a húszas évei derekára sem nőtte ki magából a kalandéhes gyereket. Annak ellenére sem, hogy felelősségteljes állást töltött be az apja gyárában és a hírek szerint mesterien értette a dolgát. – Mondja csak, Emerico, mivel töltik az emberek a teaszünetet az Eyre-telepen?

- Ez beugratós kérdés?

- Lehetne az is – derült fel Tivy az ugratásra. – Képzelje, ma megjelent nálam a kisfőnök.

- Rusty?

- Ühümm, ugyanis eltört a jobb lába.

- Micsoda?

- Nem tudta? – gyakorlatilag felesleges kérdés volt. – Ha nem tudnám, hogy irodai munkát végez, megesküdnék rá, hogy futballozott.

- Ó!

Tivy felnevetett. – Nem tűnik nagyon meglepettnek.

- Az igazság az, hogy láttam már őt beállni a csapatba.

- Ezúttal a folytatás kissé odébb lesz – lépett Tivy a házba, hogy a sötétítőfüggöny mögött a bohém szobát találja sárga falaival és derűs vendégszeretetével. – Na, nézzük azt a kis beteget – emelte fel az ajtó mellett tartott készenléti táskát, mielőtt az erős köhögés hangjait követve az emeletre indult.

A rendelésnek Tivy önkényesen vetett véget a megszokottnál előbb, mivel a váróhelyiség kongott az ürességtől. Kitette hát a zárva táblát és elbújva a hátsó helyiségben rendezkedni kezdett. Rövidesen azonban fel kellett függesztenie a készletellenőrzést, mert a csendbe bántóan belehasított a telefon csörgése. Bosszúsan nyelte vissza a falatot, hogy a szendvicset félretéve a készülékhez siessen. – Rendelő.
- Tivy?
- Tivy Rogers.
- Carla vagyok.
Meghökkentette a nő tapinthatóan feszült hangja. – Hogy van, Carla?
- Lesújtó hírrel zavarom. Betty meghalt.
A lakonikus bejelentés tárgyszerűsége legalább annyira megrázta, mint maga a hír. Mindenre számított ezen a napsütéses, tavaszi napon, csak egy ilyen újságra nem. Jószerével leforrázta. – Ez biztos? Úgy értem, honnan értesültek róla? – makogta máris azt latolgatva, ez hogyan befolyásolja majd mindannyiuk életét. Betty Cowant nem tudta jobban elsiratni, mint a háború bármely más áldozatát, rajta kívül azonban a halála mindenki más sorsára is rányomhatja a bélyegét.
Carla válasza rángatta ki csapongó gondolatai örvényéből. – Egyszerre két forrásból. A mai postával érkezett egy levél Kestertől. Utána Nick rátelefonált Frostékra, akik már tudták... Tivy, kérem, jöjjön ide.
- Hogy?
- Lat is itt van és... meg kellene mentenie. Kérem...

Mielőtt felelhetett vagy kérdezhetett volna, kattant a vonal és egyedül az unalomig egyhangú búgás maradt az asszony riadt hangja helyett. Az úton Penzance-ig értetlenül bámult keresztül a dzsip szélvédőjén, el nem tudta képzelni, mitől kellene megmentenie Latheát. Ám amint bekanyarodott Cowanék utcájába, a babakocsival menekülő Carlába botlott. – Menjen csak, én már nem bírtam tovább. Nyitva hagytam az ajtót.

- Mi a csuda történt? – értetlenkedett, ám az asszony lemondóan megvonta a vállát és továbbindult Maggievel.

Megrökönyödve követte a pillantásával a sarokig, mielőtt néhány háznyit előregurulva leparkolt Cowanék portája előtt. A ház zöldre festett, masszív ajtaja behajtva várta. Amint betolta és a szűk folyosóra beóvakodott, heves vita indulatos kirohanásai ütötték meg a fülét.

- Az isten szerelmére, Lat, szikrányi gyász sincs benned? A húgomról beszélsz és a legjobb barátnődről.

A vádaskodásra Lathea dühösen reagált. – Neked elment az eszed.

- Ez így van, ne is tagadd!

- Mégis mi bajod van velem az utóbbi időben, hogy ilyesmit vágsz a fejemhez?

- Inkább neked mi bajod! – replikázott Nick támadóan. – Egészen megváltoztál, mondhatnám, kifordultál önmagadból.

- Ez nem igaz. Egyszerűen csak gyűlölöd Tivyt, és mert nem szakítottam vele, kicsinyesen átnézel rajtam. Mondd, hány bőrt akarsz még lehúzni rólam? A szememre vetetted, hogy elhanyagolom Corey-t és helyette játszom a szerelmes kamaszt. Most meg ezzel az esztelen váddal jössz! Holott csak megpróbálok józanul gondolkodni.

- Józanul? – fújtatott Nick megvetően. – Neked nincs szíved!
- Igen, józanul. Amikor Mischa meghalt a fronton, Jean-Michel azt mondta, akárhogyan is érzünk, ez az ő döntése volt, amit tiszteletben kell tartanunk. Nick! Hiszen Betty akart a frontra menni, se te, se Kester nem tudtátok lebeszélni, de még a kisbabája kedvéért se fontolta meg!
- Akkor is a testvérem volt.
- Nekem meg a barátom. Ó, a mindenségit! Kizárólag a vita kedvéért csépelsz engem, igaz? Ahelyett, hogy kibőgnéd magad.
- Ahogy te? Száraz szemmel?
- Nehogy azt hidd, nem fogom elsiratni. Ugyanakkor tényleg nem tudom, megérdemli-e azok után, amit velem tett.
Tivy észrevétlenül lapulva a folyosón ezt a pillanatot találta alkalmasnak, hogy felfedje jelenlétét. Túl jól ismerte Lathea hangjában azt az árulkodó remegést, azaz, Carla szavaival élve, ideje volt megmenteni. – Jó napot – lépett be a szobába másodpercnyivel a kiáltás után. – Hello, Nick. Drágám.
- Hogy került ide?
Szándékosan figyelmen kívül hagyva az ellenséges felhangot azt mondta: – Csak megnyomtam az ajtót és kinyílt. Bizonyára rosszul zárták be. Mi van veled, drágám? – karolta át Lathea derekát.
- Menjünk innen, Tivy. Hazaviszel?
- Ha akarod.
Bár annak rendje-módja szerint elbúcsúztak, a házigazda egy sértett pillantáson kívül egyébre nem méltatta őket. Még egy búcsúszóként felfogható morgást sem csikart ki magából. Tivy odakint vette észre először, hogy a vita és Betty Cowan halálhíre mennyire megviselte az érzéketlenséggel vádolt Latheát. Annak ellenére hősiesen helytállt Nick

indulatával szemben, hogy magabiztossága tovaillant, amint a dzsip elhagyta a várost.

- Édes istenem – zokogta hangosan, közben védekezően összefűzte maga előtt a karjait.

Tivy fél szemmel az utat figyelve meg akarta simogatni a karját, Lathea azonban vigaszt kereső gyerek módjára inkább odabújt hozzá, hogy a vállára ejtse a fejét. – Betty soha nem jön haza többé.

- Sajnálom, szerelmem.

- És ha Kester elveszi tőlem Corey-t?

Tivynek nem volt erre okos válasza, úgyhogy inkább hallgatott és hagyta, hogy az asszony kisírja magát hazáig.

- Fogalmam sincs, mi lenne a helyes lépés – tette le Tivy a whiskys poharat. Tanácstalanul tett egy kört a tarka-barka szobában, kezeit mélyen a zsebébe süllyesztette. Sejtette, hogy Laurie meg Emerico nem pusztán udvariasságból hagynak időt neki, valószínűbbnek tartotta, hogy nekik is szükségük van a lélegzetvételnyi szünetre, hogy magukhoz térjenek a halálhír felett.

- Nicket alaposan kiüthette a dolog, ha egyszer így ordított Latheával – pöfékelt Emerico egy szivaron. – Mindig is azt volt az érzésem, hogy kifejezetten odavan érte – Tivy mérgesen fújt egyet, mire leszögezte: – Aha, telibe találtam.

- Elég baja van annak a szegénynek, hagyd ezt, fiam – avatkozott közbe Laurie a távollevő védelmében. – Az utolsó testvérét veszítette el, ezért a gyásza kétszeresen is jogos.

- Corey-t figyelve az anyja is figyelemre méltó nő lehetett.

Tivy megpördülve ismét Emericóra szegezte a tekintetét. – Áspiskígyó, aki egy-két jól helyezett hazugságtól se riadt vissza, hogy elérje, amit akar. Színésznő a legjavából!

- Ez azért túlzás.
- Miért lenne az? Ugyan, Laurie, gondoljon csak bele! Engem ugyanazzal a módszerrel kergetett Amerikáig, ahogyan a fiát magukra sózta. Érzelmi zsarolással, komédiával. Vagy tévedek?

Tivy tisztában volt vele, mennyire részvéttelen, a tetejébe egy ennyire nem illő pillanatban, ennek ellenére is csak a felfokozott düh öntötte el mindkét Cowan iránt, akiket ismert. És nemcsak a maga sérelme miatt, hanem azért is, amit Lathea és Laurie ellen elkövettek.

- Betty Cowan kapcsán érdekelne még valami – szólalt meg Emerico eltűnődve. – Mi lesz most Corey-val? Hol van az apja?
- Olaszországban, felteszem – bökte ki Tivy. – Amennyire tudom, a szanitécek Alexander utóvédjével vonultak.
- Akkor még egy darabig biztosan nem bukkan fel a küszöbünkön a fiát követelve.

Tivy nem sietett vissza a bungalóba. Nem szívesen hagyta magára Latheát borús hangulatával, mégis úgy ítélte meg, időt kell adnia neki, amíg a nap történései valamelyest leülepednek benne. Betty Cowan halálhíre önmagában is eléggé lesújthatta, Nick viszont a maga ostoba dühkitörésével rátett még egy lapáttal. Az utóbbi hónapokban már amúgy is feszült viszonynak nem kellett nagy erőpróba, hogy a láncszemek végleg elpattanjanak. Vak és elfogult lett volna nem beismerni, hogy ő is nagymértékben hozzájárult a szoros kapcsolat gyors megromlásához, miután vetélytársa nem bírt úrrá lenni elemi féltékenységén. Milyen nevetséges is Nick Cowant vetélytársnak tekinteni, miközben Lathea szemében nem volt több olyan barátnál, aki nehéz időkben a támasza és sorstársa lett. Nick az első pillanattól gyanakvóan, mitöbb, ellenségesen viselkedett vele szemben, ez ékesen bizonyította, hogy részéről sokkal többe fordult az egykori pajtásias szeretet. Ugyanakkor mennyire nem ismeri az asszonyt, ha azt remélte, nyomást gyakorolva rá megnyerheti magának. Ha valakit annyi sérelem és lelki fájdalom ért, mint Latheát, semmire sem lehet erővel kényszeríteni. Márpedig erre Nick az együtt töltött évek alatt sem ébredt rá, ha képes az asszonyt hol Corey-val, hol a barátnője iránti ragaszkodásával zsarolni. Eközben elvakultságában nem vette észre, hogy fokozatosan a házasságát is közelebb sodorta a szakadékhoz.

– Tivy?

– Tessék, drágám? – lépett be a bungalóba. Odabent az ágy melletti kis lámpa bágyadtan pislákolt, sárgás, meleg fénybe burkolva mindent.

– Ma Doreen bent járt a boltban. Mivel nem talált téged a rendelőben, megkért egy üzenet közvetítésére. A varrógéphez tolt székre rogyott és keresztbe tette lábait. Kétkedéssel figyelte az asszony megrendítő nyugalmát, amivel a megszáradt ruhadarabokat hajtogatta össze az ágy szivacsán. Magatartása indokolatlan higgadtságot tükrözött, mint akinek nincs nagyobb gondja a gyűrött anyagoknál. Hangja a sírástól mégis fátyolosabb lett.

– Mi lenne az üzenet?

– Pénteken úgyis vacsorázni megyünk hozzájuk, ezért szeretné, ha egy órával korábban beugranál.

– Miért nem jön a rendelőbe, ha valami baj van? És főleg miért vár péntekig?

– Bizonyára megvan rá az oka.

Tivy fásultan sóhajtott. – Meglehet, pénteken odamegyek korábban.

Lathea felkapta a ruhákat, hogy ágyazás előtt eltegye őket a szekrénybe, ám akkor valami kicsúszott az egyikből. A levél lomhán hullott a szőnyegre, mielőtt Tivy észbe kaphatott volna. Vastag boríték volt telis-tele korrigált címzésekkel, amiből világosan kiderült,

hogy a hadsereg postájával továbbították Itáliából. –
Mi ez, Latty? Csak nem Kester levele?
Lathea csodálkozva lépett hozzá, mire ő ösztönösen
átfonva a derekát az ölébe vonta. – Hogyan
maradhatott nálam?
Ő persze honnan is tudhatta volna. – Mondd csak,
elolvashatom?
- Még én sem olvastam – az asszony felé nyújtotta,
ám az nem fogadta el. – Olvasd hangosan.
- Biztosan ezt szeretnéd?
- Ó, nem! Szeretnék naiv nyolcéves lenni, aki sose
hallott még háborúról meg halott barátokról.
- Jól van, jól van! Csókolj meg.
Nem kellett bíztatni Latheát, teljesítette a kérést, majd
Tivy engedelmesen kibontotta az írást és összebújva
olvasni kezdték.

Monte Cassino, 1944. március 11.

Nick,

a legrosszabbal kezdem: Betty február 24-én

meghalt. Én magam is megsérültem, ezért

mostanáig nem állt módomban írni, emellett

se erőm, se kedvem uralkodni a gyászon, ami

apránként megöl, mióta csak értesültem róla.

Így ne is várj tőlem szép szavakat, vagy

kíméletet. Magammal se vagyok kíméletes,

még a kórházi ágyat nyomom, nem is

láthattam őt. Eltemették a közelben, de

nélkülem!

Tisztában vagyok vele, hogy ennél azért

többet vársz magyarázatul, úgyhogy

igyekszem egy kicsit részletesen írni. Gyakorlatilag december óta egy helyben rostokolunk. Az örökös névadással foglalkozó okoskodók Gusztáv-vonalnak keresztelték ezt a helyet, ami a Garigliánótól a félszigeten keresztbe nyílik ki a keleti partig, de a legfontosabb pontja Monte Cassino. Miután Eisenhower és Montgomery távoztak, Alexander lett a hadseregparancsnok és februárban Sir Maitland Wilson vette át a Földközi-tengeri szövetséges csapatok irányítását. Bár mindkettő energikus, amolyan dörmögős pasas, az égvilágon semmit nem jutottak előre. Hiába mentünk neki a németeknek, hajuk szála se görbült. Január 22-én Anziónál, a Gusztáv-vonaltól száz kilométerre északra, négy angol és amerikai hadosztály szállt partra, de nem támadtak azonnal. Csakhogy mire feleszméltek, ellenséges csapatokat irányítottak át Franciaországból meg északról, így az akciót meghiúsították. Örülhetnek, hogy nem zavarták őket vissza a tengerbe, bár kevés hiányzott hozzá.

A hely mintha el lenne átkozva. Januárban a jenkiket, februárban az új-zélandiakat tizedelték meg, amikor Monte Cassinónál át akarták törni a frontot. Ezalatt hullottak a bombák az égből, akár a záporeső. Március elején újabb támadás indult, de Alexander a gyalogosok előtt szőnyegbombázással nyitott. Nyolc kerek órán át dübörgött egész Itália és mindenki azt gondolta, ennyi megteszi a kellő hatást. A légierő, minden túlzás nélkül, alkotóelemeire szedte szét a kolostort. Az indiai csapatok bár benyomultak Monte Cassinóba, a teljes győzelem ismét kicsúszott a kezünkből. A halottunk viszont rengeteg. Itt a szanitéceknél is. Most már ugyan hátrább vontak minket, de februárban a fronthoz közel állomásoztunk. A hegyvidéki terepviszonyok miatt szinte lehetetlen volt a sebesültek szállítása, legalábbis ez a hivatalos álláspont. Azután a németek telibe kapták a mozgó kórházat... Betty éppen a műtőben dolgozott. A környéken negyven ember repült a levegőbe és még két sátor úgy száz-százhúsz lábadozóval.

Ami azt illeti, tele vagyok szilánkokkal.

Kiszedték belőlem, amit lehetett, de még

legalább három hét, amíg leveszik a

gipszeimet. Egyelőre találgatni se merek, mi

lesz velem. A gerincem rendetlenkedik,

úgyhogy valószínűleg ismét meg kell majd

tanulnom járni. De hogy mikor? És főleg

hol? Csak a jó ég tudja! Bettyt nem tudom

hazavitetni, ez már eldőlt. Én pedig ágyhoz

vagyok kötve, idővel talán hazaküldenek

rehabra, de ez nagyon messze van. Itt az élet

jóformán megállt, mindenki a május végére

tervezett inváziónak tulajdonítja, amiért

céltalanul táborozunk, Alexandernek viszont

eszébe sincs támadni. Tehát így áll a helyzet.

Hallatok magamról, amint tudok. Öleld meg

a fiamat helyettem. Már csak ő maradt

nekem. Kester

Tivy tétován böngészve a remegő kézzel papírra
vetett sorokat, nagy nehézséggel olvasott. Emlékei
szerint Kesternek nem volt ennyire ákombákomszerű
a kézírása, ami joggal ijesztette meg, hiszen ez akár
arra is utalhatott, hogy a felületesen említett
gerincprobléma sokkal kiterjedtebb, mint elsőre
látszik. Lathea a nyakát átkarolva, egyetlen szó nélkül
hallgatta a messziről érkezett üzenetet, ám belső

feszültségét sokatmondóan elárulta, hogy levegőt sem mert venni. A felolvasás végén habozva megkérdezte:
– Kester szereti a gyerekeket?

Tivy összehajtogatta a láthatóan számos hányattatáson átment papírlapokat. – Gondolom, igen. Ne felejtsd el, hogy hat éve találkoztam vele utoljára, de akkoriban többet locsogott csinos lányokról, mint gyerekekről – ezzel nem nyugtatta meg az asszonyt. – Egyetlenem, hiszen számítanod kellett rá, hogy egyszer Betty vagy Kester betoppan és elviszi Corey-t. Végtére is az ő fiúk.

Váratlanul érte, ahogy Lathea felpattant az öléből és lopva megtörölte a szemét. – Ó, milyen ostoba voltam, amikor befogadtam. Betty nem is követhetett volna el gyalázatosabb bűnt ellenem, minthogy hagyja megszeretnem a fiát, majd visszaveszi tőlem.

Erre nehéz lett volna bármi okosat mondani. – Túl nagy a szíved és ezt maradéktalanul kihasználta.

- Ki bizony! Én meg szégyellem magamat, mert, ahogy telik-múlik az idő, már csak megszokásból gondolok rá, mint a barátnőmre, holott…

- Holott?

- Néha gyűlölöm.

Odalépett az asszonyhoz, hogy hátulról átölelje. – Latty drágám, kérlek, ne emészd magadat ezen.

- És azt hogy csináljam?

- Próbálj valami szépre gondolni ehelyett a borzalom helyett.

Lathea megpróbálkozott egy szomorkás mosollyal. – Szeretlek, Tivy.

- Hmm, ezért valami szép bókot érdemelnél, ugye?

- Valami nagyon szépet. Legyen Elizabeth Barrett-Browning.

- Nem becsületes így korlátozni a lehetőségeimet.

Duzzogását azonban kacér fintor fogadta. – Nem adom meg magam egykönnyen. Gyerünk, lovagom, törd a fejed.

- Nos, jól van. Mi a jutalmam?
- Az a 'bóktól' függ.
Tivy a szivacsra döntötte és ránehezülve égető
csókokkal szelídítgette magához. Olyan hévvel vette
birtokba a száját, hogy ne is adjon lehetőséget
visszautasításra.
- Ó, Tivy, elvesztem az eszemet, ha így csókolsz.
A panaszos hangon ezúttal ő mulatott. – Inkább
szavaljak neked Browningot?
- Miért is ne? Szeretem, ahogy a verseit mondod.
- Na, jó, egyet. De utána nincs alku, elcsábítalak,
bármit is találsz ki.
- Ha megengedem.
Tivy szerette ezt a simogató fényt Lathea barna
szemében. Több volt vágynál és több annál is, amit
valaha női szemben tükröződni látott.

> –   *Amiért tiéd a hatalom s az égi*
>
>   *kegy: álarcomon átlátni s alatta*
>
>   *(ó, mennyi év esője hullt e maszkra,*
>
>   *míg színe múlt!) lelkem arcára nézni,*
>
>   *rajta gyötrő s homályos lét emléki;*
>
>   *mert hűség s szeretet néked megadta,*
>
>   *hogy rontó közönyön e lélek arca*
>
>   *(a tűrő angyal-arc, ki azt reméli,*
>
>   *hogy várja menny) rádtűz, mert bűn, se bú*
>
>   *se ég haragja, sem közel halál,*
>
>   *sem, ami mást elűz: az iszonyú,*
>
>   *a rossz se, mit szívem magán talál,*
>
>   *nem térít, Édes, el, mondd meg: a jó,*
>
>   *mit adsz, minő szolgálatomra vár?* [10]

Tivy számító gyengédséggel duruzsolta a szavakat Lathea fülébe, mialatt ujjai belopóztak a blúza alá, hogy megérintse. Válaszul két kar fonódott a nyaka köré és vérforraló csókok követelték a folytatást.

---

[10] *Elizabeth Barrett-Browning: Portugál Szonettek (39.)*

34.

- Kotabaru – nevetett Emerico elcsavarva a rádió
gombját. – 1944. április 22-e, az amerikai hadsereg
elfoglalja Kotabaru szigetét – ismételte vidám
hitetlenkedéssel. – Nem mondom hősies, de hol a
csudában van Kotabaru?
Grant Hyland-Flake mogorván lesepert egy makacs
pihét amúgy irigylésre méltóan vasalt
vászonnadrágjáról. Rosszkedvét, ha akarta volna, se
sikerül lepleznie. Legalábbis Laurie előtt nem, ami
külön bosszantotta. – Neked meg mi bajod? –
szegezte neki a barátja az elkerülhetetlen kérdést,
amint körmönfont ügyeskedéssel kicsalta a házból.
- Dory.
Laurie a megszokott szivarfüst közepében ballagva
oldalra nézett. Grant szerette tudni, hogy megérti őt,
az apró-cseprő gondokat meg a világrengető
válságokat egyaránt. Máskor viszont kihozta a
sodrából, amiért az éber tekintet mindent kifürkészett,
azt is beleértve, amit nem kellett volna.
- Dory? Mi történt vele?
- Bárcsak tudnám! Titokban Tivy Rogershez szaladgál
a rendelőbe.
- Annyira nem csinálhatja titokban, ha te is tudsz róla.
Grant felhorkant. – Valami női nyavalya. De az
ilyesmi mindig veszélyesebb, mint... – nem fejezte be
a mondatot, mert maga se tudta, mi lenne a vége.
Eredetileg Laurie-nak se szándékozta kifecsegni ezt
az egészet, mégis muszáj volt. A veszekedések
Doreennal azt a képzetet keltették benne, hogy nincs,
aki megértse. – Bezzeg Anne akkor is megbízott
benned és hozzád fordult, amikor beteg lett, holott rég

külön költöztél. De nézd meg Doryt, harapófogóval se lehet szóra bírni.

- Nem lehet, hogy eltúlzod ezt a dolgot? Én makkegészségesnek látom.

- Honnan tudnám, ha semmit nem árul el? A tér túloldalán előzetes tervek vagy egyezkedés nélkül betértek a Kótyagosba. Az esti nagyüzem javában zajlott. A sűrű cigarettafüstben hangos vita folyt a közelben állomásozó és a kontinensre készülő csapatok viselt dolgairól.

- Lopnak! – jelentette ki valaki.

- A jenkiknek többjük van, mint nekünk! – torkollták le a bajkeverőt.

Ők ketten a kisebb csoportosulás mellett inkább a söntés felé surrantak, ámbár az ingerült hangok lerázhatatlanul elkísérték őket. Volt, aki a franciákat szidta, gerinctelen, gyáva, érdekhajhász népségnek címezve őket, mások csakis a Cornwallba telepített csapatokkal voltak elfoglalva. Egymást hergelve panaszkodtak.

- Elképesztő, mi? – sóhajtozott Leonard Mercury a pultnál iszogatva. Összehúzott szemmel mustrálgatta a vitázókat.

Grant és Laurie is rendeltek. Háborús időben csak pult alól lehetett tisztességes alkoholhoz jutni, tehát ezúttal beérték a gyatra másolattal.. Amíg az italra vártak, némán hallgattak. Grant ugyan maga is fojtogatóan szűknek találta a megyét ennyi ember számára, ám józanul azt is felmérte, hogy ha a kormány az inváziót komolyan gondolja, valahol csak össze kell gyűjteni a hadsereget. A szóbeszéd minimum két vagy háromszáz ezer katonáról szólt, akiket át akartak hajózni a kontinensre, és ő, miután az egész életét a hadseregben töltötte, pontosan átlátta, ez mekkora tömeget feltételez. Nem beszélve a nem harcoló alakulatokról, melyek ugyanúgy a hadsereg szerves részét képezik.

A vitázók közül valaki erőszakot kezdett emlegetni, mire a hangerő feljebb ugrott. Leonard Mercury elégedetlenül ingatta a fejét.

- Erőszak? – ismételte Laurie. – Miféle erőszak?
- Nevetséges ügy – jelentette ki Leonard. – St. Erthben Jackson Lounth lányáról kiderült, hogy állapotos. Méghozzá egy kanadai katonától.
- Ó, a mindenségit! És?
- Hidd el, Laurie, semmiféle erőszakról nem lehet szó. Az a kislány olyan szerelmes, ahogyan a nagykönyvben meg van írva. Különben meg kihallgattuk az apajelöltet és mondhatom, az a fickó még egy libáról is leudvarolná a tollakat. Még hogy erőszak! Ez az egész csak arra jó, hogy az embereket hergeljék.
- Lounth mit szól ehhez az egészhez?
- Ragaszkodik a házassághoz, mi mást szólhatna? Egy hónap múlva a katonák elmennek és kérdés, viszontlátják-e valaha a csábítót. Én mindenesetre kevés reményt fűznék hozzá. Vagy lelövik odaát, vagy a háború után eltűnik Kanada felé, mint aki soha erre sem járt.

Grantnek nem lett jobb kedve Leonard cinikus fejtegetéseit hallva. Sőt, éppenséggel azt juttatta eszébe, hogy soha nem talált valamire való választ arra a gyanújára, vajon a felesége megcsalta-e, amíg ő maga is Franciaországban harcolt. Már nem tudta megmondani, honnan eredt ez a megérzése, ami ennyi éven át elkísérte, mégis, ugrásra készen, ott rejtőzött az agya egyik rejtett zugában. Doreen ugyanis forróvérű nő volt, ellenben ő maga soha nem vágyott intim kapcsolatokra, ezért is tűnt valószínűnek, hogy a sejtése legalább részben igaz. Nem mintha ettől kezdve nem az ő hibája lett volna, ha az asszony átmenetileg elfordult tőle, és nem is fájt kevésbé.

- Ez az átkozott háború lassan mindenestül felforgatja az életünket – Laurie minden szenvedélyt nélkülöző megállapítása rögvest visszakalauzolta a jelenbe. Leonard hanyagul a söntésre állította a poharát, félig még tele volt az elhabzott barna sörrel. – Türelem, barátom, egy hónap és ez a rohamállapot a múlté lesz.

- Egy hónap?

- Nagyjából.

- Hallod-e, Grant – nézett rá korholóan Laurie, amikor magukra maradtak. –, pocsék hangulatban vagy. Miért nem állítod falhoz azt a makacs asszonyt ahelyett, hogy felőrlöd magadat?

- Gyávaságból – hogy megszabaduljon ettől a témától, Grant inkább azt kérdezte: – Mi az igazság abból, hogy a fiad az Eyre lány körül sündörög? A fél falu arról pusmog, hogy a minap kimenekítette a tengerből.

Laurie élvezettel hahotázott, Grantet meg is lepte, milyen átmenet nélkül derült fel. – Néha azt látom, hogy a fiatalság sose lesz józanabb vagy érettebb, mint mi voltunk a magunk idejében. Mindegy, milyen évszázadot írunk – legyintett derűsen. – Leslie Williams kivitte Rustyt csónakázni, de olyan elmerülten gyönyörködött benne, hogy az egyik evező a vízbe esett. A szerencsétlen addig nyújtózkodott érte, mígnem ők is a tengerbe borultak.

- Hiszen az a tökkelütött nem is tud úszni!

- Nem bizony! Emerico mentette ki mindkettőt. A jó isten küldte oda éppen akkor.

Grant megfeledkezve saját bosszúságáról felnevetett az elképzelt jeleneten. – Nem akármilyen elszántságra vall, ha valaki vízre száll errefelé.

- És ne feledkezz meg az esztelen bátorságról se. A Williams gyerekből jó katona lenne.

Grant vigyorogva rázta a fejét. – Pompás ágyútöltelék, azt ne téveszd össze a katonával. És a kislány mit szólt Emerico hőstettéhez?

- Gyanítom, hogy lenyűgözte az önfeláldozása. A gipszet viszont ki kellett cserélni a lábán és Tivy azt mesélte, amíg ő feltette az újat, Emerico megállás nélkül beszélt – Laurie komolyabban folytatta. – Az utolsó kudarca fényében óvatosabb lett. Szerintem még kéreti magát egy kicsit, csakhogy ezúttal biztos lehessen a dolgában.

Elmúlt tíz óra, mire hazafelé vették az irányt. Laurie a főtér sarkánál a tengerpartra tartott, hogy a rövidebb és napvilágnál egyben festőibb úton tegye meg az utat a Parisianig. Grant utána intett, mielőtt sarkon fordulva a másik irányt választotta. Üres fejjel és nehéz szívvel, a kavicsokat rugdalva lódult neki a rövid sétának.

- Mami! Mami!

Corey kiáltásai messziről hallatszottak, majd másodpercekkel később a meztelen talpacskák felcsattogtak a teraszra. A kisfiú odarobogott a nyugágyhoz, amiben Lathea pihent és nem törődve vele, hogy megzavarja Laurie felolvasását, panaszosan követelőzni kezdett. – Mikor megyünk fürödni? Azt mondtad...

- Ó, csillagom, nem illik belefojtani a szót másokba – feddte meg Lathea hátragereblyézve néhány rakoncátlan vörös fürtöt az arcából. – Kérj bocsánatot Laurie-tól – Laurie zokszó nélkül fogadta a gesztust és a feléje küldött bánatos pillantásra vidáman kacsintott. – Mami, mikor megyünk fürdeni?

Ezúttal a kérdés jóval bizonytalanabbul csengett.

- Hmm, mi lenne, ha átöltöznél, és máris indulhatunk.

A gyerek boldogan sikkantott egyet, elképesztően zöld szemében szikrák gyúltak. – Tényleg?

- Miért is ne?

- Ez a kis csemete – nevetett Laurie a vörös süvölvény után fordulva, majd felemelte az ölébe ejtett Times reggeli számát és folytatta a cikk felolvasását. – *A német hadvezetés politikai célkitűzésekért áldozott fel tízezreket, holott már április közepén valószínűnek látszott, hogy az északi és keleti irányból érkező, majd egyesülő két szovjet hadtest ellen kevés az esélyük. Ugyanakkor Berlin Szevasztopol esetében egyértelmű parancsot adott, mely szerint a várost az utolsó vérig védeni kell. Ötvenezer román és német katona maradt a falak közt, míg a többi erőt kihajózták. A körülbelül kéthetes szovjet felkészülést követően május 7-én megindult az összehangolt támadás. 9-én a védők a tenger irányába megkísérelték kiüríteni a várost, hogy vízi úton Romániába meneküljenek, ám a Herszon-félsziget homokos partjainál a szovjet tüzérség és légierő megsemmisítő csapást mért a menekülőkre.*

- És hány ember halt meg megint – jegyezte meg Lathea keserűen, Laurie erre egyetértően rábólintott.

1944. május 10-én a győzelem híre bejárta a világot és bizony kevesen törődtek azzal a százezer német meg román halottal, akik a Krímen sikertelenül szálltak szembe a Vörös Hadsereggel. Ezt követően politikai elemzők a súlyos katonai vereség mellett azt kezdték latolgatni, hogy a már korábban sem engedelmes román szövetségesek belső hatalmi harcai, a katonáik értelmetlen feláldozása után, vajon nem sodorják-e őket közelebb a fasiszta szövetségből való kilépéshez.

- Kész vagyok – robogott elő Corey fürdőnadrágban, mire Lathea engedelmesen felállt.

- Törölköző is van?

- Itt!

- Milyen előrelátó valaki – nevetett a dicséretes buzgalmon. – Akkor indulás. Viszlát, Laurie.

Laurie derűsen integetett utánuk, ahogy átvágtak a pázsiton. Szokatlanul forró napok álltak mögöttük, ami alaposan megdöntötte a korábban májusban tapasztalt hőmérsékleteket. Ezen felbuzdulva Corey minden áldott nap azzal nyúzta őket, mikor mehet be végre a vízbe. Lathea ugyan nem szívesen okozott neki csalódást, a víz azonban még nem volt elég meleg. Egy négyéves, tettre kész kisfiút ugyanakkor nincs ember, aki észérvekkel meggyőzne, ezért Tivy áthidaló javaslatára rövid mártózást ígért neki. Előkészítésként ő maga beszélt vele, hiszen a gyerek tőle jobban tartott, és azt is tudta, hogy semmilyen hízelgés nem hat rá.

- Tivy nem jön? – kérdezte Corey, amint elindultak. Lathea látta az arcán a megkönnyebbülés jeleit, ám nem tette szóvá, inkább szigorúan kijelentette: – Bármikor itt lehet, úgyhogy betartjuk, amit ígértél neki, rendben?

Tisztában volt vele, hogy a férfi az egész délutánt a rendelőben tölti, Corey előtt viszont semmi pénzért nem fecsegett volna. A férfiaknak, na meg egy orvosnak, jobban szót fogadott, ehhez még csak jelen sem kellett lenniük. Megmártóztak a hűvös tengerben, egymást fröcskölve hancúroztak, majd Corey a délutáni nappal süttetve a hátát nekiállt, hogy homokvárat építsen. Nem mindennapi állhatatossággal dolgozott, számára ez olyan alkotó munkát jelentett, amibe teljes lényével belemerülhetett. A korábbi években még szívesen vette, ha valaki csatlakozott hozzá, ellenben mostanság kizárólag Emericót részesítette ebben a kegyben. Elképesztő egyetértésben tudtak órákon át a homokban kuporogva dolgozni. Tervezgettek és vitáztak azon, mit hogyan építsenek fel, mígnem az eredmény őket igazolta.

Lathea most is félrehúzódva napozott, miközben a kicsi szorgoskodását leste. Odaadással és elégedetten játszott, szembetűnően elmerülve a feladatban, amit kitalált magának, és nem is tartott rá igényt, hogy ő belekontárkodjon a készülő műbe. Ezért magányosan üldögélt a dűnék árnyékába terített pokrócon, élvezte, ahogy a meleg nap felszárítja a bőrén csillogó vízcseppeket és a lábáról fokozatosan lehullik a száradó homok. Arcát a nap felé emelve hagyta, hogy a feltámadó szellő a hajába kapjon.

Amikor legközelebb felnézett, karcsú alakot pillantott meg a dűnék közt tekergőző ösvényen. Lenge, nyári nadrágot viselt, fekete inggel, amit duplájára dagasztott a szél. Hitetlenkedve meredt a közeledőre, jóformán már azt se tudta volna megmondani, mikor járt erre utoljára. És bár több-kevesebb rendszerességgel beszéltek telefonon, Londonban sem igen futottak össze. A férfit teljesen maga alá temette a munka, a közelgő invázióval feltehetően minden korábbinál jobban. A fővárosba tett ritka látogatások alkalmával ő maga legtöbbször Tivyvel töltötte az idejét. Közös programokat szerveztek, Rogerséknél időztek, vagy Anne-nel találkozott, így kettejük randevúja rendszerint elmaradt.

- Nahát, Jean-Michel! Nem hiszek a szememnek.

A látogató fásultan mosolygott. – Pedig jobban tenné, mert tényleg én vagyok. Laurie árulta el, hogy itt találom.

- Mennyire örülök magának!

Bár Lathea felállt, hogy üdvözölje, most mindketten leereszkedtek a kidőlt fa törzsére, mely elég szélesnek bizonyult ahhoz, hogy kényelmes és stabil ülőhelyet találjanak rajta. Jean-Michel a gyerek felé sandított. – Csak nem a nevelt fia ez a fiatalúr?

- Bizony ő. Corey.

Az érintett mintha megérezte volna, hogy róla van szó, egyetlen pillanatra a háta mögé lesett, mielőtt folytatta volna a munkát.

- Hány éves?

- Elmúlt három.

Jean-Michel felsóhajtott. – Szerencsés, hogy legalább maga itt van neki. Mire megjön az igazi anyja, rá se ismer... valami rosszat mondtam? – fulladt el a mondat Lathea elfelhősödött tekintete láttán.

- Betty... Betty meghalt a fronton, Jean-Michel.

- Micsoda? Mikor?
- Mi is csak a közelmúltban szereztünk róla tudomást.
Eltelt egy gyászos perc, mire a francia megszólalt. –
Lehet tudni valamit arról, hogy történt?
- Monte Cassinónál egy német tüzérségi támadás
elpusztította a rohamkórház néhány sátrát. Betty, úgy
tűnik, azonnal meghalt.
- Istenem! És a férje? Mintha ő is az
egészségügyieknél lett volna.
Lathea biccentett. – Megsérült, de legalább él.
Valószínűleg leszerelik. Tudja, Jean-Michel, ez
számomra azt jelentheti, hogy visszaveszi a fiát és ez,
ha önzés is, de mégiscsak kétségbe ejt.
- Megértem. Ami azt illeti, nekem az öcsém halt meg.
- Mit is mondhatnék? Részvétem. Borzasztó csapás
lehetett.
Jean-Michel tekintete ismét a gyerek felé kalandozott.
– Gyötör a lelkiismeret miatta, ez a legpocsékabb
része. Nem voltunk jó testvérek. Hugo jóval fiatalabb
nálam és elkényeztették a gyerekkori betegeskedései
miatt. Voltak évek, amikor jóformán csak a
karácsonyi asztalnál találkoztunk, bár ott se nagyon
akadt mit mondanunk egymásnak. Most meg
valahogy úgy érzem, idősebb lévén, az enyém a
felelősség zöme.
Erre nehéz volt mit mondani. – Hogyan értesült róla?
Szomorú mosoly. – Fettisovtól. Svájcból hívott fel.
Szerinte a nácik kémnek nyilvánították Hugót és puff.
Kivégezték a nyílt utcán. Meglehetősen furcsa, mert
nála egoistább, közönyösebb fickót egyet se ismertem.
- Rettenetesen sajnálom. És a szülei? Tud róluk
valamit?
- Jól vannak – a férfi váratlanul Latheára szegezte a
tekintetét és ő csak ekkor fedezte fel, micsoda
fájdalom ül az arcán. Sőt, a halántékán szembetűnően
verejtékezett, és ahogy megmozdult, bal kezét sután
magához kapta. – A segítségére lenne szükségem.

- Mi történt magával?

Torz grimasz. – Megint hősködtem és akárcsak a múltkor, emlékszik?, rosszul sült el.

- Ezt hogy érti? Mennyire rosszul?

- Átszöktem Bretagne-ba a szüleimhez. Látnom kellett őket, nehogy mástól tudják meg, mi történt az öcsémmel.

- Hogy volt képes ilyen őrült kockázatot vállalni? – képedt el Lathea.

Utólag a férfi is egyetértett. – Ostobaság volt, de nem lehet visszacsinálni. Hazafelé kisebb zűrbe keveredtem és… meglőttek. A halász, aki megmentett, a Lizard-félszigeten tett partra, így kerültem ide.

Lathea döbbenten nyelt kettőt. – És a sebe? Súlyos?

- Nem vérzik, mégis sürgősen szükségem lenne egy orvosra. Mit gondol, a barátja, Tivy Rogers, hajlandó lenne kivenni ezt a két átkozott golyót?

- Nem látom be, miért ne tenné. Ha akarja, elkérem Laurie kocsiját és azonnal beviszem a rendelőbe.

A nemleges fejmozdulat egyértelmű volt. – Szó sem lehet róla. Nem akarom megmutatni magam a faluban. Talán itt helyben megcsinálhatná.

Latheának egyáltalán nem tetszett az ötlet, amikor Tivy azzal állt elő, hogy a beavatkozást a bungalóban kell elvégezni. Jean-Michel éppen a megbolygatott vállából szivárgó vért itatta fel egy steril pólyával, arca eltorzult a fájdalomtól.

- Nézd, semmi szükségünk Corey kíváncsiskodására a házban. Ha be nem is kukucskál a kulcslyukon, hallani fogja, ahányszor Jean-Michel felkiált, mert megkínzom egy kicsit – Latheát vigasztalólag megcsókolta. – Mi lenne, ha felmennél a házba és készítenél valami harapnivalót? Megígérem, semmit nem teszünk tönkre.

Tivy ügyesen megszabadult az asszonytól, majd leterítette az ágyat, nehogy összevérezzék a takarót.

Mivel Lathea a telefonban néhány szóval megelőlegezte, mire számítson, elegendő kötszert, fertőtlenítőt, fogót és egyéb kelléket hozott magával. Köztük egy műanyag plédet, amivel a rendelőben a vizsgálóasztalt védik ilyen esetekben. Jean-Michel végignyúlt rajta. Mozgásából is látta, micsoda kínszenvedést okoz neki a két golyó. Először fájdalomcsillapítót kapott, és amíg az hatni kezdett, ő előszedegette a legszükségesebbeket.

- Beszélt Forshammel Lathea válásáról? – szólalt meg Jean-Michel elgyötört hangon.

- Úgy fest, hogy valamelyik hivatalban belső civakodásba fulladt az ügy. Sajnos, erről most már le kell mondanunk. Legalábbis átmenetileg. Nyolc napon belül az egész tábort felszámolják Porthkerrisben és Southamptomba helyeznek minket.

- Magát is?

- Mindenkit. Június első napjaira időzítik a partraszállást, úgyhogy legfeljebb akkor nősülhetek, ha túlélem ezt a kalandot.

A nyugtató hatni kezdett, Tivy hallotta a francia nehezen forgó nyelve alól felhangzó kába szavakból.

– Sajnálom. Lathea mit szól ehhez az egészhez?

- Keményebb fából faragták, mint gondolnánk, de cseppet sem lelkesedett, amikor megtudta.

Ez merész alábecslése volt a valóságnak, hiszen a bejelentést követően szinte magába roskadt. Hiába számítottak rá a kezdetektől, hogy egyszer ez a nap is eljön, most, hogy itt volt, nehezükre esett szembenézni vele.

- Ne beszéljen többet, nem akarom, hogy leharapja a nyelvét – figyelmeztette a beteget.

Nekiállt hát, hogy kiássa a sérült vállból a golyókat. Nem volt se egyszerű, se gyors munka, mivel kellemetlenül beágyazódtak, ráadásul Jean-Michel rettenetesen vérzett. Az elkínzott ordításnak az vetett véget, hogy a szerencsétlenül járt hős elájult a megpróbáltatásoktól. Tivynek egy órájába telt, míg a golyókat kibányászta, a roncsolt vállat pedig ellátta. Komoly erőfeszítést jelentett a vérzés elállítása, majd a sebet összevarrni. Jócskán be is sötétedett, mire Lathea visszamerészkedett. Ő éppen akkor szedegette össze az átvérzett kötéseket és szikéket.

- Mi van vele? – suttogta az asszony.

- Túléli, csak aggasztóan sok vért veszített. Még idejében ért ide, máskülönben menthetetlen vérmérgezés lett volna a vége. Csúnya és szerencsétlen sebesülést szerzett be magának.

- Alszik?

- Magához fog térni – Tivy lerogyott a fésülködőasztal szélére és a lábai közé húzta az asszonyt. – Beszéltél Laurie-val a hétvégéről? Ez az utolsó alkalom, hogy három napra Londonba szökjünk. – A válasz igenlő bólintás formájában érkezett. – Hallgass ide, szerelmem. Beszaladok egy adag vérért a faluba, hátha éjszaka szükség lesz rá. Utána felvisszük a barátodat a házba. Addigra Corey lefekszik, így nem látja majd.

- És ha itt megágyaznánk neki? Szüksége lehet rád. Tivy rögtön tiltakozott. – Adok neki altatót, lázcsillapítót és majd felmegyek hozzá az éjszaka, de én kettesben akarok veled lenni. Tudom, önző vagyok.

- Igen – somolygott az asszony, ettől a feszültség mintha kezdett volna elillanni belőle. – Jól van, menj be a rendelőbe, aztán Emericóval segítünk felvinni Jean-Michelt.

A hétvégi terveket egyszerre két tényező is keresztülhúzta. Egyfelől Jean-Michel belázasodása, ami bármelyik lelkiismeretes orvost maradásra kényszerített volna. Pótlólagosan vért kapott és Tivy állandó felügyelete alatt maradt, mivel napokig többnyire eszméletlenül feküdt az emeleti szobában, félrebeszélt a sebláztól. A vállában már gyökeret vert a gyulladás, amit komoly erőfeszítések árán lehetett csak visszaszorítani. A három kritikus nap után annyira legyengült, jóformán ülnie is nehezére esett. Hiába akart nekivágni Londonnak, egyszerűen szóba se jöhetett. Másrészt Tivyt Cradock ezredes visszarendelte Porthkerrisbe, vagyis a távozásával Howard Stump kénytelen volt visszavenni saját pacientúráját. Ekkora már nyilvánvalóan kitűnt, hogy a segítségéről végleg lemondhat.

- Röstellem, hogy miattam mentek füstbe a terveik – szabadkozott Jean-Michel aznap, amikor Lathea segítségével először tudott kiülni a teraszra.

A nyugágyig megtett úttól kimerült, az erőlködéstől kiverte a veríték. Az asszony hűs limonádét adott a kezébe, mielőtt maga is kényelembe helyezkedett volna. A Parisianben szokatlan nyugalom honolt. A ház ura reggel útra kelt Corey-val, hogy valami ihletforrást keressenek, és mivel uzsonnát is vittek magukkal, délutánig nem várták vissza őket. A műteremből a rádió kellemes dallamokat ontott, ők pedig a napernyő oltalmában lustálkodtak.

- Nem vagyunk túl szerencsések, Jean-Michel, ám ez nem a maga hibája. Tivynek Porthkerrisbe kellett mennie.

- 12 óra lesz három perc múlva – hangzott fel a BBC déli adása. – Délben híreket mondunk.

- Néha már félek, megint mit hallunk– sóhajtotta Lathea.

Jean-Michel nem tudta, mit feleljen, ezért inkább lehunyt szemmel próbálta élvezni a májusi nyarat. Az asszony se szólalt meg többet, némán foltozgatott egy zöld zoknit, kezében szorgosan forgott a varrótű. Mintha a tikkasztó déli órában a természet is valamelyest meghunyászkodott volna. A fejük felett rikoltva elhúzott néhány sirály, máskülönben a tenger morajlása vette körül őket.

- Dél van. 1944. május 19-én a BBC híreit hallják. Hosszú hónapok meddő kísérleteit követően tegnap a szövetségesek áttörték a frontot a Gusztáv-vonalon…
- A mindenségit! – kapta fel a fejét Jean-Michel. Hirtelen nagyon éber lett.
- … A Monte Cassinónál lezajlott korábbi sikertelen próbálkozások és drámai veszteségek miatt május elején indították újra a hadműveleteket. A harcvonalba irányított huszonnyolc hadosztályból négy francia és egy lengyel egészíti ki az amerikai és brit csapattesteket, szintén Sir Maitland Wilson parancsnoksága alá vezényelve. A szövetséges erők váratlan átcsoportosítása után egy héttel az ellenség huszonhárom hadosztállyal vette fel a harcot, ám a Liri-völgyből való kényszerű visszavonulásuk következtében a Gusztáv-vonal is tarthatatlanná vált…
- Hűha! – kiáltotta Jean-Michel felpezsdülve. – Istenem, micsoda hír ez! Érik a helyzet, de még mennyire! – a tudósításról azonban elvonta a figyelmet a telefon csörgése.
Lathea félretette a stoppolást és a teraszról besietett a nappaliba. – Parisian.
- Lat, kedvesem, milyen jó, hogy ott talállak.
- Dory? Izgatott a hangod, mi történt?
Rövid csend, mégsem több lélegzetvételnyi habozásnál. – Ma Penzance-ban jártam és egyúttal beugrottam Carlához. Egyedül volt otthon. Azt mesélte, hogy tegnap este Frosték telefonáltak nekik és azt kérték, Nick azonnal menjen Londonba. Ma reggel el is rohant.
Latheát kirázta a hideg. A baljós előérzettől szabályosan lúdbőrös lett. – Frosték?
Doreen alighanem ugyanarra a következtetésre juthatott, mert együtt érzően megkockáztatta: – Próbáltam kiszedni Carlából az okokat, csakhogy szerintem ő se tudja. Lat, ideje lenne beszélned

Corey-val. Valahogy rosszat sejtek. Nem több ez megérzésnél, mégis mi van, ha egyik nap felbukkan az apja és magával akarja vinni? Szegény apróság semmit nem fog érteni az egészből. Lathea szíve kihagyott néhány ütemet. Ez az eshetőség fenyegetésként lógott a feje felett és, akármennyire nem akart tudomást venni róla, a barátnőjének igaza volt. Mégsem érzett magában kellő erőt és bölcsességet ehhez a beszélgetéshez. Miként is mondhatná el egy három és fél éves kisfiúnak, aki családjaként egyedül őt és Laurie-t ismeri, hogy valójában nem az édesanyja, mitöbb, nem is vérrokonok. Corey minden szeretetüket élvezte és három esztendeje úgy tudta, hogy kizárólag rájuk számíthat. Ők jelentik számára a családot, az egyetlen otthont. Az apjára nem is emlékezhet, nem beszélve az apai nagyszülőkről, akiket, amióta Cornwallba érkezett, nem is látott. És akik soha még csak nem is érdeklődtek felőle.

Lathea titokban azért fohászkodott, hogy ez a nap sose jöjjön el, most mégis itt volt, ő pedig többé nem tehette meg, hogy tudomást se vesz róla.

- Baj van? – Jean-Michel aggodalmas hangja ébresztette rá, hogy Doreen rég megszakította a hívást, úgyhogy a helyére ejtve a kagylót visszasétált a teraszra. A férfi gyanakodva nézett rá. – Mi lelte magát?

Ahogy a korlátnál megállt, ösztönösen úgy megszorította, hogy az ujjpercei is belefehéredtek. Háttal a férfinak szólalt meg: – Lehetséges, hogy Kester Frost máris visszajött Olaszországból?

- Máris?

- Monte Cassino csak most esett el, nem lenne ez túl gyors?

- Legjobb értesüléseim szerint a sebesülteket eddig is gyorsan visszahozták Angliába, Afrikán vagy Máltán keresztül.

- És a halottakat?
- Nem, nem, őket helyben eltemetik – Lathea
elmerengett. – Ezek szerint Frost hazatért a frontról? –
találta ki Jean-Michel nehézség nélkül.
- Valami azt súgja, hogy igen. Uram isten, elviszi
innen Corey-t, én meg semmit nem tehetek ellene,
semmit – a könnyei feltartóztathatatlanul
kibuggyantak a szeméből. – Bocsásson meg –
dadogta, mielőtt bemenekült a házba.

Másnap este a szokásosnál többen ülték körbe az
asztalt. Tivy megengedte gyógyulófélben levő
betegének, hogy a vacsora kedvéért felkeljen, mivel
szembetűnően nyugtalan és türelmetlen volt ennyi
fekvéstől. Az utolsó pillanatban a Nyugalmazották is
befutottak. A házaspár között az utóbbi időben
tapasztalható feszültség aznap este mintha elolvadt
volna.
- St. Ivesban jártunk – mesélte Doreen vidáman,
mialatt megterítették az asztalt. – Rég nem nevettem
ennyit, Grant igazán jó hangulatban van.
Ennek bizonyítékául szokása szerint megrepülőztette
Corey-t vacsora előtt. Ahogy a kicsi Grant kinyújtott
karjaiban úszómozdulatokkal kalimpált, Emerico
vigyorogva cukkolta. – Hé, kisöreg, láttál már olyan
repülőt, ami mozgatja a szárnyait?
- Én láttam – hahotázott Tivy. – Zuhanás előtt egy
perccel.
Az önfeledt hangulat közepébe toppant be Doreen,
hogy mindenkit asztalhoz tereljen. Lathea még a
konyhában sürgölődött, a felvágott kenyérszeleteket
rakta tálcára.
- Hahó, szerelmem – fonódott a derekára egy erős kar,
Tivy szelíden a nyakába csókolt.
- Végre visszajöttél.
- Hiányoztam?
- Tudod, hogy igen.

- Van egy pompás újságom. Holnap délután visszamegyek Porthkerrisbe leszámolni a marazioni rendelő leltárjával, utána viszont megkaptam a háromnapos eltávot. Cradock nem akar velem kiszúrni. Úgyhogy ha utánam jössz és a Nyugalmazott belemegy, felugorhatnánk Londonba. Mit szólsz? Egyetlen fogkefét hozz magaddal.

Más körülmények között ez a bejelentés felhőtlen örömöt okoz, Latheán azonban napok óta úrrá lett a szorongás, egyre csak a jövő rémképei üldözték. Aggódott Corey meg Tivy miatt. – Na, de mi lesz utána?

- Miért nem koncentrálunk erre a néhány napra? – sóhajtott fel Tivy kissé megfosztva iménti lelkesedésétől. Nem kapott választ, ezért egyik tenyerével végigsimított Lathea arcán. Borús tekintete elárulta, amit hallgatása eltitkolt. – Utána Southamptonban kell jelentkeznem, Latty. Sajnálom...

Vészterhes csend borult rájuk, amíg szótlanul, már-már bénultan meredtek egymásra. Az étkezőből kiszűrődő vidám perlekedés mintha nem is a küszöbön túl zajlott volna, hanem egy másik idősíkban, egy másik valóságban.

- Ne haragudj rám azért, mert teljesítem a kötelességemet – suttogta Tivy az érzelmeitől legyűrve. – Gyáván elfuthatnék, de akkor hogyan nézek tükörbe életem hátralevő részében? – egy örökkévalóságba telt, mire Lathea alig érzékelhetően bólintott. – Nem álltam az összes ígéretemet – folytatta Tivy. –, de legalább boldogok voltunk, ugye?

- Máskülönben... – Lathea hangja elcsuklott. – máskülönben nem szakadna meg a szívem.

- Remélem, nem hiszed, hogy el akarok menni? Lathea nemlegesen ingatta a fejét. – Most menjünk be, kérlek!

Az asztaltársaság frenetikus hangulata mindenkit magával sodort. Laurie ült az asztalfőn, és ahogy meg is jegyezte, egyre ritkábban foglaltak helyet körülötte ennyien. Kifejezett oka nem volt a vidámságnak, mégis mindenkire átragadt. És ahogyan gyakran lenni szokott, egyik tréfa hozta a másikat, a láncolat pedig nőttön-nőtt. Emerico egy könnyed kézmozdulattal utalt arra, hogy ez az este önmagát kínálja arra, hogy a távozni készülő Tivytől rövid időre búcsút vegyenek. A szeretetteli tónus, meg hozzá a derűs vigyor, megmentette a jelenetet a búcsúzkodás érzelgősségétől. Noha mindannyian tudatában voltak a közelgő elválásnak, semmiféle érzelemkitörés nem rontotta el az este hangulatát.

Az étkezés végeztével átmentek a nappaliba, hogy a kényelmes foteleket részesítsék előnyben. Aki élt a felajánlott kávéval vagy itallal, az megkapta, a többiek pedig a Doreen által készített házi kekszet majszolták. Laurie ellenállhatatlan lendülettel kapcsolta be a rádiót, mely az esti híradás után rendszerint tánczenét közvetített. Amikor az 'I'll be with you in Apple Blossom time' felharsant, Jean-Michel félretéve a poharát megkörnyékezte Latheát. – Megtisztel egy tánc erejéig?

- Szabad ezt magának?

- Ki tudja? Most mégis kedvem lenne egy fordulóhoz – kacsintva a derekára fonta ép karját. – Ma este sorra veszek minden hölgyet – mivel öt férfihoz csak ketten voltak, tréfának szánta a megjegyzést, bár nem csodálkozott, amiért Latheáról lepergett. – Ugyan, szedje össze magát – súgta, hogy más ne hallhassa. – Bátor optimizmussal átélt már nehéz időket. Most se hagyja el magát.

A szavaival meglepte az asszonyt, mert kissé elkerekedett szemmel pillantott fel. Végül mégis azt felelte: – Mintha mágnesként vonzanám a bajt. Erwin és Mischa elmentek a háborúba, mindketten meghaltak. Quentin Hyland-Flake-nek nyoma veszett a Távol-Keleten. Betty is meghalt... maga szerint túlzottan érzékeny lettem és feleslegesen aggódom Tivy miatt? Jean-Michel megfontoltan tiltakozott. – Mindössze arra céloztam, hogy se maga, se én nem tehetünk semmit a szeretteinkért. Legfeljebb annyit, hogy bátrabbnak mutatjuk magunkat a valósnál és jó képet vágunk a dolgokhoz. Talán merő szerencse, ki tér haza és ki nem. De ne feledje, a mi félelmeink őket is kétségbe ejthetik.

Úgy érezte, ezzel a pár szóval tudja a legtöbbet segíteni és az este további részében Lathea valóban közlékenyebb lett. Ugyanúgy táncolt Granttel, Emericóval meg a ház urával. Ő maga bár elhatározta, hogy korán visszavonul, ezt a pompás hangulatnak köszönhetően folyton csak halogatta. Lathea rég lefektette Corey-t, a rádiót is lehalkították, amikor váratlan vendég toppant be. Egyöntetű megrökönyödéssel meredtek az érkező Nick Cowanre. Bár Laurie finoman célzott rá, hogy a férfi jócskán eltávolodott tőlük, Jean-Michel akkor fogta fel szavai valós értelmét, amikor az egyetlen túlélő Cowan könnyen megfejthető pillantást lövellt Tivy Rogers felé. Nem okozott gondot kitalálni, mi lehet a véleménye Lathea szerelméséről. Tizennyolc felett valószínűleg minden férfi ismeri ezt a vetélytársi gyűlöletet, legfeljebb ki ügyesebben, ki ügyetlenebbül palástolja. Nick Cowan erre még csak kísérletet sem tett. Üdvözölte a házigazdát, Hyland-Flake-éket, őt, végül Emericót, ám Tivy Rogersnek és Latheának be kellett érnie egy kényszeredett biccentéssel.

Laurie mentendő a menthetetlent a váratlan látogató felé fordult, igaz, korábbi jókedvét elhomályosította a tüntető modortalanság. – Mi járatban nálunk? Főleg ilyen későn?

Minden tekintet Nickre szegeződött, várakozóan lesték, mit mond. Jean-Michel gyanította, hogy titkon mindannyian ugyanarra gondolnak. Doreen telefonhívása felbolygatta az életet a Parisianben. Széltében-hosszában megtárgyalták az elkeserítő helyzetet, még a higgadtságáról híres Laurie is kezdte elveszíteni az önuralmát. Előző este szenvedélyes kirohanásban bírálta a szülők hebrencsségét, ugyanakkor elismerte, hogy amennyiben Kester Frost úgy határoz, nem akadályozhatják meg Corey Londonba költöztetését. Szavaiból egyértelműen kitűnt, mennyire kötődik a kisfiúhoz, akit csecsemőként fogadott be és becsülettel nevelt, miközben a szülei a feladat elől megfutamodva inkább saját ambícióik beteljesítésén fáradoztak.

- Nehéz kötelességet teljesítek, Laurie – kezdte Nick, a házigazda azonban szándékosan nem könnyítette meg a helyzetét.

- Mi lenne az?

- Ma jöttem haza Londonból. Kester Frostot hazahozták Olaszországból és két hét kivizsgálás után már otthon van. Szeretné, ha mostantól a fia is vele élne.

- Ezt szeretné?

Ez az egyetlen szó annyi gúnyt, kelletlenséget és megvetést sugárzott, hogy Nick felnőtt ember létére is fülig vörösödött. – Mi ebben olyan furcsa? Szerintem természetes vágy, vagy nem ért velem egyet?

- Inkább a maga szerepén csodálkozom – Laurie kijelentése az ellenséges csendben lövésként dördült.

Ez volt a kedves öregember másik arca, amit ritkán mutatott meg, de azért ott rejtőzött a felszín mögött és szükség esetén elővette, hogy megvívja a harcot a maga igazáért.

- Kester a sógorom, Corey pedig a fia, a húgom fia.

- Ehhez kétség se fér. Ám hadd emlékeztessem arra az estére, amikor a maga húga tornádó képében betört ide és, se anyai érzésekkel, se az elvárható tisztességgel nem törődve, a nyakunkon hagyta a kisbabáját. Akartuk vagy se, pelenkázni kellett, etetni, megkeresni számára az ennivalóra valót, ringatni és foglalkozni vele. Pedig Latheával jogunk lett volna a saját, léha életünkhöz, amit a kedves húga tapintatlanul elrabolt tőlünk. Nem gondolja, hogy a maga sógora háromévnyi fáradozásunkért cserébe legalább egy köszönömmel tartozna? Meg azzal, hogy üzengetés helyett személyesen jöjjön el?

- Még rossz bőrben van.

Laurie leereszkedően intett. – Én igaz embernek ismertem meg magát, Nick, kérem, ne sértsen meg azzal, hogy ilyen átlátszó módon a szemembe hazudik. Kester Frost, ha olyan beteg, minek veszi a vállára egy kisgyerek nyűgét, akit gyakorlatilag nem ismer?

Nick kényelmetlenül feszengett. – Számítottam rá, hogy nem fogadnak szívesen, de én csak hírnök vagyok, nem több. Kester szülei segítenek Corey körül, ha kell – Laurie ellenségesen fújtatott. Nem volt nehéz leolvasni az arcáról, mit gondol azokról a nagyszülőkről, akik ennyi időn keresztül se levélben, se telefonon hallani se akartak az unokájukról. Sőt, eltűrték, hogy idegenek neveljék. – Az én küldetésem annyi... – vett Nick mély levegőt. –, hogy holnap Corey-t Londonba kísérjem az apjához. Kérem, ne akadályozzák ezt meg, ez minden.

Laurie-t sértette a mód, ahogy Nick Latheának háttal, tudomást se véve róla beszélt. – Amennyiben szívességet óhajt kérni, címezze az érintetthez, merthogy a húga nem rám bízta a gyereket, hanem Latheára. Mellesleg megjegyezném, hogy majd tartozik neki egy kis magyarázattal arról, miért szakítja el az anyjától.

- Az anyjától? Hiszen nem Lathea...

- Valóban nem.

Nick tekintetében kétségbeesés gyúlt, amint ráébredt, mivel jár a megbízása. Különösen bosszanthatta Laurie önelégült mosolya. – Én azt hittem... miért nem beszéltek vele Kester levele után? Idő kérdése volt, mikor jelentkezik érte.

- Az arcátlanság netovábbja, amit művel, fiam – emelte fel Laurie a hangját. – Mondja, hány bőrt akar még lehúzni rólunk? A piszkos, fáradságos és nemkívánatos munkát velünk végezteti, mi pedig még tapsoljunk is hozzá? Nocsak, mit gondol magáról, hogy kicsoda? Egyszer ugyan balekot csináltak belőlünk, de többé nem lesz ebben az örömben része.

Lathea először szólalt meg, hangja árulkodóan botladozott a visszafojtott indulattól. – Különben is, miért nem beszéltél vele te? Minden kellemetlenséggel járó feladatot ránk hárítanál?

- Erről az ostobaságról nem nyitok vitát.

- Még jó, hogy nem! A végén ugyanis kiderülne, hogy a te lelkiismereted nagyon fekete, nem igaz? Úgyhogy gyere vissza reggel, ha Corey már felébredt, és meséld el neki, miért rabolod el az egyetlen otthonból, amit ismer. Egyben csomagolj is össze neki, mert én a kisujjamat se mozdítom.

Nick szeme résnyire szűkült. Egy vészterhes percre összeszorította a száját, mielőtt egy kurta 'jó-éjt'-tel kiviharzott a házból, ahol gyászos döbbenet hagyott maga után.

Jean-Michel Corey csillapíthatatlan sírására ébredt. A gyerek a szomszéd szobában aludt, mindössze egyetlen fal választotta el őket, bár ezúttal mintha az sem létezett volna.

- Laurie másfél órája vigasztalja – jelentette ki Tivy Rogers, aki gondterhelten ült az étkezőben, amikor ő is letámolygott. A gyereksírással a fülében többé már képtelen volt visszaaludni. – Szerencse, hogy Latty nem hallja, a szíve szakadna meg.

- Nem is vetném a szemére.

Tivy egy tányéron fasírtot meg kenyeret tett elébe és teával kínálta. – Egyen csak, valahogy olyan érzésem van, ennek a történetnek még messze nem értünk a végére.

- Nick viselkedése egyszerűen gyalázatos – vallotta be a teáját ízesítve angol szokás szerint kevés tejjel. – Érzéketlen és hálátlan volt.

Tivy megvetően lebiggyesztette a szája sarkát. – Én semmi jót nem várok egyetlen Cowantől sem. A húga ugyanilyen hálátlan és önző volt. Alaposan visszaélt Latty engedékenységével és azzal, hogy nem tud nemet mondani.

- Laurie vajon hogy boldogul odafent?

- Nincs könnyű dolga, mert túlságosan szereti Corey-t. Megértem, ha nem akarta megkockáztatni, hogy mások hazugságokkal zavarják meg a fejét. Corey ismeri őt és megbízik benne, ennél nem is kell több.

Még nem volt kilenc óra, Nick máris beállított. Komor képpel vonult be és csak sejteni lehetett, hogy szájmozgása köszönés lehetett. Addigra Laurie lehozta a kisfiút, aki oltalomért az ölébe bújt, onnan pedig bizalmatlan pillantásokkal méregette a nagybátyját.

- Remélem, Laurie, nem fordítja ellenünk.

- Nagy a kísértés, de én csak Corey-ra gondolok. Senki más nem érdekel.

- Méltatlan lenne magához.

- Ó, ne aggódjon, amennyire maga, annyira én is hű maradok önmagamhoz… de lehet, hogy még jobban is – Nick habozott. – Ismeri a járást. Ha továbbra is el szándékozik vinni, csomagoljon be neki.

Az egész jelenet hátborzongatóra sikerült, Laurie elutasító magatartása felért a kiközösítéssel. Mialatt Nick eltűnt az emeleten, a kisfiú még mindig fogadott nagyapja ölében pityergett, majd Emerico kapta a karjába.

- Fel a fejjel, cimbora. Ha meglátogatsz minket, ismét építünk várat a parton, benne vagy?

Corey sután rázta a fejét. – Nem akarok elmenni.

- Tudom, de ne feledd, hogy apád vár téged. Szeretni fogod. Csak légy türelmes. Minket meg ne felejts el.

Corey nem felelt. Ígéretek helyett vékonyka karjait, melyek a tavaszi napsütéstől már kissé lesültek, a nyaka köré fonta és arcon puszilta. – Te se.

- Hogy is felejthetnélek el? Ha rajzolsz valami szépet, elküldhetnéd nekünk, jó?

- Mami!

Corey feltámadt félelmei és kibuggyanó könnyei elől a belépő Latheához menekült. Úgy bújt hozzá, mint aki soha többé nem fogja elereszteni. Egész teste belerázkódott a keserves zokogásba, amitől Latheát mintha keresztre feszítették volna. Corey hátát simogatva járkált vele, a fülébe látható hatás nélkül duruzsolt valamit, keskeny válla felett pedig homályos pillantást vetett Tivy felé.

- Kész vagyok – jött le az emeletről Nick két táskával. Egyet fordult a kocsiig, azután visszatért a gyerekért. Iszonyatos jelenet lett a búcsúzásból. A kisfiú vérvörösre puffadt arccal bőgött, hisztérikusan nyúlkált hol Lathea, hol Laurie keze után, majd utolsó mentsvárként belekapaszkodott Jean-Michel ingébe. Nick alig bírta tartani, annyit kapálózott a szorításban. Ilyen érzelmi kitörés után nem merték a kertkapuig követni, bár onnan is behallatszott a szívet tépő sírás. Később felhangzott egy erőteljes motor búgása, de gyorsan el is halt. Nyomában dermesztő csend maradt.

35.

A Vén Hattyúban mintha ismeretlen fogalom lett
volna a nyugodt üzletmenet. Amilyen szerény
méretekkel bírt az étterem, senki nem gondolta volna,
hogy ennyien járnak ide. Még ki sem ürült az egyik
asztal, máris két társaság várakozott, hogy
elfoglalhassa. Rég elmúlt délidő, a falióra mutatói
inkább hármat jövendöltek, eközben újabb hatfős
csoport érkezett. Mike Rydl sietősen a bejárat felé
tört, hogy némi türelemre intse őket.
- Ó, Lat, kész roncs vagy.
A megjegyzés Lathea elevenébe talált. A
feltartóztathatatlan könnyek fátyolán keresztül nézett
Anne-re. Az asztal túloldalán egymásra fektetett
karokkal ült, jóformán hozzá se nyúlt az italához. –
Bárcsak megszabadulhatnék ettől az átkozott sírási
kényszertől – motyogta az orrát fújva. – De nem
megy.
- Disznóság, ahogy elvették tőled a kisfiút. Harcolnod
kellett volna érte.
Lathea egykedvűen meredt a terítő kék és szürke
kockáira. Utólag benne is felötlöttek bizonyos
kétségek, bár józanul gondolkodva tudta, hogy sokáig
nem dacolhattak volna Kester jogos követelésével.
Ráadásul Nick visszataszító viselkedése láttán azon se
csodálkozott volna, ha a férfi álnokul félrevezeti a
sógorát, aki akár azt is hihette, sürgősen meg kell
mentenie a fiát. Akárhogy is volt, óriásit csalódott
Nickben. Hosszú ideje visszavonhatatlanul meghalt a
barátságuk, azt is megkockáztatta volna, hogy
valószínűleg évekkel korábban, jóllehet ez volt az
utolsó csepp a pohárban. Nick mindvégig tanúja volt,
hogy a lelküket kitették Corey-ért, méghozzá az

áldozatukért nem kérve semmit sem cserébe. Nagybácsi vagy se, ő maga ezzel a helyzettel olyannyira megelégedett, hogy egy-két szórványos hétvégi meghíváson kívül nem is igen tartotta magánál. Tökéletesen megfelelt neki, hogy mások gondoskodjanak az unokaöccséről, akkoriban bezzeg nem jutott eszébe vérségi kötelékre hivatkozni. Kettejük szakítását persze jól tudta, hogy a Tivy iránt táplált érzései okozták. Nick felháborító viselkedése leküzdhetetlen féltékenységből fakadt. Elborzadva gondolt arra, hogy valaki más férje indokolatlanul gyengéd és viszonzatlan érzelmekkel viseltetik iránta. Soha nem bátorította, nem áltatta semmivel, valahogy mégis bűntudattal elmélkedett azon, hogy az események alakulása, Corey elvesztését is beleértve, összefügghet azzal, mert ő visszautasította. A régi, meghitt barátság örökre odalett, de a jelent mérgező acsarkodás, hogy már beszélő viszonyban sem voltak, megcsúfolása lett minden korábbinak.

- Néha legszívesebben kinevetném magamat – vallotta be Anne-nek. – Régen a legnagyobb csapások se ríkattak meg, most meg nézz rám! Abba se tudom hagyni.

- Miért olyan nagy baj ez? Imádtad Corey-t.

- És Tivyt is imádom, de mit kap belőlem, mielőtt elviszik? Ezt a felpüffedt szemű nőt, aki szakadatlanul kesereg valamin – felsóhajtott. – Istenem, Annie! Belefásultam ebbe a küzdelembe.

Anne átnyúlt az asztal felett, hogy megszorítsa a kezét. – Ne mondj ilyet. Ha tudnád milyen érzés téged így összeroppanva látni. Olyan régen ismerlek már és tudom, mi mindenen mentél keresztül, de mindig felemelt fejjel. Mi van veled? Most nem adhatod fel.

A szótlan fejmozdulat önmagáért beszélt. Csendben ültek mialatt körülöttük zajlott az élet. Újabb és újabb éhes vendégek jöttek, mások távoztak. Kiöltözött fiatal nők kellették magukat a katonáknak, akikről köztudottá vált, hogy minden kacérságra vevők, a zsebük tele van pénzzel és mostanra megtanultak gavallér módjára fizetni is. Anne hébe-hóba a magamutogató lányokra sandított a szeme sarkából, rosszallóan fülelte ostoba locsogásukat. Nem lehetett kétséges, hogy hasznot akarnak húzni a frontra indulókból, akik pedig szemmel láthatóan szívesen fogadták a kötelezettség nélküli kalandokat életük legnagyobb ütközete előtt.

- Hozzá se nyúlt? – a kérdésre felnéztek. Mike állt mellettük csípőre tett kézzel, mellé neheztelő arckifejezéssel.

- Bocsásson meg nekem, egy falat se megy le a torkomon.

- Milyen hasznodat veszem, Annie?

- Mit mond majd Tivy, ha ezt meglátja?

- Ó, kérem, ne terhelje még ezzel is. Nem kell tudnia.

A hátuk mögül felhangzó kérdés azonban egyszerre volt mérges és megértő. – És mi van, ha már tudja? Mindhárman Tivyre lestek, Mike a kezét nyújtotta. – Üdv, Tivy. A szósz ma nem sikerült túl ízletesre – hazudta szemrebbenés nélkül.

- Értem – Tivyn nem látszott, elhiszi-e, helyette Lathea felé fordult és nyitott tenyerét kínálva megvárta, amíg feláll. – Ugye, elnézik nekem, ha elrabolom őt?

- Menjenek csak – tápászkodott fel Anne is. – Ha már nem találkoznánk az indulásig, nagyon vigyázzon magára odaát.

Tivy melegen a lányra mosolygott. – Megígérem. Viszlát, Anne, örülök, mert megismerhettem. Mike!

- Minden jót, Tivy.

Lathea gépiesen követte a férfit kifelé, aki ellentmondást nem tűrően szorította a kezét, tenyerében elvesztek az ujjai. Miután a vendéglő ajtaja kattant mögöttük, némán ballagtak a Buckingham Gate felé. Nem kérdezett semmit, egyszerűen csak hagyta, hogy vezessék. Néhány percbe telt és máris a rájuk váró dzsipnél jártak. Bár nem volt szükség erre a lovagiasságra, Tivy kérdezés nélkül felkapta és átemelte a kocsi magas peremén, hogy beültesse az ülésre. – Szeretlek – susogta, előrehajolt és megcsókolta. Ajka éhesen lopta el a bánatot Latheától. – Azt szeretném, ha nevetnél, Latty.

- Nem tudok.

- Majd én visszapörgetem az idő kerekét és megmutatom, hogyan kell. Csak ígérd meg, hogy nem rontod el a játékomat. Ha kicsit is szeretsz, megteszed a kedvemért.

Lenyűgözve és szerelmesen, minden eddiginél jobban akarva a kalandot, nem is mondhatott nemet. Tivy ajka megint súrolta az övét, majd a kocsit megkerülve a kormány mögé pattant. A motor felbőgött, mielőtt egymásra néztek. Május 22-e volt, az évszakhoz képest meleg délután. Az élénk forgalomban északnak tartottak a Whitehallon, majd a Trafalgar térnél a Charing Crossra fordultak. Tivy ügyesen kerülgetve a lomha, emeletes buszokat egyre előrébb tolakodott a lámpáknál besűrűsödő sorokban. Azután már a Tottenham Court Roadon hajtottak a Euston pályaudvar felé, tőlük balra az első utca takarásában a Regent's Park húzódott.

- Hova megyünk?

Tivynek titokzatos mosoly nyílt az arcán. – Nem találod ki? – kacsintott, amint a forgalom századmásodpercnyi pihenőt engedélyezett neki.

- A parkba?

- Hmm... ez túl hétköznapi, nem?

- Hát, akkor?

- Mondtam már, ma visszahozom a múltat. 38-ban itt találkoztam a lehető legcsodálatosabb nővel, akit csak ismerek. Meséljek róla? Varázslatos a mosolya, gyönyörű a haja, karcsú a lába és egyetlen pillantásától elolvadok. Olyan nő, aki keveset beszél, de sokat mond és... – csibészes vigyorral közelebb hajolt. – a szerelem izgatóan rekedtté teszi a hangját.

– Tivy! – pirult el Lathea a két tenyerébe rejtve az arcát, miközben mégis nevetnie kellett.

Ezalatt a park kerítéséhez értek és Tivy a járda mellé kormányozta a járművet. – Bárcsak tudnád, milyen boldoggá tesz, ha látom ezt a mosolyt az arcodon – vallotta be, mielőtt kiugrott az ülésről. A támla mögül jókora piknik kosár került elő.

– Piknikezünk? – hüledezett Lathea. – Milyen csodálatos ötlet!

– Ugye?

Mivel a nyilvános parkokat hivatalos rendelkezéseknek megfelelően hat után lezárták, nem okozott meglepetést a tiltó tábla. – Körbemegyünk?

Tivy a fejét rázta. – Itt bemászunk. Húzd fel a szoknyád és uzsgyi, nehogy rajtakapjanak.

– Biztosan ezt akarjuk? – kuncogott Lathea.

– Naná!

– Akkor mire várunk?

Lathea mindkét cipőjét lehúzta, áthajította a vaskerítés felett, ezután ügyesen felmászott, átlendítette a lábát és beugrott a park zöld gyepére. Tivy átbűvészkedte a kosarat, hogy ő is követhesse. Kézen fogva szaladtak beljebb, ahol az egyik facsoport áldásos takarásába kerültek. A nyári nap alkonyán továbbra is meleg maradt a levegő, a park dús szőnyegére merészen ráhasaltak az ereszkedő korong élesedő sugarai, hogy a pázsitot mérgeszöld tengerré varázsolják. Az árnyékok csalókán megnyúltak, az esti szellő valóságos zenét vezényelt a fák susogó levelein.

A leterített pokrócon elterülve vacsoráztak, legtöbbször nem is szólalva meg, hanem hagyva,

hogy puszta jelenlétük az ostoba szavak fölé
kerekedve legyen az öröm egyetlen forrása. Olyasmi,
ami se a múlt boldogságát nem idézi, se a jövő
bizonytalanságát nem feszegeti. Aligha mondhattak
volna bármit, ami nem fáj. Időközben besötétedett.
Egy a szellővel dacoló gyertya fényénél Tivy
lesimogatta Lathea lábairól a harisnyát, hogy a fülébe
duruzsolt slágerekre mezítláb táncoljanak a hűs fűben.
Ezúttal nem volt zenekar a tó túlpartján, ahogyan
lampionok se csillogtak a víz tükrén, de mindez
amúgy sem érhetett fel titkos boldogságukkal. A tánc
fokozatosan elmaradt, csak az őrületes csókok
maradtak. Tivy gátlástalanul kihúzta a blúzt Lathea
szoknyájából, hogy a takarásában megérinthesse a
mellét. Tenyere alatt ott surrogott a kombiné selyme.
Lassan vetkőztette, élvezve minden pillanatot és
jelentéktelen mozdulatot. Az egész éjszaka előtte állt,
hogy szeresse a nőt, aki számára lett teremtve.
- Szeretlek, Latty – súgta a fülébe, ahogy a takaróra
omolva az igéző kombinét is félrehajította.
Lathea kéjesen felsóhajtott, mert kezei a szoknya alatt
a combjára siklottak. Mutatóujja lágyan Tivy szájára
szegődött lakatul, amint Elizabeth Barrett-Browning
soraihoz menekült segítségért.
- Oly izzón szeretlek, ahogy búmat
    fűtöttem mindig, s mint hite gyereknek,
    oly szerelemmel, mint hittem, búcsúznak
    hullt szentjeim – lélegzetembe veszlek,
    mosoly, könny tiéd...
Lathea hangja ezen a ponton drámaian elcsuklott,
dermedten viszonozta Tivy szerelmes pillantását.
- *...s ha tetszik az Úrnak, a halál után még jobban szeretlek*[11]
– fejezte be végül Tivy az idézetet. – Ó, szerelmem,
ölelj át, kérlek.

---

[11] *Elizabeth Barrett-Browning: Portugál Szonettek (43.)*

A Parisian váratlanul rettenetesen üres lett. Laurie legtöbbször céltalanul kóválygott benne anélkül, hogy egyetlen teremtett lelket is üdvözölnie kellett volna. Jean-Michel félig-meddig gyógyultan visszautazott a fővárosba. A politika eseményei az invázió közeledtével érezhetően felgyorsultak és ő mindenkinél jobban tudhatta, mi készül a háború kotyvasztó tégelyében. Az évek óta igában sínylődő franciák számára soha vissza nem térő alkalom kínálta magát, hogy még idejében a győztesek közé verekedjék magukat. A Jean-Michel által elejtett morzsákból világosan kitűnt, hogy az Itáliában harcoló francia csapatok mellett otthon az ellenállási mozgalom jelenti a valódi hatalmat. A megszállás évei során a szervezet leleplezése és a szálak felgöngyölítése a Gestapónak sorozatos kudarcokat hozott. A földalatti mozgalom szoros együttműködésben támogatta a briteket, akik fegyverekkel, adóvevőkkel és más szükséges technikákkal látták el őket. Cserébe a franciák az utóbbi fél évben felbecsülhetetlen segítséget nyújtottak a légitámadások megtervezéséhez, illetve végrehajtásához, ami sokszor huzamosabb időre ellehetetlenítette a német utánpótlás nyugatra küldését, a kémelhárításnak pedig hamis üzeneteket továbbítottak. Ennek tetejébe május 15-én De Gaulle megalakította az Ideiglenes Francia Kormányt, ami ugyancsak a nemzet diplomáciai törekvéseinek felerősödését jelentette.

- Fel kell kerülnünk a térképre, mégpedig a sok kollaboráns nélkül – hajtogatta Jean-Michel. – De Gaulle az emberünk, remélem, mindenki észreveszi. De nemcsak ő távozott, hanem Corey is. A megszokott gyerekzsivaj, trappolás és hangos sikolyok helyett a falak a fotel megnyúló rugóinak magányos hangját verhették vissza, ahogyan egyedül tollászkodott hol a nappaliban, hol a műteremben.

Gyűlölte a Parisiant ilyen üresen tátongva, olyan volt, akár egy kripta. Hiába sütött be a nap, hogy a színes falak magukba szívják a nyár melegét, többé már nem vette észre őket. Naphosszat üldögélt a semmibe révedve, unottan pöfékelve a soron következő szivaron, hallgatta a fák lombozatát kócoló szelet, ám eközben semmi kedvet nem érzett kedvenc lemezeihez, már a zongorához sem ült le. Azt inkább Lathea használta. Esténként egymagában gyakorolt, hosszú órákig ugyanazt a dallamot pötyögtetve, egyszer, kétszer, sokszor, mígnem a monoton ismétlődésektől bárkinek bepárásodott volna a szeme. Nem lett volna értelme tagadni, hogy az életük kifordult a sarkából. Hogy korábban mennyire Corey körül koncentrálódott, az most derült ki igazán. Kész tudathasadás volt naponta elsétálni a gyerekszoba ajtaja előtt, látni a kandallóra állított családi fényképet, amit Emerico készített előző nyáron, és eközben megfeledkezni a magányról, amit a kisfiú vidám lényének hiánya keltett. Az életükhöz tartozott, amíg el nem veszítették.

Sajnos, ezzel a változások még nem értek véget, hiszen Tivy Rogersről sem tudott megfeledkezni. A fiatalember Southamptonba került, miután a környék katonai létesítményének felszámolásával együtt Porthkerrisből is távoztak az amerikaiak. Az egyébként már terhesnek számító katonai jelenlét megszüntével a vidék rémisztően kietlenné vált. A hirtelen átcsoportosítások pedig elkerülhetetlenül annyit kellett, hogy jelentsenek, a sok éve tervezett, mégis minduntalan elnapolt második front megnyitása karnyújtásnyira lehet. Cornwall belső vidékei, akárcsak országszerte, fokozatosan kiürültek, és ezzel egyidőben a partvidék zsúfolásig megtelt. Penzance ugyan kimaradt a lázas készülődésből, Falmouth, Plymouth és Southampton viszont nem. A hadsereg gyakorlatilag kisajátította a szükséges partszakaszokat, melyeket hermetikusan elzártak a külvilágtól. Ezt Tivy is megerősítette, ahányszor csak telefonált. Ilyenkor hosszasan beszélgetett Latheával, szó szerint éjszakába nyúlóan, mivel legtöbbször akkor jutott telefonkapcsoláshoz. Laurie tapintatosan félrevonult Emericóval, azt azonban éber alvóként hallotta, amikor az asszony leoltotta a fényeket és távozott a házból. Nyomasztó várakozásban éltek, amiért nem változtathatnak az elkerülhetetlenen, ugyanakkor minden áldott reggel arra ébredtek, hogy a csapatok továbbra is brit földön állomásoznak. Egy este Lathea azzal a bejelentéssel lepte meg, hogy Tivy fél napra otthagyhatja a bázist. Emerico, aki szintén velük étkezett, habozás nélkül felajánlotta, hogy elkíséri őt Southamptonba. Egyéb sorsdöntő események miatt a terv azonban puszta terv maradt. Helyette június 4-én Jean-Michel jelentkezett Londonból.

- Óriási a feszültség, ma Churchill hivatalosan is értesítette De Gaulle-t, hogy ezekben a napokban az emberek átkelnek a csatornán. Az sem érdekli, ha elseje óta ilyen pocsék az idő. Bezzeg előtte meleg volt és szárazság. Nos, előre gondosan kalkuláltak a dagállyal meg a holdállással, amit ha három nap alatt nem használnak ki, két hetet csúszhat minden. Márpedig Churchill semmi ilyesmire nem hajlandó. Ma egy nappal megint elhalasztották az indulást, mert Normandiában holnap erősen szeles, felhős és ködös idő várható – Jean-Michel nagyot sóhajtott. – A kémelhárítás szerint Rommel ma megnyugodva szabadságra utazott Németországba és, hát, mondani se kell, ez mekkora lehetőség.

Másnap hajnalban Tivy is telefonált. Amíg Emerico elszaladt Latheát felébreszteni, Laurie tartotta szóval.

– Mi a helyzet magukkal, fiam?

Szomorú hang felelt. – Indulunk, Laurie, órák kérdése. Tízezreket már a hajók gyomrába zsuppoltak és kint ringatóznak a viharos tengeren. A nyakamat rá, hogy huszonnégy órán belül ellövik a startot, úgyhogy jó ideig nem beszélhetünk.

- Az jó isten vigyázzon magára, Tivy – nyögte ki Laurie száraz torokkal. – Jól tudja, hogy mindenképpen visszavárjuk.

Csend. – Köszönöm, Laurie, életem nagy szerencséje, hogy megismerhettem magát. Az ön barátsága és szeretete az egyik legnagyobb kincsem, higgye el. Ezért nem is kérhetnék meg mást, hogy vigyázzon a kedvesemre... helyettem is.

- Ezt kérnie se kell.

Amikor Lathea megérkezett, Laurie átadta neki a kagylót, majd gyengéden a kárpitozott székbe nyomta. A beszélgetés ezúttal nem tartott sokáig, a végén az asszony mindössze annyit tudott kipréselni magából:

– Szeretlek, Tivy – ezzel pedig vége lett.

Huszonnégy óra sem kellett és megindult a támadás. Június 6-án a francia ellenállás megtévesztő üzeneteivel egyidőben a légierő két hullámban, több mint ezer géppel lecsapott a part menti német állásokra. Fedezékükben a kijelölt területekre ledobták az ejtőernyősöket. A sötét, szeles időben a ponyvák szinte megtöltötték az eget. Párhuzamosan öt ezer hajóból álló szövetséges flotta vágott neki a csatornának, hogy Normandiában kössön ki. Órákon belül a gyalogság első partraszálló egységei már francia földet tapostak. Száz kilométer szélességben, öt partszakaszon, hetvenezer amerikai és nyolcvanötezer brit, illetve ausztrál katona bukdácsolt ki az őket tengeribeteggé ringató hajókból, ahol többségük az elhalasztott indulás miatt jó huszonnégy órát kucorgott. Az amerikaiak Cherbourgtól délkeletre, a félsziget tövében szálltak partra a Utah és Omaha elnevezéssel jelölt harci területeken, hogy, miután megvetették a lábukat, elfoglalják a félszigetet, majd St. Lo felé nyomuljanak déli irányba. Tőlük keletre a Gold, Juno és Sword partszakaszokon a 2. brit és 3. kanadai hadsereg támadott. A teljes hadműveleti frontszakaszon a helyzet változó képet mutatott. A még nyugatabbra fekvő Utah körzetben az amerikaiak gyors előretöréssel vetették meg a lábukat. Már reggel nyolc órára három kilométer mélységben behatoltak az 'Atlanti-falba', mely a német védelmi vonalat takarta. Ezzel szemben az Omahán a lankás partvidék igen kedvezőtlen terepnek bizonyult. A partra tántorgó katonákat a magaslati pontokon épült bunkerekből és lőállásokból a németek irgalom nélkül legépágyúzták. A veszteségek megrázó méreteket öltöttek, hiszen az utánpótlás is ugyanúgy a tenger felől érkezett, ami kedvezett a védőknek. A briteknek az egyik azonnal támadásba lendülő páncélos hadosztállyal kellett farkasszemet nézniük, amelyik a közelben állomásozott. Ilyen körülmények között egy nap leforgása alatt mindösszesen kétszázezer katonát tudtak partra tenni, ebből a létszámból mintegy tízezer meg is halt vagy súlyosan megsebesült a parton dúló harcokban.

A német tartalékok bevetésére másnap délután érkezett meg a parancs Berlinből. Bár így az előretörés lelassult, az angolok Caen városát nem tudták egyetlen rohammal bevenni, ahhoz viszont elégséges hídfőt építettek ki, hogy az ellenség egyszerűen visszazavarja őket a tengerbe. Öt véres nap kellett ahhoz, hogy a partraszállás első szakasza lezáruljon. A német védelmi vonalat áttörték és tizenhat hadosztállyal, hozzávetőlegesen százötven kilométer hosszú, harminc kilométer mély sávot stabilan a kezükben tartottak.

Június 11-én ismeretlen férfihang felelt Laurie hallózására a telefonban. Rekedt, fátyolos, egy öregember hangja. – Marcus Rogers vagyok. Felteszem, Laurel Doornhoz van szerencsém.

- Üdvözlöm, Mr. Rogers.

Laurie még ki sem ejtette ezeket az első szavakat, máris felfogta, mi a hívás célja. Dermedten szorította a kagylót, hogy az ujjai belefehéredtek.

- Lathea ott van, uram?

- Éppen nincs a házban.

- Tulajdonképpen… szerettem volna személyesen értesíteni… hogy a fiam két napja Normandiában… hősi halált halt.

1944. szeptember – november

36.

Grant bosszúsan harákolt, Doreen valahol odakint a teraszon terített az ebédhez, mialatt Laurie gondolataiba veszve bámulta az üres vásznat. Órák óta gubbasztott előtte, noha a kezét se emelte fel, hogy a szűziesen fehér alapra akár csak egy vonalat is húzzon. Azután hallotta Grant lépteit, a következő pillanatban pedig felharsant a BBC déli híradásának szignálja. Mintha ez felmentést adott volna, a tartóba hajította az eddig makacsul szorongatott ecsetet, és majdnemhogy menekülve hagyta ott az állványra készített vásznat. A barátja egy szót se szólt, inkább feléje lökte a szivaros dobozt, hogy ő is rágyújthasson.

A lelke mélyén sebezte meg az a nyomorúságos némaság, ami az utóbbi időben beszőtte a Parisiant. Jóformán az életkedv illant el, kiszökött a nyárba és maga helyett itt felejtette a gyász síri ürességét. Ha Grant és Doreen nem jöttek volna át minden másnap, még azt a néhány, elvétve kiejtett mondatot is megspórolhatta volna, amit velük váltott.

- 1944. szeptember 6-án a BBC híreit hallják Londonból. Ma megerősítették azokat az értesüléseinket, hogy három nappal ezelőtt az amerikai csapatok is elérték Lyont. A Rhône folyó völgyében a jobb parton előrenyomuló francia alakulatok már 2-án Lyon alá értek, az augusztus 22-én Grenoble-t felszabadító amerikaiak pedig egy nappal később. Mivel az ellenség nem bocsátkozott harcba, a város hamar amerikai és francia kézre került – lélegzetvételnyi szünet következett. – Miután Montgomery tábornokkal az élen a brit csapatok 3-án bevonultak a kiürített belga fővárosba, utána 4-én

Antwerpenbe, a gyors előretörés megállt a kikötő vonalában. Az eddig visszavonuló ellenség soraiban komoly átszervezés jelei mutatkoznak. A Seheldetorkolat egyelőre a németek kezén van, úgy tűnik, a védők még a háború előtt kiépült Siegfried-vonalra, északon az Albert-csatornára és a Meuse folyó torkolatára támaszkodva igyekeznek megvetni a lábukat. A brit előrenyomulás közben a német határokat fenyegeti, értesüléseink szerint a Siegfriedvonalon a csapatlétszámot a mozgósított helyőrségek, kiképző századok és tiszti iskolák legénységével duzzasztják fel.

Grant odaballagott a készülékhez, hogy elnémítsa. A 'kommunista bagázs', ahogy ő nevezte őket, egyáltalán nem érdekelte és ezen a véleményén akkor sem változtatott, ha nélkülük se Nagy-Britannia, se Amerika nem tudta volna megnyerni ezt a két-, olykor három-, vagy négyfrontos háborút. Az előételt kanalazva Laurie a tenger felé bámészkodott. Kellemes, cornwalli szeptember volt, továbbra is rendszeresen fürödtek és napoztak, habár a fények laposabban estek már. Néha elmerengett azon, mi lehet a túlparton. A júniusi partraszállás új időszámítást lopott az életükbe. Július végére Normandiából visszavonhatatlanul kizavarták a dicső Harmadik Birodalom katonáit, ezt követően pedig a menetelés meg se állt többé. Augusztus 4-én Rennes, 10-én Nantes esett el, augusztus 9-én a németek feladták Livornót és Firenzét is. Pár napra rá a szövetségesek megvetették a lábukat Dél-Franciaországban és tizenöt nap alatt bekebelezték Párizst. A francia főváros augusztus 25-én egy heves felkelés után kapitulált a bevonuló amerikaiak előtt. Laurie gondolatban beutazta Franciaországot és Itáliát, azt a vidéket, amit jól ismert, és melynek visszahódításához annyi halál vezetett. Az invázió óta ugyan ritkán közöltek veszteségekről szóló hivatalos számokat, sejteni lehetett, mekkora mészárlás folyik odaát. Penzance-ban a Vöröskereszt irodájában éjjel-nappal sorban álltak azok, akik eltűnt szeretteiket keresték, legtöbbször hiába. Micsoda világ! Nehezére esett utánaszámolni, hogy közel öt esztendeje megy az öldöklés és még hol a vége. Winston Churchill szokásos beszédeiben rendre azt ismételgette, hogy a totális győzelemig nincs megállás. Az egyetlen elfogadható végeredmény, ha mind Németországot, mind Japánt térdre kényszerítik, bármilyen árat is kell érte fizetni. De vajon hány élet esik még áldozatul, amíg a német iga összeroppan?

– Remélem, hamar.

Doreen hangja hirtelen felriasztotta merengéseiből, hogy az asztal felett az asszonyra lessen. Grant válaszából tudta meg, hogy Latheáról beszélgetnek.

– Kemény fából faragták. Mr. Carrough pedig biztosan majd kiugrik a bőréből, amiért ismét munkába állt.

– Korai volt még. Mostanában nincs abban az állapotban, hogy fizikai munkát végezzen.

Laurie igazat adott az asszonynak. Tivy Rogers halálát követően Lathea teljesen magába roskadt. Sírni ugyan se ő, se Emerico nem látta, ám felpuffadt és kivörösödött szemei másképp nem magyarázhatóak. Emellett alig aludt. Emerico éjszaka a Kótyagosból hazatérve nem egyszer találta a parton olyannyira magába fordulva üldögélni, hogy se nem látott, se nem hallott. Egyikükkel sem osztotta meg bánatát, és bár ő a szíve mélyén megértette, ennek dacára bántotta a dolog. Szívesen próbált volna vigaszt nyújtani fogadott leányának, aki éveken át életének egyetlen fényforrása volt, a társa minden jóban és rosszban. Lathea azonban nem kért vigaszt, egyedül akart szembenézni a fájdalommal, mely minden bátor erőfeszítése dacára fokozatosan maga alá gyűrte.

Tivy temetésén, ahova együtt utaztak Londonba, azt mondta: – Három férfit adtam ennek a háborúnak, úgyhogy a sors többé nem vehet el tőlem semmit. Ezt az egyetlen mondatot Laurie olyan szívbemarkolónak találta, hogy soha többé nem ment ki a fejéből. A továbbiakban nem erőltette segítő szándékát, jóllehet nehéz volt megállni, hogy szegény teremtést átölelje vagy elkísérje a végtelen sétákra, amikor céltalanul bóklászott a környéken. Szólnia kellett volna, hogy elhanyagolja magát, nem eszik, nem alszik eleget, és belebolondul a fájdalomba, ha ennyire magába zárkózik. Mégsem szólt, csak részvéttel figyelte, ahogy felemészti a bánat.

Arra tért vissza a valóságba, hogy valaki Nick Cowant emlegeti. Amióta a férfi elragadta tőlük Corey-t, merthogy arra a galád bűnrészességre nem tudott másképpen gondolni, mint emberrablásra, nem hallottak felőle.

- ...Carlába a patikában – kapta el Doreen utolsó szavait.

- Mit csinált ott? – kívánkozott ki belőle a kérdés.

- Azt nem tudom, de láttam rajta, hogy állapotos.

- Ejha!

Doreen megvonta a vállát. – Nick legalább végre vele foglalkozik, Latet meg békén hagyja.

- Nem csoda azok után, ahogy Laurie kihajította innen.

Laurie zabosan felhorkant. – Az volt a legkevesebb, amit megérdemelt. Jobb is, ha nem látom többé errefelé. De mondd csak, Dory – fordult az asszonyhoz. –, Corey-t nem említette?

Zavart csend keletkezett, mintha a választ mérlegelés előzte volna meg. Miután lopva összenézett a férjével, Doreen színt vallott. – Corey rettenetesen boldogtalan nélkületek.

Laurie szíve kihagyott néhány ütemet. – Ezt... Carla honnan tudja?

- Egy hete Londonban jártak és meglátogatták Kester Frostot. Továbbra sem hagyhatja el a házat, állítólag alig gyógyul. Corey meg szinte szünet nélkül utánatok sír… de ezt nem akartam Latnek elmondani. Így is eléggé szenved.

- Jól tetted – felelte Laurie vontatottan. Lelki szemeivel maga előtt látta Corey-t és ebbe belefacsarodott a szíve. Nem volt nehéz elképzelni, mennyire szenvedhet vadidegenek közt, ráadásul a Parisianben élvezett szabadság után London rengetegébe bezárva.

Grant, mint aki olvas a gondolataiban, azt mondta: – Ne okold magadat, öregem. Akármilyenek is, ők a rokonai. Nem szegülhettél velük szembe.

- Az eszemmel én is tudom, ennek ellenére megszakad a szívem.

Doreen volt, aki leszedte az asztalt, bár Laurie lovagiasan felajánlotta, hogy maga vág rendet a konyhában. Már így is röstellte, hogy három hónapja gyakorlatilag az asszony vezette a háztartásukat. Se Lathea, se ő nem tudták kézbe venni saját sorsukat úgy, mint Doreen, aki a munkában lelt vigaszra. Emericóval karöltve intézték a legszükségesebbeket, beleértve a háztartás ügyes-bajos dolgait.

- Ne aggódj emiatt, apa – hárította el Emerico az ő suta szabadkozását és megjegyezte: – Szeretek főzni és még soha nem volt saját otthonom, ahol kedvemre tehettem-vehettem volna. Lathea, ha belegondolok, meglehetősen sokáig kiszolgált bennünket.

A dolgok tehát ennyiben maradtak és ő minden segítségnek örült. Eközben tudta, hogy Emericónak is akad számtalan egyéb elfoglaltsága, elsősorban az Eyre-gyár környékén. No, meg a faluban azt rebesgették, az Eyre lánynak udvarolgat, azaz esténként együtt terveztek programokat. Őt nem zavarta, végtére ő is benne járt a korban, hogy keressen magának egy megfelelő társat. Emellett az önértékelésének is jót tett, ha a sérülése ellenére olyan csinos lányt tud magához édesgetni, mint Rusty Eyre.

Laurie magára maradva kivonult a konyhába és a precízen odakészített mosogatnivalót kezdte méregetni. A nyitott ablakon keresztül ki-kitévedt a tekintete a botanikus kertre. Még legalább egy hónapja maradt, hogy gyönyörködjön a színorgiában, mielőtt az októberi szelek szárnyán a szirmok az enyészeté lesznek. A kezei közt lustán jártak a tányérok, mire a torony aljára jutott és megszabadulhatott az utolsó darabtól is. Közben éberen leskelődött az ablakon kifelé, ám a dús lombozattól terebélyes növényzet takarásában nem láthatta Rozsdát, se az okát, amiért a békés délutánba hisztérikus ugatással rondított bele.

A kéztörlőt a szekrényen hagyva átvágott az étkezőn. Rozsda logó nyelvvel, torokból morogva ült a teraszra nyíló ajtó küszöbén, noha kívül maradt, ahogy nevelték. Mostanra felnőtt, nyurga, izmos testű puskagolyó lett, aki még a pillangókat is beérte a réten. Laurie megvakarászta a bundáját, amit nagyon szeretett. – Na, mi van, öreg cimbora?

Rozsda rögvest felpattant ültéből és szokásos villámgyorsaságával a kertkapu felé süvített. Őt a feltámadó kíváncsiság vette rá, hogy kövesse. Mivel a konyhában nem kapcsolt se rádiót, se egyéb zenét, hallania kellett volna, ha motorzúgás közelít, ám semmi ilyesmit nem észlelt. Hacsak a váratlan látogató nem gyalogosan közlekedik. Félrehajtotta az indaszerű ágakat, hogy átbújjon közöttük. Megcsapta az orrát az illatoknak az a tömény egyvelege, ami a kertet olyan felháborítóan bujává tette. Rozsda ezalatt kétszer is elrohant mellette, két hosszt téve meg a kapuig és vissza.

- Jól van, jól van, jövök – dohogott az eb hallatlan izgalmát látva.

Ekkor pillantotta meg a nyúlánk alakot a kapu előtt. Meghökkentően magasra nőtt, ennek megfelelően hosszú kezek és lábak ékesítették a testét. Háttal neki az út felé nézelődött, széles válla ellenére is látni lehetett, hogy dús, elhanyagolt szakállat visel. Rozsda ugatva figyelmeztette az ő jöttére, mire engedelmesen megfordult. Laurie belenézett a szőrzettel keretezett arcba, majd a rajta megállapodó szemekbe. Barátságos félmosolya ugyanabban a pillanatban az arcára fagyott.

- Ó, mindenható isten! Micsoda látomás ez?

Erre a látomás meleg hangon azt felelte: – Szó sincs róla, tényleg én vagyok, Okker.

Ez volt az első lépés, gondolta Lathea mezítláb hasítva a homokot hazafelé. Az első lépés vissza az életbe. Új lappal akart kezdeni, jóllehet nem remélte, hogy mindaz a tragédia, ami utolérte, belátható időn belül elhalványulna. Ahhoz túlságosan is szerette Tivyt meg Corey-t. Nem téphette ki őket a szívéből, csak mert többé nincsenek vele. Három hónap mégis elegendő kellett, hogy legyen az első bénultság legyűrésére. Jól tudta magáról, mennyire alkalmatlan alany a tétlen begubózásra, hogy a végtelenségig sirassa, ami elveszett. Sírt eleget és fog is még, de nem magára zárt ajtók mögött, ahol a vívódásai kergetik az őrületbe.

Attól, hogy túlélte az első hetet Mr. Carrough boltjában, valahogy erősebbnek érezte magát. Igaz, foggal-körömmel harcolt az önsajnálat meg a reményvesztettség ellen, ami hónapok óta uralta az életét, végül mégis sikerült legyőznie önmagát. A homokban botorkálva megint rátört a szédülés. Meg kellett állnia, amíg a bizonytalanság érzése elmúlt. Jó ideje elviselhetetlenül gyenge volt, sokszor émelygett, néha belázasodott, enni alig tudott. Howard Stump még július elején azt mondta, idegi sokk lehet és elmúlik, amint a kedélye javul egy kicsit. Erre egyelőre hiába várt. Minduntalan előtörtek az emlékek, hallotta Tivy hangját, ismét átélte közös nevetéseiket. Ha máskor nem, ezek a képek álmában látogatták meg, hogy elkergetni se tudta őket. Tétován tovább indult, noha még mindig rosszul érezte magát. Ekkor megkordult a gyomra. Nagyon meglepte, mert hosszú hetek óta nem fordult elő. Elérve a bungalóhoz vezető ösvényt azt latolgatta, mikor evett utoljára. Nem emlékezett rá. Különben is, mostanában alig tudott egy-két falatot magába erőszakolni, az sem esett jól. Ám amikor másodszor is hallotta gyomra követelőzését, hirtelen elhatározással a bungaló lépcsőjénél eldobta a szandálját, hogy az épületet megkerülve a Parisian felé haladjon tovább. Rozsda vidám vakkantásokkal szaladt elébe, és ahogy a két lába körül fickándozott, kevés hiányzott, hogy őt is orra buktassa.

- Mi van veled? – korholta kedvesen a pajkos állatot, majd a nyomában felszaladt a néhány lépcsőfokon. Ez túlontúl bátor ötletnek bizonyult, mert ismét megrohanta a szédülés. A korlátba kapaszkodott segítségért és sietve vett két mély lélegzetet. Ahogy óvatosan és valamelyest leküzdve a rosszullétet kinyitotta a szemét, zöld katonai zsákra esett a pillantása. Ott állt nekidöntve a falnak. Az idegen csomag felületes ránézésre is igencsak súlyosnak látszott, kitömve hatalmas kolbász alakjához hasonlított. Közelebb surranva hirtelen apró címert fedezett fel, melyet valaki az erős vászonba öltött kisebb anyagra hímzett. Elhűlve meredt a jellegzetes alakzatra. Jól ismerte arról a zsebkendőről, amit Doverből hazafelé a zsebében talált. A hátborzongató hasonlatosságra kirázta a hideg. Szédelegve megtántorodott, háborgott a gyomra, csillagok versenyeztek a szeme előtt. Kétségbeesetten a korlát után kapott, ehelyett azonban csak az üres levegőt markolászta. Azután mintha eltűnt volna a nap, átmenet nélkül minden elfeketedett. A távolból, misztikus ködön keresztül Rozsda ugatott, a nyomában siető léptek közeledtek, ám ő ekkorra vakon és tehetetlenül összecsuklott.

Lassan talált magára. Csukott szemmel, mozdulatlanul igyekezett visszatalálni a valóságba és észlelni benne önmagát. Eltartott néhány percig, míg ráeszmélt, hogy alighanem puha ágyon fekszik. Körülötte mélységes csend terpeszkedett. Kábán, még ahhoz is gyengén, hogy körülnézzen, feküdt szobormereven. Ekkor egy meleg tenyér érintette meg a bokájánál, hogy a lágy cirógatás a térdéig kússzon. Rémülten ült volna fel, ám félútról erőtlenül visszahanyatlott a párnára. Zavarodottan meredt a szakálltól fedett arcba. Idegen férfi ült az ágya szélén, odabent a bungalóban, kezét szemtelenül ott felejtve a térdén. Értetlenül bámult a kísértetre, csakhogy furcsa módon egyre kevésbé tűnt ismeretlennek. A barna szemek, élve az alkalommal, végigsimogatták az arcát, a nyakát, majd a mellére és a csípőjére vándoroltak. Ismerte ezt a pillantást, mielőtt azonban ráébredve az elképesztő csodára riadtan felsikoltott volna, a simogató kéz a térdéről a tarkójára sietett. Ugyanabban a pillanatban a dús szőrzet közepében rejtőző száj az övére tapadt és a tompultságát kihasználva megcsókolta. Úgy, mintha az élete függne tőle. A férfi mindössze az ajkával érintette meg, ám ennyi is megtette, hogy őt elöntse a tűz. Így ugyanis csak egy ember tud csókolni, egyetlen egy.

- Még mindig nem ismersz rám, ma belle? – emelte fel a fejét és sóvárgó tekintete Lathea pirosra csókolt szájára tapadt.

- Mischa, te… te…

- Ó, egyetlenem – a rekedt nevetés tele volt azzal a melegséggel, amit ő korábban elképzelhetetlennek tartott ezzel a pedáns és ridegen távolságtartó emberrel kapcsolatban. – Hiszen tudtad, hogy, amint lehetséges, visszajövök. És most itt vagyok. Sőt, most érzem igazán, mennyire élek!

Lathea kábultan dörgölte a halántékát. – De hát… te élsz…?! – mintha a kijelentést le akarná ellenőrizni, megérintette a szakállas arcot.

Mischa meghökkent. – Még szerencse, nem igaz? De miért nézel rám úgy, mint egy kísértetre?

- Én azt hittem, hogy… meghaltál. Még 40-ben.

Elfelhősödött tekintet kulcsolódott az övébe. Mischa ott tenyerelt a lába mellett és egyre zordabban méregette. – Hát, nem kaptátok meg az üzenetemet?

- Miféle üzenetet?

- Jean-Micheltől.

- Jean-Michel is úgy tudja, hogy… – nem volt képes még egyszer kiejteni ezt a borzalmat a száján.

Nem úgy Mischa. – Meghaltam? Vagy csak neked nem mondta, hogy élek.

Lathea tiltakozott. Miután a férfi mindent elkövetett, hogy megtalálja a barátja holttestét, majd a Tivyvel kötendő házasság érdekében is minden követ megmozgatott, aligha hihette, hogy csalárdság vezette.

Mischa a fogai közt sziszegve szitkozódni kezdett, amiből ő mindössze egyetlen szót hallott ki. – Galina!

- Tessék?

- Az én hőn szeretett unokatestvérem a ludas. Megkértem, hogy Jean-Michel révén értesítsen titeket. Esküszöm, megfojtom, amint a két kezem közé kapom.

- Hiszen Fettisov több levelet is írt és meggyászolt téged. Nem értem…

- Ne vedd őket egy kalap alá.

Lathea továbbra is elképedve meredt rá. – Alig tudom elhinni… mióta…

- Akkor higgy ennek – Mischa ismét magához húzta, de alighogy az ajka megérintette, Lathea rémülten pattant fel mellőle és a fürdőszobába nyargalt.

Kijött belőle az az egy szendvics is, amit aznap a boltban magába erőltetett. Kimerülten mosakodott meg. Arca a tükörben holtsápadtnak látszott, a szeme alatt árulkodó feketeség húzódott. Három hónap alatt harminc évet öregedett.

- Jól vagy, chérie? – kopogott be Mischa. – Nyisd ki, kérlek!

Engedelmeskedett. A férfit a küszöbön találta. Aggódva fürkészte. – Ha tudom, hogy rosszul leszel egy csóktól – próbálkozott meg egy tréfával.

- Bárcsak attól lenne.

- Akkor mitől van? – Mischa elkapta a derekát, hogy a szemébe nézhessen.

- Nem tudom, mitől.

- Jártál orvosnál?

- Igen, de semmit nem talált.

- És az mikor volt?

- Két hónapja.

- Menj vissza hozzá.

Lathea lefejtette magáról a karját és visszafeküdt az ágyra. – Pihenek egy kicsit.

- Thea drágám – guggolt oda mellé Mischa, jobbjával kisöpörte a haját a homlokából. – Nézz rám egy percre – tekintetük egymásba fonódott. – Bocsáss meg nekem, sose jöttem volna ide csak úgy, ha tisztában vagyok Galina ármánykodásával. Négy év után sokk lehet, hogy életben látsz.

- Te bocsáss meg nekem. Tárt karokkal kellene fogadjalak, de… ezt nem tudom megtenni.

- Történt valami, amiről nem tudok?

- Ne most… kérlek, Mischa – próbálta Lathea visszaparancsolni a könnyeit, mivel azonban ez nem sikerült, inkább elfordította a fejét.

Hosszú hallgatás után Mischa csak annyit mondott: – Időnk van bőven, ma belle, először pihend ki magad. Addig kérek Okkertől egy borotvát és megszabadulok ettől a borzalmas molyraktártól.

- Találkoztál Laurie-val?

- Igen, fenn a házban. Hozzak neked valamit? – Lathea némán intett a fejével. Nem számított rá, hogy a férfi arcán ilyen boldog mosolyt láthat, ám az mégiscsak felvillant a szakáll rejtekében. – Enélkül nagyobb esélyem lesz, hogy megismerj.

- Megismertelek… a csókodról – belepirult, hogy ilyen könnyen elárulta magát.

Mischa simogatóan felnevetett. – Akkor nem is voltam távol olyan nagyon sokáig, igaz? – ezzel felállt és hangtalanul kisétált a bungalóból.

Ráérősen követte az ösvényt a fák között, mely az elképesztő színekben tündöklő virágágyások mentén haladt. Talán még soha nem látott ehhez foghatót. Mintha a kert festve lett volna, dúsan burjánzott a zöld legelképesztőbb árnyalataiban. Látott smaragd, moszat, olíva, türkiz és opál zöldet. Nem beszélve a lila, piros, sárga, rózsaszín virágszirmokról, melyek vászonra kívánkoztak. Elnézve Laurie birodalmát a házzal meg a félköríves terasszal, megértette, hogy öreg tanára mit szeret ezen a vidéken. Ő maga Torquay-ban kötött ki, onnan tette meg az utat Marazionig. Ennyi ízelítő is kedvet csinált neki Cornwallhoz, az érintetlen természethez meg a sziklás parthoz. Az éghajlat valóságos csoda, legalábbis az elmúlt évek folytonos bujkálása meg didergése után. A tűző napon zavartalanul, félelem nélkül sétálni felejthetetlen élményt jelentett. Nem tudott betelni azzal az egyszerű szépséggel és az érintetlen természettel, amit az úton ide megtalált, és aminek Laurie álombirodalma a betetőzése.

A kutya a nyomába szegődött, ahogy előbukkant a bokrok takarásából és felkísérte a teraszra. Amióta megérkezett, alig nézett körül, bár Laurie-t ismerve a háza bizonyára egy kedves különc szelencéje, így a sárga falakon túl is bőséggel kínál felfedeznivalót.

- Okker!

Az öreg megjelent a teraszon. – Máris itt vagy, mi van Latheával?

- Ezt akár én is kérdezhetném. Azelőtt nem volt szokása elájulni. Rossz bőrben van, nem is tudom, mint aki nem önmaga.

Laurie sajnos nem kezdett mesélni. Hosszas fanyalgás után mindössze annyit árult el: – Történt egy s más körülöttünk, de inkább őt faggasd.

Ilyenkor nem volt értelme vitatkozni vele, ezért Mischa meghátrálva témát váltott. – Mindenekelőtt megszabadulnék ettől – ráncigálta meg a hosszú szőrzetet az állán. – Utána megfürödnék.

- Jól van, ülj ide, megborotvállak. Ezzel a bundával ledobsz magadról tíz évet, majd meglátod.

Mischa önkéntelenül felnevetett. – Olyan sokat?

Beletelt néhány percbe, amíg a ház ura visszatért. Ollót hozott, borotvát, habot meg vizet. Mielőtt azonban nekiállt volna a műveletnek, Mischa az elnyűtt inget ledobva szembefordult vele. – Okker.

- Hm?

- Elfogadod a bocsánatkérésem?

Laurie beszédes, kék szemével kérdőn felnézett a hab kevergetéséből. – Miért akarsz bocsánatot kérni?

- Tudod azt jól. Minden gorombaságért és bántó szóért, amit eltűrtél tőlem. Emlékszel rá, mikor találkoztunk utoljára?

- 1936 februárjában.

- Pontosan. Azóta tartozom ezzel a bocsánatkéréssel. No, meg mérhetetlen hálával, amiért Theát nagylelkűen befogadtad.

- A te grófnéd öregkorom legdrágább ajándéka, Kolja, úgyhogy bármit megbocsátanék cserébe – a komoly szavakat pajkos kacsintás követte, amitől a kissé feszültté vált légkör rögvest megenyhült. – Na, ülj ide. Mischa szó nélkül engedelmeskedett, feltartotta az állát, alkalomszerű borbélya pedig nekiesett a szakáll elpusztításának. Már alig várta, hogy csupasz állal vethesse magát a tengerbe. Soha életében nem hordott efféle szőrzetet és, bár az utolsó négy évben rákényszerült, megszokni nem tudta. Elhanyagoltnak és pokoli vénnek érezte magát tőle, egyik sem kellemes állapot.

- Okker, Thea alighanem azért ájult el, mert azt hitte, kísértetet lát.

- Akárcsak én.

- Galina alaposan rászedett, évekkel ezelőtt tudatnia kellett volna veletek, hogy élek.

- Mi történt veled? – csattogtatta Laurie az ollót szorgosan, a szőrpamacsokat Mischa mellére hullajtotta.

- Óooha, ez azért hosszú történet! De az biztos, hogy élek. Megsérültem ugyan, ám szerencsémre, amikor a németek Párizsba menet átmasíroztak rajtunk, a helyi parasztoknak hagyták meg a hálátlan feladatot, hogy mindenkit eltemessenek. Nekik túl sürgős volt bevonulni a Quay d'Orsay-ba. Akkor talált rám egy idősebb férfi meg a fia.

- Élve.

- Félig holtan. Nyolc hónapig a pincéjükben lábadoztam. A falu orvosa remek fickó volt és mellesleg a helyi ellenállás egyik főkolomposa. Laurie kezében megállt az olló. – Csak nem azt akarod mondani, hogy mostanáig te is abban a híres ellenállási mozgalomban nyüzsögtél?

- Márpedig így van. 41 novembere óta itt gubbasztottam veletek átellenben Bretagne-ban és majd megőrültem a vágytól Thea után. Néhány mérföld, mégis másik világ.

- Te jó ég! És mit csináltál ott a makulátlanul tiszta, kényes, grófi kezeiddel?

Mischa boldogtalanul vigyorgott. – Ugyanazt, mint a többi. Irtottam a németeket, titkos üzeneteket továbbítottam Londonba, meg ilyesmi. Noha elismerem, semmi élvezet nincs abban, amikor elvágod valaki torkát, a vére meg beborít mindkettőtöket.

Az olló az asztalra került és Laurie felkapta a láthatóan régi, elnyűtt pemzlit, hogy bekenje habbal Mischa állát. – Kicsi a világ. A barátod, Jean-Michel, is nemrég szökött vissza Bretagne-ból. A szüleinél járt.

- Találkoztam vele. Illetve én láttam őt, ő viszont el volt foglalva azzal, hogy szedje a nyúlcipőt. Kiváló diplomata, viszont csapnivaló besurranó tolvaj. Hazafelé a németek kevés híján a nyakára tekerték a hurkot.

- Hogyhogy nem sikerült? Kiszolgáltatott lehetett egyedül.

- Mi segítettünk neki meglépni. Komolyan megsérült?

- Azóta teljesen rendbe jött.

Laurie felkapta a borotvát és lendületes mozdulatokkal dolgozva simára borotválta Mischát. Nem tartott sokáig, ámbár a bőre nagyon érzékeny lett megfosztva a szőrzettől, amit évekig álcaként viselt. – Na, milyen?

Mischa elégedetten simogatta az állát. – Mennyei! Szó szerint mennyei!

A jelenet közepébe Rozsda galoppozott be és jókedvű ugatással előlegezte meg Emerico jöttét, aki érdeklődő pillantással mérte végig a látogatót, illetve az apja kezében látható borotvát. Fellépett a teraszra, mielőtt bármit mondott volna. – Jó estét. Szevasz, apa.

Mischa megrökönyödve kapta fel a fejét. – Apa? – hitetlenkedő nevetéssel az érkezőre bökött. – Ez nem lehet igaz! Emerico? Nahát, Okker, ez aztán a pompás hír!

Emerico az örömteli kitöréstől meglepve fogadta a feléje nyújtott kezet. – Üdvözlöm, Emerico Doorn.

- Elképesztő! Hogy találtatok egymásra?

Laurie büszkén vigyorgott. – Ez is egy hosszú történet, Kolja. Fiam, ez a vadember itt a frissen borotvált ábrázatával, Michel Kupolyev, egykori tanítványom.

Emericón az elképedés minden jele átviharzott. – Egek ura! Lathea tudja már?

- Egész jól fogadta, ugye, Okker?

- Ne gúnyolódj! – veregette Laurie hátba Mischát, majd a fia felé megjegyezte: – Szegénykémnek hosszú és fárasztó hete volt, így tulajdonképpen nem is valami jól.

- Ezek szerint nem repesett az örömtől?

- Nem egészen így történt.

- Nem bizony, hanem elájult, amikor meglátott.

Emerico Mischára nézett. – Mi tagadás, halottnak túlzottan eleven, nem, Michel? Vagy gróf úr?

- Ó, isten őrizz! Jó lesz a Mischa. Hálás vagyok ezért, Okker – ismét élvezettel simított végig a bőrén. – Azt hiszem, úszom egyet odalent, amennyiben átengeded a strandodat, utána meg beugrom Theához.

- Menj csak és ne törődj semmivel!

Engedve az unszolásnak felkapott a zsákjából egy törölközőt, a nyakába vetette és fürge léptekkel nekivágott az ösvénynek, amerre Emerico irányította.

Csodálatos este volt. Meleg, kényeztető és az égen minden egyes csillagot meg lehetett számolni. A némaságba egyedül a zizzenő lombok susogása meg a partra gördülő hullámok moraja vegyült, néha egy-egy sirály rikoltott. Amúgy csend volt. Az a fajta béke, amit évek óta hiányolt. Nem kellett se járőröző németektől tartani, se lövöldözéstől, nem hívták sehova azzal, hogy újabb feladat vár rá. Egyszerűen csak üldögélt a langyos homokban és élvezte, ahogy a kimerítő úszás után a víz fokozatosan feszárad a testéről. Akár a mennyországban. Elmúlt tíz, mire a vacsoraasztaltól felálltak és mivel a bungalóba benézve az asszony még aludt, lejött a partra megmártózni.

Szükségét érezte, hogy egy ilyen eseménydús nap végén magára maradva végiggondolja mindazt, amit átélt. Előző éjjel tette partra az a halász, akivel Bretagne-ból áthajózott Torquay-ba. Összesen pár órát aludt a kikötőben, mielőtt türelmetlenül útra kelt, hogy minél hamarabb eljusson Marazionba. Ugyanakkor arra egyetlen pillanatig sem számított, hogy itt négy év után halottnak hiszik. Legbelül dúlt-fúlt a méregtől, amiért Galina azt az egyetlen kérését sem teljesítette, ami pedig neki olyan sokat jelentett. Nem akarta, hogy Lathea feleslegesen szenvedjen, merthogy a becses emlékként dédelgetett doveri napok fényében biztosra vette, hogy porig rombolná egy ilyen hír. Amikor először üzenni tudott, már 1941. nyarát írták, ám a jó hírnek késve is örül az ember, ezért szerette volna értesíteni a számára legfontosabbakat. Galina viszont annak dacára becsapta, hogy pontosan elmagyarázta neki, milyen fontos számára tudatni a feleségével, hogy életben van.
- Ne aggódj, elintézem – fogadkozott, és lám, arcátlanul hazudott.
Düh és keserűség fojtogatta. Ugyanis ezzel az üzenettel akarta elkerülni azt az eshetőséget, hogy Lathea, időközben kiheverve az Erwin Cowan miatt elszenvedett csalódást, esetleg újabb házasságra lépjen. Nem hagyhatta, borsódzott a háta a gondolatra, hogy más férfi nevét viselje. Ó, nem, az ő felesége, és

ha rajta múlik, az is marad. Mindeközben tisztában volt vele, milyen ravaszul kell kijátszania a lapjait ahhoz, hogy végre feltételek, vagy fenntartások nélkül megkapja az asszonyt. Ezért bármilyen áldozatra kész volt. A Parisianben tapasztaltak sokatmondóan sugallták, hogy a távol töltött évek nem múltak el nyomtalanul.

Laurie és Emerico vacsora közben számos történettel szórakoztatták, így például azzal, hogy az elidegenedett kóbor fiú miként talált vissza az apjához. Megható mese volt, főleg azért, mert Laurie legnagyobb bánata immár a múlté. Élénken emlékezett arra, az öreg mennyire vágyódott az egyetlen fia után, és hogyan ült a lelkiismeretén, mert elvadította magától, jóformán elüldözte. Ő ugyan kevésbé volt meggyőződve arról, hogy minden Laurie kizárólagos hibája lenne, mégsem lehetett jobb belátásra bírni. A fia gyűlölete gyógyíthatatlan sebet ütött rajta, amit béklyóként vonszolt magával.

Ellenben ma este apa és fia olyan megértéssel, nyilvánvaló elégedettséggel társalogtak, nem is lehetett kétséges, hogy viszonyukban új időszámítás kezdődött. Laurie méltán érzett büszkeséget, a fiát ő is szellemes, közvetlen embernek találta, aki örökölte az édesanyja fizikai szépségét, ugyanakkor az apjából ismert meleg emberség is sugárzott belőle.

Hosszan elcsevegtek az ifjabbik Doorn készítette vacsora felett, de ő hiába is reménykedett, mert azok ketten mintha összebeszéltek volna és Latheáról alig árultak el valamit. Helyette szó esett a Cowanek tragikus haláláról 1940 őszén, az első londoni bombázások idején, hallott egy hosszú beszámolót Nick Cowanről, mindenről, csak Latheáról nem. Márpedig négy év elég hosszú idő és ő gyanította, hogy ennek a hallgatásnak nem az eseménytelenség a forrása. Sokkal inkább az, hogy azok ketten már jobban ismerik az asszonyt, ezért a lojalitásuk e tekintetben feléje húz.

- Mégiscsak a feleséged, fiam – jegyezte meg Laurie egy félresikerült megjegyzésre válaszul. – Akármiért keltetek egybe, ez ugyanolyan érvényes frigy, tehát neki kell elmesélnie, amit lényegesnek tart.

- Ezek szerint elmondta, miért jött hozzám?

- Miért olyan meglepő ez?

- Mert senkiben sem bízik meg.

Laurie halványan elmosolyodott. – Mondd múlt időben. Amúgy nem kellett elmondania, már előre kitaláltam. Egyszer ugyanis azt állítottad, egyszerűbb a nőket megvásárolni.

- Lehet, de akkor még nem ismertem azt, amelyiket nem lehet.

- Hát, így van ez, Kolja – nyugtázta Laurie.

- Te még mindig nem érted, Okker. Ő jött hozzám érdekből, de én nem ezért vettem el.

Ám ezzel a magyarázattal sem tudta szóra bírni a két Doornt, akik továbbra sem nyilatkoztak mindarról, amiről sejtette, hogy érdekes lenne számára. A tartalmas beszélgetéstől valamelyest mégis képbe kerülve alaposan kiúszta magát a tengerben. A parton merengve hasonló gondolatok jártak a fejében.

Eltűnődve azon, mihez kezdjen ennyi meglepetés után, az tűnt kézenfekvőnek, ha utánajár a négy év történetének. Méghozzá a legilletékesebbnél. Rá kell bírnia Latheát, hogy megnyíljon, és ne hagyja őt sötétben tapogatóznia. Szerencsére hónapok álltak még a rendelkezésére, amíg nyugodtan visszatérhet Franciaországba, így semmit nem kell elkapkodnia. Újból feltérképezheti az asszonyt, megismerheti, mert bár annak előtte sem ismerte túl jól, az elmúlt viharos évek nyilván rajta is nyomot felejtettek. Ha ebből a kapcsolatból bármi jót ki akar hozni, időre meg türelemre szüksége lesz, amíg összeszoknak.

Jó ideig élvezte a nyári éjszakát, mielőtt a törölközővel, amit borúlátóan magával hozott, nekivágott a dűnéknek. Fejében a friss élmények és a jövőhöz fűzött remények kavarogtak. E pillanatban azonban csakis egy dolog számított. Az, hogy a háborút a háta mögött hagyta. Akármikor is utazik haza legközelebb, már nem lesznek ott németek és a gyászos horogkereszt helyett mindenütt a nemzeti trikolórt lengeti a szél. Átkozottul sokat kellett várni a szabadságra, sőt, a maga módján ő is kénytelen volt megvívni a saját csatáit érte. De túlélte. Ezentúl semmi másra nem lesz gondja, minthogy a boldogságát megkeresse, azután pedig soha többé nem ereszti.

- Thea.

Az asszony nem hallotta a suttogását. Az ágyon elnyúlva mélyen aludt. A meleg ellenére bebújt a takaró alá, jobb kézfejét a párna alá fúrta. Így hát ledobálta a törölközőt meg a vizes fürdőnadrágot a földre, hogy egy száraz ruhadarabban bebújjon melléje. Körüllengte őket az édeskés szappanillat, ami a szőke fürtökből áradt. Óvatosan átkarolta Lathea vállát, ahogy meztelenül bukkant elő a nyári hálóingből és némi simogatással elérte, hogy odasimuljon hozzá. Tenyerét végighúzta a hátán, mire öntudatlanul is szorosabban hozzápréselődött. Ismerős mozdulattal a vállára hajtotta a fejét, karjával átfonta a mellét, bár egyenletes szuszogása elárulta, hogy mélyen alszik. Nem akarta felverni, már az boldoggá tette, hogy a képzelete helyett testi valójában érzékelheti és ölelheti magához.

Lathea kinézett a Carrough vegyeskereskedés kirakatán a térre. A szokásos szombati nyüzsgést látta. A kikötő felől asszonyok érkeztek fonott kosarakkal, megrakodva az aznapi zsákmány egy részével. Leonard Mercury kerékpározott a posta felé, majd

megérkezett a mentőkocsi, mely a szemközti házból
Mr. Ruthefordot vitte a penzance-i kórházba. A
korábban agyvérzést elszenvedett cipészt élő-
halottként hozták ki a házból. Egy percre
összesereglettek körülötte az emberek és
megszorították a kezét bíztatásuk jeléül. Néhányan
még akkor is ott ácsorogtak, amikor a mentőkocsi
motorja felbőgött, hogy utána intsenek, jóllehet a
beteg nem látta, se viszonozni nem tudta volna a
baráti gesztust.

Ebben a pillanatban dalolni kezdett az ajtó fölé
lógatott csengő és a füle tövéig szeplős Craig Hodson
érkezett a Times szombati kiadásával. – Üdvözlet
mindenkinek. Mr. Carrough, nem fogyott egy
keveset? Lathea, maga minden nappal egyre szebb.
Jim, öreg haver, hol marad a nyakkendő?

Hodson, bár alig öt-tíz percet időzött náluk naponta,
épp míg leadta a friss lapot vagy reggeli gyanánt
elfogyasztott egy pohár kávét, ebben a pár percben is
színt lopott az életükbe. Dőlt belőle a szó, márpedig
ezzel a közvetlen sármmal mindenkit levett a lábáról.
Az élet kilenc óra körül indult be, attól kezdve
egymást érték a vásárlók. Lathea és Jim Morrison alig
győzték az árut a pulthoz hordani, jóllehet a roham
általában délre elhalt. Mr. Carrough fél egy körül zárt,
és ők már alig bírták kivárni a hátramaradt perceket.
Lathea összecsomagolta a halat, amit Mrs. Cates a
kikötőben vásárolt neki, illetve hozzátett két üveg
tejet, egy kenyeret, meg némi kávét. Dolga végeztén
a kirakatig nyúló pult mögött felejtett székre
telepedett, hogy kilessen a térre. A tegnapon
merengett. Sokkal jobban érezte magát, elmúlt a
szédülés meg a hányinger, reggel még egy derekas
szendvicset is magába gyűrt, olyan kétségbeesetten
éhes volt. Ugyanakkor a tegnap igazi eseménye még
most is megdöbbentette. Amikor Mischát meglátta a
teraszra toppanni, csak foltokban észlelte őt, a tudata

ennek ellenére felismerte. Olyan volt, akár egy látomás, a múlt visszatérő szelleme. Holott élt. Alig váltottak ugyan néhány keresetlen szót, hiszen a délutánt meg az éjszakát is átaludta, reggel arra ébredt, hogy a férfi ott fekszik az oldalán. Szinte eggyé válva bújtak egymáshoz, Mischa karja úgy ölelte át, hogy testének minden porcikáját érzékelte. Ez a testhelyzet rettenetesen jól esett. Azt a képzetet keltette, hogy nincs egyedül, számíthat valakire, aki egyszer régen már a szívébe lopta magát. És ott fekve, Mischát érezve rájött, milyen isteni csoda, hogy él. Elképesztő és hátborzongató, mégis csoda, amiért csakis hálás lehet.

Kisurranva a bungalóból, hogy munkába induljon, azonban már szégyen öntötte el. Tivy miatt, azért ahogyan szerette és ragaszkodott hozzá. A gyászához nem illettek a Mischa gyengédségétől fellobbanó érzések. Másrészt, ha a férfi él, akárhogyan is volt régen, ő mégiscsak hűtlen lett hozzá azzal, hogy beleszeretett valaki másba. Egyre zavarosabb gondolatok zaklatták, és az érveket összevetve a mérleg hol Tivy, hol Mischa felé billent. Kísértetiesen hasonló dilemmába keveredett, mint évekkel korábban, amikor a szíve mélyén Erwint szerette, ám egy titokzatos erő ellenállhatatlanul húzta Mischához. Ugyanezt a vonzerőt érezte most is, elegendő volt a férfinak egyszer megcsókolnia, hogy mindent felkavarjon. Nem egyszerűen testi vonzalmat gerjesztett benne, annál jóval összetettebb és nehezebben magyarázható reakciókat. Doverban annak ellenére, hogy gyakorlatilag idegenek voltak, úgy érezte, mintha ezer éve ismerné, és ha bármit elmond neki, megérti őt. Mindezt annak dacára, hogy közben sokszor ridegnek és távolságtartónak látta. Tagadhatatlanul ez messze nem ugyanaz a lelki partnerség, amit Tivy mellett erőfeszítések nélkül megtalált, ám olyan tökéletes kapcsolat talán nem is adódik többször az életben.

- Ki ez az alak? Még sose láttam a faluban – motyogta mellette Jim, így ismét a tér felé lesett.

Nem jelentett gondot kitalálni, kire gondolhat, ugyanis Mischa sétált át a macskaköves téren. Hanyagul zsebre vágta a kezeit, hosszú karjaival és lábaival olyan lazán mozgott, akár egy huszonéves suhanc. A meleg időben világos nadrágjához nyitott nyakú inget választott. Elnézve őt, cseppet sem emlékeztetett arra a lélegzetelállítóan fess és elegáns arisztokratára, akit hat évvel korábban Mr. Brock antikváriumában megpillantott. Ebben a kevésbé fegyelmezett, hivalkodást nem ismerő öltözékében átlagos férfiember benyomását keltette. Már reggel is felfigyelt arra, hogy jóval izmosabb, mint hajdanán, a bőre előnyösen lebarnult. Mindkettő előnyös változást jelentett, ami kifejezetten vonzóvá varázsolta. Az arcát csúfító vágás ellenére jóképű maradt, mellesleg egy nappal sem látszott többnek harmincnál, és első ránézésre a háború se felejtett rajta látható nyomokat.

- Idejön.

- Ide, Jim.

A fiú kíváncsian nézett feléje. – Talán ismeri?

- Igen, a férjem, egészen tegnapig azt hittük, meghalt Franciaországban.

Jim halkan füttyentett az elképedéstől, Mr. Carrough pedig a párbeszédet hallva kiejtette a kezéből az újságot. – A mindenit, kislány!

Ennél többet azért nem állt módjában mondani, mert megszólaltatva a kis csengőt Mischa lendületesen betoppant az üzletbe. – Jó napot!

A két férfi csodálkozástól tágra nyílt szemmel bámult rá, ám ő, ezt nem tudva mire vélni, szerényen mosolygott. Lathea oldalba lökte Jimet, aki ettől valamelyest magához tért. – Jó napot, Mr. Trashburn.

Mischa értetlenül nézett a fiúra. – Kupolyev vagyok.
Üdvözlöm.

Mr. Carrough terebélyes pocakjával közelebb
imbolygott. – Jó napot, Carrough szolgálatára –
Mischa kezet rázott vele. – Nem értem, maga
Kupolyev?

- Igen – mintha a jelenet mulattatta volna. – Valami
gond van vele?

- Akkor ki az a Trashburn?

- Legjobb tudomásom szerint a feleségem.
Lathea felkapva a szatyrát meg a válltáskáját előlépett
a pult oltalmából. – Trashburn a leánykori nevem, Mr.
Carrough – magyarázta szűkszavúan.

- Ejha.

- Most elmennék, uram, de hétfőn reggel itt leszek.

- Menjen csak, kedvesem, menjen – dadogta a
cégtulajdonos kábán.
Lathea Mischa kezébe adta a megpakolt szatyrot és
máris kiperdült az ajtón.

- Attól tartok, valami rosszat mondtam – szabadkozott
a férfi. – Te meg ez a rengeteg név, sose tudom, mire
számítsak – mindez olyan panaszosan hangzott,
Lathea elnevette magát. – Gondoltam, hazakísérlek.
Okker meg bátorított, hogy megtegyem.

- Akkor erre menjünk. A parton sokkal szebb.

Átvágtak a falun a tenger felé. Az emberek
oda-odaköszöntek Latheának, ezzel rögvest ki is
használták a pompás alkalmat, hogy kísérőjét
szemrevételezzék. – A jóképű, fiatal férfiak
ritkaságszámba mennek errefelé – világosította fel
Mischát.

- Jóképű? Nos, ez nem én vagyok. A nőket általában a
vagyonom vonzza, nem a személyem.

- Tényleg? Talán rossz körökben forog, gróf úr.
Mischa adós maradt a válasszal. Egy darabig némán
ballagtak egymás mellett. Az utolsó házsor mögött
leereszkedtek a buja növényzettől határolt ösvényre,

hogy a partra jussanak. A fejük felett kristálytisztán tűzött a déli nap. Lathea elcsábulva a szatyorba gyömöszölte mindkét szandálját, hogy mezítlábasan gyalogolhasson a langymeleg homokban.

- Ma sokkal jobban nézel ki – jegyezte meg Mischa. – Jobban is érzed magad?
- Igen, sokkal jobban, köszönöm. És te hogy aludtál?
- Pompásan és főleg zavartalanul.
- Én azt hittem, a házba költözöl – Mischa megtorpant. – Mi a baj?
- Gyere csak – húzta be az asszonyt az egyik kínálkozó fa árnyékába. Letette a szatyrot, hogy mindkét kezével magához ölelhesse. – Most nagyon figyelj rám, chérie. Eszem ágában sincs a házban aludni, hacsak kifejezetten ezt nem akarod. Azért vagyok itt, hogy szép lassan a végére járhassunk a dolgainknak, a házasságunknak, a jövőnek, a terveinknek. Remélem, ez ellen nincs kifogásod?
- Nincs.
- Helyes. Ugyanis szeretnék mindent hallani, ami Dover óta történt veled.

Lathea maga sem értette a heves reakciót, ahogy a férfi mellére sújtott a két öklével. – Igen? Ó, te hazug ember! Dover, szóval, Dover? Megígérted, hogy elbúcsúzol, mielőtt elindulsz, ehelyett arra riadtam, hogy üres a lakás. Szerinted ez milyen érzés volt? Tudni, hogy úgy haltál meg, még csak el sem búcsúzhattam tőled? Belegondoltál egyáltalán, milyen nyomorultul éreztem magam?

A haragos kitörésre válaszul Mischa a két tenyerébe fogta Lathea arcát, hogy a szemébe nézhessen. – Igazságtalan vagy velem. Pontosan tudod, mi lett volna, ha felébresztelek. Újra szeretkezünk és nekem soha nem lett volna erőm ott hagyni téged.

- Nem érted, Mischa… abban a néhány napban tényleg azt hittem, tartozom valakihez… hozzád… te meg úgy elosontál, mintha utoljára már a kezemet se akartad volna megfogni, hogy maradjon nekem valami belőled.

- Szerinted én nem szenvedtem? Évekig itt rostokoltam a csatorna túloldalán arra várva, mikor jöhetek vissza hozzád. És milliószor elátkoztam a saját ostobaságomat, amiért nem szöktem el, amíg megtehettem volna – felelet helyett Lathea a kibuggyanó könnyeit kezdte el törölgetni. – Mit gondolsz, ma femme, nem kezdhetnénk tiszta lappal? – de Mischa hiába várt a remélt beleegyezésre. – Tehát még mindig szörnyetegnek tartasz? Talán félsz is tőlem, mint régen? Hát, elfelejtetted, milyen szenvedéllyel szerettük egymást Doverban? Boldog voltál velem, ahogyan én is boldog veled.

- Már késő, azóta minden megváltozott.

- Semmi nem változott… vagy azok a csókok egy halálraítéltnek szánt búcsúajándékok voltak? Kérlek, Thea!

- Hogy mondhatsz ilyet! És hogy gondolhatod? Mischa a fejét ingatta. – Sokkal jobban számít, hogy te mit gondolsz.

- Nem tudom, tényleg nem. Ne is várj tőlem semmilyen fogadalmat, vagy ígéretet, mert még annyi minden van, amit nem dolgoztam fel magamban. Többek közt azt sem, hogy életben vagy – Lathea elhátrált egy lépést. – Ráadásul az, ami eddig elválasztott minket, az most is ugyanúgy közénk áll, teljesen mindegy, mi történt Doverban.

- Na, persze, a rangommal meg a vagyonommal viszont nem bújhatok ágyba és nem is ölelhetem át őket, ahányszor szeretetre van szükségem. Thea, ma chére, kérlek, törődjünk ezúttal végre azzal, ami igazán számít. Időnk van bőven, hogy kitaláljuk, te mit akarsz, és én mit akarok. Nem várok ígéreteket, értelmetlen is lenne. A lehetőségről mégsem mondok le, hogy mindent tisztázzunk.

- Egyedül azt felejted el, miért házasodtunk össze.

Egy percig úgy tűnt, Mischa nem fog erre a megjegyzésre reagálni, végül mégis azt mondta: – Ezt vajon akkor is észben tartottad, amikor Doverban velem voltál? Mert én nem vettem észre. Lathea elvörösödött. – Miért lovagolsz ezen folyton? – Mert amennyiben jól értelek, semmi egyéb nem fűz minket össze. Ó, látom rajtad, hogy megint fennhéjázónak és önteltnek tartasz, holott csak szókimondó vagyok alakoskodás helyett. Ebben igaza volt, Lathea mégis szemérmesen felfortyant. Maga sem értette, hogy ha Tivyvel őszinte tudott lenni, Mischa nyíltsága miért kergeti a vért az arcába. Utólag jutott eszébe, hogy talán éppen azért, mert Doverban gátlástalanul és szégyenérzet nélkül ölelték egymást, holott egyetlen gyengéd érzés sem jogosította fel őket erre. – Szókimondás? Mi köze ennek a szókimondáshoz? Bizonyos dolgokról egyszerűen nem kéne beszélni. Nem illik. – Nem illene, de mivel a feleségem vagy, ez is a házasságunk része. Akkor is, ha neked nem tetszik – ezzel Mischa felkapta a szatyrot és a kezét nyújtotta. – Gyere, menjünk.

– Ó, Laurie, rettenetesen gyötör a lelkiismeretem – panaszkodott Lathea, miután letette a telefont. Jean-Michelnek mindössze annyit mondott, hogy sürgősen jöjjön Marazionba, mert a közlendője nem telefonon megvitatható dolog. – Azt hiszem, feleslegesen ijesztettük meg.
– Ne aggódjon, kedvesem, a mi Jean-Michelünknek helyén a szíve.
Mischa, amikor az úszás után megtörölközve és megszárítkozva megjelent a Parisianben, rögtön azt tudakolta: – Sikerült?
– Igen – biztosította Laurie. – Jean-Michel a három órás vonattal érkezik, fél négyre itt lehet. Mi ketten

elmegyünk bóklászni egyet, hogy magatokra maradjatok.

Mischa bizonytalanul nézett a feleségére. – Nem hiszem, hogy ez jót tesz neked. Még csak most lábalsz ki ebből a nyavalyából.

- Már jól vagyok, amúgy Laurie is vigyáz rám.

Így maradt délután magára Mischa a villában. Három óra körül a többiek kisétáltak az ajtón, hogy bejárják a dűnéket. Először leült a kandallónál álló karosszékbe és belelapozott a Timesba. A szeptember 15-i szám tagadhatatlan szenzációja a Patton vezette amerikai hadoszlop átkelése a Marne folyón és Nancy elfoglalása volt. Egy másik írás az Eisenhower és Montgomery közt lassan közszájon forgó hatalmi huzakodással foglalkozott. Az angol tábornokba a jelek szerint több kurázsi és kalandvágy szorult, mert a Belgiumban húzódó német védelmi vonalon támadt rés láttán szeretett volna nagyobb sebességbe kapcsolva a Ruhr-vidék felé masírozni. Az amerikai főparancsnok ellenben nem akart kockázatot vállalni, amíg Antwerpen teljes körzetéből ki nem űzik az ellenséget. Az írás említést tett Montgomery érveléséről, aki történetesen tudomást szerzett róla, hogy a London ellen hadrendbe állított új német szuperfegyver, a V-2 bombázók, éppen holland területen állomásoznak. A németek új csodafegyvere pilóta nélkül repült és az előzetes híresztelések alapján óriási pusztításra tették képessé. Ezt azóta London meg is tapasztalta, hiszen 8-án a V-2 első támadása súlyos károkat okozott Délkelet-Angliában. Érdektelenül félrehajítva az újságot unottan ténfergett az üres házban, mígnem Rozsda hangja felriasztotta. A találkozástól és Jean-Michel megjósolhatatlan reakciójától tartva indult a terasz felé. Beletelt néhány percbe, mire a ház sarkánál felbukkant a látogató. Lelkifurdalást ébresztett benne, ahogy meglátta a barátja elegáns öltönyét, melyet nem utazásra terveztek. Lathea telefonhívása láthatóan a hivatalában érte, ahonnan hanyatt-homlok rohanhatott ide. Jean-Michel váratlanul felpillantott és ugyanabban az ütemben a földbe gyökerezett a lába. Hitetlenkedve, sokatmondó döbbenettel az arcán bámult fel a teraszra. Ki tudja, mennyi idő telhetett el, amíg egymást méricskélték, Mischa várakozón, ellenben a barátja a kezdeti sokk után egyre zárkózottabb arccal. Végül megmozdult. Tett néhány lépést előre, hogy letegye a táskáját a korlát mellé. Továbbra sem szólt egyetlen szót sem, de amikor közelebb jött, Mischa felismerte a tekintetében a düh beszédes jeleit. Ám mielőtt bármiféle mentegetőzésbe foghatott volna, Jean-Michel akkorát öklözött a gyomrába, hogy tehetetlenül kétrét görnyedt, kevés híján térdre csuklott.

- Ó, a mindenségit! – nyögte levegő után kapkodva.

- Szóval, gyáva voltál a telefonhoz jönni? Négy éve gyászolunk téged, te meg éled világodat valahol? Mégis hogy képzelted ezt! – kiáltotta Jean-Michel magából kikelve, a képe egészen lila lett a fortyogó indulattól.

- Nem mondom, beköszönsz egy horoggal, lehordasz a sárga földig, mi a fenét mondhatnék ezek után? Jean-Michel eltelve a haragtól az egyik korlátra hajította a zakóját, miközben úgy meglengette az öklét, Mischában felmerült, hogy ezúttal még az orrát is bezúzza. Szerencsére nem tette. – Mindegy, hazudj valami hihetőt, gróf úr!

Negyven borzalmas percbe telt, amíg elmondta a legfontosabbakat és ezzel valamelyest lehűtötte az ellene irányuló harci kedvet. Azt nem remélte, hogy Jean-Michel megbocsátását is elnyerte, de legalább igyekezett tisztázni magát, fél sikerrel. A nappaliban ültek két hideg sörrel, bizalmatlanul méregetve egymást. Jean-Michel egyetlen pillanatig sem leplezte mérhetetlen neheztelését és furcsa mód nem osztozott Galina szapulásában sem.

- Hogy te milyen hibbant vagy! Galina látatlanban ki nem állhatja Latheát, te meg éppen rá bízol egy ilyen üzenetet? Hát, tudod!
- Fogalmam sincs, mi oka lehetne gyűlölködni.
- Nincs? Akkor szamarabb vagy, mint gondoltam. Gyerekkora óta bálványoz téged, és bár ő a rokoni szálaknál közelebb nem kerülhet hozzád, azt sem fogja szó nélkül hagyni, hogy helyette más nő foglalja el az első helyet az életedben.
- Viccelsz velem? Még sose hallottam ekkora sületlenséget.

Jean-Michel fakón felnevetett. – Pedig hidd el, hogy így van. Nyilván repesett volna az örömtől, ha időközben a te kis hitvesed, vagy özvegyed, elkötelezi magát egy másik férfi mellett – Mischa legyintett. – Te csak ne legyezz itt nekem! Lathea nem mesélte, hogy hajszál híján férjhez ment?

- Micsoda!
- Ezek szerint nem hallottad.
- Nem, de igazán felvilágosíthatnál.

Jean-Michel röviden beszámolt a papírok körüli problémákról, melyek egyedül a hivatali tohonyaságnak köszönhetően tartották életben. Ám ha kevésbé szerencsés, mostanra nemcsak hogy halott, de a felesége is máshoz tartozik.

- Kezdem érteni – makogta Mischa leforrázva. – Ezért mondta Thea, hogy minden megváltozott – Jean-Michel biccentett. – Na, és ki az illető?
- Egy Amerikába szakadt angol. A háború előttről ismerték egymást. A tetejébe számodra két rossz hír is van ebben a történetben.
- Ne kímélj.
- Ha létezik olyasmi, hogy két ember egymásnak van teremtve, akkor ők igen.
- Ó, te jó ég!

- És a másik, hogy a fickó meghalt az Omahán Normandiában.

- Biztosan meghalt? Úgy értem, nézz rám, én is élek. Jean-Michel kedvetlenül megrántotta a vállát. – Holtbiztos. Latheával ott voltunk, amikor Rogersék azonosították a fiúkat. Azon kevesek közé keveredett, akiket itthon temettek el. Nagyszerű fickó volt, óriási veszteség.

Mischa a tenyerébe engedte a homlokát. Már kezdte érteni az asszony fásultságát és kisírt szemeinek az okát. Noha derekasan tartotta magát, a lelki megpróbáltatások nyilvánulhattak meg a feltűnő étvágytalanságban, a fizikai gyengeségben meg az álmatlanságban. Az viszont rettenetesen bántotta, hogy tőle egyetlen szót sem nem hallott erről a szerelemről. Hajszálnyi célzást sem. – Akkor pokoli óvatosnak kell lennem.

Jean-Michel gyanakodva nézett rá a sör felett. – Az attól függ, mit forgatsz a fejedben.

- Természetesen meg akarom kapni őt. Testestül-lelkestül. Mondd csak, ennyi hercehurca után érvényes még ez a házasság?

- Igen, ugyanis idő szűkében Tivyt már nem érdekelte a dolog. Jobban szeretett volna hazatérve egy világraszóló lakodalmat.

- Szegény ördög.

Jean-Michel hallgatott. Mischa ekkor végre alaposabban szemügyre vehette. A háború évei bizony őt sem kímélték, öregebbnek látszott, mint emlékezett rá. Szeme alatt sötét karikák húzódtak és mindent összevetve borzasztóan kimerültnek, lelkileg elhasználtnak tűnt. – Részvétem Hugo miatt.

- Honnan tudsz te róla?

- Már mondtam, én is az ellenállásnál voltam.

- Ő is?

Mischa a fejét ingatta. – Először Vichyben a Külügyben, utána a Hadügynél. 42 közepén felkerült

Párizsba. Sajnálom, Jean-Michel, de született áruló volt, méghozzá a legrosszabb fajtából. Pénzért bárkit beköpött.

Őszintesége tőr volt a barátja szívébe, noha igyekezett nem mutatni. Helyette közönyösen a részletek felől kérdezett. – Hogy halt meg, ti likvidáltátok?

- Gyakorlatilag igen. Sokáig szemmel tartották az üzelmeit, végül lépre is vitték. A németek meg nem akartak kockáztatni és kivégezték, részvéttelenül, a nyílt utcán. A szüleid hogy fogadták a híreidet?

Ez alkalommal Jean-Michel tényleg megdöbbent. – Honnan az ördögből tudsz erről is?

- Csak nyugalom. Évekig Bretagne-ban bujkáltam, és valaki elárulta, hogy ott vagy. Figyeltünk téged.

- Egek! Akkor nemcsak képzelődtem, amikor St. Malón átrohanva mintha azt hallottam volna: Bármi áron kijuttatjuk? Rögvest utána valaki elkapott és mire magamhoz tértem, egy hajón ringatóztam.

- A németek kinyírtak volna, és meg is sebesültél.

Bár az egész eseménysor így már szépen összeállt a fejében, Jean-Michel nehezen tért magához a hidegzuhanytól. – Te… te láttál engem? Hol voltál?

- Az egyik pinceablakban. Nem volt alkalmas pillanat a baráti viszontlátásra.

Jean-Michel elmélázva megjegyezte: – Megváltoztál.

- Az embert megváltoztatja, ha embert öl, vagy ha őt akarják a másvilágra küldeni.

- Még cinikusabb lettél.

Mischa mosolyába nem jutott vidámság, ahogy hátrafésülte előrehulló fürtjeit. – Inkább keményebb, türelmetlenebb és elszántabb.

- Elszántabb?

- Igen, elszántabb, hogy többé ne törődjek mellékes dolgokkal. Tudom, mit akarok, és meg is szerzem.

Abban a percben, hogy Torquay-ban angol földre léptem, valósággal újjászülettem. Magam mögött hagytam a háborút, méghozzá végleg.

A barátja talányos tekintetéből nem lehetett kitalálni, mi jár a fejében, ám szerencsére elárulta. – És vajon Lathea milyen szerepre vágyik ebben az új életedben?

– Meglátjuk. Viszont azt, aki elhagyatva érzi magát, könnyebb meghódítani.

– Ez nem tisztességes.

– Nem az.

– Mégis ezt akarod?

– Őt akarom, Jean-Michel. Az nem tisztességes, hogy ha Galina átadja azt az átkozott üzenetet, sose nézett volna másra. Számára sokat jelent a hűség.

– Nem fog örülni ennek az okfejtésnek.

– Nem fogja hallani. A nőknél eddig semmire se mentem az őszinteséggel. Ez is olyan tanulság, amit ezentúl észben tartok.

– Mégiscsak cinikus vagy.

– Realista.

– Realista? Szereted őt, pajtás, és ismerlek, nem tudod majd becsapni, mert akkor magadat csapnád be.

– Azt fogom tenni, ami megnyeri őt nekem. Legyen az bármi.

Jean-Michel titokzatosan hümmögött. – Vigyázz, mert lépéselőnyben lehet veled szemben.

– Ezt meg hogy érted?

– Remélem, értékeled, hogy kifecsegem neked a titkait?

– Ki vele!

Jean-Michel szokása szerint keresztbe vetette a lábait, mielőtt belekezdett. – Lathea valóban komolyan vette ezt a házasságot, hosszú évek magánya után lett hűtlen hozzád.

– És?

– Ellenben tud róla, hogy te az esküvő után hazamentél és rögvest Chantal karjában kötöttél ki.

Nem esett neki jól, hogy finoman fogalmazzak. Ezúttal Mischán volt a megbotránkozás sora. – Erről meg hogyan tudhat? És te honnan tudsz?

- Mondd csak, hallottál valamit Chantal felől a háború kitörése óta?
- Úgy érted, mióta azt a rémálomszerű éjszakát túléltem az ágyában? – gúnyolódott Mischa továbbra is kábán. – Nem. A férjéről viszont annál többet. Kollaboráns disznó.

Jean-Michel a fejét vakarta. – Kár, hogy nem tudtam, miféle meglepetésre rohanok ide. Hallgass ide! Van nálam két levél, amit Chantal írt Kupolyev grófné nevében Angeline Binoche-nak. Mindkettő igen tanulságos.
- Ne csigázz már!
- A levelek tanúsága szerint sikerült megajándékoznod egy kisbabával.

Mischa félrenyelte a sört. – Hogy micsoda? – törölgette az ingéről a kilötyögtetett italt. – Ugratsz engem?
- Egyetlen pillanatig se. Ez benne van az egyik levélben. Sőt, Chantal a barátnőjét buzdította, hogy derítse ki, valóban megnősültél-e.
- Uram isten! Tudod, hogy ez mit jelent? Van valahol egy fiam vagy lányom, akit az az átkozott perszóna Alain Chabert véreként anyakönyveztetett.
- Ez volt a szándéka, drága barátom. Ez is kerek-perec ott áll a levélben.
- Ne mondd, hogy Thea olvasta ezt a förmedvényt – a széttárt karok azonban pontosan az ellenkezőjét jelentették.

Az időjárás mintha dacolt volna a naptárral. Szeptember utolsó napjaiban jártak, az erős napsütés és a meleg azonban fikarcnyit sem emlékeztetett őszre. Esténként is nyáriasan langyos maradt a levegő, jóllehet a botanikus kert csodái lassan hullani kezdtek, új bimbók pedig nem nyíltak. Lathea a zöldséges kertben sem dolgozott annyit, igaz, ebben visszatérő rosszullétei és általános fizikai gyengesége közösen akadályozták. Helyette szívesen sétált és ugyanilyen mohósággal úszott a tengerben, amíg az idő megengedte.

Az üres tengerparton andalogva fokozatosan tűnt ki a szürkeségből az a sziklatömb, mely Laurie kedvenc árnyékvetőjeként szolgált a nyári hőség idején. Megsimogatta, ahogy elhaladt mellette. Mostanában furcsa kényszert érzett, hogy valamelyest összegezze mindazt, ami Cornwallhoz fűzi. A sor természetesen terebélyesnek ígérkezett, hiszen majd négy éve élt itt, jóllehet egyes évek egészen összemosódtak. Emlékei közt azonban kiemelkedő helyen szerepelt Laurie felemelő, bohém társasága, Corey jelenléte az életükben, meg a rengeteg munka, ami legtöbbször mégsem volt terhes számára. Na, és még valami, a magány. Doverban pár nap alatt belekóstolt abba, milyen érzés magáénak tudni egy férfit, akivel beszélgethet és kérdőjelek nélkül együtt tervezheti a holnapot, éjszaka pedig annak szenvedélye belőle is tüzes szeretőt varázsol. Tivy váratlan és csodával határos felbukkanásáig milliószor kívánta, bárcsak megtarthatta volna Mischát. Az Erwinnel átélt csalódások után mentőövként próbált belekapaszkodni. Legkétségbeesettebb pillanataiban az sem számított, milyen kevéssé ismerte, a kedvessége mögött pedig továbbra is ott lapult az a gróf, akit ő ösztönösen megvetett a gőgjéért meg a ridegségéért.

Tivy változtatott meg mindent. Nemcsak vidámságot és szenvedélyt lopott a szívébe, hanem mintát szolgáltatott arról, mi az, amit egyetlen más férfitól sem kaphat meg. Az egyikben a lelki tulajdonságai vonzották, a másik fizikailag, de kizárólag ő lett volna az, akiben mindez együtt testesült meg. A temetésen döbbent rá, hogy Tivy a reményeit is végérvényesen magával vitte. Feltehetően a kishitűsége okán, a lelke mélyén mégsem hitte, hogy a felhőtlen boldogság mindörökre az övé maradhat. Túl szép lett volna, hiszen Tivy katonai egyenruhában toppant az életébe és ettől kezdve a jövőjüknek határt szabott a háború. Szégyellte bevallani, de a férfi szerelme már akkor is megfoghatatlan volt, mintha a sors átmenetileg álmot bocsátott volna rá, melyben nem léteztek gondok, viták vagy fájdalom, csakis nevetés és szerelem. Ám ez az álom, ahogy jött, úgy el is illant, itt felejtve őt a valóság kőkemény talaján.

A csodálatos hónapokra visszagondolva az emlékek megmelengették a szívét. A nyár végtelen hetei alatt bezárkózott saját felbolydult érzelmeinek kis világába, de így sem sikerült túllépnie a veszteségen. Tivyvel együtt a lelke egy hatalmas darabja is odalett és ő fájón visszazuhant a sors különben ráosztott szerepébe, melynek mozgatórugója nem a boldogság. Olyan sokáig áltatta magát, nem hagyta, hogy a szívéből megszökjenek a Tivy által életre hívott csodák, hogy most bűntudattal kellett azokra a felkavaró érzésekre gondolnia, melyeket Mischa felbukkanása ébresztett fel tetszhalál állapotukból. Hirtelen hűtlenségnek tűnt, hogy Tivy után még vágyhat más férfi figyelmére. Mischa nem volt Tivy és soha nem is lehetett. Ebben a zaklatott lelkiállapotában, amikor hiába kereste az igazságokat, sokszor eszébe villantak Mike Rydl szavai, aki a szüleivel kapcsolatban azt állította, az ember különféleképpen is szerethet. Egyik embert így, a másikat úgy. Bárcsak ez a felismerés több vigasszal szolgált volna, ám a legfőbb baj az volt vele, hogy nem hozta vissza Tivyt.

Az ereszkedő estében a terasz lépcsőiről még egy utolsó pillantást vetett a tájra. Örök volt és gyönyörű. Támasza és társa jóban, rosszban. Hátat fordítva neki mégis belépett a Parisianbe. Rozsda hűségesen őrizte a házat, pusztán csak vakkantott egyet feléje.

- Hahó, van itt valaki? – nem kis meglepetésére Doreen bukkant fel a konyha irányából. Boldogan összeölelkeztek. – Nahát, Dory! Azt hittem, még Londonban vagytok.

Az asszony mosoly nélkül, gyászosan mondta, hogy nem. – Azok az új német V-2-esek rettenetes csapást mértek ránk. London így is alig hasonlít önmagára, de azok az átkozottak még mindig találnak új célpontokat.

- Nem sérültetek meg? Grant se?

Doreen sietve tiltakozott. A londoni napokról beszámolva egy-egy csésze friss teával a kényelmes Chippendale garnitúrára ereszkedtek. – A fiúk a Kótyagosba mehettek.

- Valószínűleg. Az első kötelező vizit oda vezet. Mondd, Dory, Grant elásta a csatabárdot?

- Igen, végre valahára. Az én drágám makkegészséges, így nehezen viseli az öregedés gondolatát. Pedig egy nőnek is fogós probléma lehet – az asszony hirtelen témát váltva összecsapta a két tenyerét. – Te meg itt ülsz és nem mondasz semmit?

- Mégis miről?

- Ugyan, ugyan! Hiszen az egész falu a nagy hazatérőről fecseg, a férjedről.

Lathea összepréselte az ajkait. – Képzelem.

- Egek ura! Hogy tudtátok meg? Elképesztő dolog... így előkerülni annyi év után!

- Képzelheted! Egy szép nap itt állt a teraszon és felpanaszolta, mert Laurie-val elhűltünk a döbbenettől. Ő ugyanis mindvégig abban a hitben élt, hogy tudunk a megmeneküléséről.

- Ezt nem értem, honnan kellett volna tudnotok?

Lathea keze kis kört írt le a levegőben. – Üzent az unokatestvérével, aki azonban nem adta tovább.

- Ó, jaj! Ilyesmit elmulasztani! Gondolom, Laurie majd kiugrik a bőréből.

- Végtére is a fiaként szereti Mischát.

- És te, kedvesem?

A válasz váratott magára. – Fogalmam sincs. Valahogy el kéne felejtenem Tivyt ahhoz, hogy igazán örülni tudjak neki. Csakhogy egyelőre nem megy, ha egyáltalán. Meg aztán félek is. Olyan kutyafuttában vett el, mellesleg pedig se akkor, se most nem illünk össze. Nem illek az ő világába, ahogyan ő sem az enyémbe.

A karfa felett áthajolva Doreen megszorította a kezét.

– Kegyetlenségnek tűnhet, amit mondok, de Tivy sose jön vissza. Önáltatás lenne abban hinned, hogy találsz még valaha egy olyat, amilyen ő volt. Mert ha találnál is, pusztán a másolatának éreznéd.

- Ezért érjem be valakivel, aki talán semmit nem érez irántam?

- És te érzel iránta valamit? – Lathea nem válaszolt. – Nem azt mondtam, hogy érd be kevesebbel. Inkább csak derítsd ki, mit jelentesz neki. A háborúnak nincs még vége, tehát a te Mischád se fog holnap hazarohanni. Használd ki az időt, elképzelhető, hogy a végén olyasmit látsz meg benne, amiért érdemes tenni egy próbát.

Már a második csésze teát iszogatták, amikor Rozsda morgó hangjától kísérve felpattant a bejárati ajtó és Mischa dübörgött be rajta. Kissé összerezzenve a drámai belépőtől mindketten feléje néztek. Lathea izzó haragot vélt felfedezni a szemében, ahogyan nyílegyenesen feléjük robogott. Hanghordozása sem ígért sok jót. – Jó estét. Thea, beszélni szeretnék veled – a jólneveltség azonban a halaszthatatlan üggyel szemben is előnyt élvezett, mert rögvest Doreen felé fordult. – Attól tartok, még nem volt szerencsém bemutatkozni, Michel Kupolyev.

Doreent szembetűnően lehengerelte az arisztokratikus meghajlás és a gáláns kézcsók. – Részemről a megtiszteltetés, uram. Doreen Hyland-Flake.

- Laurie-t hol hagytad?

Mischa most már tényleg villámló szemekkel hunyorított Latheára. Kísértetiesen hasonlított egykori önmagára. – A Kótyagosban maradt Granttel. Ugye, megbocsát nekünk egy percre, asszonyom?

Ez a néhány szó parancsként dördült, Latheában a régi, kicsit sem szép időket idézve, amikor nem tehetett egyebet, minthogy eltűrje a basáskodó hangnemet. Azóta viszont sok minden megváltozott, ennek megfelelően szembeszállt a férfival. – Udvariatlan vagy, Mischa, mégis mi ilyen sürgős?

- Miért nem kíméljük meg Mrs. Hyland-Flake-et a privát csatározásainktól?

Újabb kioktatás, gondolta. – Doreen a barátnőm és nem hagyom, hogy elkergesd. Különben meg nem hiszem, hogy tudnál olyat mondani, amit ne hallhatna.

- Jól van, legyen! Tehát szerinted ma este miért gratulált a fél falu a fiamhoz? – hajolt közelebb Mischa fenyegetően.

- Ezt nem értem.

Gúnyos, húsba maró nevetés. – Te nem érted, ma chére? Akkor én mit szóljak? Elhiszem, hogy évekig azt gondoltad, meghaltam, de három hét alatt egyszer se értél rá szólni nekem, hogy mi történt Doverben? – a fagyos hangnem még kegyetlenebb hatást keltett így, hogy Mischa fel sem emelte a hangját. – Hol van a gyerek?

- Fogalmam sincs, mit hordasz össze. Doverban az égvilágon semmi nem történt, amiről te ne tudnál már rég.

- Ó, ez méltatlanul gyenge kifogás, négyig azért én is el tudok számolni.

Doreen fátyolos hangon kotyogott közbe. – Megkockáztatnám, Lat, hogy talán Corey-ról lehet szó.

- Corey? – rökönyödött meg Lathea. – Ki beszélte be neked, hogy Corey a te fiad?

- Az egész listát kéred?

- Corey Betty Cowan fia, nem az enyém és nem is a tiéd.

Mischa olyan pillantással méregette, mint aki egyetlen szavát se hiszi, ez pedig még inkább dühbe hozta. Elvörösödve, a lelke mélyéig felháborodva támadásba lendült. – Hogy juthat eszedbe azt feltételezni, hogy elitkolnám előled a fiadat? Megtiltom, hogy egy kalap alá vegyél a Chantal-féle cédákkal. Ha nálad ez az erkölcsi alap, akkor vissza kéne menned azokhoz, akikhez tartozol!

Mischa arcából egyetlen szemvillanás alatt kiszaladt a vér. – Ne ítélkezz olyasmiről, amiről nem tudsz semmit!

- Annyit tudok, amennyi rám tartozik. Ugyanolyan léha és csapodár vagy, mint akármelyik a te fajtádból.

- Ezt te nem tudhatod…

- Dehogyisnem! Én tudom csak igazán! Mégis hány napot vártál, mielőtt annak a nőnek az ágyába bújtál? Vajon megszáradt már a tinta a házasságlevelünkön?

Mischa megdermedt a vádtól. Aztán valamelyest felocsúdva erélyesen karon ragadta Latheát, hogy valósággal kiemelje a fotelból. – Most tényleg meg kell bocsátania, asszonyom, ha egy kicsit magára hagyjuk. Szedd a lábad kifelé, ma belle.

Ha Lathea ellenkezik, valószínűleg erőszakkal toloncolja ki a sötét éjszakába, úgyhogy nem makrancoskodott. A hátuk mögött bevágódó ajtó félelmeteset durrant. A félig szendergő eb felriadva figyelt egy darabig, majd farkcsóválva elbaktatott.

- Na, most jól figyelj rám! Nem tűröm, hogy idegenek előtt kiteregesd a magánügyeinket, Thea! – közölte Mischa fagyosan lengetve az ujját az orra előtt. – Nevetnem kell, ha eszembe jut, mennyire felháborodtál, amikor a házasságunkról akartam veled beszélni. De úgy látom, azóta jócskán meggondoltad magad és többé az sem zavar, ha idegenek hallják a részleteket, nem igaz?

- Kihoztál a sodromból. Tulajdonképpen miféle nőcskének tartasz engem? Corey nem az én fiam…. sajnos.

Mischa valamelyest higgadtabban folytatta: – Elég lett volna ennyit mondani és ott abbahagyni. Tehát bocsánatot kérek a kirohanásért.

- Rendben van, azért viszont ne kérj bocsánatot, amit a szeretőddel műveltél, mert azt nem tudom megbocsátani.

- Nem a szeretőm.

- De az volt.

- Hibáztam.

- Hibáztál? Ó, nem! Egyszerűen semmibe veszel engem és nyilván rég megbántad, hogy a nevedet adtad. A háború előtt, a halálba készülve egészen másként láttad a dolgokat.

Mischa hirtelen odanyomta a ház falához. Nem volt elég gyors, hogy kitérjen a csókja elől. A szája lecsapott az övére, igaz, a kemény, rendreutasító csók gyorsan megszelidült. Mischa olyan odaadással kényeztette, szinte belekábult. – Bárcsak tudnád, miért engedtem Chantalnak!

Lathea nem akarta, mégis lekenyerezte a hangjából sütő vágy, amit a közelében ő is mindig érzett. – Miért?

- Mert belepusztultam, hogy nem vagy velem. A pokolba, Thea, egyetlen más nő sem kell rajtad kívül. Olyan varázst szórtál rám, amire nincs ellenszer.

Lathea belenézett a szemébe, és az onnan kiolvasott üzenet is ugyanazt a szenvedélyt üzente. Aznap este, megfeledkezve a csúnya kiabálásba torkolló vitáról, Mischa nem hagyta elaludni. Még nedves volt a teste az úszástól, amikor meztelenül bebújt mellé az ágyba. – Ne utasíts vissza – dünnyögte elfúló hangon és magához préselte. Lathea a csókoktól legyőzve hagyta, hogy lebűvészkedje róla a hálóinget. – Istenem, milyen gyönyörű vagy.

A forró csókok megégették a mellét. Különös érzés
volt, sokkal izgalmasabb, mint korábban. Mintha nem
is az ő teste lett volna. Felszisszent attól, ahogy
Mischa az ajkával megérintette.

- Ne haragudj, ma chére – susogta bűnbánóan. – Újra
meg kell tanulnom, hogyan szeresselek, hogy neked is
jó legyen.

A régről ismert lángoló vágy maradéktalanul
felemésztette őket. Mischa változatlan hévvel szerette,
mialatt kínosan ügyelt rá, nehogy fájdalmat okozzon.
Csodálatosan megerősödött az utolsó együtt töltött
napok óta és őt lenyűgözte karcsú, izmos testével.
Olyan volt, akár egy túlélésre termett ragadozó. – Min
álmodozol? – súgta a fülébe, miközben a csípőjére
vonta a lábát.

- Megváltoztál.
- Tényleg, és ezt vajon bóknak szánod?
- Igen.
- Akkor jó.

Lathea csak fokozatosan, kábán merengve kezdett
visszatérni a valóságba. A láng ugyan ellobbant, de
egy cseppet sem bánta. Olyan mámorban volt részük,
amit nagyon hiányolt már. A boldog elégedettséget
mégis megkeserítette a közelmúlt emléke. Nem
akarta, ennek ellenére mázsás súlyként nehezedett a
lelkiismeretére. Óvatosan felkelt és neszetlenül
belebújt az ágy szélére készített réges-régi, már
rojtosodó köpenyébe.

- Ne menj sehova – dörmögte Mischa félálomban, ő
azonban nem hallgatva rá kilépett a szabadba.

Igazi, cornwalli éjszaka volt, telis-tele a természet
hangjaival, a szél susogásával, a tenger morajlásával
és a kert szinte kötelező neszeivel. Elcsigázva
ereszkedett a legvastagabb faágra lógatott hinta
ülőkéjére, ami Corey jelenlétének egyik utolsó
emlékeztetőjéül maradt.

A sós illatú szellőben dideregni kezdett. Ahogy szorosan összehúzta magán a köpenyt és keresztbe font karjai alatt összepréselte a melleit, baljós gondolat szállta meg. Akár korábban is felfigyelhetett volna rá, ám annyira lekötötte az önsajnálat, hogy semmi másnak nem tudott elegendő figyelmet szentelni. Pedig amúgy is telt melle láthatóan nekifeszült a köpenynek és a számtalan mosástól elpuhult anyag nyilvánvaló okok nélkül kellemetlenül dörzsölte a bőrét. Nem említve az indokolatlan rosszulléteket, melyekre nem akadt logikus magyarázat. Megérintette a hasát, ahonnan a kóros étvágytalanság hónapjai sem vitték le a súlyt. És hirtelen lehullt a hályog a szeméről. Rádöbbent, hogy alighanem másállapotban van.

- Miért hagytál magamra? – a háta mögül felhangzó kérdés térítette magához. Mischa hosszú ujjai a hajába túrtak, közben a nyakába csókolt.

- Sajnálom.

- Mit sajnálsz, ma belle?

Lathea nem nézett rá, hiába is állt meg előtte. – Csalónak érzem magam.

- Csalónak? Hogy érted ezt?

- Amíg halottnak hittünk… volt… volt valaki más – belepirult a vallomásba, de azért remélte, hogy az éjszaka ezt elleplezi párja fürkész tekintete elől.

- Észrevettem.

- Észrevetted?

- Hát, igen. Amikor elmentem, olyan szégyenlős és félénk voltál, most viszont, mondjuk úgy, vérforralóan csábító.

- Inkább ne mondjuk!

Mischa a zavaráról tudomást sem véve odaguggolt hozzá. – Mon Dieu! Miért feltételezed minden szavamról, hogy meg akarlak bántani? Szeretem a temperamentumodat, ennyi az egész.

- Most megvetsz?

- Szeretted őt?
- Igen, ezért nem tudom, hogyan legyen tovább.
Ezt mintha meg se hallotta volna, Mischa tovább
faggatózott. – Nagyon?
- Mindig is róla álmodoztam, de elment…. és
megölték – könnyek gyűltek Lathea szemébe. – Itt
belül – szorította a tenyerét a szívére. – vele együtt én
is meghaltam. Sajnálom, de én még mindig őt
szeretem. És ez nagy hiba volt…
- Ezt nem akarom hallani, csak ezt az egyet ne –
Mischa egy csapásra bezárkózott, és ahogy
felegyenesedett, Lathea tapinthatóan érzékelte, ahogy
lélekben eltávolodik tőle. – Fáradt lehetsz, miért nem
fekszel le aludni? Én felugrom a házba, később
visszajövök.

Mischa úgy vágtatott keresztül a kerten, mint aki
bárkit képes agyontaposni, ha az útjába merészkedik.
Megint az az intenzív düh tombolt benne, ami az
utóbbi években egyre inkább a sajátjává vált, jóllehet
annak előtte nem volt jellemző rá. Legszívesebben
ordított volna a csalódottságtól. Ugyanakkor semmi
szín alatt nem merte megkockáztatni, hogy
heveskedésével halálra rémissze az asszonyt. Már így
is fájdalmasan egyértelművé vált, mennyire nincs
szüksége rá, a közelségére vagy a szerepvállalására az
életében.
A második emberes adagot töltötte ki magának,
amikor feltárult a műterem ajtaja és Laurie állt meg a
küszöbön. – Nyilván jó oka van, amiért csak úgy
döntöd magadba a whiskyt. Az ivásban sose
becsültem a mennyiséget, a minőséget annál inkább.
- Attól félek, nem vagyok megfelelő hangulatban a
bölcseleteidhez, Okker.
Laurie fel se vette a barátságtalan kiszólást. – Na,
hozd azt az italt, mutatok neked valamit.

Furcsa mód, amióta Cornwallba érkezett, Mischa még nem vette szemügyre Laurie festőbarlangját, holott nem egyszer megfordult már benne. Ezért most friss szemmel bolyongott körbe, addig se kellett az ismeretlenre gondolnia, illetve mindarra, amit elrabolt tőle. A whiskyt nyeldekelve sétált körbe a hatalmas helyiségben. – A montparnasse-i lakásra emlékeztet – bukott ki belőle eltűnődve.

És így is volt. A látszólagos rendetlenség, a falnak döntött vásznak, a modelleknek szánt dívány az emelvényen, az egyik sarokban felhalmozódott temérdek festék, ecset és rongy, nem említve jellegzetes illatukat, mely akkor is beette ide magát, ha Laurie állandóan nyitva tartja a teraszajtót.

- Sokat dolgozol?

Öreg mestere a vállát vonogatta. – Mostanában nem. Ránk járt a rúd és ilyen frusztráltan remeg az ecset a kezemben.

Mischa a kandallópárkányon megpillantott egy kisfiú portrét. Ceruzával készült, ám a gyerek báját így is maradéktalanul elkapta. – Corey?

- Igen. Röstellem az esti dolgot, Kolja. El kellett volna mondanunk, hogy a falubeliek zömét cseppet sem érdekli a vérség. Corey-t évekig velünk látták, már rég feledésbe merült, ki fia borja.

- Forrófejű voltam és vérig sértettem Theát, de a gyerek kora egybevágott.

- Lehetséges.

Mischa belebámult az üres kandallóba. – Mesélj róla.

- Mit mondhatnék? Alig tíz vagy tizenegy hónapos volt, amikor egy este Betty Cowan beállított vele. Arról volt szó, hogy látogatóba jön, ehelyett egy villámgyors, szívbemarkoló monológ következett mindenféle nemes eszmékről és elhivatottságról, a végén meg itt hagyta a gyereket.

- Faramuci anyai szeretet.

Laurie keserűen elhúzta a száját. – Igyekezett jó benyomást tenni, de szerető anyaként nehezemre esik elképzelni. Arcátlanul kihasználta Lathea lágyszívűségét. Akármit is mondtunk, ő már eldöntötte, mit csinál, abban pedig nem volt helye a fiának. Mindenesetre elment a férjével Afrikába, azután Montgomeryvel Olaszországba. Februárban halt meg Monte Cassinónál.

– És a férje?

– Súlyosan megsérült, de túlélte. Május végén hozták haza és az első dolga volt magához venni Corey-t. Négy év után az a kicsi azt se tudta, hogy nem mi vagyunk a családja, ám Nick Cowant ez nem érdekelte, felkapta és elvitte. Gyalázatos szerepet vállalt ebben az egész megalázó históriában. Vér szerinti nagybácsiként eszébe se jutott gondoskodni a gyerekről vagy bajlódni vele, utána mégis Lathea szemére vetette, hogy elhanyagolja, mert olykor Tivy Rogersszal kettesben utaztak Londonba. Holott imádtuk Corey-t és Lathea derekasan megküzdött a nyakába szakadt anyaszereppel.

– Szerette a kicsit, mi?

– Nem lehetett őt nem szeretni – Laurie megtörölte nedves szemét. – Látod, még most is megkönnyezem. Azóta egyetlen szót se hallottunk felőle. De nézd csak, ezt akartam mutatni.

Laurie sietve böngészett a sarokba száműzött vásznak között, mígnem egy téglalap alakú, meglehetősen terjedelmes darabot kiemelt és az állványra helyezte. Lehullajtva róla a fehér leplet feltárult a kész mű, amit Latheáról és a St. Michael's Mountról festett. A sziget számtalan színben pompázott. Barnában a vár meg a gorombán emelkedő sziklák, hihetetlen lilák, vörösek, sárgák jelenítették meg a lábánál burjánzó virágtelepet, míg a tenger a csillogó napfényben hol különféle kékekben tündökölt, hol zöldnek mutatta magát. Ugyanakkor a vásznat mégis a női alak uralta.

A jól felismerhető, szeszélyes partszakasz szikláin egyensúlyozott, mialatt a tengeri szél a testére préselte a vékony ruhát, hogy alóla felsejlett mindaz a szépség, ami a modellt kívánatos fiatal nővé tette. A combok, a kerek csípő, meg a szép mellek. Lathea mézszőke fürtjei, azokkal az őrületes színes tincsekkel, a szellők szárnyán úsztak.

- Uram atyám! – rogyott le Mischa. – Te rábeszélted egy aktra? Megfojtalak, Okker.

- Szakasztott úgy beszélsz, mint egy féltékeny férj – pödörgette Laurie a bajuszát önelégülten. Ő is minden alkalommal büszkén vállon veregette magát, amiért sikerült a festményt ennyi bizsergető érzékiséggel megtöltenie. – Beismerem, elszántan próbálkoztam effélével, végül azonban kudarcot vallottam. Azaz kénytelen-kelletlen a képzeletemre kellett hagyatkoznom. Nos, mit mondasz?

Mischát tagadhatatlanul lenyűgözte a látvány, jóformán el se tudott szabadulni tőle. – Ha ilyen kitűnő a képzelőerőd, jó lesz veled vigyázni.

Laurie csibészesen vigyorgott. – Tetszik?

- Van tizennyolc felett férfi, akiben semmit nem mozdít meg ez a látvány? – csattant fel Mischa élesen.

- Remélem, hogy nincs, mert akkor pocsék festő lettem.

Mischa, a képtől rabul ejtve, szólalt meg újra. – Néha el se hiszem, hogy csak egy kis szobalány Stepney-ből.

- Már régóta nem az, ugyebár? Most Mr. Carrough jobbkeze a fűszeresnél, és nem mellesleg álruhába bújtatott grófné.

- No, igen. Bárcsak tudnám, mi az ördögnek gyötri magát a vénember boltjában. Egy vagyont hagytam Jean-Michelnél, hogy semmire se legyen gondja.

- Nem elsősorban a pénzről van szó. Büszke teremtés, szüksége van a tudatra, hogy a saját lábán is megáll. Másfelől viszont, ha nem dolgozik Mr. Carrough-nál, nem jutnánk mindig tejhez, húshoz, ilyesmihez. Az öregúr rendszeresen ad neki ezt-azt, ami Corey miatt nagyon jól jött – Mischát gondolkodóba ejtette a magyarázat. – Kolja, van egy ajánlatom számodra – zúzta szét a megtelepedő csendet Laurie vidám hangja. – Egy feltétellel neked adom ezt a képet. Persze, ha akarod.

- Naná, hogy akarom! Mi lenne az a feltétel, öreg ravaszdi?

- Vedd rá a szépasszonyt, hogy ne ugorjon ki ebből a házasságból.

Mischa óvatosan fogalmazott. – Talán erre készül?

- Sejtelmem sincs, de nem könnyű a helyzete. Nem mondanám neked ezt, ha Tivy Rogers még élne. Ők ketten a legszebb és legboldogabb pár lehettek volna, most azonban fordult a kocka. Aggódom érte, az elmúlt hónapokban teljesen begubózott, jóformán ki se tette a lábát a birtokról, dolgozni se tudott. Corey, majd Tivy elvesztése szabályosan kirántotta a talajt a lába alól… de nem érdemli meg, hogy ilyen pokolian szenvedjen.

Mischa elfordult a festménytől. – A jelek szerint nem kér belőlem, Okker – ezzel felhajtotta a whisky maradékát.

- Most valószínűleg nem, mégis azt mondom, légy türelemmel. Ha annyira megsiratott téged…

- Igen ám, csakhogy az jóval Tivy Rogers felbukkanása előtt volt. Azt a próbát könnyedén kiálltam valakivel szemben, akit megszokásból és hálából szeretett, ugyanakkor férfiként és szeretőként nem kellett neki. Ha jól sejtem, Tivy Rogers már más súlycsoport, igaz? – Laurie egy grimasztól eltekintve nem válaszolt. – Nem kell, hogy hazudj nekem, a helyzet elég egyértelmű. És mindemellett megpecsétel engem a származásom, ami Thea szemében talán mind közül a legutálatosabb bennem.

Laurie belesüllyedve kedvenc székébe lustán átrakta egymáson a lábait, hogy a sárgás anyag felcsúszott a bokájánál. Ráérősen előhalászott egy szivart, megpörgette hosszú ujjai közt, mielőtt a végét lecsippentve rágyújtott volna. – Nem változtál előnyödre, ugye, tudod?

Mischa, vállal a teraszra nyíló ajtó keretének dőlve, borús tekintettel nézett hátra. – És ne felejtsük el, hogy öregszem is. Elmúltam negyven.

– Ez tény. Tudod, öreg vagyok már a szerelmi csatározásokhoz, rég kivontak a forgalomból, ám ha elfogadod, adhatok egy hasznos tanácsot.

– Hm?

– Ne gyakorolj nyomást rá. Volt előtted, aki megpróbálta, csakhogy az aranyhalacska riadtan kisiklott a kezei közül... egyre távolabb és távolabb.

– Felteszem, nem Tivy Rogersről beszélsz.

– Nick Cowanről. Ne ronts ajtóstul a házba, Kolja, ezzel semmire se vennéd rá. Bezzeg Tivy dörzsölt alak volt, minden kapkodás nélkül magához édesgette. A türelem nem erős oldalad, de ezúttal mindössze egyetlen dobásod van.

– Pocsékul hangzik.

Laurie felnevetett. – Olyan ez, akár a sakk. Stratégia kell hozzá.

– Csak nehogy bevigyél az erdőbe, vén konspirátor!

A gúny lepergett. – Először is gondold át, miben van a legnagyobb szüksége rád. Mi az, amire a legjobban vágyik.

– Hmm, alighanem biztonságra. Állandóságra, hogy valaki nagyon szeresse.

Laurie szórakozottan pöfékelt. – Egyetértek. Ugyanakkor tartsd észben, hogy te milyen hátránnyal indulsz ebben a versenyben. Latheában nagyon erősen él, hogy szegénynek született és olyan környéken nőtt fel, mint Stepney. Nem beszélve az apjával történtekről.

- Ááállj! – kiáltott fel Mischa elhűlve. – Honnan az ördögből tudsz erről?

- Elmondta nekem.

- Képtelenség!

- Pedig így van – rövid csend után Laurie folytatta. – Lathea egyszerű sémák szerint él és gondolkodik, márpedig ha ezt a munkásosztálybeli hozzáállást nem próbálod tolerálni, akkor veszíteni fogsz.

- Mire gondolsz?

- Ó, az egész rettentően triviális! Nem káromkodik, ha lehet, kerüli a hazugságot, nem osztja meg magát két érzelem közt, nem áll aktot meg a többi. Arra nevelték, hogy becsületes legyen és szorgalmas, képes a nap minden áldott percét valami hasznossal kitölteni. Viszont nem ismeri a léhaságot vagy a lazítást. Ja, és még valami, történjék bármi, belül továbbra is meggyőződéssel hiszi, hogy a származása meg az iskolázatlansága lerí róla. Abban a tudatban nőtt fel, hogy a művelt és értékes emberek számos iskola követ koptatták már, és mivel ő nem tette, nem is tartozik közéjük.

Mischa felszisszent. – Ezért én nem is szerethetem?

- Ismerd el, van benne valami, hogy ez nem éppen gyakori eset. A magadfajta előkelőségek általában a szerető szerepét osztják a szegény fruskákra.

- Én sose tartottam szeretőt, Okker! Soha!

- Lehetséges, ám ahogy hallottam, Lathea ugyanabban a szállodában volt szobalány, ahol te is gyakori vendég vagy. Vigyázz, sose tudhatod, a személyzet kiről vagy miről pletykál.

- Ó, te jó ég! Te aztán le tudsz lombozni.

Laurie nagyapás mosolyt villantott. – Jót akartam, de bocsáss meg a ….

- Nincs mit megbocsátanom – hárította el Mischa a szabadkozást. – Inkább az fáj, hogy te jobban ismered, mint én.

- Nincs ebben semmi rendkívüli négy év után, amit egy fedél alatt töltöttem vele.

- Ha jól értelek, a házasságom megmentése érdekében el kell hitetnem, hogy a rangom és a vagyonom dacára ugyanolyan hús-vér ember vagyok, mint ő.

Laurie komoly képpel helyeselt. – És ez igaz is.

- Rendben. Ezek után meghúzhatom magamat az emeleten? Thea bizonyára szívesebben…

- Szó sem lehet róla. Kullogj csak vissza a hitvesi ágyba, mielőtt kihűlne a helyed. Jó éjt.

A mozdulat, mellyel a házigazda az ajtóra bökött, nem tűrt ellentmondást. Mischa megrökönyödve méregette egy darabig, de mivel a kék szemek semmi enyhülést nem mutattak, kifordult az ajtón. Visszafelé keresgélve az utat úgy érezte magát, mint egy kioktatott gyerek. Ugyanakkor számos dolgot hallott, amiben fájóan sok az igazságtartalom. Maga sem tudta, miként képzelje az elkövetkezendőket, bár az nyilvánvalóan kitűnt, hogy nem lesz egyszerű feladat legyőzni a múlt démonait. Se megváltoztatni azt az előnytelen képet, amit az asszony róla őriz, vagy éppenséggel elfeledtetni vele Tivy Rogerst.

Felverte Latheát, amikor lefeküdt. Dünnyögött valamit és megpróbált távolabb húzódni, ő azonban mit sem törődve ezzel magához ölelte. Átkarolva a derekát a másik karjára vonta a szőke fejet, majd egy 'jó éjt'-et suttogott a sötétbe. Az asszony hamarosan elernyedt a karjában és ujjai közé szorítva az ő kézfejét elaludt. Elégtétellel fedezte fel, mi is az, amit felehetően csak ő képes megadni neki, és az bizony tökéletes fegyverül szolgálhat a meghódításához.

37.

Mischa Fettisov váratlanul érkezett levele miatt késett meg. Laurie-val végighallgatta a déli híradást, majd rögvest utána útra kelt Marazionba, hogy Latheát hazakísérhesse. Noha az asszony erre egyetlen szóval se kérte, talán szíve szerint nem is tartott volna rá igényt, ő olykor-olykor mégis eléje ment. Hazafelé andalogva több esélye kínálkozott beszélgetéseket kezdeményezni, mert amúgy élete párja találékonyan tért ki a kérdések elől.

- Az egyik legújabb felfedezésem – mondta neki legutóbb. –, hogy mostanában nem adod ki a dühödet, holott az idegeidre megyek. Megtanultál uralkodni magadon, nagy kár.

Lathea bosszús pillantással jutalmazta. – Mindig is tudtam uralkodni magamon.

- Akkor mi lehet az oka, hogy engem minduntalan kioktattál? Emlékszel, amikor azt mondtad, akasszam vissza az öltönyöket a szekrénybe? Vagy amikor nem akartál reggelit adni?

- Szándékosan elkéstél.

- Nem szándékosan.

- De igen. A tetejébe arcátlanul kinevettél minket, mert úgyis ki kellett szolgálnunk. A pénz meg a hatalom csodákra képes, nem igaz?

- Cinikus vagy.

Lathea keserűséget árasztott. – Minden okom megvan rá. Egyesek azt hiszik, pénzzel bármi megvásárolható.

- Szerinted én is közéjük tartozom?

- Honnan tudhatnám?

- Thea! Téged is megvásároltalak? – megragadva az asszony vállát maga felé fordította. – Úgy érzed, hogy ezt tettem?

- Ha ezt tetted, nagyon rossz vásárt csináltál.
Lathea elsétált mellette. Soha nem ment messzebb a
szükségesnél, éppen csak annyira visszakozott, hogy a
gondolatait megtarthassa magának. Mischa pedig,
élve a Laurie-tól beszerzett bölcsességgel, sosem
merészkedett túl közel hozzá, nehogy feleslegesen
megrémítse. Nem erőszakolta rá a társaságát, amit
szembetűnő megkönnyebbülés fogadott.
A hírek után indulni készült, amikor a postás Fettisov
soraival bekerekezett a Parisianbe. Mivel már így is
késésben volt, útközben bontotta fel az üzenetet.

Párizs, 1944. október 9.

Mischa barátom,

először a legjobb hírrel szeretnélek

megörvendeztetni. Franciaország alighanem

újra egységes és szabad. Már csak

szórványos kakaskodásokról hallani, és meg

kell mondjam, a földalatti cimboráid bizony

szorosan fogják a gyeplőt. De Gaulle itt

nyüzsög és, úgy fest, az angolszászok

támogatását is élvezi (bár Rooseveltben

kételkedem). Ha elgondolom, hogy szegény

feje a hadi tudományával majdnem háborút

nyert a németeknek, mert az értekezéseit

Berlinben többre becsülték, mint itthon! Nos,

végtére is minden jó, ha a vége jó.

Határozottan meglepett, amiért az első

utad nem hozzánk vezetett, habár megértelek.

Galinyka már kevésbé, a karmait feni rád. Különben sincs jó sora szegénykémnek. A héten hazatért Portugáliából Parilland professzor. Galinyka azonnal bejelentkezett hozzá, csakhogy az öreg csontkovács minden reményét letörte. Biztosan kijelenthető, hogy többé nem táncolhat színpadon. Gondolhatod, mekkora csapás ez számára. Vigasztalhatatlan. Valamivel vidámabb hír, hogy a hónap végén a Hadügy elkezdi az adminisztráció rendbetételét. Azt hiszem, ideje lépned ez ügyben. Ha nem is itt, de talán Jean-Michel tehetne valamit az érdekedben. És a legfontosabbról is illene szólnom. Időközben, lefogadom, jókora megdöbbenést keltett a felbukkanásod Cornwallban. A teljes igazság kedvéért el kell mondanom, hogy Galinyka velem sem osztotta meg az értesüléseit, úgyhogy jómagam is mindvégig abban a hitben éltem, hogy meghaltál. Jean-Michellel még utána is jártunk a dolognak. Amikor az egész banális módon kiderült, első dühömben kevés híján nekiestem ennek a házisárkánynak, bár mit értem volna vele?

Már két és fél éve hivatalosan is jelentkeztél

Szt. Péternél, így továbbítani az üzenetet

Marazionba kegyetlen tréfa lett volna. No

meg az ellenállásnál gyanítottunk, és ott is

könnyen otthagyhattad volna a fogad. Az

pedig dupla fájdalom és dupla gyász.

Sajnálom, hogy gyalázatosan becsaptunk,

méltatlan játék volt.

Rád gondolva: *Fetya*

A levelet a kabátja belső zsebébe süllyesztve Mischa gyorsabb sebességre kapcsolt. Galina árulásának gondolatára most is az agyába tolult a vér, ezt a mélységes csalódást nem ellensúlyozta a gyászos együttérzés, amit ő maga is osztott derékba tört tánckarrierje felett. Galina utánozhatatlan táncos volt, olyan művész, amilyen ritkán születik. Nem pusztán a koreográfiát vitte színpadra, hanem a benne lobogó tűz lángjait is. Ugyanakkor e percben Párizs meg az ottani problémák érdektelenségbe szürkültek, hiszen ha tenni semmit nem tudott értük, emészteni sem akarta magát miattuk.

- Thea! – az asszony éppen kilépett Mr. Carrough üzletéből és befordult a tér sarkánál. Még egyszer kiáltania kellett a nevét, hogy meghallja és bevárja őt.

– Szervusz, megleptelek?

- Mit csinálsz itt?

- Mit csinálnék? Érted jöttem, hogy hazakísérjelek.

- Én… – Lathea habozva félrenézett, mielőtt azt mondta: – én még nem haza készültem.

- Nem? De azért veled tarthatok, ugye?

- Howard Stumphoz megyek.

- És ő kicsoda?

Újabb tétovázás. – Az orvosunk.

Mischát elfogta az aggodalom. Ösztönösen kinyúlt és megérintette az asszony arcát. – Ezek szerint még mindig nem vagy egészen jól?

- Jobban vagyok, csak szeretnék... szeretnék egy megerősítést.

- Mintha valamit eltitkolnál.

A halovány mosoly mintha meg akart volna szabadulni tőle. – Menj haza, Mischa, ez akár sokáig is elhúzódhat. Nem akarom, hogy várnod kelljen.

- Zavar, ha mégis elkísérlek?

A hallgatást akár igenként is fel lehetett fogni. – Tulajdonképpen nem. Akármit is mond Howard, úgyis kiderül.

- Ez elég beletörődően hangzik. Nem árulod el?

- Menjünk inkább.

A rendelő nem volt messze, a tértől alig pár percnyi sétára, egy sarokház földszintjén. Amikor benyitottak, halotti csend honolt odabent, mintha lakatlan szigetre leltek volna. Az előszoba halványzöldre meszelt fala mellett egy tucat szék sorakozott betegekre várva, a sarokban pedig asztal ásítozott az ápolónő után.

Amúgy a legkisebb szegletben is takaros rend és tisztaság uralkodott. A napos előtér falait különféle gyógyszertermékeket népszerűsítő plakátok színesítették, de ettől még mindent áthatott a jellegzetesen rendelői távolságtartás, sehol egy növény, vagy életnek más jele.

- Hahó! – szólt be az első ajtón Lathea. – Howard, itt van?

Léptek koppantak a helyiség mélyéről, ahonnan kisvártatva tagbaszakadt, barátságos mosolyú férfi tűnt elő. Mischában azt a típust idézte, akit modern kifejezéssel bivalyerősnek szokás nevezni. Erőteljes állkapcsából ápolt fogak villantak elő, amint üdvözölte Latheát. – Már vártam, kedvesem. Nagyon kihalt minden, ugye? A faluban még nem terjedt el a

híre, hogy visszajöttem Truróból. Miss Sothesby
pedig a beteg édesanyját látogatja meg.
- Igazán nem akartam feltartani, Howard. Jöjjek
vissza máskor?
Az orvos derűsen tiltakozott a szemüvege rejtekéből.
- Egy tapodtat se, ha már idáig eljutott.
- Rendben - mosolygott Lathea, majd hátrafordulva
Mischára mutatott. - Howard, még nem volt alkalma
a férjemhez.
- A feleségem elpletykálta a megmenekülését, uram -
nyújtott kezet az orvos. - Isten hozta Marazionban.
Howard Stump szolgálatára.
- Michel Kupolyev. Örülök, hogy megismerhetem.
- Úgyszintén. Remélem, errefelé ugyanúgy kevés
alkalmunk lesz találkozni, akár a feleségével -
Howard kedélyesen kacsintott. - Amennyiben az
emlékezetem nem csal, ez a második eset, amikor
felkeres. Ezért kivételes elbánást érdemel, nem
gondolja?
- Bízzunk benne, hogy mégsem.
- Nem is úgy értettem - nevetett Stump
mindkettejüket a belső terembe terelve.
Azt is meglehetős puritánsággal rendezték be, jóllehet
az onnan nyíló helyiségbe belesve Mischa úgy látta,
egy eldugott kis faluhoz képest igencsak jól felszerelt
rendelőt vezetnek. Stump felfigyelve a
kíváncsiskodására büszkén mesélni kezdett. - Amit itt
lát, Tivy Rogers érdeme. Egy év alatt felújítottuk a
technikát és kifestettünk. A jenkiknek mindez meg se
kottyant, könnyen nélkülöznek egy-két sztetoszkópot,
injekciókat, és a többi apróságot. Itt azonban
létszükséglet és hiánycikk. Tivy nemcsak elsőrangú
orvos volt, hanem nagyszerű szervező is, ha mindezt
el tudta intézni nekünk, nem gondolja?
Mischa semmit sem gondolt. Most hallott először
arról, hogy a féltékenységével kitüntetett férfi
orvosként dolgozott a faluban. Bár soha nem

töprengett el ezen, arra nem számított, hogy ilyen közel volt és a tetejébe közmegbecsülésnek örvendő támasza is lett a falubelieknek.

- Nos, Mr. Kupolyev, miért nem foglal helyet pár percre, amíg mi átmegyünk oda? Ha nagyon unatkozna, még nem néztem bele a mai lapba.

A Times ropogós példánya Mischa kezébe vándorolt, mielőtt magára maradt. Az orvos becsukta maga mögött a belső ajtót és ettől kezdve valóban háborítatlan csend borult a rendelőre. Unottan lapozott bele az újságba, melynek címlapján a Csendes-óceáni háborúról, illetve a japánok elleni amerikai hadműveletekről közöltek írást. Az amerikaiak már a Fülöp-szigetek elfoglalására készültek, amikor kiderült, hogy a japán légierő messze nem képes azt az ellenállást tanúsítani, amire előzetesen a partraszállási taktika épült. Legelőször McArthur Norotain, Nimitz pedig a Palau-szigeteken szállt partra, és kisebb ellenségeskedés után legyűrték a védőket. Ezzel gyakorlatilag megnyílt az út a Fülöp-szigetek felé. Az amerikaiak, jól bevált receptet követve, kiterjedt bombázás után indították a szárazföldi támadás gépezetét. Eközben a japánok megtámadták a közelgő légi és tengeri flottát, majd a következő fázisban már az amerikai cirkálókra rontottak rá. Október 10-13. között az amerikai repülőgépek meghátrálásra kényszerítették az ellenséget. Ezt követően indult meg a valós offenzíva. Az október 20-i, egy nappal korábban bekövetkezett győzelem érzékenyen érintette a hadviselő Japánt, hiszen a Fülöp-szigetek elvesztésével iparukat az ellenség elvágta az indonéziai nyersanyagoktól, legfőképpen az olajtól.

Mischa félretette az újságot, ám hiába is fülelt, a szomszédos helyiségből jó ideig nem hallott semmiféle neszezést. A karóráján a mutató kettő felé igyekezett, mire feltárult az ajtó és Lathea lépett ki rajta.

– Máris csatlakozom – szólt utána Stump.

– Sápadt vagy – sétált oda az asszonyhoz.

– Tényleg?

Ez az egyetlen szó önmagában annyi elutasítással bírt, hogy inkább visszavonult. Az asszony tüntetően elfordult tőle és az ablaknál állva várta, amíg Howard Stump megjelent. – Nos, Lathea, megkérjük a férjét, hogy hagyjon magunkra egy kicsit? Lathea lesújtott arckifejezéssel, egészen halkan azt kérdezte: – Lenne értelme?

– Nem sok, az ilyesmi elkerülhetetlenül ki szokott derülni. A megérzése nem csalta meg, valóban állapotos.

Mischa elhűlve meredt az orvosra, majd tekintete az asszony felé siklott. A hír hatása alatt mérte végig, bár amúgy is gömbölyded formáin, és különösen a bő kabát takarásában, semmilyen árulkodó nyomot nem látott. – Ez hihetetlen – bukott ki belőle. – Ilyen gyorsan?

Kínzó csend támadt. Lathea félrenézett, Stump viszont a torkát köszörülve szembefordult vele. – Attól tartok, ez a terhesség valamivel régebbi keletű. A magzat úgy négy hónapos lehet.

Mischa ekkor végre megértette. A szíve kihagyott néhány ütemet a felfedezés súlya alatt. Az iménti hirtelen boldogság nyomtalanul átfordult valami másba. A veszteség érzésébe, haragba, néma vádaskodásba. Most tudatosult benne, mit jelent az, hogy évekig halottnak hitték és a felesége más férfit szeretett. Merthogy azt tényleg szerette.

Legszívesebben ordított volna a keserűségtől. Már azt is pontosan értette, Lathea miért nem mer a szemébe nézni, sőt, a hátát fordítja feléje.

A fagyos, elfojtott vádaktól terhes helyzetet Stump próbálta menteni. – A legfontosabb, Lathea, hogy kevesebbet dolgozzon és ne vállaljon olyan munkát, ami fizikai megterheléssel jár.

Mischa nem bírt a kikívánkozó kérdésekkel. – Én ezt nem értem, doktor. Hiszen semmi nem látszik. Thea ugyanolyan karcsú, mint azelőtt. Hogy lehet akkor négy hónapja áldott állapotban?

- Előfordul az ilyesmi. A női szervezet sokféleképpen reagál a terhességre, mondhatnám, minden eset eltérő. A kezdeti tünetek csalókán más feltételezéseket sugalltak. Nem szabad elfelejtenünk, hogy Latheát milyen lelki megrázkódtatások érték, márpedig ezek számos egyéb jelenséget vontak maguk után, például étvágytalanságot, szédülést és a többit. A test mindig reagál a lelki traumákra, hol így, hol úgy.

- A mostani diagnózisában egészen biztos?

Stump nem habozott. – Kétség sem férhet hozzá.

- A négy hónaphoz sem? Az is minden kétség felett áll?

Lathea ingerülten vágott közbe. Ahogy megfordult, Mischa látta rajta a feszültséget, meg azt is, hogy legszívesebben világgá rohanna. – Mit akarsz ezzel? – tudakolta bosszúsan.

- Biztos akarok lenni benne.

- Mégis miben? Howard mindent érthetően elmondott, nem?

- Ne felejtsd el, hogy velem is együtt voltál, ma belle.

Lathea a füle tövéig elvörösödött. Sajnos Mischa csak a megjegyzés után döbbent rá, milyen hatást ért el. Howard Stump határozott tapintattal kezelte a helyzetet. – Uram, mikor érkezett Cornwallba? Egyszerűen számoljunk utána.

- Szeptember legelején.

- Ebben az esetben semmiképpen nem egyezik az időpont, ám ha úgy gondolja, kérhetünk egy laboratóriumi tesztet Truróból.

Mischában ezen a ponton tudatosult, hogy veszített. –
Szükségtelen, doktor. Kérem, beszéljék meg, amit
ilyenkor kell, én odakint várok.

Ingerülten, összeszorított ököllel sújtott a
kandallópárkányra, jóllehet a masszív márványnak
meg se kottyant a heveskedése. Az orra előtt sorakozó
bekeretezett képek részvéttelenül figyelték a
dühkitörését. Az elsőn Emerico és Laurie
összeölelkezve mosolyogtak, Laurie Nick Cowannel
és Latheával a következőn, azután Lathea Corey-val,
a sor zárásaként pedig a kicsiről készült grafika.
- Rosszul tetted, hogy kirohantál – Laurie higgadt
megállapítása rádöbbentette, milyen gyerekesen és
főleg ostobán viselkedik, fortyogó indulatai ismét
előbb jutottak szóhoz a józan eszénél. – Ez az egész
úgy fest, mintha elfordultál volna tőle. Holott több
támogatásra lesz szüksége, mint valaha.
- Elborult az agyam, ez a helyzet. Más tudni, hogy
felszarvaztak, és egészen más az eredményével
szembesülni.
Laurie-ra nem hatott az ingerültsége. – Hát, nem
tudom, de azért gyanítom, hogy nem lehet kellemes
érzés egy halott szerető gyermekét hordani a szívünk
alatt.
- Te most mulatsz ezen az egészen? – csattant fel
Mischa. – Ó, a pokolba!, ha tudnád, milyen nagy
reményekkel jöttem ide. Azt hittem… bíztam benne,
hogy a doveri napok után még szerethetjük egymást
és Thea nem ragaszkodik többé foggal-körömmel
olyan dolgokhoz, mint társadalmi különbségek, vagy
a vagyon. Most mégis, ha lehet, minden még
kilátástalanabb!
- Nem látsz egy kicsit feketén?
- Egyáltalán nem. A háború előtt csak egy
szerencsétlen nő volt, akit otthagyott a barátja egy

tüzesebb szeretőért, de most? Pontosan tudja, hogy az, akit élete végéig szeretni tudott volna, halott!

- A fájdalma tehát érthető.

Mischa dühösen perdült Laurie felé. – És szerinted akkor én mi a fészkes fenét szóljak? Nem is emlékszem rá, mikor szerettem utoljára olyan nőt, akinek nem az a második kérdése: 'Ó, chérie, tulajdonképpen mennyire vagy gazdag?'. Évekig vártam, hogy a németek mellett elosonva Cornwallba jöhessek. Arra azonban álmomban sem gondoltam, hogy amíg én az ellenséget aprítom, egy vadidegen elcsábítja a feleségem! És ami még ennél is rosszabb, belopja magát a szívébe.

A felindult kirohanás meg az emelt hang után mély csend maradt. Mischa összeszorított fogakkal bámult maga elé.

- Két dolgot elfelejtesz, Kolja. Az egyik, hogy mi már négy éve eltemettünk téged és kénytelen-kelletlen lezártuk a múltnak azt a fejezetét, amelyben szerettünk téged. A másik pedig, hogy az a csecsemő ártatlan.

- Az lehet, ám ha nem válok el, én nevelhetem fel… és ahányszor Thea ránéz, elátkoz engem, mert élek, Rogers viszont meghalt.

Laurie lustán pöfékelve üldögélt, hogy elmerengve kinézzen az októberi délutánba.

- Nevezzen nyugodtan bárki önzőnek, amiért csakis magamra gondolok… De isten látja lelkemet, felőlem bárki lehetne az apa, csak Rogers ne!

- No, igen, csakhogy Latheát más nem érdekelte. Most mire készülsz?

Mischa fásultan, elborítva az önsajnálattól legyintett.

– Bárcsak tudnám, mi a helyes, de a legokosabb, ha elutazom.

- Elutazol? Vagyis megfutamodsz?

- Nem, inkább megpróbálom kiszellőztetni a fejemet. Ha eddig még nem jöttél volna rá, Okker, én azért

vettem el őt, mert szeretem. Lenyűgöz, elvarázsol, és
a fellegekben járok, ha csak megérinthetem.
- Ejha! Csak az a bökkenő, hogy neki erről fogalma
sincsen.
Mischa kelletlenül megvonta a vállát. – Sose
mondtam neki, mert úgyse hitte volna egyetlen
szavamat se. Abban bíztam, ha túlélem a háborút,
még lesz rá lehetőségem, hogy bebizonyítsam az
érzéseim őszinteségét. Úgyhogy megértheted, milyen
érzékeny pontomon talál telibe ez a Rogers-féle ügy,
nem beszélve a kisbabáról. El kell mennem, hogy
átgondolhassak mindent… eldöntsem, hogy feladom,
vagy harcolok érte.
- Meggyőződésem, hogy rosszul teszed, ha most
elmész.
- Thea már így is született szörnyetegnek tart. Nem
kockáztatom meg, hogy olyasmit mondjak neki, amit
nem érdemel meg. Mindenekelőtt le kell higgadnom,
méghozzá távol innen.

Két óra múlva már a vonaton ülve,
megmagyarázhatatlan gyásszal a szívében nézte,
ahogy a szerelvény elrobog a penzance-i öböl mellett,
el a híres St. Micheal's Mounttól és el mindattól, ami
két hónapot jelentett az életéből. Későre járt, mire
Londonba ért, Jean-Michel ennek ellenére az
állomáson várta. Manapság kevesen rándultak fel a
fővárosba, különösen az első V-2-es bombázások óta.
Ezt akár ő is igazolhatta volna, mert fél nyolckor a
pályaudvar jóformán kihaltnak mutatta magát.
- Szevasz, öregem – köszöntötte Jean-Michel, aki
tapintatosan nem kérdezett rá a váratlan telefonhívás
okára. Gyaníthatóan sejtette, hogy nem szívesen
kezdene magyarázkodni a Paddington peronján. –
Szerencséd van, lefoglaltam neked egy lakosztályt a
Royal Courtban.

Mischa fakón felnevetett. – Nocsak! Visszatérünk oda, ahonnan elindultunk?

- Azt hittem, kedveled azt a helyet.

- Úgy is van. Jól főznek és arcátlanul drága.

Jean-Michel harsányan felnevetett. – Kezd visszatérni beléd az élet, ennek piszkosul örülök.

A követségi sofőr magabiztosan lavírozott a városra jellemző élénk forgalomban. A kép Mischát mindenesetre meghökkentette. Az elsötétítés továbbra is életben volt ugyan, ám se ez, se a háború nem hagyott nyomot a vibráló nagyváros képén. Az esküvője napján járt itt utoljára, a felidézett kép ugyanakkor alig tért el attól, ami most a szeme elé tárult. Hacsak a gyönyörű közvilágítás hiányában nem. Közben Jean-Michel Franciaország örömteli felszabadulásáról anekdotázott, mindarról, ami a németek lába nyomán elpusztult, romba dőlt vagy éppenséggel eltűnt.

- Már most világosan kitűnik, hogy a bankokat az utolsó sou-ig kisöpörték, beleértve az aranyat is. Aki otthon tartotta a vagyonát, az is többnyire koldusbotra jutott. Például Hughes Stévenine, jóllehet ha talpra állítja a tejgazdaságot, újfent megszedheti magát.

- Nem mondod! – hűlt el Mischa.

- De igen, ez nem vicc!

- Tudsz valamit Roryról meg Chantalról?

Jean-Michel apás mosollyal intette nyugalomra. – Nagyon sok mindent tudok, de beszéljünk inkább nyugodt körülmények között. Tudod, a levelek járnak a fejemben.

- Kitaláltam.

- Lathea az egyik szobalánytól kapta őket, aki a barátnője. A keresztneve Anne. Valaki a hotelban ki akarta szórni a régi limlomokat, akkor került elő mindkettő. Persze Lathea megszabadult volna tőlük.

- Te ennek dacára megtartottad?

- Nem tudnám megmondani, miért tettem, ráadásul el kell ismernem, hogy csupán most, a feltámadásoddal nyertek jelentőséget.

- Látni akarom őket.

Jean-Michel biccentett. Rövid csend után nagy sóhajjal bukott ki belőle, ami nem is annyira kérdésként csengett, mint szemrehányásként. – Te tényleg ágyba bújtál Chantallal?

- Micsoda otromba kérdés ez!

- Ugyan, ne add nekem a Vesta szüzet. Igen vagy nem? – Mischa válasz helyett a fejével intett. – És megérte ennyit várnod?

- Most már tényleg elég legyen! Ugyan semmi közöd hozzá, de borzalmas volt, szemernyi élvezet nélkül. Chantal még azt is a fejemhez vágta, hogy szándékosan hagytam kielégítetlenül.

- Hm, jó kis lecke lett volna neki.

Mischa hitetlenkedve felnevetett. – Hát, tudod mit? Én erre a bravúrra sajnos képtelen vagyok egy csábító démon karjaiban. Mondd, mindent tudsz, amit akartál?

- Csak azt nem, miért vagy olyan harapós. Ha elolvasod a két levelet, egyet fogsz érteni, hogy tenni kell valamit, de nem úgy, hogy közben te még mindig odavagy azért a nőcskéért.

- Az rég elmúlt!

Jean-Michel nem is titkolta a kételyeit. – Én azért mesélek róla egy s mást, és amikor végeztem, garantáltan más lesz róla a véleményed.

- Felcsigáztál.

Mivel a kocsi időközben begördült a Royal Court felhajtójára, Jean-Michel a kilincsért nyúlva vigyorgott maga mögé a válla felett. – Éppen ez a cél. Na, gyerünk, nézzük meg, hol hajthatod álomra a fejed.

Mischa úgy érezte, a sors az arcába nevet azzal, hogy ugyanazt a lakosztályt utalták ki neki, ahol annak

idején Latheával a bőröndjét csomagoltatta az amerikai út előestéjén. Egy ekkora szállodában olyan kicsi volt az esélye, hogy külön kérés nélkül ugyanazt a szobát kapja, ezért szinte elhűlt a szám hallatán.
- Valami baj van, gróf úr? – tudakolta a portás.
- Akadna másik üres lakosztályuk?
- Ter... természetesen, ha óhajtja.

Jean-Michel értetlen pillantását fel se véve erélyesen annyit kért: – A hatodikon adjon egyet – ott ugyanis még soha nem lakott, így elkerülhette a nemkívánatos emlékeket. Míg a lakosztályt előkészítették, meghívta Jean-Michelt vacsorázni.
- Neked aztán tényleg rendkívüli dolgaid vannak – dünnyögte az, bár őt cseppet sem érdekelte.

Öt esztendő alatt a pazarul aranyozott, velencei tükrökkel gazdagított étterem pompája észrevehetően megkopott. Ahhoz kétség sem fért, hogy a hófehér damaszt abroszok illetve szalvéták, a lakkozott parketta makulátlanul kezeltek és tisztítottak, ám a háború e falak közé is betolakodott. A Park Lane-re nyíló csodás panorámát fekete függönyök zárták el, melyek durvaságukban és gyászos színükben az idebent uralkodó pompa megcsúfolását jelentették.

Mischa általában szerette az ablak melletti asztalokat, ez alkalommal mégis szívesen lemondott róluk. Az uniformisba bújtatott fiatal lány csendes, félreeső helyre vezette őket, mely így nemcsak a függönyöktől, de a szolid dallamokat játszó zenekartól is tisztes távolba esett.
- Nincs éppen csúcsforgalom – szögezte le körbepásztázva. – Az asztalok jó harmada üres.
- Angliát agyonvágta a háború. A gyarmatokról rég nem jut ide semmi, a gazdaság haditermelésre állt át és még a nők munkába állításával sem képesek elegendő árut juttatni a civil szektorba. Majd meglátod, hogy London mennyire megváltozott – jövendölte Jean-Michel. – A parkokat felásták, hogy

egyszer zöldséget termesszenek bennük, utána meg fel nem robbant bombákat semmisítsenek meg. Az East End javát még 40 szeptemberében a németek lesöpörték a föld színéről, de a City se úszta meg érintetlenül. Ebből a szempontból Párizsnak sokkal jobb lapokat osztottak. Mischa kedvelte Londont, a sokszínűséget, amit képviselt. A Temzét, meg a két rakpartot, a parkokat és az ódon levegőt, mely képes volt még a huszadik századot is letagadni. Szerette a nyüzsgést, hogy az éjszakák eksztázisban teltek. Itt az ember soha nem unatkozott, bálok, klubok, tánc, koncertek, szinte azt sem tudta, melyiket válassza. Ezzel szemben a Jean-Michel által körvonalazott kép szomorú változásokat helyezett kilátásba.

- Micsoda árak!

Jean-Michel grimaszolt egyet. – Marazionban kissé más a mérce, nemde? Nézd csak, nyugodtan ehetsz kaviárt, kagylót, borjút, marhaszeletet, dagadót, van itt minden, ha elég vaskos a pénztárcád.

- Őrület! Thea meg a két kezével termeszti a zöldséget, neveli a csirkét, máskülönben nem is jutnának hozzá.

- Ez már csak így van!

A rendelés leadását követően Jean-Michel a szüleiről mesélt. Mischa annak ellenére élénk figyelemmel hallgatta, hogy ő maga éveken át, ha titokban is, de a Chiarik közvetlen közelében élt. Landerneau jelentéktelen település a francia politika térképén, ám az ellenállás módszeres felderítés után kirostálta azt a két-három tucat családot, akik felkelthették a megszállók figyelmét. Tekintélyes diplomáciai múltjával Claude Chiari magától értetődően vezette a listát. A Gestapo a megszállás teljes ideje alatt szemmel tartotta, többször kihallgatták, megkínozták. Az enyhe lefolyású infarktust követően Claude mégis megúszta a kényes helyzetet egy házi őrizettel. Némi színjátékkal próbálkozott, amit ők az ellenállásnál hajmeresztő kockázatnak ítéltek. Így volt, vagy sem, idővel sikeresen elhitette a németekkel, hogy az infarktus következtében ágyban fekvő, tehetetlen roncs lett, akinek a beszéd is nehezére esik.

- Most már szabadon jöhetek-mehetek – mesélte Jean-Michel. – Vagy Párizsból levonatozom, vagy Cherbourgig repülök.

- Bizonyára nagyon örülnek neked.

- Az utóbbi idők elzártsága után örülnek csak igazán. Lassan kezdenek napirendre térni Hugo halála felett is és nem utolsósorban apám kiszabadult a nyomás alól.

- Hősiesen állta a sarat. Büszke lehetsz rá.

- Az is vagyok.

Már a főételt tették az asztalukra, amikor Jean-Michel előhozakodott azzal, ami eddig is fúrta az oldalát. – Csak nem összezörrentél a bűbájos hitveseddel, ezért búslakodsz itt?

- Enyhe kifejezés – húzta el a száját Mischa. – Thea ugyanis állapotos… éppen csak nem tőlem.

- Hűha!

- Ugye?

- Tivy a ludas?

Mischa biccentett. – Olyan szégyenletesen lejárattam magam.

- Mi történt?

Hálás volt a barátja megértéséért. Ismét bizonyította, hogy tűzön-vizen át lehet rá számítani. – Ott álltam a rendelőben boldogan, hogy apa leszek, mire kiderült, hogy Tivy Rogers a gyerek apja.

- Tehát ezért menekültél el?

- Meg vagyok zavarodva. Még sose kellett ilyen kelepcéből kivergődnöm, és ha belegondolok, Thea sem volt éppen elragadtatva a hírtől.

- Azt azért biztosra veszem, hogy ez nem a kisbabának szól. Főleg Corey után nagyon vágyhat saját gyerekre, akit senki nem vehet el tőle.

- Ez mit sem segít azon, hogy Rogers az apja. Ó, a pokolba! Bárcsak rendet tudnék vágni az érzéseim közt.

- Nem szívesen mondom, de akármennyire is dühít téged ez az egész, Tivy tényleg rendes fickó volt. Nem érdemelte meg, hogy az Omahán telerakják ólommal.

- Elhiszem, csakhogy ez nem viszi előre az én ügyemet.

- Valóban nem, az idő kerekét mégsem tudod visszaforgatni.

Mischa dühödten nekiesett a húsnak. Furcsa módon a kétségek és gondok nemhogy elvették volna az étvágyát, inkább úgy érezte, egy ökröt is fel tudna falni. A barátja eközben komótosan vagdalkozott az ínyencségekkel és különösebb meggyőződés nélkül pakolta a falatokat a szájába.

- Azt hiszem, némileg hasonló cipőben járunk.

- Hogy értsem ezt?

- Amikor szeptember végén néhány napot a szüleimnél töltöttem, találkoztam egy nővel.

- Egy nővel? Miféle nővel?

- Brigitte Chabatnak hívják.

Mischa letette az evőeszközeit. – Csak nem?

- De igen. Stéfanie unokatestvére. Bordeux-ból került elő, miután a szüleit megölték a németek. Valami szabotázs akció történt, de nem bukkantak a tettesek nyomára. Bosszúból kiürítettek egy egész lakóházat és vagy harminc embert a nyílt színen főbe lőttek. Mindenki szeme láttára.

- Attól tartok, nem egyedi eset. És Brigitte hogy menekült meg?

- Egy hétig a nagyanyjánál időzött. Az idős hölgy szeptemberben meghalt, ettől kezdve teljesen magára maradt. Hosszas őrlődés után kereste fel a szüleimet.

- Korábban nem is ismertétek egymást?

- Á, nem, amíg Stéfanie a feleségem volt, soha nem láttam. Egyetlen családi összejövetelen se. Hallottam ugyan a nevét egyszer s másszor, bár akkoriban még iskolás kamasz lehetett.

- Miért, most hány éves?

- Huszonhét. Jóval fiatalabb nálam, tudom... – Jean-Michel maga elé mosolygott. – Tudod, túl régen hiányzott már egy nő az életemből és az utolsó látogatásomkor két frenetikus napot töltöttünk a házamban.

- El se hiszem, cimbora! Téged is elkapott a gépszíj? A fejmozdulat egyértelmű választ adott. – Nagyon úgy fest. És amilyen szórakozott hülye vagyok, nem törtem össze magam, hogy Brigitte-et megvédjem... érted. Könnyen elképzelhető, hogy mire hazamegyek, ő is hasonló hírrel lep meg, mint Lathea téged.

Mischa eltátotta a száját. – Ha jól értelek, nem lenne ellenedre.

- Egyetlen pillanatig se. Azt mondta, szeret engem, és tulajdonképpen úgy is viselkedett, akár egy szerelmes fruska. Mondhatom, hízelgő érzés.

Mischa felnevetett és ettől mintha a barátja válláról is levette volna a terhet. – Mi a terved?

- Megnősülök. Végtére is mindketten túl vagyunk a negyedik ikszen, mi a fenére várnék még? Annak idején olyan nőt választottam, aki előmozdította a karrieremet. Brigitte viszont őrülten érzéki, kedves és önzetlen. A háborúból szerencsére keveset látott, senki nem rontotta meg az illúzióit. Bolond lennék hagyni, hogy kisétáljon az életemből. Vagy nem?

- Uram isten, el ne engedd! Most legalább rájössz, mi a különbség az érdekházasság meg az igazi közt. Stéfanie túlságosan hideg és számító volt. Ismerjük el, hogy nem váltotta be a hozzá fűzött reményeidet. Megvetted egy csillogó-villogó élet reményével, nem?

Jean-Michel kényszeredetten helyeselt. – Jól van, pajtás! Felejtsük el, jobb így. Ha eljön az ideje, szükségem lesz a segítségedre, megteszed nekem? – Előbb azért megnézem magamnak az arát. Hátha akad nálad jobb parti is a számára. Észre sem vették, mennyire elszaladt az idő. A temérdek elveszegetett év és felhalmozódott mondanivaló tett arról, hogy ne fogyjanak ki a történetekből. A távol töltött idő ugyanúgy téma volt, mint a közös ismerősök, az elveszített barátok. A veszteségek listája mostanra fájóan hosszúra nyúlt.

– Robbie Bowlerson a londoni csata idején halt meg, pedig remek pilóta volt. Dunkirknél brit kötelékben repült, állítólag huszonkét német gépet szedett le a bombázások alatt.

– No, és mi van Rosyval?

– Ő is meghalt. Még 41-ben. Egy éjszakai légitámadásban találat érte a Bowlerson-házat Greenwich-ben. Egyedül a családfő élte túl, rettenetes tragédia. Amúgy fel kéne hívnod Forshamet, ő az egyik, aki a papírjaid ügyében a segítségedre lehet.

– Azóta is a minisztériumban pepecsel?

– Ó, igen, méghozzá figyelemre méltó pályát futott be. Mellesleg elvette Lucy Rowlandet.

Mischa meglepetésében összecsapta a két tenyerét. – Viccelsz?

– Eszemben sincs! Már vagy két éve túlestek az esküvőn és Ambrose kifejezetten kivirult. Majd meglátod!

– Ezek az angolok aztán tudják, hol érik a meggy, mi? Mi a túloldalon élet-halál küzdelemben kaszaboljuk a németeket, ők meg ezalatt élik világukat.

– Ez azért így nem teljesen igaz, jóllehet Ambrose a szerencsésebbekhez tartozik, az szent igaz.

A maratoni beszélgetés után Mischa kikísérte a barátját a hotel feljárójáig, ahol a megrendelt taxi várakozott. – Hálás vagyok a társaságodért, öregem.

A kutyafuttában tett látogatásod Laurie-nál nem volt elegendő, hogy nyugodtan beszéljünk. A vallomás meghathatta Jean-Michelt, mert baráti gesztussal meglapogatta a vállát. – Istenem, öreg haver, pokol volt, amikor Fettisovval rátaláltunk a fejfádra. Szerettem volna szétverni a képed, hogy ilyen ostobán megöletted magad.

– Igazad volt, sose kellett volna jelentkeznem a seregbe, de akkoriban semmi nem érdekelt.

– Tudom, Mischa, és hát, azt mondják, mindenkinek el kell követnie a saját baklövéseit.

– Mindent köszönök neked. Beleértve, amit Theáért tettél.

– Nincs mit köszönnöd. Egyszer régen azt mondtad, te kizárólag abban a barátságban hiszel, ahol a másikról való lemondás meg sem fordul a fejben. Nos, én is ebben hiszek, és ami azt illeti, elégtétel, mert ezt be is bizonyíthattam neked. Jó éjt, Mischa.

– Jó éjt.

Jean-Michel beült a taxiba. A motor felzúgott és a félig takart fényszórók leple alatt a fekete jármű kigördült a szálloda elől. Mischa addig követte tekintetével, amíg végleg el nem veszítette szem elől. Azután nehéz sóhajjal sarkon fordult. Életének egy újabb pokoli napját tudhatta a háta mögött.

– Szerintem téged Jean-Michel álnokul a nyakamra küldött – illesztette a kulcsot a lakosztály zárjába, bár nem állhatta meg, hogy a válla felett neheztelően Kozlovra sandítson. – Valld csak be.

– Képzelődsz.

– Ugyan.

– Mintha te vizsgáltattad volna ki magadat nálunk, nem?

Beléptek a tágas helyiségbe, ahol a hellyel takarékoskodva állt egy szófa, illetve három füles karosszék a kecses dohányzóasztal körül. A faragott

italszekrényen kívül egyéb bútor nem fért a négy fal
közé.

- Gyere beljebb, Theo, iszol velem egyet?

- Miért is ne? Éppen amikor Mischa az italszekrény kínálatát
böngészve elővarázsolt két kristálypoharat, felpattant
a hálószoba felé nyíló ajtó egyik szárnya. Csinoska
fityulában, uniformisban, meg persze barátságos,
amolyan kötelező mosollyal felszerelkezve a
szobalányt pillantották meg mögüle. A kényelmesen
elhelyezkedett vendéghez fordult, észre sem véve a
félrevonult Mischát.

- Üdvözlöm, uram. Engedelmével rendet tettem a
hálószobában.

Kozlov lezser mozdulattal bökött a lány mögé, mint
az üzenet legvalószínűbb címzettjére. A lány
pironkodva fordult hátra. – Bocsásson meg.

- Nincs semmi gond – a mondat azonban durván
félbemaradt a lány holtsápadtra váltó arcszíne láttán. –
Mi van magával?

- Hát, ön…?

Mire Mischa eldönthette volna, vajon ez a két szó
kérdés, kijelentés vagy esetleg kritika, a lány szeme
ijesztően fennakadt és úgy csuklott a padlóra, akár
egy rongybaba.

- Nincs valami nagy szerencséd a szobalányokkal –
dünnyögte Kozlov azonnal a szerencsétlenül járthoz
ugorva.

- Ki a csuda ez a nő?

- Én is pont ezt akartam tőled megtudni.

- Hiszen nem is ismerem.

- Akkor, reméljük, elárulja, amint magához tér –
beletelt néhány hosszú percbe, mire Kozlov életet
lehelt a szobalányba. – Hogy hívják, kisasszony?

A kérdés háromszori elhangzása után megérkezett a
válasz, amit Mischa nem hallott, annyira erőtlenre
sikerült. – Anne Rydl.

- Hogy mondtad?

Kozlov fel se emelve a tekintetét ismételte meg. – Így már ismered?

- Én nem, ellenben Thea annál jobban.

- Ez legalább némi magyarázattal szolgál. Hahóó, nyissa ki szépen a szemét – az orvosi tenyér paskolása megtette a hatását.

Mischa az orra előtt lezajlott jelenetet már-már indokolatlan közönnyel figyelte. Anne Rydlre nem emlékezett a korábbi évekből, holott akkortájt kizárólag a Royal Courtban szállt meg. Erre rácáfolva a lány ájulása azt sugallta, valamire mégiscsak emlékeznie kellene.

Kozlov tüsténkedése sajnos nem adott lehetőséget, hogy feltegye a kérdéseit, mert amint talpra állította a lányt, el is küldte. – Úgy bámult rád, akár egy kísértetre.

- Ehhez lassan kezdek hozzászokni – elöntötte a harag. – Egyelőre annak is érzem magam. A régi életemet sehol se találom, az elképzelt új meg folyton felbukik valamin.

- Az élet ilyen. Na, hol az az ital?

Kényelembe helyezkedve és lustán elnyújtózva a hívogató karosszékekben, a régi béke telepedett közéjük. Mischa önkéntelenül arra gondolt, hogy Kozlovhoz való viszonya szintén az a fajta barátság, amit nem szabad eltékozolni. Ráadásul ez a kapcsolata annyival több volt sok másiknál, hogy a közös származás még eggyel több szállal bilincselte össze őket. Oroszok voltak, és ahogyan ennek minden előnyét élvezték, úgy a hátrányait is el kellett szenvedniük. A húszas és harmincas évek Párizsában jó idők jártak a gazdagokra, márpedig ők tényleg dúskáltak a pénzben. Az öreg Kozlov Nizzában és Monte Carlóban ügyes kezű kártyásként megsokszorozta a vagyonát. Született gavallér volt azt az arisztokratát testesítve meg, amelyikből ugyan rengeteg akadt a cári világban, viszont kevés bírt eredeti stílussal. Igaz, hogy olyan, mint Kozlové, egynek se adatott meg. Elegánsan veszített és adakozva nyert. Tizenegykor kelt egy pohár pezsgővel indítva a napot, soha nem vett fel olyan inget, ami nem ropogott a keményítőtől, na és képes volt reggelig kitartani a pókerasztalnál.

Elhíresült történetként mesélték róla, hogy 1922-ben, miután Monte Carlo leghírhedtebb kártyásai közül már mindenkit legyőzött, egy titokzatos arab utazóládányi drágakövet, ékszert és kincset ajánlott fel neki egyetlen partiért. Cserébe ő az összes vagyonát feltette, beleértve a Párizs-szerte irigyelt házát, mely nem pusztán ingatlan volt, hanem valóságos múzeum telezsúfolva az Oroszországból kimenekített műkincsekkel. Ezt még megtoldotta egy termékeny birtokkal Provance-ban, miközben nem lehetett biztos a ládányi tét valós értéke felől. Nem említve, hogy a hencegő arab az igazi tulajdonosa-e. Kozlov született hazárdőr volt, máskülönben nem fogadta volna el a kihívást gondolkodás nélkül. Mégis jól tette, mert másnap egyetlen óra alatt megkopasztotta az idegent.

Kozlovéknál tehát akadt mit a tejbe aprítani, miközben se az öreget, se a fiát nem érdekelte a fényűzés. Bár Theodoro Kozlov hasonlóan nagylelkűen fizetett, akár az ősei, ám mielőtt a züllés útjára léphetett volna, a sors közbeszólt. Mischa személyesen is jól ismerte Natalja Petrovát, sokra is tartotta. Igazi szláv lány volt, nyurga és telt, szőke és igéző szemű, egyben pedig sokkal több a csinos külsőnél. Rendszeresen megfordult az orosz közösség estélyein, ahol Kozlovon kívül számos gavallér zsongta körül. A fiatalembereket a szépségén kívül kedves egyszerűsége és szellemes visszavágásai hódították meg. Csakhogy váratlanul beteg lett és egyetlen esztendő alatt megölte a leukémia. Kozlov, aki ez idő alatt átélte vele a legnehezebb és leginkább emberpróbáló napokat, a feltámadó majd elhaló reményt, illetve a tehetetlenséget amiatt, hogy senki nem tudott segíteni, végleg szakított addigi életmódjával. Ennek a tragédiának a hatására csodálatos orvos lett. Olyan, aki a betegei lelkébe is bepillant, hogy kezelni tudja a felszíni tüneteket. A személyiségéből áradó melegség és együttérzés, az erő, hogy sose adja fel, talán a gyógyszereknél is több embert gyógyított meg.

- Bízom benne, ez a hallgatás nem a duzzogásod jele – Mischa felnézett ugyan, mégsem felelt. – Nem akarlak átrázni, barátom.

- Nem is tudnál. A vak is látja, hogy összebeszéltél Jean-Michellel.

- Muszáj volt. Annak idején mindkettőnket csábított a gondolat, hogy elmeséljük neked, miféle céda Chantal Stévenine. Hogyan tombolja ki magát, ha te nem vagy a közelében. Igen ám, de annyira szerelmes voltál, egyetlen szavunkat se hitted volna. Igaz? – kelletlen morgás. – Ezt igennek veszem. Mostanra azonban fordult a kocka. Jean-Michel amúgy is fúj arra a nőre, amióta beleolvasott az álnéven írt leveleibe.

Mischa hátrasimította előrehulló haját. – Te orvos vagy, Theo, szerinted tényleg teherbe eshetett egyetlen rövid légyott alatt?

- A kettő nem függ össze.

- Azaz igen.

Kozlov elhúzta a száját. – Sajnálom – mondta, mire Mischa érdektelenül legyintett.

- Ha hazamegyek, fogadok egy magándetektívet, hogy biztosat tudjak. A többit meglátjuk.

- Na, és az mikor lesz?

- Talán karácsony előtt, a körülményektől függ. Különben meg ne emészd magad Chantal miatt. Valószínűleg a legjobbat tette velem a sors, amikor így alakultak a dolgok. A szívem mélyén sose tudtam őszintén megsiratni az elvesztését. És ma már azt hiszem, nem is szerettem ehhez eléggé... de ez a történet a múlté.

Kozlov elmerengve felhörpintette a gin maradékát. Az utóbbi időben erősen őszülni kezdett, noha egyéb jel nem mutatott arra, hogy immár a legszebb férfikorba érkezett. Leterheltsége folytán fiatalos alakján se súlyfelesleg, se tartásbeli változásnak nyoma nem volt, éppen ellenkezőleg. Igényes és a megjelenésére mindig sokat adó ember benyomását keltette, aki soha nem volt borotválatlan vagy állt a nyakkendője ferdén.

- Hogy van a család? – tudakolta Mischa némi pihentető csendet követően.

- Dunkirk után Norfolkba költöztek Mary nagyszüleinek a házába, amit korábban sose használtunk. Szerelmi légyottokra kényelmetlenül messze van, a gyerekek meg annyira odavoltak, hogy ha nélkülük mentünk le, szabályosan bűnösnek éreztem magam.

Mischa vidáman vigyorgott. – Családapa szindróma, eh?

- Te könnyen mulatsz, de várj csak! Hamarosan utolér a sorsod.

- Mit mondjak, néha szívesen venném. És hogyan tudsz találkozni velük?

- Kéthetente hétvégézem ott, amint sikerül megszerveznem a kórházban. 40-41-ben, mielőtt a németek lerohanták a bolsevikokat, az állandó bombázások miatt sokszor hónapokig egyetlen szabadnapot se kaptam. A fejünk felett húztak el a gépek, a St. Mary's régi szárnyát is akkor söpörte el egy találat. Amíg a műtőben gürcöltünk, szó szerint remegett a talpunk alatt a padló. Hullott a vakolat, úgy recsegett-ropogott az egész épület, hogy a nővérek jobb híján esernyőt tartottak a betegek fölé – Kozlov hitetlenkedve, groteszk mosollyal jutalmazta a közelmúltat. – El tudod ezt képzelni? Én könyékig benne a szerencsétlenben, az egyik nővér a hónom alatt nyújtogatja előre a rég nem steril szikét, ollót, tudom is én, a másik meg mindent eltakar előlem a nyavalyás esernyővel. De ha leengedik, a beteget feltöltjük törmelékkel. Ilyet te még nem láttál!

- Bizonyos szempontból ez elviselhetetlenebb, mintha harcolnál.

- Én is azt hiszem. Ártatlan civil vagy, aki belecsöppen egy adott helyzetbe, bár se kiképzése, se felszerelése, se lélektani rutinja ahhoz, hogy a nyakába omló város romjai közt hidegvérrel lépkedjen át a szétmarcangolt tetemek százain. Tébolyult egy világ, mondhatom. Ellenben te tényleg a sűrűjében lehettél.

Mischa megvonta a vállát. – Sokáig tartott, amíg felépültem és nálad jobban kevesen tudhatják, milyen állapotban vagyok.

- Maradjunk annyiban, hogy ászt húztál ehhez a játszmához. A belső sérülésekbe a katonák legtöbbször belehalnak, mert vagy nem kezelik őket, vagy könnyen elfertőződnek, esetleg túl sok vért veszítenek, mielőtt valaki ellátná őket. A combsérülésedről annyit, hogy ha felesleges hősködés nélkül, civil életet kezdesz, nem lesz vele semmi gondod. Figyelj, Mischa, most el kell, hogy menjek – sandított Kozlov a karórájára. – Péntek este utazom Norfolkba, mondd csak, elkísérsz? Víkendezz velünk, ha egyszer már úgyis szalma vagy. Különben van egy jó szemész a városban, elvihetlek hozzá. A látásromlásod könnyen összefüggésben állhat a fejgörcseiddel. Járjunk utána, minél előbb.

- Csábító ajánlat, de mit szólnak otthon, ha velem állítasz be?

Kozlov feltápászkodva ültéből elutasítóan legyintett. – Emiatt ne aggódj. Értesítem Maryt, hogy te is jössz. Mert jössz, ugye?

- Örömmel, köszönöm.

Ezzel Kozlov el is köszönt és majdhogynem futólépésben távozott, nagyon várták valahol. Mischa, ugyancsak nem vesztegetve az idejét, magához kérette a szálloda személyzeti főnökét, akitől azt a megnyugtató felvilágosítást kapta, hogy az utóbbi években egyetlen Anne nevű szobalány szolgált a Royal Courtban. – Még 37-ben került hozzánk, gróf úr, a háború előtt akár találkozhatott is vele – Mr. Loggerman nyájas buzgalma azonban hamar untatni kezdte.

- Értem. Nos, köszönöm, uram – az értesülésnek örült, ám tanácstalan lett, mit kezdhetne vele.

- A BBC déli híradását hallják Londonból, 1944. november 2-án. A szövetségesek egyidejű előretörésének és hosszú távú együttműködésének eredményeképpen a brit és szovjet csapatok ma felszabadították Görögországot és Jugoszlávia egy részét. Mivel Görögország a német hadsereg számára se gazdasági, politikai, vagy katonai értelemben nem bír pótolhatatlan jelentőséggel, már szeptember elején elkezdték kiüríteni az Égei-tenger szigeteit. Rodosz, Kréta és Lérosz szigeteit használták a fokozatos visszavonuláshoz, továbbá ezeket az erődítményeket jelölték ki a német jelenlét utolsó bástyái számára. Az első brit egységek október 4-én szálltak partra a Peloponészoszi-félszigeten és megfontoltan követték a kivonuló egységeket, így nem kellett számottevő harcba bocsátkozniuk a kiszámíthatatlan terepen. Október 12-én brit ejtőernyős csapatok ugrottak le a már korábban kiürített Athénban. Míg az ellenség Macedóniában próbált védelmi frontot kialakítani, október 20-ára Jugoszlávia fővárosa, Belgrád, elesett és a jugoszláv partizánok komoly veszteségeket okoztak a visszavonulóknak. A Görögországból kiszorított német E és a Jugoszláviában állomásozó F

hadseregcsoport feltételezések szerint a Szarajevó-Mostar vonalon igyekszik védelmi állásokat kiépíteni...
Mischa az asztala mögött megkövülten ülő Ambrose Forshamet méricskélte. Folyamatosan a halántékát dörzsölte és a hírektől minden figyelmét elvonta annak feldolgozása, hogy éppen ő ül szemközt vele.
- ... a Fülöp-szigetekért folyó tengeri ütközet október 23-án vette kezdetét. Az amerikai flotta közel kétszáztizenhat járművével szemben a japánok csak hatvannégy hajót tudtak felvonultatni. Halsey admirális 24-én üldözőbe vette Ozawa admirális menekülő flottáját. Október 25-én megtámadták a Leyte-öbölben partraszálló amerikai egységeket. A japán flotta légi fedezet nélkül hajnalra elveszítette bevethető erejének hatvan százalékát. A kamikaze támadásokkal így is jelentékeny károkat okoztak az amerikaiaknak. Az elmúlt napokban négy amerikai hadosztály szállt partra, a rendkívüli trópusi esők azonban sártengerré változtatták a terepet. A véres harcok jelenleg is folynak. Japán végsőkig kitartó katonái minden talpalatnyi területért megküzdenek, emiatt az amerikai hadseregnek egyetlen lehetősége marad, a teljes győzelem...
- Szerintem kapcsold ki, Ambrose, egyetlen szót se hallottál belőle.
Forsham engedelmeskedett. – Ugye, te most jól szórakozol rajtam? – állt meg csípőre tett kézzel az ablaknál. Makulátlan minisztériumi irodája szokványos brit eleganciájával a boldog békeidőket idézte. Fényesre polírozott tölgyfa íróasztal aranytollakkal és két fegyelmezetten, a sarokra állított dosszié. Két bőrfotel, illetve egy szintén tölgyfából faragott szekrény a fal mellett.
Ahogy a sértett képpel álldogáló alakra nézett, Mischának duzzogó gyerek jutott eszébe. – Ne csináld már!

- Ne csináljam? – kiáltotta az paprikásan. – Hogy a pokolba gondolod ezt? Évek óta halottnak hiszünk, te meg egyszerűen besétálsz az ajtón és elvárod, hogy a legutolsó beszélgetést folytassuk! Hihetetlenül érzéketlen vagy! Mischa talpra szökkent. – Szó sincs róla. El se tudod képzelni, milyen pocsék érzés ez nekem. Hetek óta mást se hallok, minthogy: Te élsz? Bárcsak látnád azokat az arcokat, amiket én látok, a felségem még el is ájult tőlem. Úgy gondolod, ez valami kellemes tréfa? Évekig abban a hitben próbáltam túlélni, hogy mindenki pontosan tudja, hogy visszajövök. De nem! Négy rohadt évvel később az emberek összecsuklanak, amint felismernek, vagy a fejükhöz kapnak a hidegrázástól... ugyanis a megürült helyemet régen betöltötték mással!
- Sajnálom, öreg, de te is értsd meg, milyen szaftos meglepetés, ha így megjelensz az ajtóban.
- Jobb lett volna, ha felhívlak?
Forsham nyersen felnevetett. – Aligha! Ó, te jó ég! Mi a poklot csináltál eddig?
- Lődöztem a németeket az ellenállásban. Elmeséljem az egész pályafutásomat?
- Nem bánnám. Merre jártál tulajdonképpen?
- Bretagne-ban.
- És ott hol?
- Ismered St. Malót meg a környékét?
- Nem. Mit kellene tudnom róla?
Mischa előre sejtve a reakciót, nyíltan felnevetett. – Van ott egy első osztályú bordély.
- Egy micsoda?
- Egy bordély. Egy tucat lány és szoba, tele németekkel, akik mondhatom, egészen meghökkentő fantáziával vannak megáldva.
- Ez a szexre vonatkozik?
- Igen, vagyis arra, amit egyesek annak hívnak.

- És vajon mi köze ehhez a fertőhöz egy olyan tőről metszett arisztokratának, mint te?

Mischa keresztbe fonta a karjait, mint aki öntudatlanul is megtagadja a közelmúlt emlékeit. – Évekig ott húztam meg magam, kidobó fiú voltam.

- Ezt nem veszem be, pajtás!

- Pedig ez az igazság. Délután négytől hajnali háromig szólt a műszak. Ha kellett, a lányokra törtük az ajtót, hogy kihúzzuk őket az átkozott németek alól, vagy egyszerűen csak figyelmeztettük azokat bizonyos szabályokra. De az is előfordult, hogy végignéztük, vagy kihallgattuk az egészet, hátha a lányok kiszednek valamit az önkívületbe esett mocskokból. Annyit mondok neked, Ambrose, piszkos és megalázó meló, noha ezt is el kell végeznie valakinek.

- Hány németet kaptatok el?

- Sokat – Mischa keserűen elhúzta a száját. – Korábban be se tettem a lábam egyetlen hasonló helyre se. El tudod képzelni, miféle tudathasadás volt ennyi éven át közös albérletben lakni egy örömlány ágyában? Gyűlölöm az ilyesmit, nem mellesleg minden elvemmel ellenkezik, akárcsak a gyilkolás, de háború van, Franciaország pedig úgy élt túl, ahogy tudott. Ha egyszer a politika cserbenhagyta a kisembert, nem maradt egyéb, mint az alattomos harc, becstelenül, ármánnyal, lesből. Végül is örömlányokat megkínozni a perverz élvezetért se nagyobb bűn.

Forsham döbbenten ácsorgott. Az arcán ékesszólóan ott ült, hogy erre a vallomásra számított a legkevésbé. Azután a már sokat látott politikus azt mondatta vele:

– A háborúnak egyszer vége lesz – a barát viszont aggódva kérdezte: –, vajon akkor képes leszel felejteni és újra tiszta lelkiismerettel nyúlni a tisztességes nőkhöz?

- A lelkiismeretemnek semmi köze ehhez, Ambrose. Azoknak a lányoknak nem volt dolguk velem, egyszer

sem. Mégis igazad van, el akarom felejteni a történteket, pontosan ehhez kérem a segítségedet.
- A papírjaiddal?
Mischa beleegyezően megmozdította a fejét. – Hallottam Tivy Rogersről meg a tervezett házasságról, ami nem jött létre. Most viszont tudni szeretném, ennyi zűrzavar után mi van az irataimmal. Forsham mintha habozott volna. – Tivy Rogers visszalépett, amint kiderült, hogy egy régimódi ceremóniára nem marad ideje. Csakhogy a kérvény utólag mégiscsak átment a szűrőn.
- Ez mit jelent?
- Hogy... hogy Lathea jelen állás szerint özvegy, nagyon is az! – Mischa halkan szitkozódott, elcsigázottan emelte a tekintetét a barátjára, aki tanácstalan ábrázattal szobrozott az asztalánál. – Nem ezt vártad, megértem.
- Tartottam valami ilyesmitől.
- Sokáig küszködtünk az adminisztrációval, mert a franciák a németek által birtokba vett irattár nélkül egyetlen vesszőt se akartak leírni, az itteniek meg fújnak rájuk, kész őrület az egész.
- Ráadásul minden erőfeszítés hiábavaló volt, mivel élek, Lathea pedig továbbra is a feleségem. És eközben Tivy Rogers meghalt.
Rövid csend állt be. – Tudod, úgy alakult, hogy megismerkedtem vele – bökte ki Forsham szemrehányóan. – Elvenni egy szobalányt! Hallod, öreg, ez már valami!
- Csak vigyázz a szádra, egy grófnéról beszélsz.
- Tudom és elragadó nő, megértem a választásod. Ugyanakkor láthatóan nyomasztja a múlt, ezért mielőtt bemutatod otthon, értesd meg vele, hogy nincs mit szégyellnie.
- Ezzel mire célzol?

Forsham megköszörülte a torkát. – Mindent elmondtam neki az apjáról. Nem volt értelme elhallgatni.

- Ó, egek! Brightont, a gyilkosságokat?

- Mindent. A lelkiismeretét agyonnyomta a félreértelmezett bűntudat, ám akit megölt, fekély volt az igazságszolgáltatás testén, veszélyes a társadalomra.

- És hogyan fogadta?

- Megrázta és felkavarta az egyszer biztos. Ám becsületére legyen mondva, kivételesen erős egyéniség, nemigen mutatta, milyen mélyen érinti a dolog. Bocsáss meg! Tudom, hogy egyezséget kötöttünk....

- Fátylat rá.

Forsham az asztalán berregő bakelit készülékhez lépett, hogy felvegye. A beszélgetés nem tartott sokáig, Mischának mégis elegendő időt engedélyezett, hogy saját kilátásait végiggondolja. Nem tetszett neki, hogy az irataira idegen kezek rávezették az elhalálozott státuszt. Még akkor sem, ha ebben a felbolydult világban százával meg ezrével kóborolhatnak rajta kívül olyanok, akiket hasonló módon halottnak hisznek.

- Mi a teendő, Ambrose? – tette fel a jogos kérdést a telefonbeszélgetés végén.

- A kolléga el lesz ragadtatva, amikor visszamegyek hozzá és átírattatok vele mindent, amit hosszas könyörgésre hajlandó volt korrigálni. Hülyének fog nézni, de nem számít.

- Ha szükséges, elkísérlek.

- Ezt aligha úszhatod meg, de bízd ide, először én megpuhítom. Tudod, mit? Maradj Londonban, amíg utánajárok a részleteknek.

- Rendben.

- Sajnos ez messze nem jelenti, hogy Párizsban nem kell elölről kezdened. Az külön történet lesz.

Mischa tehetetlenül széttárta a karjait. – Kezdjük az elején, jó? A Royal Courtban lakom, keress meg, ha híreid vannak. Most megyek, mert túlságosan elfoglalt vagy.

Forsham fittyet hányva a csörgő telefonra elkísérte az ajtóig. – Vacsorázzunk együtt valamelyik este. Lucynak leesik az álla, ha meghallja, hogy életben hagytak azok az átkozottak.

- Bármikor, ha ráértek.
- Helyes, felhívlak. És még valamit, Mischa...
- Hm?
- A barátságtalan fogadtatás ellenére... rettenetesen örülök neked.

Mischa a jobbját nyújtotta. – Ne aggódj, tudom én azt. Sajnálom, hogy rád ijesztettem, de ismerd el, sehogy sem lett volna könnyű, se neked, se nekem.

- Persze, hogy nem. Akkor megkereslek a vacsora miatt.
- Várni fogom – Mischa alig lépte át a küszöböt, odabent újfent megszólalt a telefon és Forsham távolodó léptei azt jelezték, mégiscsak fontos hívást várt.

- Hivatott, uram?

Mischa felnézett a könyvből, amit olvasott. Anne Rydl állt előtte a lakosztály szalonjában. Kifejezetten feszengve hol egyik, hol a másik lábára helyezve a súlyát. Megállapította, hogy messze nem átlagos lány, gesztenyebarna hajjal, mely érdekes hullámokban hullott a nyakába. Arcának különleges éke két elbűvölő szem volt, melyek kékje a viharos tengerre emlékeztette. Az előnytelen uniformis sejtetni engedte, hogy meglehetősen vékonydongájú, lapos mell, fiúsan keskeny csípő és két csodás lábszár, ez utóbbiak vonzerejét ugyanakkor elrabolta a durva harisnya. Mindent összevetve csinosnak találta és, akárcsak egykor Latheában, benne is megragadta a természetessége. A szállodai etikett rákényszerített formaságai dacára előbújt belőle a nem arisztokrata nők mesterkéletlen bája.

Észrevette, hogy feleslegesen zavarba hozta fürkész pillantásával, ezért udvariasan, bár eredeti szándékánál feltehetően ridegebben csúszott ki a száján: – Jobban van már?

- Igen, gróf úr, köszönöm.

- Örülök. Mondja, Miss Rydl, ismer engem?

- A háború előtt is itt szolgáltam.

- És gyanítom, hogy a háború előtt is a feleségem barátnője volt – hallgatás. – Ne legyen ilyen merev, kérem. Eszemben sincs szégyenkezni amiatt, hogy akit elvettem, nem előkelő származású.

- Értem.

Mischa elnevette magát, amitől a fagyos légkör valamelyest megenyhült. – Szakasztott úgy viselkedik, mint Lathea, de magát se harapom meg. Miért nem ül le ahelyett, hogy vigyázban áll, menekülésre készen? – Anne Rydl megrökönyödött. – Na, üljön le, kérem! Az én kedvemért.

Mivel a noszogatás sem használt, Mischa felkelt a karosszékből és egy következő mosolyt elnyomva a szemérmesen húzódozó lány alá tolta a széket. – Így már jobb – ereszkedett vissza korábbi helyére és keresztbe tette a lábait. – Tulajdonképpen a segítségét szeretném kérni, Miss Rydl. Latheától hallottam, hogy ezt a két levelet maga juttatta el hozzá. Tudja, miről beszélek, ugye? – a lány mereven bólintott. – Elmondaná, hogyan kerültek magához?

- Mr. Loggerman kitakaríttatta a postai elosztót. Számtalan gazdátlan levelet és csomagot dobtunk el, amelyek évek óta senkinek sem kellettek.

- Ott találta ezeket is?

- Igen, gróf úr. Tudtam róla, hogy Lat, azaz a grófné soha nem járt Franciaországban, ezért a nevében

feladott leveleket titokban magamhoz vettem.
Bocsásson...
Mischa egyetlen mozdulattal félbeszakította a
magyarázkodást. – Ne is mentegetőzzön, hálás
vagyok önnek. Ez két nagyon fontos levél. De mondja
csak, elképzelhetőnek tartja, hogy lehet ott még több
is, ahol ezekre bukkant?
- Nem tudom, gróf úr. Mr. Loggerman rendszerető
ember, évről-évre lomtalanít. A régi vendégek
nemigen jelentkeznek a postájukért, mi pedig nem
őrizhetjük őket a végtelenségig.
- Tökéletesen érthető. Megtenne nekem egy óriási
szívességet? Nézze át a megmaradt küldeményeket és
amennyiben talál valami hasonlóan figyelemre méltót,
hozza föl nekem.
- Ez csak Mr. Loggerman tudtával lehetséges.
- Magától értetődik, értesítsem őt? – Anne Rydl
biccentett. – Nem kell kapkodnia, még jó ideig a
szállodában maradok. Örülnék, ha alaposan átnézné
azokat a gazdátlan leveleket, nagy segítség lenne.
- Megteszem, amit tudok, gróf úr.
Magára maradva ismét felötlött benne, hogy a drámai
távozás után mégiscsak meg kéne kockáztatnia egy
hívást Marazionba. Két hete ugrott fel az első vonatra
Penzance-ban, ami olyan messzire hozta Cornwalltól,
amennyire csak lehetett, valójában mégsem telt el
nap, hogy gondolatai ne a hátrahagyott problémákon
időztek volna. Köztük természetesen Latheán. Néhány
percig a telefonkészülékre meredve üldögélt, mielőtt
ismét meghátrált.

London gyökeresen megváltozott. A látképe,
hangulata, elillant az a pezsgő életöröm, amire
emlékezett. A novemberi napfénynél az épületek
lehangoló gyászba burkolóztak, egyes városrészekben
az ember minduntalan lebombázott tömbök és utcák
törmelékét kerülgette, noha szembetűnően sokat tettek

azért, hogy a közlekedést fenntartsák. A Temzén kirándulóhajók helyett katonai, zöldre festett flotta horgonyzott, a hajók fedélzetén letakart ágyúkkal meg gépfegyverekkel. Már a látványuk is rémisztően közel hozta a háborút. A fizikai veszteségeken túl sokkolóbb benyomást keltett az a szegénység, ami azelőtt ennyire élesen nem szúrt szemet. Mint minden nagyvárosnak, Londonnak is megvoltak ugyan a szegénynegyedei, a munkások lakta telepek, jóllehet a jelenhez viszonyítva az ott élő emberek is gazdagnak tűnhettek.

Mischa előkelő származása és gazdagsága dacára ismerte a nyomort, az éhezést, ezért nem keltett benne viszolygást se a Docklands, se az, amit annak idején Stepney-ben látott. 1944 télelőjén azonban egészen mást tapasztalt. Nagy-Britannia hosszú évek háborúskodásának köszönhetően egész egyszerűen kivérzett. Az utca embere világosan láthatta, hogy az ország az utolsó erőtartalékait csatasorba állítva áll helyt az európai fronton meg az atlanti térségben. Elszegényedve, megfosztva a háború előtt bőséges belső kereskedelmet biztosító gyarmati forrásoktól. Mintha az élő szervezetről lemetszették volna a dolgos karokat. A világ szemében mindeddig irigyelt gyarmatbirodalmat elzárta a világméretű konfliktus az anyaországtól és a súlyos következmények mostanra mindenki számára nyilvánvalóvá váltak. A hajdan keleti és afrikai ízekben, gyümölcsökben és egyéb ínyencségekben dúskáló Londonban végtelen sorok kígyóztak a napi adag élelmiszerért. Elsősorban tejért, kenyérért, de a cukor, kávé és hús továbbra sem volt elérhető. Ezzel szemben a luxusszállodákban a kínálat alig lett szerényebb a megszokottnál. Marhahús, bárány, lazac, osztriga vagy kaviár nem jelentett gondot, noha szemérmetlen áron kínálták és a szigorú törvények miatt pult alól. Az étlapról kihúzott sorok legtöbbször nem hiánycikkeket jelöltek, hanem a törvényesség határait. Akadt pezsgő és francia bor, bármilyen áru, ami azelőtt, ugyanez vonatkozott az aranyra, drágakövekre, illetve a képzőművészeti alkotásokra. Aki elég gazdag volt, akármihez hozzájuthatott, az emberek zömét mégis kielégítette volna, ha több tejet vagy kenyeret kap.

A várost járva azért is döbbent meg annyira, mert mindebből a szembeötlő szegénységből Cornwallban keveset lehetett észrevenni. Arrafelé különben is fényűzés nélkül éltek az emberek, és ahogyan Bretagne-ban, ők is igyekeztek ezt-azt megtermelni a saját asztalukra. A vidéki embereket emiatt valamivel kevésbé látványosan sújtotta a tej és tojáshiány, sokaknak alkalmuk nyílt állatokat tartani. Cornwall előnyös éghajlatából adódóan több gyümölcs megtermett, de még citrom is nőtt a kertekben. Úgyhogy Londonba csöppenve megrázó élményt jelentett a városi nyomorúság. Eközben pedig a Forshamek társaságában olyan fenséges vacsorát költött el az Ambassador's különtermében, hogy közönséges halandó a háború kezdete óta nem látott olyan ételeket, ha egyáltalán valaha.

Naplemente után a város, ha lehetett, még szomorúbb arcát mutatta. Kihunytak az egykor megcsodált neonfények, mellőzték a közvilágítást, a kirakatok vakon bámultak az éjszakába, még a járművek fényszóróit is eltompították. Kísértetvárossá komorult a csillogó pompa, éke az egész hatalmas birodalomnak. Ugyanakkor hol volt már az a bűvöletbe ejtő fényár és hol volt a birodalom? Újabb napok teltek el, mialatt véglegesen megtanulta, hogy az egykor változatos és izgalmas éjszakai élet jó időre a múlté. Azelőtt bárhova is toppant be tíz óra után, minden bálteremben szólt a zene, párocskák flörtöltek, kivételes szépségű hölgyek tűntek fel és bódító illatú parfümjeikkel az összes férfit elkábították. A zárt klubok, illetve néhány exkluzív mulató kivételével azonban a helyzet elkeserítően megváltozott. A borsos árakat pusztán a szűk elit volt képes megfizetni, ám azok, akik közülük megtehették, inkább a légitámadásoknak kitett fővárostól távol időztek, ahol nagyobb biztonságban tudták az életüket. Következésképpen az éjszakai élet sem emlékeztetett arra, amit ő a háború előtt annyira élvezett.

November 8-án a híradások legfőbb szenzációja Roosevelt választási győzelme volt. Nem éppen váratlan eredmény, miután Amerikát egy győztesnek ígérkező háborúban vezette előre és a hazafias hívószavakra fogékony tengerentúliaknak ez elegendő jel lehetett arra, eldöntsék, kit támogassanak. A nemzetközi visszhang meg a brit reakciók mindössze megerősíteni tudták ezt az elégedettséget. Roosevelt nem számított könnyű embernek és Mischa Jean-Micheltől több ízben hallotta, mennyire ad arra, hogy Amerika az őt megillető helyen álljon minden egyes döntés meghozatalakor.
- Vagyis az élen. Egyedül azt nézi, Nagy-Britanniát mióta támogatják élelmiszerrel, fegyverrel, hogy nélkülük nem lehetne háborút nyerni se Afrikában, se Európában, se Ázsiában. Az nem is merült fel benne, hogy ne Eisenhower vezesse a partraszállási hadműveletet. Figyeld meg, a háború után Amerika lengeti az ostort, mi meg engedelmesen ugrálunk hozzá, akár a bazári majmok.
De akármennyire is terhessé váltak Roosevelt nacionalista, illetve világpolitikai tervei, elég nagyformátumú ember és politikus volt ahhoz, hogy Winston Churchill méltó partnere legyen ebben a hatalmas tétekkel megjátszott kalandban. Otthoni győzelme biztosítékot ígért arra, hogy a háború egyre közelgő befejezését a már eltervezett menetrend szerint vezényelhessék le.

A pazar ebéd után visszatérve a Royal Courtba, Mischa a fiókos szekrényre hajította a Timest. Tekintete a telefonkészülékre esett. Egy percig ellenállt a kísértésnek, hogy megragadja a kagylót, de nem tovább. Nem őrlődve azon, ő hibázott-e, vagy Latheára haragudjon, amiért nem osztotta meg vele a terhességével kapcsolatos gyanúját, máris tárcsázott. Napok óta Laurie tanácsa csengett vissza a fülében, azaz, ha nem tanúsít kellő megértést és toleranciát, az asszony soha nem fogadja a bizalmába. Magában számtalanszor meghányva-vetve a helyzetet minduntalan arra a következtetésre jutott, hogy ez a kisbaba még a javára válhat a házasságuknak. Hogy így van-e, azt a jövő dönti el, ő mégis meg akarta próbálni. – Üdvözlöm, Emerico. Mischa vagyok.

- Á, jó napot! Hogy van?

- Megvagyok valahogy. Maguknál minden rendben?

- A legnagyobb mértékben. Apám ügynöke járt itt a hétvégén és vagy tíz vásznat magával vitt Londonba. Azóta a mester kissé morózus hangulatába süllyedt, de hamarosan túlteszi rajta magát.

- Szívből remélem. Thea portréját is eladta?

Emerico derűsen felelt, hangja valósággal nevetett. – Ó, nem! Bár az ügynök két napig könyörgött neki. Elképesztő alkudozásban voltak érte, ám apa állítólag magának ígérte.

- Úgy is van!

- Akkor ne aggódjon, a kép itt várja. Nos, kivel szeretne beszélni?

- Theával, ha szólna neki.

- Kicsit várnia kell, mert a bungalóban van.

- Semmi gond, köszönöm.

Jó negyedóra is eltelt, eközben egy pohár italt szürcsölgetve várakozott. A Park Lane-ről először fékcsikorgás, a nyomában tompa puffanás szűrődött be. A novemberi hőmérsékletre való tekintettel a zárt ablakon keresztül leskelődött ki a két romosra zúzott kocsira, illetve az ingerült hangú vitára.

- Mischa? Lathea hangjára azonban megfeledkezett a kinti hangoskodásról és minden idegszálával az asszonyra figyelt. – Itt vagyok, nem zavartalak meg semmiben?

- Ó, nem. Lementem a bungalóba. Csak nincs valami baj?

- Nem, nincs. Thea, szeretnélek megkövetni, amiért a rendelőben otrombán viselkedtem.

- Hidd el, megértem.

- Faragatlan voltam, erre nincs mentség – az asszony mondani akart valamit, ám ő levegőt se véve folytatta: – Hogy érzed magadat?

- Jobban vagyok.

- Örülök neki. ....A Royal Courtban szálltam meg. Rövid csend. – Tudom. Anne felhívott.

- Mást is mondott?

- Hááát, elmesélte, mire kérted, de nem akadt több levélre.

- Sajnos nem, a szívem mélyén nem is bíztam benne – Mischa habozott. Végül sikerült megtalálnia a hangot mindahhoz, amit el akart mondani. – Attól tartok, ma belle, most már két gyerekről is gondoskodnunk kell. Lathea szava elakadt. – Kettőről?

- Igen, kettőről. Arról a kis magzatról, akit a szíved alatt hordasz, és egy másikról, aki, ki tudja, hol él jelenleg.

- Én... azt hittem, részedről... elutasítod, hogy... sajnálom, Mischa.

- Annyit beszéltünk már arról, idegenek vagyunk-e egymásnak vagy se, de ilyenkor óhatatlanul kiderül, hogy igen.

- Megbántottalak – ez kijelentésként hangzott.

- Inkább emlékeztettél a pótolnivalóinkra. Thea, minden új élet áldás, nekem ezt tanította az apám és én hiszek is ebben.

A választ alig lehetett érteni. – Köszönöm.

Mischa nem felelt. A vonalban érzékelte az asszony nyilvánvaló megkönnyebbülését. Gyaníthatóan ismét valami gonosz húzást várt tőle, ami talán jogos vád azután, ahogyan elillant a Parisianből.

- Jutottál valamire a két levéllel? – váltott témát Lathea.

- Nem, bár ilyen távolságból nem is csoda. Úgy döntöttem, felfogadok egy detektívet Párizsban. Sajnos, még nem tudok visszamenni hozzátok, van egy-két elintézendő dolgom.

- Ez nem hangzik jól.

- Akadt egy kis gond a személyes okmányaimmal. Ambrose Forsham és Jean-Michel azon vannak, hogy újra kiállíttassák őket, de időbe telik.

- Ez az egész zűrzavar a házassági kérelem miatt lehet.

Az önvád ott csengett a kiejtett szavakban. – Ne okold magadat, chérie, a helyedben alighanem én is hasonlóan cselekedtem volna. Inkább annak örülnék, ha a hivatalok nem egymás ellen, hanem egymásért dolgoznának.

- Ezek szerint nem unatkozol.

- Töröm a fejemet, miként hozzuk rendbe a dolgainkat. Jártam orvosnál a fejfájásommal, Jean-Michelhez futkosom a követségre, és így tovább. Te pedig vigyázol magadra, ugye? Semmi emelgetés, vagy ilyesmi.

Mintha Lathea mosolygott volna. – Jó kislány leszek. Mischa!

- Tessék?

- Örülök, hogy felhívtál.

- Bárcsak már előbb megtettem volna.

- Én azt hiszem, mi csak akarunk, mégsem vagyunk
őszinték egymáshoz… vagy tévedek?
- Ezt még jóvá lehet tenni, nem?
- Néha attól félek, már most is késő.
Mischát gondolkodóba ejtette a lemondó
megállapítás. – Van valami, amire célzol, Thea?
- Tulajdonképpen igen – zavart hallgatás.
- Elmondod?
- Nagyon nehéz… Nem tudtam, hogy állapotos
vagyok, egészen addig nem, amíg mi együtt voltunk.
El kellett volna mondanom, hogy ne Howard
rukkoljon elő vele…. olyan megalázó volt.
- Thea drágám, lépjünk túl ezen, jó? Ostoba módon
rohantam el tőled, mégsem dugom homokba a fejem.
Mindent megoldunk, meglásd, csak szabaduljak el
innen. Az ilyesmihez hideg fej kell, nem egy telefon.
A vonal túlsó végén váratlan ajándékként dallamos
kacaj csendült. – Anne azt mondta, rendes alak vagy.
- Tényleg?
- Igen, valahogy úgy fogalmazott, érdekes ember.
- És szerinted?
- Utána kéne járnom.
- Igen… az nagyon jó lenne.
Már komolyabb hangon azt hallotta: – Óvatos vagy.
- Ez új vonásom. Vigyázz magadra, amíg nem vagyok
ott. Üdvözlöm Okkert is.
- Átadom.
Mischa hiába várta a jellegzetes kattanást, az asszony
nem bontotta a hívást. – Ott vagy még, Thea? –
felesleges kérdés volt. Ezt az igen is megerősítette. –
A héten Theo Kozlovnál jártam a St. Mary's-ben és
kicsi a világ, Kester Frostot is ott kezelik a gerincével.
Egy nyomasztó percre teljes némaság ereszkedett
közéjük, majd a kérdés szándékoltan érdektelenül
csengett. – Valóban? Honnan ismered te őt?
- Nem ismerem, pusztán csak megütötte a fülem a
neve.

- Értem.

- Corey-ra gondolok, tudod jól. Igényt jelenthetnél be rá.

Lathea megdöbbent. – Az apja ellenében?

- Aki nem egészséges a frontszolgálat után és feltehetően nem is elég kiegyensúlyozott a gyerekneveléshez. Nem említve, hogy özvegy és vadidegen a saját fia számára.

- Sose adnának igazat nekem, főleg ezzel a múlttal nem.

- Nincs igazad, ma belle. Különben meg csak annyit szeretnék, ha elgondolkoznál ezen a lehetőségen.

- Talán boldog Kesterrel meg a nagyszüleivel.

- Ezt nem tudjuk. Talán igen, talán nem. Most leteszem, de hamarosan ismét jelentkezem. Viszlát, drágám.

Ambrose Forsham a fejét ingatva jelentette ki másnap: – Cifra történet, nem mondom. Először ajánlatos számításba venni, hogy manapság a világot jóval kevésbé jellemzi a szociális érzékenyég, mint békeidőben. Amíg nemzetek ölik halomra egymást a frontokon, a bíróságok sem nagyon bizonygatják hajlandóságukat az ilyen ügyek érzelmi alapú megítélésére.

- Ezzel azt akarod mondani, hogy reménytelen?

Forsham a hajába túrt. – Tényleg akarod azt a gyereket?

- Ha Thea akarja, akkor én is.

- Márpedig ha ennyi évig szeretgette, nyilván akarja – Mischa egyértelmű igenként széttárta a karjait. – Értem. Akkor nézzük csak... javadra szól a rangod, a vagyonod, hogy rendezett házasságban élsz, illetve az a tény, hogy az anyja mégiscsak elhagyta a fiút, holott vérrokonok is nevelhették volna, amíg a frontra ment a férjével. Ellenben ha az apa szellemileg vagy testileg nem erősen korlátozott, abszolút elsőbbséget élvez.

- Tisztában vagyok vele. Hallgass ide, Ambrose, Theának épp csak megemlítettem a dolgot, ezért legyünk diszkrétek. Olyan embert keress nekem, aki feltűnés nélkül körbejárná Frost ügyeit.
- Tehát indítsam be a verklit?
Mischa mindössze egyetlen pillanatig tűnődött, mielőtt határozottan bólintott. – Nézzük meg, kiféle ez az alak.

Jean-Michel elcsigázottan, gyűrött arccal, mégis szembeötlő elégedettséggel ücsörgött a padon. A Hyde Park a novemberi napsütés bágyadt fényjátékában meglepően barátságosnak mutatkozott. Az enyhe időjárás visszalopta az őszt, így a cseppet sem bántó szélben fagyoskodás nélkül üldögélhettek a szabadban. Mischa szerette London parkjait, és különösen szerette ezt, ezért is ragaszkodott a Park Lane-hez meg éppen ehhez a szállodához. Noha a háború okozta pusztítások jócskán rontottak az összhatáson, ennek ellenére ez még mindig a Hyde Park volt.
- Jól jegyezd meg ezt a dátumot, öreg cimbora. 1944. november 10. – sóhajtotta Jean-Michel olyan képet vágva, mint aki megtanított egy rigót fütyülni. Frissiben tért vissza Párizsból és láthatóan még az események hatása alatt állt. – Újra feltornáztuk magunkat a világ istenverte politikai térképére.
- Hála De Gaulle-nak?
Jean-Michelt nem kellett bíztatni, önmagától is örömmel belevágott a történetbe. – A jó öreg Winston október végén Moszkvában járt Sztálinnál. A német kérdés felett egyezkedtek, illetve Sztálin ígéretet tett arra, hogy az európai háború befejezését követően hadat üzen Japánnak, vagyis beszáll a távol-keleti csatározásokba. Ami viszont ennél fontosabb számunkra, hogy diplomáciai győzelmet arattunk, hiszen elismerték az új kormány legitimitását. Ez

pedig felvet egy tucat sürgető kérdést: milyen szerepet kapunk a háború utáni rendezésben, Németország megszállásánál számítanak-e ránk? Efféléket.

- És számítanak?

- Igen, noha a kontúr még messze nem éles. Nézd, a francia hadsereg Olaszországban és otthon, illetve most a németországi harcokból is derekasan kiveszi a részét. Ez rá kell, hogy ébressze a hármakat, milyen jelentős helyünk van Európában. Nélkülünk nem lehet rendezni az ügyeket. Churchillt fényes ünnepség várta Párizsban, De Gaulle ezen felbuzdulva haladéktalanul ütni kezdte a vasat. Jelenleg úgy fest, hogy Churchill elismerte a Németország megszállásában való részvételre támasztott igényünket. Meghívott minket az Európai Tanácsadó Testületbe. De Gaulle arról győzködte, hogy a bolsik meg a jenkik ellen össze kéne fogni, így valamelyest ellensúlyozhatjuk őket.

- Na, és?

- Churchill vén róka! Eszében sincs nyíltan szembehelyezkedni a szövetségeseivel, bár a történelmi múlt emlegetésével azért jelezte, hogy a dolog nincs ellenére. Olyan ez, akár a sakk, én ide, te oda lépsz, mert mindketten tudjuk, mi a másik érdeke és mi lesz a következő húzása. Churchill bolond lenne teljesen alávetni magát Rooseveltnek, ugyanakkor a bolsik térnyerésének se örülne. Ki mással foghatna össze, ha nem velünk? – Mischa töprengve lóbálta a lábát. – De Gaulle december elején Moszkvába megy – folytatta Jean-Michel. –, egy hasonló egyezményt akar Sztálinból is kicsikarni.

- Bele fog menni!

- Bele hát! De Gaulle hatalmát a Szabad Franciaország Bizottság élén a bolsevikok elsőként már 41 szeptemberében elismerték. 42 tavaszától meg amolyan félhivatalos képviseletet kaptunk a Szovjetunióban. Aztán ne feledkezzünk meg arról a 42. novemberi válságról se, amikor a szovjetek ott álltak De Gaulle mögött minden más trónkövetelővel szemben. Tavaly augusztusban pedig elismerték a Nemzeti Felszabadítási Bizottságot, tehát semmi kétség többé. Inkább az a kérdés, De Gaulle mire megy azzal a szándékával, hogy Franciaország is kapjon egy megszállási övezetet Németországban.

- Nem csodálkoznék, ha Sztálin ezt támogatná. Annyival is kevesebb jut a briteknek meg az amerikaiaknak.

- Ez igaz, ám közben szeretné kitolni a német-francia határt a Rajnáig. A dolgok kiszámíthatatlanok egy ilyen politikai adok-kapokban, de figyeld meg, De Gaulle kihozza nekünk a makkot az erdőből.

Elmélyülten elemezgetve a helyzetet indultak a szálloda felé. A még zöldellő gyepen átvágva futballozó fiúkat kerülgettek, hogy végül a Hyde Park Corner felé kanyargó ösvényre találjanak rá.

- Otthon is jártál?

Jean-Michel mélyen a zsebébe süllyesztett kezekkel ballagott előre. – A brit küldöttséggel utaztam és jöttem vissza. Olyan rohanásban voltunk, mint még soha.

- És Brigitte? Nem is beszéltél vele?

- Nem, a hétvégén viszont Bretagne-ba megyek. Sokat morfondíroztam ezen, Mischa, míg végül arra jutottam, hogy megkérem a kezét. Akár itt maradok a háború után, akár visszahívnak, kezdem unni a szalmaözvegységet. Brigitte életvidám teremtés, a legjobbat hozza ki belőlem, szóval, mire várjak?

- Ha tényleg ezt akarod.

- Azt hiszem, igen. Nem vagyok szerelmes típus, a fellángolásokban sem hiszek, de mint mindenki, szeretem, ha számítok valakinek. A többit meglátjuk! Még kosarat is kaphatok.

Mischa felnevetett. – Mondhatom, buzog benned az optimizmus.

A Speaker's Corner felől hangoskodásra lettek figyelmesek. A népes, bár nem tömeges hallgatóság eltakarta ugyan a szónokot, akihez egyre közelebb érve megállapíthatták, hogy kényeskedő, már-már affektáló hangon, cseppet sem szónoklásra termett stílusban kiabál. Akcentussal, gyakori káromkodásoktól hemzsegően szidta a világot, amiben nincs helye zenének, művészetnek, vagy szépségnek.

- Ki ez az idealista? – vigyorgott Jean-Michel elképedve, a kíváncsiság pedig egyre közelebb hajtotta.

Ám akkor a törpe méretű heveskedő már egészen másról papolt. – A világ káosz felé tart, mert túl sok hatalmat adunk olyanoknak, akik még a kutyasétáltatáshoz is ostobák. Az amerikaiaknak meg a nőknek – a tömeg felmorajlott, nehéz lett volna megmondani, a furcsa logika folyományaként vagy egyetértésében. – Ó, én is megnősültem! Elvettem egy színésznőt, egy táncosnőt – a gúny szinte vágott. –, aki túl nagy művésznek tartotta magát ahhoz, akár egy csésze teát megfőzzön nekem.

Jean-Michel riadtan Mischa elsötétült arcára sandított. A szemében felcsaptak a gyűlölet lángnyelvei és árulkodóan merev háttal a hallgatóság hátsó sorai közé tülekedve megindult előre. Miután felismerte André Lautrec hangját, lehetetlen lett volna feltartóztatni.

- Bezzeg az a céda összefeküdt mindenkivel, mert szerinte a modern nők szabadon eldönthetik, kit vesznek emberszámba… vagy férfiszámba. Minden nő ilyen ócska lotyó?

- Ó, te jó ég! – dünnyögte Jean-Michel hitetlenkedve és habozás nélkül a barátja után nyomult. Elkésett. Mischa keresztülverekedve magát az összegyűlteken, egyenesen felrobogott a szónokoknak fenntartott igénytelen emelvényre és nekiesett André Lautrecnek. A valamikori balett táncost jócskán megdöbbentette az orvtámadás, de még ennél is jobban a támadó személye.

- Méghogy ócska, kis lotyó! – kiáltotta Mischa franciául és teljes erőből Lautrec arcába öklözött. Az megpördült, estében szétdobott kézzel-lábbal csuklott össze. Valószínűleg észre se vette, amikor megütötte ellenfelét, amúgy is az volt az egyetlen találat, amit bevitt. Hiába járt keze-lába, Mischa könyörtelenül ellátta a baját. Közben ki se fogyott az átkozódásokból. Az először meghökkent közönségből két férfi is közbeavatkozott volna, Jean-Michel azonban előttük kinyújtott karral visszatartotta mindkettőt. – Ne szóljunk bele, rokonok.

A küzdelem nem tartott sokáig, Lautrec összeverve maradt a földön. – Jobban teszed, ha többé a közelünkbe se merészkedsz, te kis hernyó – ragadta meg Mischa a grabancát, hogy a fenyegetést az arcába sziszegje. – Máskülönben nemcsak a nők, de a férfiak számára is hasznavehetetlen rongybabát gyúrok belőled! Megértetted? – Lautrec meg se moccant, a durva rángatástól inkább szánalmasan felnyögött. – Megértetted?

- Ig…igeeen – préselte ki magából, hogy azután magas hangon felsikoltson, mert ellenfele váratlanul elengedte, így a feje hangosan a faemelvény deszkáihoz verődött. – Te rohadék, bárcsak dögöltél volna meg! – kiáltott fel.

- Ha valaki megdöglik, az te vagy! – bökött Mischa a jobbjával Lautrec homloka felé, mintha a kezéből formált fegyver elsült volna.

- Hagyd a fenébe, menjünk innen – unszolta Jean-Michel, és örömmel vette, amikor a tömeg valósággal szétnyílt előttük.

A szálloda szerencsére átellenben volt, ezért hamar megtették a hátralevő utat. A hallban sem keltettek feltűnést. Mischa szemöldöke szerencsétlenül

felrepedt és ugyan a sérülés nem volt súlyos, a
szivárgó vér az arcára meg az inggallérra száradt.
- Mi történt, gróf úr? – hűlt el Anne Rydl, akivel a
lakosztály előtt futottak össze.
- Apróság, mégis megköszönném, ha kerítene nekem
egy kis sebalkoholt.
- Máris, uram.
A lány elszaladt, ők pedig bemenekültek a szalonba. –
Elképesztesz, tudod-e! – kezdett rá Jean-Michel már a
küszöbön. – A pokolba, leállsz verekedni egy
közparkban? Esküszöm, neked elment az eszed!
- Nem hagyom, hogy az a kis buzi lotyónak titulálja
Galinát fél London füle hallatára!
- Ami azt illeti, egyik sem ma született bárány.
- Teljesen mindegy! Galina az unokatestvérem.
Jean-Michel az orra alatt szitkozódott. – Ettől még
akad nála kevésbé romlott nő bőven… és mellesleg
ezzel a hülyeséggel csak annyit érsz el, hogy
Lautrecet magadra haragítod.
- Kit érdekel? Minden pénzt megér, mert végre
szétverhettem a képét.
- Uram?
Mischa az ajtó felé lépett. – Jöjjön csak, Anne. Mit
talált?
A lány átadta az üvegcsét meg a kötszert. – Netán
orvosra is szüksége van?
- Az felesleges lenne, köszönöm. Inkább, ha
megkérhetem, szóljon le a portára, hogy állítsák össze
a számlámat, elutazom.
Jean-Michel megrökönyödve nézett rá. – Micsoda? És
ezt mikor döntötted el?
- Most.
- Most?
- Elvégre is van egy feleségem, aki, remélem, már
hiányol öt hét után. És ha az a babszemjankó feljelent,
már itt se vagyok – Mischa a szobalányra nézett. –

Menjen és kérje meg a recepciót, hogy fél órán belül legyenek készen.

- Igenis – Anne után halkan kattant az ajtó.

- Nem hibbantam meg, Jean-Michel – indult Mischa a fürdőszobába.

- Mondd, Lathea hogy viseli ezeket a változó hangulataidat?

- Kérdezd inkább őt. Hallgass ide! Ma reggel Ambrose elküldte a papírokat, amire vártam, tehát ideje visszamennem Marazionba.

38.

A Parisian üresen tátongott, a rövid tartózkodás alatt kilesett üzenőhelyen azonban Mischa rálelt Laurie soraira. Jóllehet a fiának címezte, kíváncsian belelesett.

- Emerico, Latheával ebéd után felmentünk a Lapos Kőhöz. Viszem az állványt is, vacsorára itt leszünk. Apád.

A falióra tanúsága szerint pár perccel múlt hat óra. A novemberi őszben lassacskán erősödött az alkonyat. Mischa kitekintve keletre kételkedett abban, hogy Laurie ilyen fényviszonyok közt még festeni tudna. Azt azonban könnyebben el tudta képzelni, hogy Latheával olyan zavartalanul eldiskurálnak, hogy az idő nem bír jelentőséggel. Tehát megszabadult a bőröndjétől meg a zakótól, és itteni divat szerint pulóverben indult utánuk.

A Lapos Kő a fennsíkot jelentette, mely nagy távolságból egyetlen hatalmas kavics benyomását keltette. A tenger felőli oldala a víz szeszélyességének állított emléket, egyes pontjain közel négy méter magasságig emelkedő sziklafal volt. A tömb tetejét hihetetlenül sűrű gyep borította, ami Cornwallban jellegzetesen magasra nőtt, hogy a szellő borzolta látóhatárig festői összképet alkosson. Odafentről varázslatos panoráma nyílt kelet felé, noha legalább ilyen hatást gyakorolt a másik irányban feltáruló penzance-i öböl a híres szigettel. Mintha mágikus erő szánta volna vászonra a tájat. A fennsíkra negyedórás séta vezetett egy kanyargós ösvény mentén, melyet megmászni önmagában véve páratlan élményt jelentett. Cornwall a leginkább vendégmarasztaló arcát mutatta és alighanem a legközönyösebb látogatót is képes volt lenyűgözni. Őt ugyanúgy. Mielőtt felért a Lapos Kőre, még egyszer elnézett a szürkében fodrozódó tenger felé. A vidék megrendítően vadnak és öntörvényűnek látszott, azon kevesek közé tartozva, ahol még az ember alkalmazkodott a természethez, nem pedig fordítva. Valami nagyon hasonlót élt át Bretagne-ban, bár ott a meg nem béklyózott természet nem bírt Cornwall csodás éghajlatával.

Alighogy kibukkant az utolsó kanyarból, rémült sikoly hasított a tengerzúgástól betöltött, egyhangú morajlásba. A fennsíkon körbepásztázva látta meg, hogy Laurie mindent elhajítva a sziklák pereme felé rohan. Elegendő volt egyetlen pillantást vetnie a kihalt horizontra, máris gyanította, mi történt. A rémület összepréselte a mellkasát, a torkában a semmiből akkora gombóc nőtt, majdnem megfulladt. Lélekszakadva vágtázott öreg barátja nyomában, ám így is örökkévalóság telt el, mire átszelte a rétet. – Okker!

- Fiam!

Mischa gondolkodás nélkül a peremhez lépett. Még látni lehetett a lelógó gyepfoltot, ami alól egész egyszerűen kiszaladt a sziklapart. Latheának a szélére sem kellett mennie ahhoz, hogy meginduljon alatta a bizonytalan talaj. Jó két méter mélységbe zuhant alá és terjedelmes sziklákon ütötte meg magát. Mischa rettenettel bámult lefelé a mozdulatlan testre, mialatt a meredek falat méregette, hogyan ereszkedhetne alá. – Vigyázz Okker, nehogy neked is bajod essen – tolta hátrébb az öreget.

- Ó, egek ura! Hogyan lehettünk ilyen elővigyázatlanok?

- Nem a te hibád, hiszen látod – mutatott a balesetet okozó omlékony peremre, majd rögvest azt hadarta: – Kérlek, hozd a kocsit a strandhoz, addig én oda viszem Theát.

- Riasztom Howardot is.
- Csak siess!
Laurie egy utolsó, kétségbeesett pillantást vetett
lefelé, mielőtt távozott. Mischa nem törődött a
nehézségekkel, erősen megkapaszkodva a sziklafalon
megtelepedett fűbe egyre lejjebb ereszkedett. Meg-
megcsúszott a cipője, valahogy mégis sikerült
visszanyernie az egyensúlyát, hogy épségben
leugorhasson a Lapos Kő lábához.
- Thea, ma chére! – rohant az asszonyhoz, aki
hangtalanul feküdt a hátán. Letérdelve mellé ijedten
fedezte fel, milyen éles, sokszorosan deformált kőre
zuhant. – Óvatosan próbáld a karodat mozgatni –
mindkét kísérlet sikerrel végződött. – A lábaid,
egyetlenem?
Ez már jóval nagyobb erőfeszítésnek bizonyult, de
annyit legalább elárult, hogy a gerinctörés kizárt.
- Ó, istenem, Mischa – zokogta Lathea felemelve a
fejét, ő azonban a homlokára fektetett tenyérrel
visszanyomta.
- Vigyázz, drágám, kérlek.
- Valami baj van. A baba… érzem….
Egy századmásodpercig dermedten viszonozta a
halálra vált tekintetet, majd széttolva az asszony
térdeit felhajtotta a hosszú szoknyát.
- Vérzem…
- Igen, látom.
Mischa megpróbálta nem mutatni saját
megrendültségét és egyre erősödő félelmét, hogy mire
eljutnak az orvoshoz, a magzatnak talán már késő lesz
a túléléshez. – Hallgass rám, ma belle. Okker hozza a
kocsit, úgyhogy elviszlek a sziklák végéig. Karold át a
nyakamat, jó?
Felnyalábolta az asszonyt, aki csodával határos
módon mintha egyéb, alkalomadtán életveszélyes
sérülések nélkül megúszta volna a zuhanást.
Ugyanakkor megrázó volt, máris mekkora vérfoltot

hagytak a kövön. Perceken belül a karján is érezte a meleg folyadékot.

- Megszakad a szívem, ha így sírsz – búgta az asszony fülébe, ám az sehogy sem tudott úrrá lenni elemi fájdalmán. Egész teste remegett az átéltektől, illetve az ijedtség előszelétől, hogy pótolhatatlan veszteség éri. Már-már futólépésben kapkodta a lábait, mígnem megpillantotta Laurie öreg kocsiját, amihez az üzemanyaghiány miatt csak vészhelyzetben folyamodtak. Amilyen ez is volt.

- Hajts a parton, Kolja – darálta Laurie, mialatt Latheát igyekeztek a hátsó ülésre fektetni. – Howardot még nem értem el, de folyamatosan próbálkozom, ha sikerült, azonnal követlek.

- Nem süllyedek a homokba?

- Kizárt, de azért okosan hajts! Fél kerékkel menj fel a vizes homokra. Siessetek!

Mischa nem szívesen fordított hátat Latheának, mégis kénytelen volt a kormány mögé pattanni. A sziklás bukkanókon átlendülve megindult Marazion felé. Az ereszkedő estében jóformán semmit nem lehetett látni. A partvidék változó formái kísérteties szürkeségbe burkolózva figyelték magányos útjukat. Az ismeretlen nyomvonalon bizonytalankodva a tilalom ellenére is felvillantotta a fényszórót, nehogy további veszélyekbe sodorja magukat. Görcsösen szorította a kormányt, mert a homokbuckák időnként figyelmeztetően megdobták a kocsit. Vérfagyasztó csendben utaztak, Lathea némasága csak megerősítette azon félelmeit, hogy nagy baj lehet. Az út soha nem akart véget érni. Újra meg újra azt képzelte, már elérte a falu szélét, ám akkor ott volt még egy szikla, meg még egy kanyar. Besötétedett, mire valóban eljutottak a bazaltkővel kirakott vékonyka utcáig, ami összekötötte a falut a fövennyel. Jókora huppanással Mischa áthajtott a padkán és, visszavéve a fényt, a rendelő felé kanyarodott. Latheával többször is sétáltak ezeken az eldugott utcákon, ettől magabiztosabban manőverezett és a legrövidebb úton jutott el Stump rendelőjéig.

Kétszer röviden rátenyerelt a dudára és nem kellett csalódnia, mert amire lefékezett, felpattant az ajtó, mögüle pedig az orvos szaladt elő. – Beszéltem Laurie-val – mondta és semmire se várva feltépte a hátsó ajtót, hogy behajoljon az asszonyhoz. Mischa hallani vélte, ahogy azt dünnyögi, egek ura!, ám a pillanat tökéletesen alkalmatlan volt a mellékes szemlélődésre. Az események villámgyorsan peregtek. Ahogy bevitték az asszonyt a rendelőbe, Stump magukra zárta az ajtót és az ápolónő fürge lépteit leszámítva fullasztó némaság borult a helyiségekre. Tehetetlen várakozásra ítéltetett, mely szerepben kiszolgáltatottnak, sőt, hasztalannak érezte magát. Jó óra is beletelt, mire Laurie lélekszakadva betoppant. A rendelő fehér fényének előnytelen megvilágításában a legfontosabb kérdést is alig tudta kipréselni magából.

- Nem tudok semmit, Okker.

Laurie is lerogyott a fal mellé. Előredőlve, vakon meredt maga elé. – Bárcsak jobban vigyáztam volna. Mischa vigasztalásnak szánt gesztussal megszorította a vállát. – Ne emészd magadat, hiszen nem a te hibád. Láttuk azt a sziklát, még csak nem is a széléről zuhant le.

Laurie-t nem vigasztalták a szavai, ez feszült tartásán és a komor arcra vésődő két éles ráncon meglátszott.

A percek komótosan vánszorogtak, a lélektelenül üres váróban még a lélegzetvételük is bántóan visszhangzott, nem beszélve a megreccsenő bútorokról, ahányszor kinyújtóztatták elgémberedett végtagjaikat, vagy parányit változtattak a testhelyzetükön.

- Anne elvesztette az első magzatot – Laurie a szemközti falra szegezett tekintetével és tőle idegen merevségével mintha nem is önmaga lett volna. – Utána megváltozik az ember, olyan teher ez, ami többé nem tágít, sose felejted el.

Mielőtt Mischa bármi okosat kitalálhatott volna, feltárult a belső ajtó és nedves kezeit törölgetve Howard Stump alakja tűnt elő. Némán jött, túlzott gondossággal szárítgatva magát. – Sajnálom, a babáért nem tehettem semmit.

Dermedt csend fogadta a bejelentést. Laurie összerándult, mint akit megütöttek, Mischa pedig üres aggyal, ösztönösen a plafonra bámult. Egészen idáig magába roskadva imádkozott, hogy a kicsi túlélje a hajmeresztő esést. Az ő istene nem lévén elég erős ehhez a csodához, úrrá lett rajta a mérhetetlen veszteség érzése. Nemcsak hitegette az asszonyt azzal, hogy fel akarja nevelni Tivy Rogers gyermekét, hanem úgy is érezte. Laurie a fején találta a szöget, a gyerekek mindig ártatlanok. Ártatlanok és szeretetre méltók, márpedig ő szeretni akarta.

Howard Stump a gondolataiban olvasva részvéttel kijelentette: – Az orvos mifelénk kicsit lelki társ is, Mr. Kupolyev. Hallottam róla, hogy meggondolta magát a születendő gyerekkel kapcsolatban, Latheának ez borzasztóan sokat jelent. De ki sejthette volna, hogy így alakul?

- Vele mi van, doktor?
- Elképesztően szerencsés, amiért törések nélkül túlélte. Magától értetődően vannak zúzódásai meg egy kis agyrázkódása, ezek azonban hamar elmúlnak.
- Egyedül az emlékek nem.

Stump megértően nézett vissza Laurie-ra. – Feküdnie kéne. Néhány napig ágyban maradni, addig megerősödik. Vért adtunk neki, komolyabb beavatkozásra nem lesz már szükség.
- Hazavihetjük?

- Arra gondoltam, Mr. Kupolyev, hogy ma éjszakára itt tartanám. Penzance-ig nincs értelme elvinni, csakhogy kórházba fektessük, ugyanakkor korai lenne hazaengednem. Miss Sothesby itt marad vele és én is itt lakom átellenben. Rajta tartjuk a szemünket.

- Azt hiszem, én is itt maradnék, doktor, ha nincs ellenére. Az egyik szék megteszi.

Stump az elszántságát látva nem tiltakozott, nem is próbálta lebeszélni.

- Jól van – egyezett bele Laurie. – A kocsit itt hagyom és kiveszek egy szobát a fogadóban.

- Köszönöm, Okker.

Azután leszállt az éjszaka, a távozók hangja elhalt és Miss Sothesby távollétében Mischa magára maradt.

- Hozok önnek valami harapnivalót – jelentette ki a szikár és meglehetősen halvérű nővér, aki rögvest kérhetetlen őrmesterré változott, amennyiben a betegekről volt szó.

A felajánlott kedvesség dacára fikarcnyit sem érdekelte étel vagy ital. Belopakodott a belső szobába, hogy végre láthassa az asszonyt. A kezelőasztalon feküdt, melyet ez alkalommal a fal mellé toltak. A hiányos kényelmi szempontok is megengedték, hogy tegyenek egy párnát a feje alá és betakargassák.

Mindössze apró lámpa égett a félreeső sarokban, amitől a helyiség lehangoló félhomályba burkolózott. Egy hevenyészett pillantás után már nyomát sem látta a korábbi sürgős beavatkozásnak. Példás rend és tisztaság fogadta, illetve a fertőtlenítő enyhe, mégis jellegzetes szaga. Fogott egy félreállított széket és a felesleges zajoktól óvakodva az ágy mellé cipelte.

Lathea lehunyt szemmel feküdt a hátán. A kevéske fénynél rettenetesen kimerültnek látszott, már-már elkínzottnak. Korábbi ruhája helyett durva anyagból készült, sötétkék ingfélét viselt, vastag hajfonata a vállára hullott. Mischa hosszan ücsörgött a kényelmetlenül kemény széken, a jobbját a két tenyere közé bélelve. A zavartalan magányban annyi gondolat kergette egymást a fejében, hogy tulajdonképpen semmi nem tudott kikristályosodni közülük. Az alvó alakot figyelve évek eseményei peregtek le a szeme előtt. A történet 1938-ban kezdődött a Notting Hillen és abban bízott, még sokáig nem kell látnia a végét. Emlékezete a legrejtettebb zugokból varázsolt elő olyan képeket, melyeket már el is felejtett. Mostanáig. Számtalan részlet elevenedett fel benne, melyek észrevétlenül összefolytak a bretagne-i évek tompa ürességével. Jóllehet tette a dolgát, akár egy beindított gépezet, egy titokzatos erő mégis minduntalan a tenger felé vonzotta a tekintetét, mintha átláthatna a csatorna túloldalára, ha nagyon akarja.

Annyi pokoli év után végre itt ült a víznek ezen az oldalán, ám hiába cipelte magával a reményeit meg az álmait, a dolgok nem alakultak kedve szerint. Beleértve ezt a balesetet is, ami akár tragikusabb véget is érhetett volna. Józanul gondolkodva a vetélés volt a legkisebb baj, hiszen az asszony a gerincén, vagy a fején is súlyosan megsérülhetett volna. Ettől függetlenül gyász töltötte el a szívét. Az első sokkot követően átértékelte álláspontját, és lenyelve büszkeségének ösztönös lázadását, egyre határozottabban beleélte magát az új helyzetbe. Az elmúlt években kezdte erősebben érezni, hogy már nem akar úgy élni, mint azelőtt. Magányosan, örökösen elzárkózva a való élettől, a múlt sérelmein merengve. Márpedig az újrakezdéshez nem kaphatott volna nagyobb lökést, minthogy szerethet valakit. Tűnődéséből arra riadt, hogy a két tenyere közé zárt ujjak megmozdulnak. Felnézve, pillantása találkozott Latheáéval. Nem kellett semmit sem mondani, könnyes szeméből mindent kiolvasott. Közelebb hajolva hozzá megérintette az arcát. Egy újabb végtelen perc telt el.

- Jó, hogy itt vagy.

Mischát a lelke mélyéig felkavarta ez a négy szó. – Érzéketlen alak lehetek a szemedben, de tényleg akartam a kisbabát, Thea.

Az asszony fásultan bólintott. – Tudom.

- Nemcsak miattad...

- Hanem?

- Mindkettőnkért. Érted meg értem – Lathea hallgatott, ezért ismét megsimogatta. – Halálra rémisztettél, ma femme – a megkönnyebbüléstől idegesen felnevetett. Rekedten, egyetlen tiszta hang nélkül. – Mon Dieu! Hogy gondoltad, hogy ilyen cudar novemberben adod be a kulcsot? És éppen a strandon?

- Beadni a kulcsot? – ismételte Lathea a gyógyszerektől kábán, fátyolos mosollyal az arcán. – Hol tanul egy gróf ilyesmit?

Egyszerre nevették el magukat. Vidámság vagy öröm nélkül, fáradtan, de túlélve az ijedtséget. Mischa ültéből felemelkedve az asszony fölé hajolt és legégetőbb vágyának engedelmeskedve megcsókolta. Cserébe borongós, mégis hálás mosolyt kapott. – Most erősnek kell lenni.

A beletörődésből kicsendülő fájdalom sokat elárult. Mischa az ágy szélére könyökölve kisimította Lathea kóbor fürtjeit az arcából. – Már túl sokszor voltál erős.

- Mégis mindig... mindig megismétlődik.

- Csakhogy ezúttal én is itt vagyok. Ne cipeld egyedül a terhet. Doverben át akartad venni tőlem a gondok egy részét, hát, most rajtam a sor – Lathea értetlenül nézett a szemébe. Mischa szerette volna, ha válaszol. Sajnos, ezt hiába remélte. – Thea, egyetlen dolgot szeretnék tudni. Megmondod őszintén? – a fejmozdulat beleegyezést sejtetett. – Mi az, amit elvársz egy férfitól és bennem.... bennem megtaláltad?

A barna szemek egy hosszú percre lecsukódtak. –
Csodálatos szerető vagy és…
- És? Ennyi azért nem elég.
- Melletted biztonságban érzem magam.
Hálásan cirógatta meg a szőke fejet. – Köszönöm.
Lathea elszenderedett, ám ez alkalommal nem
eresztette el a kezét. Neki nem is volt kifogása ellene.
Közelebb húzta a széket, és amíg a kimerültségtől le
nem csukódott a szeme, ismeretlen reményektől
eltelve találgatta a holnapok történetét.

- Emerico!
A neve hallatán felkapta a fejét és az iroda ajtaja felé
sandított. Rusty Eyre érkezett a maga fiús
lendületével. Emericót időről-időre ámulatba ejtette,
hogy az éppen magára húzott öltözék milyen döntően
határozza meg a viselkedését. A halüzem
hétköznapjait overálban vészelte át, ami ugyan
egyetlen férfi elől sem rejtette el kívánatos formáit, de
a szigorú viselet önmagában megtette az 'el a
kezekkel' tábla helyett.
Pedig lett volna mit közszemlére tennie. Rusty kecses
gazellára emlékeztetett, aki hosszú végtagjaival is
ösztönös természetességgel mozgott. Nem
magakelletően, inkább eleganciával. Észre lehetett
venni, hogy huszonnégy éve dacára is gyerek még,
vagy ha nem is gyerek, de nincs tudatában a hatásnak,
amit a férfiakból kivált. Az apja gyárában nőtt fel és a
napi kemény munka alapozta meg azt a fajta
tiszteletet iránta, ami egyfelől fiús pajtásiasságból
táplálkozott, másfelől nemtelen kollegialitás volt.
Noha a férfiak felfigyeltek a cseperedő kamaszlány
kifejlődő nőiességére, elő nem fordulhatott, hogy a
lány akarata ellenében átlépjék azt a bizonyos határt.
Valószínűleg ez is hozzájárult ahhoz, hogy Rusty még
nem ébredt tudatára saját szexualitásának. Kényes
helyzetekben suta volt és bátortalan, láthatóan

fogalma sem lévén, miként kellene viselkednie vagy az érdeklődést felkeltenie maga iránt. Nem billegett magas sarkú cipőkben meg izgalmas nejlonharisnyában, véletlenül sem libbent fel a szoknyája. Szívesebben választotta a vagány lány szerepét, aki munka után a halászokkal rúgja a bőrt, cseppet sem nőknek tulajdonított eréllyel teremti le a munkásokat, vagy szükség esetén beáll a gépsorhoz. Emerico mindezek ellenére szívesen legeltette rajta a szemét valahányszor az apjával hivatalos találkozókra menve kiöltözött. Ilyenkor kiengedte rozsdavörös fürtjeit, melyek csillogó selyemként omlottak a vállára, a nőies blúzok és szoknyák kiemelték nyurga, mégis ingerlően csábító alakját. Ebből a csodából azonban semmi nem látszott, amikor aznap este berobbant a helyiségbe. Az odakint szakadó, novemberi esőben bőrig ázott. Haja csapzottan lógott, akárcsak a teljesen átvizesedett munkásing.
- Hello.
Rusty, ha mosolygott, bármely más nőnél szebb volt. Kékeszöld szemei és szeplői is vele örültek, egész lénye megtelt élettel. Szerencsére ez a varázslat sokszor ismétlődött, úgyhogy Emerico, felpillantva az asztalra terített tervrajzból, belenézhetett a ragyogó mosolyba. A lányt láthatóan se a késői óra, se az eső, még rendetlen ruházata se zavarta. – Rusty? Ilyenkor itt?
- Vissza kellett jönnöm Tommy papírjai miatt. Néhány mérfölddel kiterjesztették a halászati zónát. Megjegyzem, ideje volt – a lány közelebb lépve megkerülte a rajzasztalt. – Min szorgoskodik?
- John módosításait akarom beépíteni a tervekbe.
Rusty nem leplezve természetes kíváncsiságát az ív fölé hajolt. – Meglehetősen különös, hogy apa most akar ekkora átépítésbe kezdeni.
- Különös? Nem mondanám. A vetélytársak közül nem egyet tönkretett a háború, tehát nő a lehetőség,

hogy nagyobb piaci részesedésre tegyen szert –
Rustyból a rajzra csöpögött a víz. – Héhéhé!
Vigyázzon!
- Bocsánat – tartotta fel a lány mindkét kezét.
- Semmi gond – tolta Emerico odébb az értékes
munkát.
Rusty egyik lábáról a másikra állt, mint aki menne is,
meg maradna is. Emerico azon morfondírozott, vajon
nem ez-e a tökéletes, várva-várt alkalom arra, hogy
végre kezdeményezzen. Mostanra rájött, hogy vannak
bizonyos esélyei a lánynál, noha a lelke mélyén
mindig visszatartotta valami. Merev lába, illetve
Rusty szemtelen fiatalsága megbéklyózták a vágyait.
És ismét elkésett.
- Úgy hallottam, Lathea otthon van. Jim Morrison
mesélte, hogy Stump doki hazaengedte – locsogott
Rusty.
- Jobb neki otthon.
Rusty a maga jellegzetesen mély hangján felnevetett.
– Tényleg gróf a férje?
- Legalábbis ő határozottan állítja.
- Elképesztő. Mr. Carrough üzletében egyszerűen
beállt a pult mögé és átvette Lathea posztját.
Emerico mosolygott. A maga részéről kivételesen jó
véleményt alkotott az oroszról, jóllehet ez a lépése őt
is jócskán meghökkentette. A lány témát váltott,
mintha csak azért beszélne, hogy ne engedje a csendet
megtelepedni. – Vasárnap bál lesz Porthlevenben. Mr.
Robertson rendezi, bár az alkalmat egyelőre titokban
tartja. Ez olyan butaság, nem? Végtére is az ember
lélekben előre felkészül, ha vendégségbe megy… Mit
néz rajtam?
- A szádat.
Rusty feltűnően elpirult. – Tessék?
- A szádat, Rusty.

A távolságtartó magázást egyszerre hagyták el és ezt észrevéve a lány már-már riadtan a szájához kapott. – Csokis süti volt otthon.

- Hadd kóstoljam meg.

Újabb hullámban öntötte el a pír Rusty arcát. Zavartan pislogott kettőt, amint Emerico felemelkedett a székéről és odaszorította az asztalhoz. – Csókolt már téged valaki úgy istenigazából?

- Mi köze ennek a csokis sütihez?

Emerico halkan felnevetett. – Attól tartok, semmi – ezzel lehajtotta a fejét, hogy a szája magától találjon rá a lányéra. Körbeudvarolta, ízlelgette az ajkát, miközben Rusty megrökönyödve tapadt az asztalhoz, egész teste merev lett a feszültségtől. – Miért nem zavarsz el? – súgta tudva jól, hogy izgalomtól rekedt hangja igézően hat a lányra. – Elmenjek?

- Ne.

- Ne?

- Ne.

- Akkor ölelj át és csókolj vissza.

Szájával ismét megízlelte Rustyét, játékosan megharapta, amitől megtört az ellenállás.

Befurakodott a meggypiros ajkak közé, hogy évek óta át nem élt szenvedéllyel hódítson meg egy nőt. A nyaka köré fonta Rusty karcsú karjait, az pedig külön kérés nélkül odasimult hozzá, combjuk egymásnak feszült, a mellkasán érezte a kerek melleket és a vadul kalimpáló szívet.

- Szeretlek és félek tőled – suttogta Emerico két újabb csók közt, majd a kékbe fordult szemekbe nézett.

Szavai riadalmat keltettek. – Olyan fiatal vagy, sebezhető és tapasztalatlan, semmit nem tudsz a férfiakról, vagy a csalódásokról.

- Azt hittem, a férfiak szeretnek elsők lenni.

- Tudod, én mit szeretnék? Téged. Holnap, holnapután, egy év múlva, mindig.

Rusty nekipirulva elfordította a fejét. – Én nem vagyok olyan lány.

– Milyen?

– Akibe beleszeretnek. Nem hordok szoknyát, nem festem magam, halszagú a kezem, és ez itt kicsi, az meg lapos – bökött magára itt-ott.

Emerico nem tudta visszafojtani a jókedvét. – Gyönyörű vagy, úgy ahogy most itt állsz, és fikarcnyit sem érdekel, ha nem cifrálkodáson töröd a fejedet. Azért szeretlek, amilyen vagy, nem a csábító ruhákért – felemelte a lány állát. – Csak attól félek, túl öreg vagyok hozzád, túl sok csalódás van a hátam mögött, meg ez a rossz láb itt.

Rusty gyereklányok őszinte lelkesedésével újfent átkarolta a nyakát. – Kérlek, felejtsd el ezeket, Emerico.

– Ó, kicsi lány, már az önmagában boldoggá tesz, hogy ezt mondod.

– Miért, mit mondjak még?

– Ne mondj semmit, mi lenne, ha inkább megcsókolnál?

Rusty szégyenlősen mentegetőzött. – Amerikában biztosan jobban csókolnak a nők, mint én.

– Hallgass ide, te kis bolond. Úgy menekültem el onnan, mint akit tüzes vassal égettek meg.

– Egy nő miatt?

– Igen, és attól rettegtem, hogy soha többé nem fogok senkit sem szeretni. De örülök, amiért tévedtem.

– Sajnálom, én nem tudom, mit kell ilyen helyzetben tenni. Tehetnék úgy is, mint aki naponta szerelmi vallomásokat kap, vagy mintha nem érdekelne, tetszem-e neked, tetszik-e a hajam, a szemem, vagy amilyen vagyok.

Emerico hosszas filozofálás helyett megölelte. – Hagyd már abba, kérlek. Úgy szeretlek, ahogy vagy.

– Olyan hihetetlen.

– Megleptelek?

- Nem is tudom. Ostoba libának érzem magam.
- És ez az ostoba liba főzni is tud?
Rusty gyanakodva összevonta a szemöldökét. –
Jobban könyvelek.
- Diplomatikus válasz. Nekem viszont kötelességeim
vannak a konyhában. Mivel Latheának feküdnie kell,
én vagyok a szakács. Elkísérsz?
- Mit fog szólni az apád? Állítólag hóbortos és
kiszámíthatatlan.
Emerico felderült a messze nem sértésként hangzó
kijelentésen. Rusty annyi csodálattal töltötte meg ezt a
két jelzőt, hogy ő nem is hitte volna, ez egyáltalán
lehetséges. – Szeretni fogod, ha elviseled a túl sok
sárgát.
- A túl sok sárgát? Ezt nem értem.
- Hamarosan megérted. Gyere.
Leoltotta a villanyokat, majd lovagiasan felajánlotta
az esőkabátját, amivel Rusty nem élt. A lankadó
esőben kerékpárra kaptak, hogy a sötétbe vesző dűnék
közt megcélozzák a Parisiant.

- Ó, magát a jó isten küldte – fogadta őket Mischa. –
Thea rám parancsolt, hogy készítsem el a vacsorát
Okkernek, máskülönben ő maga fog neki, de
reménytelenül kétbalkezes vagyok.
- Akkor itt a felmentő sereg – Emerico maga elé
terelte a nyomában érkezőt. – Egyben hadd mutassam
be Rusty Eyre-t.
- Már volt szerencsénk Mr. Carrough-nál. Kupolyev,
örvendek, kisasszony.
Emerico jót mulatott az elfogódottságon, amivel
Rusty kezet nyújtott a grófnak. Ezen a kietlen vidéken
nem igazán bukkantak fel előkelőségek, a Keatonék
által képviselt rang pedig inkább fennhéjázást és
uraskodást testesített meg. Ellenben aki csak
találkozott ezzel az orosszal, mind megrökönyödött a
közvetlenségén. Lathea szűkszavú nyilatkozatai után

ő is másnak képzelte. Mischa azonban, ha a háború hányattatásai hatására időközben meg is változott, most mindenkinek a szívébe lopta magát. Nem törődött se ranggal, se vagyonnal, és bár a bőréből nem tudott kibújni, hiszen továbbra is megtartotta magának az énje egy részét, ezt olyan gyakorlottan tette, a legtöbb embernek szemet sem szúrt zárkózottsága.

- Ön tényleg gróf? – érdeklődött Rusty lenyűgözve, miután Mischával az étkező asztalnál letelepedtek.

- Igen, tényleg.

- Nahát! És ez magasabb rang Keatonénál?

- Ami azt illeti, ez nem egyszerű kérdés. Minden országban eltér a hierarchia és Angliában sokak a vagyoni felemelkedésükkel együtt szerezték a nemesi címet.

- Nem francia, ugye?

- Orosznak születtem és lélekben az is maradtam.

- Egy orosz gróf.

Emerico nevetve kiáltott ki a konyhából. – Vigyázzon, Mischa, Rusty veszedelmesen okos lány. Végtére is az apja cége az ő eszéből virágzik.

- Azaz rengeteg kérdésre számítsak? – az ugratás részben a sürgölődő szakácsnak, részben a vendégnek szólt, bár utóbbit figyelve Mischa hamar megbánta. A szembetűnő pirulás rögvest figyelmeztette, hogy a bizonytalan kézfogás meg a szégyenlős mosolyok mögött egy riadt, kamaszlelkű nő bujkál. Rusty Eyre rettenetesen fiatalnak látszott, valószínűleg a koránál is fiatalabbnak.

- Nem akartam tolako....

- Nem is tette, Rusty. Szívesen mesélek magának a családomról, ha érdekli – a határozott bólintás megtette válasz helyett. – Régi família, a családfát az I. Péter előtti évtizedekig lehet visszavezetni, akkoriban emelkedtünk fel.

- Péter? A híres cár?

- A cár, igen. 1725-ben halt meg. Bizonyos családi
relikviák szerint már IV. Iván uralkodásának idején is
voltak jelentős birtokaink Északnyugat
Oroszországban, illetve Moszkva környékén,
márpedig az a 16. század közepét jelenti.
Rusty lenyűgözve kiáltott fel. – Hát, ez hihetetlen! És
aztán a forradalomban mindent elvettek maguktól?
- Igen. A család Franciaországba menekült, úgyhogy
jómagam már nagyon régen ott élek.
- Szereti Párizst? Gondolom, hatalmas változás
lehetett.
Mischa hátradőlve töprengett a felvetésen. A lány
érdeklődése kifejezetten hízelgő meglepetésként érte.
Annyira egyszerű és természetes volt, különleges
árnyalatú szemeiből sütött a tudásszomj. – Tizenhét
éves siheder voltam, amikor apám megszöktetett
Oroszországból és tudtam, hogy, ha tetszik, ha nem,
soha nem térhetünk vissza. Belőlem nem lesz orosz
földbirtokos és a cár pazar báljain se fogok táncolni,
mint a szüleim. Ehelyett kedvemre tanulhattam, és
mivel nem kellett birtokot vezetnem, szabadon
utazgattam. Párizs fantasztikus város… volt a háború
előtt, élénk társadalmi élettel, csinos nőkkel meg
bálokkal.
Emerico odakint hangosan mulatott ezen, eközben
Rusty elbűvölten mosolygott, néma
szemöldökráncolással nyugtázta a hallottakat.
- A harmincas években Olaszország is tele volt
mulatozó angolokkal meg amerikaiakkal, sőt,
németekkel és franciákkal is. Firenze főképp. Sokan
azért jöttek, hogy bekukkantsanak a híres
festőiskolákba, meglessék a kifejezetten alulöltözött
modell-lányokat – kotyogott közbe Emerico.
- Firenze valóban páratlanul szép, apámmal jártam ott
egyszer. A huszonötödik születésnapomat ünnepeltük
és, emlékszem, úgy a fejembe szállt a toscanai bor,
majdnem az Arnóba zuhantam a Ponte Vecchióról.

- Hallottam, hogy Amerikában is megfordult.
Mischa az ajtófélfának támaszkodó szakácsra nézett.
– Közvetlenül a háború kitörése előtt. Kizárólag azért
mentem, hogy a léghajót kipróbáljam, de jó időre ott
is ragadtam.
- Járt Floridában?
Mischa a fejét ingatta. – Érintőleg átutaztam rajta
Kuba felé. Mindkettő gyönyörű azokkal a dús
pálmafákkal és strandokkal.
Szinte egyszerre fordultak a külső szoba felől érkező
léptek irányába, Mischa felugorva a jövevény elé
sietett. – Ma chére, mit csinálsz itt? A doktor azt
kérte, pár napig még ne kelj fel.
- A doktornak nem kell egész nap feküdnie. Nem
bírtam tovább – panaszolta Lathea bűnbánó
arckifejezéssel. – És nem akartalak cserbenhagyni a
konyhában.
- Emerico meg Rusty a segítségemre siettek.
- Jó estét, Lathea. Jöjjön, üljön le – készített oda
Emerico egy széket. – Mindjárt ehetünk.
Ahogy Lathea beljebb sétált, Rustyba botlott. – Jó
estét. Remélem, nem zavarok.
- Dehogyis, örülök, hogy látom. Nagyon kellemes
meglepetés… de hiszen bőrig ázott!
A lány vidáman megigazította száradásnak indult
ruháját. – Nem vészes. Szeretem az esőt.
- Nem akar átöltözni?
Rusty megrázta a fejét, mire Emerico befejezte a
terítést. A tányérokat és az evőeszközt otthagyta egy
kupacban, ahogy a vendég keze után nyúlt. – Gyere,
keressük meg a mestert. Mindjárt itt vagyunk – azután
ahogy elhaladtak Lathea mellett, észrevétlenül
odakacsintott. Mindketten tudták, milyen nagyszerű
dolog Rusty Eyre-t a Parisianben látni.
Mischa leült az asszonnyal szemközti székre és amint
magukra maradtak, megszorította a balját. – Fáradtnak
látszol, mon amour.

- Inkább éhes vagyok és társaságra vágytam.
- Mindkettőt megértem, ennek ellenére vigyáznod kell magadra.

Lathea lassan bólintott. – Arra számítottam, elmondod, mikor... mikor utazol vissza Párizsba.

- Nem tervezek ilyesmit, Thea.
- Nem?
- Vagy ezt akarod?
- Nem magam miatt...
- Ma belle – Mischa belefojtotta a tiltakozást. –, megállapodtunk, hogy egyenesen beszélünk, ugye? Tehát az a kérdés, te mit akarsz, hm?
- Szeretném, ha maradnál.

Mischa biccentett. – Én is ezt szeretném. Először találj magadra, utána bőven lesz alkalom a jövőről beszélni.

Villanásnyi némaság után Lathea összekulcsolt kezeikre nézett, és mintha önmagához szólna, azt mondta: – Néha megijedek tőled.

- Miért?
- Nem olyan vagy, mint emlékeztem. Régen olyan ridegen és gőgösen viselkedtél, mindig az volt az érzésem, hogy az egész világot lenézed.
- És hogy érzéketlen vagyok.
- Érzéketlen, igen, azt hiszem. Keserű és érzéketlen, aki távol tartja magát az érzelmektől, hogy hidegen és számítóan fölébe kerekedjen mindenki másnak. Olyannak mutattad magad, akinek nincsenek gyengeségei és ez... nagyon rémisztő. Ne haragudj, most valószínűleg megsértettelek.

Mischa lassan végighúzta a kezét a térdén. – Nem sértettél meg. Találó a leírás, elismerem. Mentségemre szolgáljon, hogy pocsék évek állnak a hátam mögött és bizony tettem és láttam olyat, amire fikarcnyit se vágytam. Engednem kellett az elveimből, hogy túléljek, ez pedig nem múlik el nyomtalanul.

Ugyanakkor szeretném azt hinni, hogy időközben belátóbb és... emberibb lettem.

- Mondd, hol rejtőztél egész idő alatt?

- Egy bordélyban, ma chére.

- Bor...bordélyban?

- Igen. Ott dolgoztam.

- Mit lehet ott dolgozni?

Mischa elnevette magát. – Vigyáztunk a lányok testi épségére és igyekeztünk az ott megforduló németek után kémkedni.

- Ó, egek! És hol laktál?

- Ott – Lathea szemmel láthatóan elborzadt. – Én sem vagyok rá büszke, ezért azzal vígasztalom magamat, hogy legalább a tevékenységünk nem volt hasztalan. A te Tivydet, felteszem, elkerülte a balszerencse, hogy ilyen helyzetbe kényszerüljön, nem igaz?

- Más körülmények voltak.

A higgadt válasz örömteli meglepetésként érte Mischát. Talán első ízben beszéltek nyíltan a férfiról, ám a vetélés dacára mintha ez nem zaklatta volna fel az asszonyt.

- Mit szerettél benne a legjobban?

- Sok mindent, például azt, ahogy szavalt.

- Ahogy szavalt?

Lathea a múltba révedve maga elé mosolygott. – Igen, megrendítő egyszerűséggel, szívbe markolóan tudott szavalni. Néha azt hihette az ember, hogy a saját gondolatait mondja.

- Volt kedvenc költője?

- Elizabeth Barrett-Browning.

- Ismerem Barrett verseit, sőt, van egy, amit mindig szívesen olvasgattam.

Lathea valósággal felvillanyozódott. – Mondd el, Mischa.

- Hűha, várj egy kicsit, én ugyanis nem vagyok született szavaló – azért mégis belevágott.

Eszemben jársz s mint vadszőlő a fát

szorosan átölellek gondolatban,

levéllel is feldíszítlek magamban,

s törzsed a zöldön alig tetszik át.

Mégis királyi pálmám, hidd s belásd,

helyetted képzetet nem akarhattam,

jobb vagy s drágább vagy Te! Élő alakban

tűnj hát elébem s tested ág-bogát,

ahogy erős fák, zúgasd meg, s meztelen

mutatkozz, zöld szalagjaid ledobván

vesd széttépve, zordul a mélybe menten!

Mert az örömtől, hogy rádnézhet orcám,

s hogy árnyékodban újra fellélegzem,

nem gondolhatlak – oly közel vagy hozzám[12].

- 29. szonett.
- Úgy van, bár szerintem Shakespeare verhetetlen
ebben a műfajban. Mit szólsz ehhez?

'Lelkemnek az vagy mi testnek az étek

vagy mint a földnek lanyha permeteg;

s nyugalmadért aggodalomban élek

mint kincséért a fösvényt szállja meg.

Most, büszke én boldogságomba, majd

A tolvaj-kortól féltem drágaságod';

---

[12] *Elizabeth Barrett-Browning: Portugál Szonettek (29.)*

A vágy most véled a magányba hajt,

Meg összehívnám, látni, a világot;

Ma látásoddal eltelek egészen,

Holnap egy pillantásért elepedek;

Öröm nem kell, s nincs benne semmi részem,

Csak az, mit tőled bírok vagy veszek.

Így éhezem, s megint bővelkedem:

Ma minden van, s holnap nincs semmi

sem[13]*.'*

Lathea kinyújtotta a kezét Mischa felé. – Köszönöm.
- Én köszönöm – súgta vissza a tenyerébe csókolva. –
Sokat tanultam a régi hibákból, Thea. Megértettem,
hogy nem élhetek tovább úgy, ahogy a háború előtt.
Személytelenül, gőgösen, öntelten. És be akarom
bizonyítani, hogy sok tekintetben jobb ember lettem.
Nem teljesen más, mégis remélem, hogy valamivel
jobb.
A perc törtrészére egymás szemébe fúrták
tekintetüket, ám a meghittséget közelgő hangok
zúzták szét.
- Meddig készül még az a lakoma, Emerico? – ugratta
Mischa a belépőket olyasfajta közvetlenséggel, amit
Lathea nem győzött csodálni. – Korgó gyomorral
várjuk, mi rotyog abban a híres fazékban!
- Máris, máris! – nevetett Emerico visszasietve a
konyhába.
- Remélem, velünk tart – húzta ki Mischa az egyik
széket Rustynak.

---

[13] *William Shakespeare: 75. szonett*

- Persze, hogy velünk tart, miféle kérdés ez – jelentette ki Laurie meglegyintve régi tanítványát. – Kolja fiam, hol marad a jó modorod?
- Jól van, Okker, igazad van. De érdekelne, mit titokzatoskodtál a zárt ajtók mögött? Laurie flegmán legyintett. – Borzasztó üres a műterem. Én mondom, bűn eladni azt a sok vásznat. Mintha pucérra vetkőztettek volna. Lathea részvéttel nézett az öreg festőre. Zöld köpenyében, alatta egy élénkpiros ingben tollfosztott madárnak látszott, haja kócosan meredezett a feje búbján. – Hiszen olyan szépek voltak, hadd élvezze más is Cornwall varázsát a maga szemén keresztül.
- Ó, igen. Fennkölt gondolat, kedvesem, bár e percben kevés vigasz egy öregember számára, akit soha nem érdekeltek mások – vonogatta a vállát Laurie közönyt tettetve, holott mindenki tudta róla, hogy nagyon is érdekli, mi történik másokkal, mitöbb, a szeretteiért ölni is képes lett volna.

Végszóra Emerico toppant be a vacsorával. – Voilá! Ez jobb kedvre derít, apa. A kedvenced.

Lathea halk neszezésre riadt. Nem tudta, hány óra lehet, bár a szemét nyitogatva látta, hogy az elhúzott sötétítőfüggöny mögött ömlő eső veri a bungaló üvegfalát. Odakint lehangoló szürkeség terpeszkedett meg egy barátságtalan reggel.
- Felvertelek?
Mischára hunyorított, ahogy a fürdőszobából előbukkant. Éppen fürge ujjakkal gombolta az ingét. Frissiben borotválkozhatott, mert jellegzetes arcszesz illat lengte körül. Utolsó simításként a csuklójára csatolta az aranyóráját, amit a háború előtt is viselt, majd a pulóveréért nyúlt. Lathea gyanakodva figyelte az előkészületeket. – Hova mész mostanában reggelente? – a férfi sejtelmesen somolygott. – Vagy titok?

- Nem titok. Ki akarod találni? – az ágy szélére ereszkedett, hogy jobb kezével Lathea oldalán kényelmesen megtámaszkodjon.

- Az egyetlen, amire gondolni tudok, úgysem tetszene neked.

Mischa a korai óra ellenére szívből felnevetett. – Egy nőre? Ahhoz még korán van. Amúgy meg kicsi bennem a hajlam ilyen titokban elkövetett kandúrkodásokra.

- Hát, akkor? Most már tudom, hova nem mész.

Latheát váratlanul érte, ahogy Mischa felpattant és az előző nap levetett zakójához sietett. – Ezt Mr. Carrough küldi. A kereseted, ma femme.

Megbabonázva meredt a pénzre. – De hát nem is dolgoztam, miért fizet nekem?

Mischa visszaült oda, ahonnan az imént felugrott és félretette a pénzt. – Te talán nem dolgoztál, a családban valaki más viszont igen.

- A családban? Kicsoda?

- Én.

Latheának elkerekedett a szeme. – Te?

A két barna szem büszkén mosolygott vissza rá. – Én bizony. Mr. Carrough nagyra értékeli a segítségemet. Terebélyes pocakjával úgysem lenne képes megmászni a létrát.

- Ó, Mischa! Te képes voltál beállni a pult mögé?

- Mi olyan borzasztó ebben? Ha te meg tudtad tenni, én is képes vagyok rá. Ami azt illeti, egészen szórakoztató, bár nagyon kemény munka.

- Esküszöm, nem értelek. Miért csinálod? Semmi szükséged erre az aprópénzre. Neked ez alamizsna.

Mischa komoran azt kérdezte: – És ha azt mondanám, miattad teszem? Mert szeretném, ha nem tartanál többé mihaszna kényeskedőnek, aki nem ismeri se a munka, se a pénz értékét?

Lathea érezte, ahogy az arcába szökik a vér. Még jól emlékezett arra, amikor Fettisovnak az ő grófjáról ezt a jellemezést adta. Akkortájt így is gondolta, ám azóta annyi minden megváltozott. Ha Mischa az ő fogalmai szerint soha nem is dolgozott, mihasznának nem lehetett nevezni.

- Nem Fetya mondta el, hanem hallottam azt az átkozott beszélgetést, ma chére. És azon vagyok, hogy bebizonyítsam neked, se kőszívű, se elkényelmesedett alak nem vagyok, aki születésénél fogva beleült a vagyonba és az egyetlen életcélja, hogy a végére járjon. Ha nem is úgy, mint te, de én is sokat dolgoztam már... ezért a boltot is ki akartam próbálni.

- Úgy szégyellem magam.

Mischa a szájára hajolt és apró, kedveskedő csókok közt ingerkedve azt súgta: – Ez esetben kérj tőlem bocsánatot az igaztalan vádakért.

- Korábban nem voltak teljesen igaztalanok, ezt ismerd el.

- Elismerem, ugyanakkor nem akarok úgy élni, hogy folyton visszafelé kelljen néznem, vissza a múlt kísérteteire.

- Megbocsátasz nekem?

- Szerencséd van, kő helyett aranyból van a szívem.

A csókok egyre hosszabbak és csábítóbbak lettek, sőt, Lathea már majdnem azt a sóvárgó vágyat is érezte, amit csakis Mischa tudott felébreszteni benne.

- Ezt nem szabad – húzódott el Mischa visszadöntve őt a párnára. – Nem akarok elkésni. Alszol, vagy kapcsoljam be neked a rádiót?

- Jól van, meghallgatom a híreket.

- Egyébként gondolkodtam azon, amit tegnap mondtál. A jövő év elejéig még biztosan Angliában maradok. Csodás lenne együtt karácsonyozni. Mit szólsz hozzá?

Lathea őszintén örült. – Egyetértek.

- Ezt a választ reméltem. Felviszlek Londonba, és mindent megveszünk, ami megtetszik. Jó mulatság lesz. Most azonban rohanok – az ajtóból még utoljára visszanézett. – Ja, ne felejtsd el, hogy ma Doreen átugrik. De ha nem talál ágyban, kiporolom a hátsódat. Szevasz, drágám – ezzel kisurrant az esőbe és nem maradt utána egyéb, mint a tetőn kopogó cseppek, meg a rádió hangja.

- Hat óra ötven perc van. A BBC adását hallgatják Londonból 1944. november 24-én. A részletes időjárás jelentés következik hét órakor, utána híreket olvasunk be. Mint korábban is beszámoltunk róla, a tegnapi napon a délről a Rhône völgyében előretörő amerikai és francia csapatok benyomultak Elzászba és felszabadították Strassbourgot. Hamarosan a részleteket is hallhatják.